KB174495

인간의 130가지 감정 표현법

SECOND EDITION

인간의 130가지 감정표현법

SECOND EDITION

안젤라 애커만, 베카 푸글리시 지음
서준환 옮김

감사의 말

무엇보다 먼저 우리는 〈서재의 뮤즈(The Bookself Muse)〉 독자들에게 감사의 마음을 전하고 싶다. 그들은 우리를 성원해주고 격려해주었다. 독자들은 자상한 조언으로 이 책의 필요성을 일깨워주었다. 아마도 그들이 없었다면, 우리의 창작 지침서는 결코 빛을 보지 못했을 것이다.

또한 우리의 발상을 처음으로 검토해준 비평 집단의 주요 구성원들에게도 감사의 인사를 전한다. 책벌레인 헬렌, 현인 로이, 에너지 넘치는 매들린과 개성 강한 조안 그리고 웃음 많은 로라도 있다. 이들은 우리가 작가 이력을 쌓아갈 수 있도록 끊임없이 북돋아주었다. 우리의 친구이자 편집자인 샤론에게도 특별한 마음을 전한다. 성원과 지지가 필요했던 순간마다 그녀는 우리를 따뜻하게 격려해주었다.

우리는 온라인 글쓰기 커뮤니티에 많은 빚을 졌다. 여러 다양한 모임에서 인연을 맺은 작가 지망자들이 소중한 아이디어를 아낌없이 공유해주었다. 어쩌면 우리가 작가로 발돋움할 수 있었던 것은 그 덕이었을지도 모른다. 우리는 이들 모두를 사랑한다.

그리고 마지막으로 가족에게 가장 큰 감사 인사를 드린다. 가족들은 우리가 헤맬 때면 늘 따뜻한 말로 성원해주었으며, 우리가 허우적거릴 때 용기를 불어넣어 주곤 했다. 그뿐 아니라 모자란 대목을 어떻게 메워 넣어야 할지 조언해주기도 했다. 우리는 정말 가족들에게 많은 빚을 졌다.

사랑을 듬뿍 담아 AAD와 SDJ에게

개정판을 내면서

7년 전쯤 《인간의 75가지 감정 표현법》을 세상에 내놓으려 했을 때는 눈앞이 캄캄했다. 첫 프로젝트였고 자비 출판을 해야 하는 상황에서 그야말로 좌충우돌이었다. 가장 큰 걱정은 우리의 아이디어가 과연 독자(예비 작가)의 공감을 이끌어낼 수 있을까 하는 것이었다. 인물의 감정 상태를 전달하는 문제는 크나큰 골칫거리였는데, 등장인물의 감정 상태가 선명하게 공유되어야만 독자를 끌어들일 수 있기 때문이었다. 우리는 독자(창작자)가 이야기에 더욱 깊이 빨려들 수 있도록 감정이입을 최대한 유도하면서 우리가 제시한 표현법이 독자의 기억을 소환해 창작열을 일깨우길 바랐다. '감정'과 '표현'은 작가 지망생이라면 누구나 시달릴 문제일 것이라는 확신을 가지고 우리는 《인간의 75가지 감정 표현법》에서 어떤 해결책을 제시해보고자 했다. 고맙게도 우리의 확신은 옳았다. 독자의 반응은 놀라웠다.

지금도 감사한 마음뿐이다.

겸허한 마음으로 우리는 새롭게 몰두했다. 아이디어가 늘어나자 이것을 다시 공유하는 게 바람직하겠다는 생각이 들었다. 이런 이유에서 우리는 《인간의 75가지 감정 표현법》의 개정판을 내기로 했다.

책 첫 부분의 지침서에선 '감정 상태를 복합적으로 표현'하는 문제와 '설명하지 말고 보여주는' 방법론을 제시하지만 몇 가지 새롭고도 효과적인 내용을 추가했다. 등장인물의 기분을 전하는 데 유용한 '대화 방식'을 포함했다. 소설에서 대화는 매우 중요한데, 일상적인 대화에서조차 숨겨진 감정 상태를 드러내야 하기 때문이다. 그리고 극의 배경 상황은 등장인물의 성격묘사에서 차지하는 비중이 상당하니만큼, 등장인물의 외상(外傷)과 관련된 사건과 감정 상태의 진폭을 설정하기 위해 우선 무엇을 찾아봐야 하는지도 덧붙였다. 이것은 여러분이 개연성 있고 일관되게 반응하는 캐릭터를 그리는 데 도움이 될 것이다.

이 책은 모두 130항목의 감정 상태를 다룬다. 각각의 항목에는 여러분이 등장인물의 반응을 완벽하게 창조해낼 수 있도록 세심하게 선별한 신체적 반응, 사고, 내적인 동요 등의 목록이 담겨 있다. 우리가 추가한 '파워 동사'를 통해 여러분은 복합적인 행동 양태를 묘사할 때 더욱 적절한 언어를 택할 수 있다. 그런가 하면 등장인물이 자연스럽게 다음 장면으로 넘어갈 수 있는 지점을 어떻게 하면 쉽게 처리할 수 있을지도 생각해보았다.

아무쪼록 모두에게 초판보다 이번 개정판이 더욱 유용하길 바란다. 늘 그렇듯이 우리는 여러분이 여러분의 작품에서 생생하고 공감이 갈 만한 감정적 순간을 창의적으로 써낼 수 있도록 돕고 싶을 뿐이다.

차 례

인간의 130가지 감정 표현법

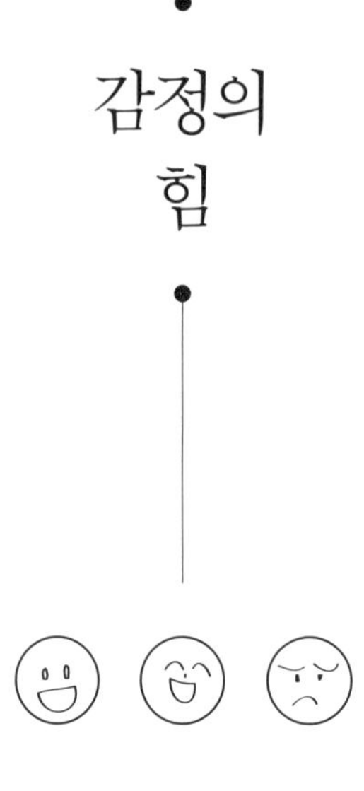

감정의 힘

장르를 막론하고 모든 성공작에는 한 가지 공통점이 있다. 바로 감정(공감과 비애, 의역하자면 '독자의 마음을 들었다 놨다 하는'이다)이다. 감정은 등장인물의 결심과 행동 그리고 대화 등 서사를 굴러가게 하는 모든 것에 가로놓여 있는 핵심 기제이다. 감정이 없다면 주인공을 향한 초점도 사라지는 법이다. 푯말이 증발하는 셈이다. 플롯의 흐름은 말라붙은 강바닥을 드러내며 무의미한 사건으로만 채워질 테니 이런 데 시간을 할애할 독자는 아무도 없을 것이다. 왜? 무엇보다 독자는 감정적인 체험을 하고자 한 권의 책을 펼쳐 들기 때문이다. 그들은 짜릿한 감흥을 베풀어줄 수 있는 작중인물과 교감하고자 책을 읽는다. 또한 작중인물의 시련에서 자기가 살아온 삶의 의미에 덧붙이거나 덜어낼 수 있는 어떤 것을 발견하기도 한다.

감정(기분)은 우리를 이끈다. 그것은 우리의 선택을 좌우하고 우리가 누구와 시간을 보낼지 결정하며 우리의 가치관에도 영향을 미친다. 감정은 또한 우리로 하여금 다른 사람들과 의미 있는 정보와 신뢰를 나누도록 하면서 우리의 소통에 활력을 불어넣기도 한다. 대부분의 의사 교환이 대화로 이뤄지는 것처럼 보이는가? 아니다. 과학적인 연구 결과는 소통의 93%가 비언어적이라는 것을 보여준다.

느낌을 노출하지 않으려고 의도하는 순간조차 우리는 여전히 신체 언어와 음성 징후를 통해 속마음을 전달한다. 이 때문에 우리 개개인은 말이 없더라도 상대방을 읽는 데 능숙하다.

작가가 되겠다는 사람이라면 본능적인 관찰력을 발휘해 그것을 원고에 옮겨야 한다. 독자의 기대치는 높다. 독자가 바라는 것은 등장인물이 어떤 느낌을 받았는지 전해 듣는 게 아니라 감정 자체를 체험하는 일이다. 그러자면 우리는 쉽게 알아볼 수 있으면서도 설득력 있는 방식으로 등장인물이 자기 느낌을 표현할 수 있도록 해야만 한다. 고맙게도 감정을 전달하는 미디어의 방식은 천편일률적이어서 약간의 수고만 들인다면 작가는 독창적이고 실제에 가까운 작중인물의 감정 표현을 창조해낼 수 있다.

감정을 드러내는 수단

대화를 통해 우리는 생각과 욕망을 표현한다. 이때 중요한 것은 우리의 감정 상태이다. 느낌은 언제나 우리를 이끌어간다. 하지만 누군가와 이야기할 때 그 느낌을 직접 표출하는 것은 드문 일이다. 그렇다 보니 대화가 등장인물의 감정이 어떠하다는 것을 꺼내 보일 수 있는 수단이기긴 해도, 그것만이 다는 아니다. 느낌을 올바로 전하자면 작가는 언어 이외의 소통 방법도 활용할 줄 알아야 한다. 그것은 다음의 네 가지로 세분화된다. 음성 징후, 신체 언어, 속마음, 그리고 본능적인 반응.

음성 징후는 목소리의 변화로 말하는 사람의 감정 상태에 관해 독자에게 의미심장한 힌트를 제시해준다. 누군가와 이야기를 나눌 때 매순간 어떻게 반응해야 할지 고려할 여유가 있는 것은 아니다. 어떤 사람이 조심스럽게 단어를 골라 쓰는 식으로 본인의 진짜 느낌을 감출 수 있다 해도 어조나 무심코 튀어나오는 말까지 통제하기란 쉽지 않다. 더듬거림, 어조나 억양이 바뀐 목소리, 순식간에 입 밖으로 흘러나오는 단어 등 이 모든 것은 등장인물의 감정 상태가 뒤바뀌었으며 눈앞의 의사 교환만으로는 포착할 수 없는 뭔가가 더 있다는 것을 날카롭게 가리키는 지표이다.

음성 징후는 화자 시점에 잡히지 않는 등장인물의 느낌을 보여줄 때 특히 유용하다. 서술자의 시점(전지적 작가 시점을 제외한)으로는 등장인물의 속마음을 독자에게 직접 전해줄 수 없기 때문이다.

신체 언어는 우리가 어떤 감정을 체험할 때 표면상으로 나타나는 몸의 반응이다. 느낌이 강하면 강할수록 우리는 더 많이 반응하고 정신 줄마저 놓으면 동작은 더더욱 과도해진다. 등장인물은 개별적인 존재라 그들은 각자의 고유한 방식에 따라 스스로 표현한다. 수많은 신체적 신호와 이 책에 나와 있는 여러 행동 양상을, 등장인물 개개인의 특성에 결합해볼 것! 신체 언어를 통해 작가가 보여줄 수 있는 감정 상태의 조건과 행동 양상은 무한대에 가깝다.

속마음은 정신의 진행 과정이 들여다보이는 창과 같다. 그것은 감정적인 체험과 같이 간다. 등장인물이 속으로 혼자 웅얼거리는 말은 조리 있게 흘러가지만은 않고 놀라운 속도로 이 화젯거리에서 저 화젯거리로 겅중겅중 건너다닌다. 그렇긴 해도 감정 표현의 한 방법으로 정신적인 반응을 활용하면 등장인물이 그들의 세계를 어떻게 보고 있는지 전하고자 할 때 상당히 효과적일 수 있다. 사람들, 여러 장소, 이런저런 사건이 등장인물의 관점에 어떤 영향을 끼쳤는지도 속마음을 통해 드러난다. 그러면 또 하나의 의미망이 더해지면서 그런 요소가 작품 속에서 스스로 목소리를 낼 수 있는 여지도 생겨난다.

본능적인 반응은 언어 이외의 소통에서 가장 두드러진 형식이긴 하지만, 활용할 때는 상당한 주의가 필요하다. 이와 같은 생체반응(심장박동, 어질병, 아드레날린 과다 분비 등등)은 원색적이고 통제되지 않아 투쟁—현실도피—동결 반응을 촉발한다. 사람은 누구나 본능적인 반응을 체험하기 마련이다. 그러니만큼 독자는 원초적으로 그것을 받아들여 공감하게 된다.

그러나 작가는 본능에 따라 고조될 수 있는 반응 양상을 다룰 때 특별히 조심해야 한다. 생체반응에 너무 자주 의존하다 보면 자칫 작품이 유치해질 수 있다. 또한 본능적인 반응은 한정되어 있으니만큼 작가가 그것을 묘사할 때는 무심코 판에 박힌 표현을 고를 수도 있다. 이런 언어 이외의 소통을 다루고자 할 때는 담백한 필치가 바람직하다. 과한 것이나 모자란 것이나 그만큼 안 좋은 법이니까.

캐릭터 탐구: 실제에 가까운 감정 상태를 기술하기 위해 알아둬야 할 것

현실 세계에서는 어떠한 두 사람도 똑같지 않다. 그렇다는 것은 개개인이 제각기 고유한 방식으로 감정을 표현한다는 말이기도 하다. 어떤 사람들은 자기 기분을 주변 사람들과 공유하는 게 지극히 자연스럽다고 여긴다. 그들은 자기 기분을 꺼내놓는 데 거리낌이 없다. 반면 자기 기분을 노출하는 게 끔찍이도 싫어서 그런 위험성에 빠질 만한 상황을 피하려 하는 사람도 있다. 보통은 이 양극단 사이 어디쯤일 것이다. 이런 표현 개방성의 스펙트럼은 '감정 표현의 진폭'이라 불리는데 그것은 어느 한 사람이 어떤 감정을 노골적으로 드러내는가뿐 아니라 언제 그리고 어떻게 그런 감정을 표출하는가에도 영향을 끼치게 된다. 각자에게 전반적인 스펙트럼의 특정 방향에 치우치는 경향이 있다손 쳐도, 감정이 고조되는 상황에서라면 어느 쪽으로든 변화가 생겨날 수 있다.

흥미롭게도 표현 개방성이 제각각이라고는 하지만 이런 개별적 특성은 집단적으로 공유된 과거로부터 같은 영역을 제공받는다. 가정교육, 학교교육, 경험, 신조, 그리고 개성 등은 모두 우리의 정체성과 세계에 대해 어떤 감정을 드러내며 살아갈지를 결정하는 데 영향을 끼친다.

작가의 가장 원대한 목표 가운데 하나는 실제에 가까운 등장인물을 창조해내는 일이다. 그러므로 등장인물이 스스로 표현하는 대목에 이르면 그에 걸맞은 개별적 특성을 찾아내고자 발버둥 쳐야 한다. 그렇게 할 수 있는 지름길은 등장인물 각자의 전사(前事)를 공들여 파고 들어가 그들의 감정 반응이 어떻게 형성되었는가를 독자에게 제시해주는 것이다. 이때 중요한 것은 (선택된) 핵심 디테일이다.

전사 짜기는 종종 평가절하되곤 한다. 보통은 작가들이 모든 것을 설명하겠다는 투로 전사의 정보를 한 장면 안에 몰아넣기 때문이다. 그들은 등장인물의 삶에 작용하는 영향력을 온전히 이해하려면 독자가 모든 디테일을 알아야 한다고 믿는다. 정작 대부분의 전사는 작가에게나 중요하지 독자에게는 그렇지 않다. GPS가 낯선 도시의 지리를 파악하는 데 도움이 되듯, 이야기의 시작에 앞서 등장인물의 삶에 관해 (선택된) 핵심 디테일을 파악해두면 이야기를 써나가기가 한결 편해지고 그가 어떤 사람과 보조를 맞추는 게 좋을지 결정하는 데도 유리하다. 왕성한 성격묘사를 통해 독자의 참여를 이끌어낼 수 있을 뿐 아니라, 친밀한 교감을 빚어내면서 특정한 행동 양상과 정신적인 진행 과정을 보여줄 수 있다. 그래야 독자가 쉽게 등장인물을 수긍한다.

각각의 등장인물에게 배당될 전사 짜기의 몫은 이야기에서 차지하는 배역에 따라 달라진다. 하지만 사람은 누구나 과거의 산물이니만큼 일반적으로 살펴봐야 할 두 항이 있다. 그것은 등장인물의 **삶에서 중요한 비중**을 차지하고 있는 사람들과 그들과 얽혀 있는 **강렬한 체험**이다.

인간은 사회적 동물이므로 삶의 방향을 잡아야 하는 순간 우리는 다른 사람들, 특히 우리와 밀착된 이들을 바라볼 수밖에 없다. 그들은 우리가 신념과 가치관을 형성할 수 있도록 도와주고 어떻게 행동해야 하며 어떻게 느껴야 할지 일깨워준다. 안타깝게도 가장 접촉할 기회도 많고 영향력이 큰 사람이라고 해서 반드시 가장 보탬이 되거나 쓸모가 있는 것은 아니며 살아가며 얻는 배움도 꼭 긍정적인 것만은 아니다. 중요한 것은 누가 언제 주인공의 과거에서 하나의 본보기 역할을 했으며 영향을 끼쳤는지 기억해두는 일이다. 콕 집어서 다음과 같이 자문해볼 것. 누가 등장인물의 정서적 태도 형성에 영향을 끼쳤으며, 누가 등장인물로 하여금 정상적이거나 일탈적인 태도와 품행을 따라 하도록 했는가?

울 때마다 부모에게서 무시당하기 일쑤였던 한 등장인물을 예로 들어보자. 이것은 마치 어린아이가 감정을 터놓고 나누느니보다 차라리 감추는 게 낫다는 식으로 무언의 학습을 받은 거나 마찬가지이다. 이렇게 무시당하는 경험을 반복하다 보면 나중에 그 등장인물은 매사에 얼버무리는 성향을 보이거나 누군가에게 자기 기분을 말해봐야 조롱당하고 비난받을 게 뻔하다고 여겨 아예 거짓말을 일삼을 공산이 높아진다.

마찬가지로 여러분의 등장인물에 긍정적인 영향을 끼친 사람은 감정에 관해 건강한 사고를 전할 것이다. 자기 기분을 주저 없이 말하면서 다른 사람과 긍정적으로 어울리는 형과 함께 자란 등장인물이라면, 그는 감정의 영향력이 대단할 뿐 아니라 변화의 수단이 될 수도 있다고 여길 것이다. 자기 형을 우러러보는 캐릭터로 우리의 등장인물을 설정한다면, 그는 형과 같은 방식으로 행동할 공산이 높아진다. 형처럼 우리의 등장인물도 자기 느낌을 주저 없이 드러내면 다른 사람과 보다 친밀해질 거라는 사실을 아는 것이다.

가까운 사람이 감정 표현에 지대한 영향을 끼친 것처럼 어떤 체험 또한 한 인물의 형성에 큰 비중을 차지할 수 있다. 무시무시한 자연재해를 상상해보자. 홍수에 수많은 이웃이 참화를 입는다. 자기 집도 무너져 내려 그는 그 여파로 심한 비탄에 빠진다. 같은 처지로 괴로워하는 이웃을 바라보며 무력감에 시달린다. 방송국 취재 요원이 다가온 순간 그는 자기 기분을 억제하지 못해 카메라 앞에서 망연자실한 모습을 보인다. 그런데 그것은 다른 도시의 구호와 지원을 불러온다. 사람들이 식량을 가져오고 수재민에게 머물 곳을 제공하고 청소를 돕고 필요한 물품을 나눠준다. 이런 동정과 연민의 물결은 주인공의 절망을 누그러뜨리는 데 도움이 될 뿐 아니라 본인의 느낌을 나누면 결과적으로 자기에게 가장 절실한 것이 주어질 수 있다는 믿음을 불어넣게 된다. 이런 일을 겪고 나면 그는 자기감정을 터놓고 드러내는 데 한결 편해질지도 모를 일이다.

이처럼 전사와 관련해 고려해야 할 두 가지 주요 사항에 덧붙여 이제는 창조적 사고에 긴요한 다른 영역으로 넘어가 보자. 여러분이 각각의 등장인물을 더욱 입체적으로 살릴 방법에 대해.

반응의 기준선

극적인 갈등과 혼돈의 순간에 우리는 등장인물의 반응을 어떻게 묘사해야 할까. 실마리는 평소 등장인물의 행동이 어떤지 그 기준선을 설정해놓는 데에 있다. '식료품점 계산대 앞에 길게 늘어선 줄'이라는 시나리오를 골라

보자. 등장인물 앞에는 지금 계산대 앞에 있는 손님까지 포함해서 여섯 명이 있다. 계산대 앞 손님은 열다섯 가지 이상이나 되는 물건을 들고 있을 뿐 아니라 그 물건의 가격을 끊임없이 묻고 또 묻는다. 여러분의 등장인물은 어떤 반응을 보이게 될까? 줄이 줄지 않는 데 짜증이 나긴 해도 뭐라 뭐라 해봐야 부질없다는 것을 알고 그저 잠자코 기다릴까? 아니면 발을 동동 구르며 씩씩거리다 바닥에 장바구니를 내팽개치고는 계산대 더 없느냐고 점원에게 버럭 소리를 지르게 될까?

첫 번째 경우라면 등장인물의 기준선은 명확하다. 그는 어지간해서 짜증을 내는 유형이 아니다. 하지만 두 번째 경우처럼 처신한다면 삶이 꼬이기 시작할 때 그는 뚜껑이 열려 폭발하리라는 게 내다보인다.

이런 기준선을 설정해두면 이야기 전반에 걸쳐 캐릭터의 일관성을 유지하는 데 도움이 된다. 만일 여러분이 등장인물을 감정적 진폭의 한쪽 끝에 세워두고 이야기를 이어가려 한다면 나사를 돌리는 게 얼마나 힘든지 금세 깨닫게 될 거다. 그러니 등장인물의 평범한 일상을 떠올려보자. 시동이 걸리지 않는 차, 약속 시각을 어긴 상대, 자다 아파서 깨기, 아니면 마지막 순간 엎어진 프로젝트 등등. 등장인물이라면 어떻게 대응할지, 그들의 모습을 상상해보는 것이 여러모로 유익하다.

드러내놓고 표현하거나 은밀히 감추거나

감정적 진폭을 결정할 때 고려해야 할 또 하나의 측면은 여러분의 등장인물이 얼마나 표현에 적극적인가 하는 점이다. 이때는 단계를 정해놓을 필요가 있다. A가 내성적이라면 B는 적극적이기 쉽다. 그 성향 차이를 어느 수준으로 대비시킬 것인가 생각해두어야 한다.

외국에 거주 중인 자식들이 크리스마스에 집으로 돌아오리라는 것을 알게 된 어느 등장인물을 상상해보자. 내성적인 캐릭터라면 자리에 앉아 놀라운 마음을 다스리며 만면에 밝은 미소를 짓는 것으로 자신의 감정을 표현할 것이다. 말할 때면 목소리가 노래하듯 떨릴 수도 있다. 그렇지 않으면 그저 남편에게 다가가서 지긋이 그의 손을 잡을지도 모른다. 표현에 적극적인 캐릭터라면 활기찬 반응을 보일 것이다. 펄쩍 뛰어올라 남편을 얼싸안거나 팔을 힘차게 내저으며 이 기쁜 뉴스를 듣고 떠오른 온갖 생각을 속속들이 늘어놓으려 할 수도 있다. 등장인물의 기질을 파악해두면 그에 맞춰 등장인물의 신체 언어와 음성 징후를 구상하는 게 쉬워진다.

편안한 관계와 상태

모든 상황을 편안한 기분으로 받아들일 수 있는 사람은 없다. 등장인물의 감정 표현이 개방적인가 그렇지 않은가도 그들이 어디에 있고 누구와 함께 있는지에 따라 달라지기 마련이다. 대체로 혼자 있을 때 사람은 가릴 게 없어지지만 다른 사람과 함께 있을 때는 조심하는 편이다. 누가 보고 있다 느끼거나 남한테 손가락질 받을까 봐 걱정하면 스스로 감정을 억제한다. 하지만 여러분의 등장인물이 신임하거나 같은 감정을 공유한다고 여기는 사람에 둘러싸여 있다면, 그 또는 그녀는 한결 편하게 자기감정을 표출하게 될 것이다. 원칙상 자기 느낌을 꺼내 보여도 괜찮다고 믿게 되면 보통은 그렇게 한다. 반대로 그렇지 않으면 하지 않는다. 그 점에 유의하며 장면을 구상해야 한다.

등장인물이 편안한 상태에 있다면 대화에도 반영된다는 것을 기억해두자. 어떤 사람이 되도록 자기 느낌을 남과 나누고 싶어하는가 하면 또 다른 사람은 침묵을 택하기도 한다. 이와 마찬가지로 여러분의 등장인물은 어떤 사람에 한해 마음의 문을 열고 편하게 대할 수도 있다. 그러니 관계의 성격에 따라 그들 사이에 오가는 대화의 양이 좌우될 수 있도록 해야 한다(대화를 통해 숨겨진 감정을 전하는 방법은 해당 장에서 다시 다루도록 하겠다).

자극 대 반응

모든 등장인물이 같은 관심사나 걱정거리 또는 신념을 지니는 것은 아니다. 따라서 주어진 시나리오 안에서 이들의 반응은 서로 다를 수밖에 없다. 세 친구가 식사 중인 식탁 위로 거미 한 마리가 가로질러 가고 있다. 테이크아웃용 포장지와 소금 병 사이의 틈새로 꼬불꼬불 기어 다니는 게 거미라는 것을 처음 알아챈 것은 은서이다. 그녀는 목이 턱 막히듯 숨을 빨아들이고는 허둥거린다. 그 바람에 의자 다리에서 끼익 하고 괴상한 소음이 난다. 두 번째로 본 것은 혜미이다. 그녀는 상체를 뒤로 젖히더니 팔짱을 낀다. 마지막으로 이 다리 달린 생명체를 알아본 것은 수지이다. 그녀는 미소 지으며 버려진 포장지 한 귀퉁이로 거미를 퉁겨내어 테이블에서 치워버린다.

같은 순간, 같은 자극에도 세 사람은 각기 다르게 반응한다. 바로 이게 감정의 본성이다. 은서의 반응은 공포에 사로잡힌 모습이다. 혜미는 거미를 그다지 위협적으로 여기지는 않지만 경계심을 드러내며 여전히 자기 자리를 지키면서도 자기 쪽으로 가까이 다가오는 것을 원치 않는다. 수지는 전혀 개의치 않고 누군가(아마도 은서가) 난리를 치기 전에 그저 거미를 치우는 데에만 신경 쓴다.

이런저런 상황에 관한 한 우리는 모든 등장인물이 같은 반응을 보일 거라든지 심지어 같은 감정을 느끼는지조차 섣불리 속단할 수 없다. 여러분의 등장인물이 주어진 자극에 어떻게 반응할지를 궁극적으로 결정하는 것은 삶의 경험과 개별적인 성향이다. 같은 상황을 두고 등장인물이 각자의 렌즈를 통해 다른 관점을 제시하게 되면 사태는 더욱 복잡해질 것이다. 하지만 이렇게 등장인물의 관점이 충돌하면 작가에게는 이득일 수 있다. 행동 양상과 감정 사이의 얽힘을 독창적으로 부각해 보여주는 또 하나의 훌륭한 장치가 마련된 셈이니까.

세심한 감정과 불안

등장인물의 감정적 진폭에 독특한 개성을 더할 수 있는 마지막 방법은 사람의 마음에 도사리고 있는 불안과 세심함을 헤아리는 것이다. 모든 등장인물에게는 약점이 있기 마련이다. 예컨대, 어딘가 편치 않거나 불안에 사로잡혀 품게 되는 회피의 감정 따위. 이런 감정이 불쑥 솟아날 때마다 여러분의 등장인물은 코너에 몰렸다는 느낌에 사로잡혀 싸우거나 달아나거나 아니면 순간적으로 경직되는 본능적 반응을 내보일 것이다.

강력하고 발작적인 반응 묘사는 등장인물의 심층 심리를 드러낼 수 있는 최상의 방법으로 그것은 종종 독자에게 감정적 외상에 관한 단서를 제공해줄 수도 있다. 그런 감정적 외상은 등장인물이 경험하고 나서 여전히 떨쳐버리지 못한 사건의 고통에서 비롯되었을 것이다. 삶의 격한 물살과 맞부딪치는 닻처럼 고질적인 트라우마는 다른 사람과 맺는 관계에 마찰을 일으키고 행복(성취)과는 거리가 멀어지도록 발목을 잡는다. 만일 여러분이 이야기의 전환점에 이른다면 트라우마를, 등장인물의 삶을 탈선시키는 계기로 써먹을 수 있다. 만일 그(그녀)가 현재의 자신과 목표 지점 사이에 가로놓인 도전 과제를 충분히 수행해낼 수 있을 만큼 강한 사람으로 성장해야 한다면 트라우마의 치유 과정만으로도 많은 것을 대신할 수 있다. 세심한 감정의 힘과 그것이 어떻게 활용될 수 있는지를 알아보기 위해 아래의 예문을 참고해보자.

행사가 끝나자 모든 사람이 한데 뒤섞였다. 그들의 목소리가 정원을 가득 메웠다. 민지는 그녀가 든 부케에서 목련 향기를 맡은 후 자신의 심란한 마음을 몰아내려는 듯 숨을 내쉬었다. 결혼식은 완벽했다. 바람은 잔잔했고 의자가 모자라지도 않았다. 또한 피로연 때 발을 헛디뎌 넘어지거나 풀밭 위로 난 길을 걷는 동안 의복에 문제가 생겨 말썽을 빚는 사람도 없었다. 이제야 그녀는 한숨 돌릴 수 있었다.

신부 수아는 몇몇 손님과 담소를 나누며 잔디밭 한가운데 서 있었다. 쏟아지는 햇살에 그녀의 광대뼈가 눈부셨고 그녀의 드레스와 베일을 점점이 수놓은 수정은 반짝거렸다. 정말 아름다운 모습이었다. 그녀의 친구들은 수아가 한동안 고통스러운 시간을 보낸 만큼—모친상과 몇 번의 유산—준영과 함께 이런 행복을 누릴 자격이 충분하다고 여겼다.

민지는 떡갈나무 고목 근처에서 촬영 준비 중인 사진사들을 확인하고는 주위를 다시 한번 둘러보았다. 신부 들러리인 그녀는 일정표에 맞춰 모든 사람을 챙겨야 했다. 그래서 그녀는 서둘러 신부 쪽으로 다가갔다.

민지가 도착하기 전 수아는 중년 부인 스타일의 자줏빛 드레스를 입은 한 노년의 여성에게 다가갔다. 그러자 노년의 여성이 수아를 얼싸안으며 이렇게 말했다. "나나, 네가 해냈구나!"

나나. 그 말이 민지를 송곳처럼 찔렀다. 그녀는 그 충격에 문득 멈춰 섰다.
"아이고 얘야, 비행기가 연착되긴 했지만 그렇다고 내가 오늘 같은 날 안 올 수 있나." 노년의 여성은 한발 물러나서 두 손으로 수아의 뺨을 어루만졌다. "이렇게 아름답다니."
수아는 할머니의 따뜻한 손을 잡았다. "할머니가 저한테 어떤 분인지, 그리고 오늘 이 자리에 와 계시다는 게 어떤 의미인지 아셨으면 좋겠어요. 그동안 늘 저를 보살펴주셨으니까. 게다가…".
"사랑한다, 얘야. 언제까지고 그럴 거야. 너희 엄마 몫까지 다해서."
민지의 눈가가 뜨겁게 달아올랐다. 한편에선 무거운 냉기가 그녀의 폐부를 뒤집어놓는 듯했다. 이 순간, 이 아름다운 순간이 오히려 그녀를 죽여가고 있었다.
"아 맞다, 나나. 그 친구 좀 찾아볼게요. 할머니한테 소개해주려고요. 저한테는 친자매나 마찬가지거든요. 덕분에 제가 아직 이렇게 멀쩡한 걸 거예요."
민지는 몰려 있는 하객 뒤로 쏜살같이 몸을 숨겼다. 사람들의 말소리에 민지를 부르는 수아의 목소리가 묻혔다. 그러는 동안 민지는 건물 내부로 통하는 유리문을 향해 더욱 걸음을 빨리했다. 조명이 더욱 밝아졌고 정원에는 향긋한 장미 향이 진동해서 그녀는 숨조차 내쉴 수가 없을 지경이었다. 민지는 수아가 할머니를 만난 게 실은 자기에게 가장 가혹한 일이 될 거라고 털어놓을 수도 없었다.

이 예문에서 보면 정신적 외상을 안긴 어떤 일이 민지의 과거에 벌어졌고 그게 할머니와 연관되어 있다는 게 명백하다. 그게 무엇이든 그 얼룩자국이 너무 커서 자기와 힘든 순간을 견디며 우애를 나눠온 절친을 바라보는 것도 참기 힘들 정도로 고통스럽다. 그래서 결국 그녀는 자리를 피한다.

이 상황은 민지의 다친 감정에만 조명을 비추고 있는 게 아니라 매우 적극적으로 그녀의 과거를 들여다볼 수 있는 창도 내준다. 독자는 이제 뒷얘기가 궁금해져서 무슨 일이 있었는지 알아내야겠다는 호기심으로 계속 읽어나가게 된다. 또한 민지가 상처를 입으면 같이 상처를 입을 정도로 그녀와 한마음이 되어 그녀가 행복을 찾고 부디 힘든 과거에서 벗어날 수 있기를 바라게 된다.

등장인물을 상처받은 캐릭터로 설정하면 여러분은 그런 캐릭터를 활용해 강력한 느낌을 자아내는 장면을 쓸 수 있다. 상황 설정만 잘하면 한결 작업이 쉬워진다. 등장인물의 불안이 깨어날 수 있도록 혹은 과거의 상처가 자극받도록 후속 사건을 유발하는 촉매(할머니 같은)를 끼워 넣으면 여러분도 등장인물의 느낌을 그 시점 그대로 표현하는 게 가능하다. 이런 수법은 또한 무엇이 고조된 반응을 불러일으키는지 독자에게 정확히 알려주는 데도 도움이 된다.

대화를 활용해 감정 다루기

등장인물이 어떤 사람이고 그들의 감정 반응이 어떤 식으로 튀어나올지를 안다는 것은 이제 집필에 들어갈 준비를 마쳤다는 뜻이기도 하다. 앞에서 언급한 바와 같이 소통이 언어(대화)와 언어 이외의 방식(묘사)으로 이뤄지니만큼 작가는 등장인물의 감정 상태를 드러낼 때 두 가지 방식 모두를 다루는 데 능숙해질 필요가 있다. 전자에서부터 시작해보자.

대화는 우리가 다른 사람들과 소통하는, 가장 기본적인 방법이다. 우리는 대화를 통해 생각과 정보를 나눈다. 타인과 관계를 맺고자 할 때, 대화만큼 효과적인 것은 없다. 관계를 맺고자 하는 욕망 때문에 우리는 친구들과 함께 커피를 마시러 가거나 배우자가 될 사람과 데이트를 한다. 또는 하루를 어떻게 보냈는지 말해보라며 자녀들에게 잔소리도 한다. 이처럼 우리는 사람들과의 관계를 단단히 해두고 싶어하는데, 그렇게 하는 가장 확실한 방법은 다른 사람과 느낌을 공유하는 일이다. 그도 그럴 것이 우리의 감정을 남들에게 내보이는 것은 약점 노출의 부담—여린 마음이 드러나도록 보호막 한 겹을 바깥쪽으로 접어 올리는 일—을 떠안는 일이기는 해도, 결과적으로 이 과정이 거의 모든 경우 깊은 관계 맺기로 이어지기 때문이다.

등장인물의 감정을 드러내는 가장 자연스러운 방법 가운데 하나는 다른 사람과의 대화를 끼워 넣는 것이다. 여기에선 대화의 요소를 제대로 구사하는 게 중요하다. 독자는 대화에 등장하는 언어 교환이 얼마나 실제 생활에 충실한지 예리하게 가늠해볼 테니까 말이다. 여러분이 등장인물의 느낌이 생생히 드러나는 대화를 쓰고자 한다면, 그리하여 그 대화가 독자에게 사실처럼 받아들여지기를 원한다면, 아래 이어질 조언을 명심해야 한다.

개인적 특성과 전사를 활용한다

여러분이 앞 장에서 문제가 될 만한 탐구 과제를 훑어야 했던 데는 다 그만한 이유가 있다. 등장인물의 캐릭터는 그들이 닥친 상황에 감정적으로 어떻게 반응하는지에 따라 좌우된다. 아래의 예문을 보면서 자기 상사와 난감한 대화를 나눠야 하는 어떤 사람을 참고해보자. 개인적 특성이 어떻게 의사 교환의 흐름에 반영되는가. 자신감이 없거나 우유부단한 누군가를 살펴볼 수 있는 예가 아래에 나와 있다.

명준은 문틀을 두드렸다. 불여우는 올려다보지도 않았다. 그저 판매 보고서의 숫자에 밑줄을 긋는 데만 계속 열중할 뿐.

"저기, 한 팀장님?"

대답이 없다.

그는 앞으로 어떤 일이 벌어질지 조바심치며 몸을 앞으로 기울였다. 그는 이 일을 망칠 수 없었다. 서현과 약속한 동호회 모임을 또 그르칠 수는 없는 노릇이었다.

명준은 반쯤 발을 질질 끌며 그녀의 사무실 안으로 들어섰다. "저기… 이번 주 주말 말씀이시죠? 팀장님께서 이메일로 저한테 근무해야 한다고 하신 건 잘 알겠는데요 하지만… 저한테도 일정이 좀 있어서…".

"취소하세요." 그녀는 그녀 특유의 관대한 목소리로 그렇게 말했다.

그가 아무 대답도 하지 않자 그녀는 고개를 들었다. 그는 양탄자 깔린 바닥으로 눈을 내리깔았다.

이 대화에서는 명준이라는 인물의 됨됨이가 드러난다. 하지만 그가 자신감 있게 상대방과 눈길이 마주치는 것을 두려워하지만 않았어도 상황은 전혀 달라졌을 것이다.

태환은 문을 열기 전에 쿵쾅 하고 두드렸다. "흠흠, 한 팀장님?" 조용하다.

그는 목청을 가다듬은 뒤 문손잡이를 움켜잡았다. "이번 주말에는 근무하기 어렵겠습니다. 일정이 있거든요."

"취소하세요." 그녀는 올려다보지도 않고 그렇게 말했다.

열기가 그의 내부에서 작렬하는가 싶더니 그는 몸을 최대한 꼿꼿이 세웠다. "저는 그렇게 벼락치기로 근무할 수는 없습니다." 그는 아랑곳하지 않고 목소리에 힘을 주었다. "월요일 같으면 늦게까지 남아 있을 수도 있지만 이번 주말은 아닙니다. 물론 저는 최선을 다하겠습니다만."

그의 이런 태도가 그녀의 주의를 끌었다. 그녀는 그를 뚫어져라 바라보았다. 그도 똑바로 그 시선을 마주했다. 눈싸움으로 그를 위협할 수 있다고 여겼다면 그녀는 결코 그에게서 열두 살 난 소년의 모습을 찾아내지 못했을 것이다.

등장인물은 양쪽 모두 신경이 곤두선 상태로 이 상황에 들어서지만 감정은 각자의 됨됨이에 따라 사뭇 다르게 표출된다. 그런 이유에서 여러분이 인물의 배경 설정을 철저히 해두는 것은 아주 중요하다. 그리하여 여러분은 등장인물의 기질과 이야기가 변곡점에 다다를 때 그것이 어떤 양상으로 나타나게 될지 내다볼 수 있게 된다.

언어적 요소와 언어 이외의 요소를 결합하기

대화라고 하면 우리는 거의 모든 경우에 말로 하는 것을 떠올린다. 하지만 정작 대화는 입 밖에 낸 말 이상의 무엇으로 이루어진다. 신체 언어는 대화를 이루는 또 하나의 구성 요소로 모든 의사 교환에서 일정 부분을 차지한다. 그걸 빼면 대화가 부자연스러워져서 독자를 이야기 밖으로 밀어낼 수도 있다. 하나의 예로 명준의 대화가 오로지 말로만 이어진다고 가정해보자.

"저기, 한 팀장님?"

"저기… 이번 주 주말 말씀이시죠? 팀장님께서 메일로 제가 근무해야 한다고 하신 건 알고 있습니다만… 그래도 일정이 좀 있어서…."

"취소하세요."

여전히 명준이 쩔쩔맨다는 게 전해지긴 해도, 그의 됨됨이는 별로 읽히지 않는다. 게다가 어떻게 대화가 통하지 않는지 보이지 않아 어설프게 다가온다. 사람들은 말할 때나 움직일 때나 심지어 사물을 만지작거릴 때조차도 자세를 바꾼다. 움직임을 묘사에 활용한다면 돌멩이 하나로 두 마리 새를 잡듯 감정 상태를 은밀히 드러낼 수 있으며, 이는 작품 전체에 입체감을 더해준다.

《픽션 작가를 위한 자체 편집》이라는 뛰어난 교재를 쓴 브라운과 킹은 대화에 깔리는 사소한 액션을 두고 '비트'라고 부른 바 있다. 비트에는 여러 용도가 있는데 그중 하나는 '말하는 자의 자기 감각을 드러내는' 데 쓰인다. 제이슨의 비트는 (문을 두드리는 손짓, 상체의 중심 이동과 질질 끄는 발, 상사의 시선에 무기력한 투항 등) 그가 얼마나 위축되어 있는지를 명쾌하게 표현한다. 이는 점진적으로 그 인물의 됨됨이를 드러내며 부차적인 임무를 완수하게 된다.

목소리와 말하기 패턴에서 음성 징후(변화) 또한 등장인물의 감정 상태를 명확히 드러내준다. 우리는 이 예를 명준의 우물거리는 말투와 태환의 커진 목소리에서 본다.

그러니 여러분이 인물 사이의 대화를 공들여 다듬자면 인물이 하는 말에 주의를 기울이는 만큼 그들의 목소리에 실린 감정도 고려해야 할 필요가 있다. 그리고 반드시 비트를 포함해야 한다. 비트는 등장인물이 어떤 사람인지 간접적으로 드러내면서 그가 겪는 감정 상태를 독자에게 확실히 전해준다.

인용구를 절제하자

말 사이에 등장하는 대화 인용구에 대해 잠시 짚고 넘어가기로 하자. 이것은 누가 말하는가를 가리키는 일이다. **그가 말했다, 그녀는 투덜거렸다, 그들은 소리쳤다**, 이런 식으로. 여기에는 선택의 여지가 많고 그중 어떤 것은 감정을 표현하기도 한다. 웅얼거리거나 쉭쉭 소리를 내거나 화난 상태가 함축된 단어를 동원하는 이유는 명확하다. 말 그대로 누군가가 웅얼거리거나 투덜거리거나 소리를 지르는 경우에 쓰일 테니까. 하지만 얼마 지나지 않아 흔해지는 인용구는 튀어 보이기 시작할 테고 여러분의 글은 과장되거나 유치한 쪽으로 흐르게 될 공산이 크다.

이런 경우는 그저 담백하게 '말했다'고 하는 것이 가장 무난하다. '말했다'는 원고 상에서 거의 눈에 들어오지 않는다. 여러분이 그것을 과용하지만 않는다면, 설령 그게 모든 인물에게 사용된다 해도 그다지 반복되는 느낌을 주지는 않을 것이다. 굳이 인용구를 확장해 써야 한다면 중요한 장면이나 감정이 고조된 순간을 위해 아껴두는 것이 좋다. 절제해서 사용하라. 그러면 그러한 인용구는 여러분의 이야기에 역행하는 대신 오히려 도움이 될 것이다.

기억해둬야 할 또 한 가지는 인용구가 늘 필요하지는 않다는 점이다. 지금 누가 말하고 있는지 독자가 모를까 봐 크게 걱정하지 마라. 독자는 충분히 알고 있다. 그래도 걱정이 된다면 이 부분에서 조심스럽게 비트를 활용할 수 있다. 앞 장의 예문으로 돌아가서 보자면, 물론 얼마 되지 않은 말들이 오가긴 해도 각자에게 하나씩밖에는 직접적인 인용구가 나오고 있지 않다. 하지만 비트의 배합 덕분에 대화를 따라가기가 쉽다

감정 변화를 보여주기 위해 음성 징후 활용하기

일찍이 언급해둔 바와 마찬가지로 목소리 그 자체는 등장인물의 감정 상태를 보여주는 데 활용될 수 있는 또 하나의 도구이다. 어떤 감정에 휩싸이면 가장 먼저 목소리부터 변한다. 목소리는 가장하기가 아주 힘들다. 목소리 관리에 실패한 짧은 한순간을 포착할 수 있다면 여러분은 감정의 흐름을 명확히 독자에게 내비칠 수 있다. 다음의 음성 요소로 이와 같은 주장을 검증해보자.

- **음높이**: 목소리가 높고 새된 편인가, 아니면 낮게 깔리면서 걸걸한가?
- **성량**: 등장인물의 목소리가 적정한 성량에서 거의 고함 수준으로까지 오르내리는가? 목소리가 거의 속닥거리다시피 낮아지는가? 인물들이 알맞은 성량을 유지하려고 애쓰는 게 확실한가?
- **어조**: 누군가가 흥분하면 또렷한 어조에 숨소리가 뒤섞이거나 허스키하게 변하는가? 등장인물이 눈물을 흘리려는 순간 목소리가 갈라지거나 잠기는가? 열 받으면 목소리에 높낮이가 사라지면서 무표정해지는가?
- **발화 패턴**: 수다스럽던 등장인물이 돌연 잠잠해지는가? 수줍고 말솜씨가 어눌한 상대방은 입을 열기 시작하는가? 학력 좋은 등장인물의 대화에서 어색한 구문 사용이 보이는가? 말을 더듬거나 혀짤배기소리를 내지는 않는가?
- **단어 선택**: 등장인물이 평소 사용하지 않으면서도 감정적으로 변하면 사투리가 나온다고 할 때 그건 주로 어떤 단어인가? 비속한 표현과 욕설? 등장인물이 처음 배운 언어에서 나온 단어와 어구? 상투적인 친근감의 표현?

등장인물의 일반적인 화법과 말버릇 등의 기준선을 설정해둔다면 독자는 그 변화를 단서 삼아 감정의 흐름이 이동하고 있음을 알아챌 수 있다. 그렇긴 해도 한 가지 유의 사항은 상당수 단서가 여러 가지 다양한 기분을 암시하는 데 활용될 수 있다는 점이다. 떨리는 목소리는 슬픔, 두려움, 의구심, 분노, 또는 위축감 따위를 가리킬 수 있는데 더 이상의 정보가 없다면 독자는 등장인물이 그중에서 어떤 느낌에 사로잡혀 있는지 알기 어렵다. 그러니만큼 음성 징후를 속마음(화자 시점이 가능한 경우)이나 신체 언어와 한 쌍으로 결부 짓는 게 중요하다. 상황에 따른 맥락을 제시하는 것도 독자가 명료하게 사태를 파악하는 데 도움이 될 것이다.

대화 표현에 조금 더 철저해지도록 하자

실제 생활에서 회화는 복잡다단하다. 우리가 대화를 통해 주로 정보를 공유하거나 습득한다손 쳐도, 대화의 목적이 단순히 의사 교환에만 있는 것은 아니다. 그런데도 우리는 작품 속에서 대화를 그저 정보 전달 용도로만 사용한다. 이것은 결과적으로 정보의 창고(잡동사니)만을 만들 뿐이다. 작가 자신이 전사의 무거운 대목이나 이야기 전개 과정에 빠져 허우적대는 경우가 이럴 때이다. 그렇게 되면 전개가 지루해지면서 이야기 흐름에 찬물을 끼얹는다. 독자의 흥미도 뚝 떨어뜨린다.

대화가 정보를 공유하기에 좋은 수단이 아니라는 말을 하려는 게 아니다. 다만 그게 대화의 유일한 목적이어서는 안 된다는 것이다. 언어상의 의사 교환을 예리하고 입체적으로 다루려면 다음과 같은 질문을 던져봐야 한다. 이 대화에서 나의 등장인물이 원하는 것은 무엇인가?

다른 사람과 의사소통을 하는 데는 저마다 다른 이유가 있다. 어떤 이는 친교가 목적이라면 다른 이가 원하는 것은 그저 남에게 인정받는(오, 통찰력이 대단하네!) 것일 수 있다. 고압적인 사람은 상대를 말로 제압하는 데서 강한 쾌감을 느낀다. 또 다른 누군가는 주변 사람에게 짭짤한 정보를 제공함으로써 자기 존재감을 드러내려 한다. 그런 예는 얼마든지 계속된다.

대화에서 등장인물의 목적이 무엇인지 파악해두면 여러분은 대화를 채워나갈 아이디어를 쉽게 얻게 될 것이다. 어떤 방향에 맞춰 대화의 흐름을 이끌어갈 것인지, 대화 주제로 누구를 끌어들인 것인지, 특정 화제를 일부러 피하게 할 것인지, 어떤 대목에서 뒷걸음질을 칠 것인지 등등. 이런 면을 숙지해둔다면 여러분은 더 나은 아이디어를 얻게 될 것이다.

대화 당사자들이 서로 다른 욕망을 숨기고 있는 것도 중요하다. 이런 면은 내재한 갈등을 불거지게 할 때 유용하다. 목표 지점을 두고 대립하는 것은 누군가—어쩌면 양쪽 다—가 원하는 것을 얻지 못하는 결과로 이어질 테니까 말이다. 한 남성에게 호감을 느껴 대화를 적극적으로 주도해나가려는 여성과 이 여성과의 친분을 통해 뭔가 얻을 게(평판, 업무, 인맥 등) 있다고 생각해 응대하는 남성 사이의 대화 양상을 한번 상상해보자. 이와 같은 시나리오에서는 누군가는 낙담하게 될 테고 그렇게 꺾인 욕망은 격한 감정을 초래하게 된다. 독자를 끌어당기기에 딱 좋은 상황이다.

그러니만큼 언어상의 의사 교환을 여러분이 드러내고자 하는 정보 전달에 활용하되, 절대로 진공상태에서 그것을 다루지 말라는 것이다. 등장인물의 각각의 목표 지점을 고려하고 의사 교환 속에 스며 있는 감정을 효과적으로 활용할 수 있어야 대화가 한결 흥미로워질 거라는 사실을 명심하자.

서브텍스트:
이면을 들여다보기

실감 나는 대화를 쓴다는 것은 쉽지 않다. 까다로운 작업으로 도움이 될 만한 자료를 충분히 찾아보고 연습해야 터득할 수 있다. 그러나 효과적으로 대화를 구사하고자 할 때 우리가 명심해둬야 할 사실이 한 가지 더 있다. 그것은 우리의 일반적인 의사소통이 직설적으로 이뤄질 때가 드물다는 점이다. 표면상으로야 그저 단순하게 밀고 당기는 것처럼만 보일 수 있지만, 조금 더 깊이 들여다보면 우리가 나누는 대화는 어느 정도 치밀하게 짜여 있다. 우리는 아는 것을 꺼내놓지 않고 감정을 숨기며 실제로 말하고자 하는 바를 빙빙 돌려 표현한다. 어떤 화제는 피하기도 하고 단점은 숨기고 강점은 과장한다. 이런 모습은 우리의 대화가 전반적으로 솔직하지 못한 의사 교환이 되도록 이끈다.

이 같은 사실을 전제할 때 등장인물 사이에 우리가 온전히 투명한 대화만을 쓴다고 하면 사람들이 일반적으로 다른 이들과 맺는 관계 방식과는 거리가 먼 탓에 아무런 감응도 주지 못할 것이다. 서브텍스트는 대화에서 아주 큰 부분이다. 그것은 흔히 어느 형태로든 감정과 결부되어 있다. 그러니만큼 우리는 등장인물의 상호작용 속에 그것을 당연히 포함할 필요가 있다.

간단히 정의해서 서브텍스트란 밑에 깔린 의미란 뜻이다. 대화할 때 여러분은 표면상으로 빤한 말이나 '받아들여질 만한' 감정만 내보인다. 하지만 거기에는 나누기 불편해서 감추려고 드는 여러 요소가 저 아래 숨어 있다. 예컨대, 진짜 의견, 실제로 원하는 것, 두려워하는 것, 상대방을 상처 입힐지도 모를 감정 같은 것. 이렇게 밑에 깔린 요소가 바로 서브텍스트인데 그것은 등장인물이 적극적으로 숨기려 들고 (종종 무의식의 차원에서) 또 그러기를 원하기 때문에 중요하다. 이것은 등장인물이 뭔가를 공공연하게 전할 때조차 100% 진실이 아니므로 겉으로 드러난 것과는 전혀 다른 말과 행동을 불러온다.

아래의 예문에서 10대의 딸과 아빠 사이에 오가는 대화를 참고해보자.

"그래, 파티는 어땠니?"

민지는 웃음 띤 얼굴로 인스타그램 포스트에만 푹 파묻혀 있었다.

"아주 좋았어."

"다행이다. 좋은 시간을 보낼 줄 알았어. 누구누구 있었니?"

그녀는 순간 입이 탔다. 침을 삼킬 수도 없었다. 머그잔 너머로 그녀를 지켜보고 있는 아빠한테 그렇다는 것을 들키고 싶지 않았다. 벌써 한 시간째 그는 마치 짙은 안개를 가르고 새어 나오는 두 개의 불빛처럼 두 눈을 번쩍거리며 뭔가 탐색 중이었다.

"늘 오는 애들. 태희, 수지, 인성이."

그녀는 어깨를 으쓱해 보였다. 여긴 더 볼 게 없네. 넘어가자.

"동하는 안 왔니? 어제 사무실에서 걔 엄마랑 우연히 마주쳤거든. 근데 갈 거라고 하던데."

"응, 맞아. 왔던 거 같아."

그녀는 빠르게 액정을 아래로 쓸어내렸다. 화면이 뿌옇게 일그러졌다.

"애가 착한 거 같더라. 그 친구하고 걔 엄마까지 해서 언제 저녁 한번 같이 하면 어떨까 싶은데."

그녀는 가슴이 철렁했다.

"글쎄, 잘 모르겠어." 폰을 든 손이 덜덜 떨리자 그녀는 폰을 내려놓은 후 두 손을 깔고 앉았다. "걔랑 나는 잘 어울려 다니는 편이 아니거든."

"아, 그래?" 아빠는 집을 나서기 전 그릇에서 사과 하나를 집어 들었다. "그래도 한번 생각해보렴. 새로운 사람들과 새로 관계를 맺기 시작한다고 해서 나쁠 것도 없잖니."

아빠가 계단을 내려가는 발소리가 나자 민지는 땅이 꺼질 듯한 한숨을 내쉬었다. 어떻게 저토록 무관심하고 아무것도 모르는 아빠가 또 일 머리 하나만큼은 기가 막히게 잘 돌아갈 수가 있담?

민지가 자기 아빠에게 솔직하지 않다는 건 명확해 보인다. 그녀는 지금 모든 게 다 괜찮다는 의사를 전하고 있지만 우리는 표면 밑으로 다른 이야기가 있다는 것을 알고 있다. 파티에서 무슨 일이 일어났다. 그 일은 한 사내 녀석과 관련이 있고 그녀는 그를 피한다. 그래서 그녀는 자기 아빠가 그 일에 관해 알기를 바라지 않는다. 그 일이 아빠에게 감춰져 있는 동안 독자는 민지의 진짜 감정을 엿보게 된다. 그것은 조바심, 걱정, 그리고 어쩌면 죄책감일지도 모른다.

이런 게 바로 대화상에서 나타날 수 있는 서브텍스트의 묘미이다. 서브텍스트를 통해 등장인물은 어떤 식으로든 다른 사람과의 관계에서 불가피하다고 여기는 속임수를 끌어들이는가 하면 독자에게는 자기의 진정한 감정과 어떤 행동의 계기를 드러낸다. 그것은 자연스럽게 이야기에 긴장과 갈등을 더하고자 할 때 더할 나위 없이 좋은 방법이기도 하다. 서브텍스트가 없다면 이 장면은 상당히 지루해질 게 빤하며 그저 부녀가 아침에 일상적으로 나누는 한담에 그쳤을 것이다. 서브텍스트 덕분에 우리는 민지가 파티에서 벌어진 일을 절박하게 비밀로 간직하고자 발버둥 치지만, 이야기가 전개될수록 그게 점차 어려워지리라는 것을 알 수 있다.

그렇다면 우리는 어떻게 독자를 혼란스럽게 하지 않고도 등장인물의 대화에 서브텍스트를 끼워 넣을 수 있을까? 역설적이게도 이번에는 상당히 직설적인 수법이 필요하다. 그저 일찌감치 공유된 감정 노출의 수단, 즉 대화 · 음성 징후 · 신체 언어 · 속마음 등에 본능적 반응을 결합하기만 하면 된다. 행위에 반영된 예를 확인하기 위해 그런 요소가 민지에게 어떻게 활용되었는가를 자세히 검토해보기로 하자.

우선 우리는 민지의 말을 전혀 신뢰할 수 없다. 모두가 입을 열기 시작하면 어느 정도는 꼬마 피노키오처럼 변하는데 민지도 예외가 아니다. 그녀의 말은 반어적으로 소리 지르고 있다. 파티에서는 아무 일도 일어나지 않았고 나는 괜찮아! 하지만 그녀의 신체 언어(웃음 띤 얼굴, 소셜 미디어 화면 쓸어내리기, 덜덜 떨리는 손 등)와 본능적 반응(바싹 말라오는 입, 철렁거리는 가슴 등)은 뭔가 다른 이야기가 있다는 것을 말해주고 있다. 그녀의 속마음도 꽤 솔직하게 드러난다. 이것은 뭔가 사사로운 비밀이 있을 때 속마음이 활발히 표현된다는 것을 보여준다.

언어 이외의 수단은 대화의 속내를 까발리고 진짜 감정이 무엇인지를 폭로한다는 의미에서 동생들을 약 올리는 일과 비슷하다. 그것들을 한데 배합해서 사용할 경우에는 등장인물의 서사가 한결 풍성해지면서 독자가 봐야 할 그림을 완전하게 그려 보일 수 있다.

숨겨진 감정을 보여주기 위한 그 밖의 기술

과잉 반응과 과소 반응

등장인물에 관한 배경 작업을 마무리 지었다면 이제는 그들이 평소 자극에 어떤 태도를 보일지 파악해둔 셈이니 개연성 높은 반응을 쓸 수 있다. 독자는 등장인물의 감정적 격앙에 공감하면서 무슨 일이 일어날지 기대하게 된다. 그래서 등장인물이 어떤 상황에 예기치 못한 방식으로 반응할 경우, 말하자면 그것은 독자에게 "주목! 여기가 중요한 대목입니다" 하는 경보이다.

어떨 때 이것은 과민 반응을 통해 나타나기도 한다. 예컨대, 외견상 평범한 상황인데도 등장인물이 흥분하는 경우. 이런 경우는 독자에게 뭔가 심상치 않은 일이 벌어지고 있다는 것을 말해줄 뿐 아니라 돌연 등장인물이 격분해 사태를 악화시키는 등 더 큰 문제를 일으키는 전환점이 된다.

과소 반응은 한결 가라앉아 있는 태도라 부수적인 갈등의 씨앗이 될 소지가 적긴 하지만 숨겨진 감정을 드러내는 촉매제로 효과적이다. 독자가 아는 한 어떤 상황에서 등장인물이 감동하거나 불안에 떨어야 하는데도 정작 그런 일이 벌어졌을 때 아무 반응도 보이지 않거나 확연히 억제된 반응만 나타낸다고 상상해보자. 애써 대수롭지 않게 여기려는 반응에서 우리가 명백하게 알 수 있는 것은 등장인물이 자기가 느끼는 실제 감정의 노출을 두려워한다는 점이다. 따라서 그런 반응은 숨은 감정을 암시하는 데 효과적일 수 있다.

이처럼 모든 이야기는 등장인물로 하여금 반응할 수 있는 계기를 마련해주면서도 그들이 예기치 않은 방식으로 반응한다는 시나리오를 포함해야 한다. 그 도화선은 등장인물의 전사와 연결된다. 정신적 외상과 상처 입은 감정은 구체적인 상황을 설정하거나 등장인물을 도발할 상대 인물을 배치할 때 큰 도움이 될 수 있다.

틱과 말하기

등장인물이 자기 느낌을 감추는 데 아무리 능숙하다 해도 그들 모두는 제 나름의 내밀한 말하기 방식을 가진다. 애써 숨기려고 가식을 떠는데, 그런 것은 부지불식간에 무심코 드러난다. 작가로서 여러분은 등장인물을 속속들이 파악하고 있어야 한다. 그들을 자세히 들여다보면서 그들이 솔직하지 않게 굴 때 몸에 어떤 변화가 일어나는지 생각해두어야 한다.

입을 가리거나 결혼반지를 빙빙 돌리거나 입술을 깨무는 것은 신체적 신호이거나 행동거지일 수 있다. 어쩌면 그것은 일찍이 앞에서 언급한 음성 징후의 하나일지도 모른다. 근육 경련이나 과도한 눈 깜빡임처럼 진짜

틱일 수도 있다. 여러분의 등장인물에게는 어떤 의미인지 검토해본 후 그들이 뭔가를 감추고자 할 때 저런 식의 말하기 방식을 활용해보자. 독자는 그것을 알아차리고 무슨 뜻인지 깨닫게 될 것이다. 작품 안에서는 보이는 게 다가 아니다.

싸우거나 회피하거나 얼어붙는 태도

가장 일반적인 의미에서 싸우거나 회피하거나 얼어붙는 태도는 실제로 당하거나 감지된 위협에 대해 몸이 나타내는 생리학적 반응이다. 우리는 이런 상황을 일상에서 다반사로 볼 수 있는데, 예컨대 누군가가 어떤 사람의 공간을 침범할 때 그런 일을 당한 사람은 하던 일을 멈추거나 그 자리에서 달아난다. 대화할 때도 소소하게 이런 경우가 생겨나기도 한다.

모든 등장인물에게는 다른 사람과 관계 맺을 때 밑에 깔린 목적이 따로 있다는 점을 기억하자. 그 목적이 위협받거나 불안해진다고 느낄 때 싸우거나 회피하거나 얼어붙는 반사작용이 튀어나온다. 등장인물이 평소 태도를 파악해두면 아주 효과적으로 이런 반응을 활용할 수 있다.

싸우겠다는 태도는 천성적으로 대립을 일삼는다. 여기에는 직접 맞붙고자 적대자에게 돌아서서 자기 몸이 더 커 보일 수 있도록 어깨를 쫙 펴거나 상대방을 심하게 모욕하는 언사도 불사하는 인물이 포함될 수 있다. 회피하려는 경향이 강한 인물은 다음과 같이 상황을 모면하려는 태도를 보인다. 화제 바꾸기, 대화에서 빠지기, 모임에서 물러나거나 떠날 이유를 급조하기 등등. 만약 근심이나 불안이 촉발되기라도 하면 그들은 그저 꼼짝없이 얼어붙어서 상황을 타개해나갈 수도, 그 순간에 필요한 말을 찾아 쓸 수도 없을 정도로 무기력해져서 외부의 어떤 힘이 그들을 풀어주지 않는 한 아무런 대응도 할 수 없게 될 것이다.

등장인물이 대화할 때 싸우거나 회피하거나 얼어붙는 태도를 보일 경우, 특별한 설명 없이도 독자는 그들이 위협받고 있다는 것을 인식하게 된다. 이것으로 공감을 자아낼 수 있다. 그리고 그 공감의 이유를 독자 스스로 상상하면서 독자는 작품에 점점 더 몰입하게 될 것이다.

수동적인 공격 반응

수동적인 공격성은 분노를 표현하는 은밀한 방법이다. 등장인물이 잔뜩 성나 있지만, 마땅히 그것을 드러내는 게 여의치 않다고 느낀다면 그들은 자기 실제 기분을 드러내지 않고도 그 사람에게 앙갚음할 수 있는 어떤 방법으로 넘어가려 할 것이다. 자기가 하고 싶은 말은 절대 하지 않고 "우린 아무 문제없어"라든가 "바로 처리 할게요"같이 반어적으로 얼버무릴 것이다. 이때는 가식적인 칭찬, 맥락 없는 농담, 은근한 모욕, 소심한 비아냥이 동원되기 쉽다. 다른 사람이 미처 알아채지 못하거나 어떻게 받아쳐야 할지 난감한 방식으로 의뭉스럽게 자기 기분을 표현할 수 있다.

애초부터 수동적인 공격성은 사실을 은폐하고 들어가므로 꽤 까다로운 기술에 속한다. 하지만 등장인물이 내밀하게 노출하는 신체적 신호(특히 대화 직후)나 다른 사람이 보고 있지 않을 때 드러내는 징후 또는 속마음 등을 동원한다면 충분히 세심하게 다룰 수 있다.

신선한 감정에 대해 묘안을 떠올려보기 위한 보충 아이디어

곡예 부리듯 여러 측면을 동시에 고려하면서 교감이 생겨날 수 있게 감정을 묘사하는 것은 하나의 도전이 될 수 있다. 독자가 등장인물에게 감정을 이입해 그 순간을 공유하게끔 글을 쓰는 것은 어려운 작업이다. 게다가 친숙한 동시에 참신해야 한다. 이 책의 감정 표현법 목록을 공부하면 여러분은 등장인물을 살릴 묘사 방식을 이해하고 감정 표현의 중요성을 어느 정도 깨닫게 될 것이다. 또 무엇이 있을까? 작가에겐 집필에 도움이 될 만한 신선한 아이디어가 늘 필요하다.

기억을 헤집어보기

잠시 컴퓨터 자판에서 떨어져 여러분의 등장인물이 어떤 감정을 느낄지 생각해보자. 아마도 여러 가지일 테지만 여러 다른 감정은 결국 하나의 뿌리에서 가지를 치는 셈이다. 그게 어떤 감정인지 확인하게 될 경우 언제 이와 똑같은 감정을 체험했는지 떠올려보자. 그러는 게 불편하지 않다면 그 순간을 기억 속에 재생해보면서 여러분의 몸이 그 기억에 반응하도록 해보자. 일례로 죄책감과 관련된 경우, 몸에 어떤 변화가 일어나는가? 미열이 생기거나 입에 고이는 침 맛이 시큼한가? 위장이 오그라드는 듯한가? 목구멍이 조여오거나 따끔거리는 느낌이 드나?

도움이 된다면, 자리에서 일어나 주위를 어슬렁거려보자. 죄책감을 떠올린 순간 몸이 어떻게 움직이는지에 집중하자. 예컨대, 어깨가 잔뜩 처지거나 자세가 구부정한가? 눈은 떠 있는가, 감겨 있는가? 어딘지 가렵고 따끔거리거나 거북한 느낌이 드는가?

속마음에 집중해야 한다. 속마음은 독자로 하여금 여러분의 등장인물이 무엇을 느끼고 있으며 그로 인해 어떤 반응이 일어날지 정확히 살피고 들여다보도록 하는 창이다. 관련된 사람, 어쩌면 여러분이 나중에 등장시킬 누군가에 대해서도 챙기고 있는가? 만일 다른 사람에게 등장인물의 비밀이 발각될 경우 그 일이 얼마나 참담한 일일지 생각해보았는가? 실제로 누군가 곧장 방에 들이닥쳐서 비밀을 캐묻는 일이 발생한다면 과연 등장인물은 어떻게 대처하게 될까?

등장인물이 적절히 풀어갈 표현이나 응답을 이모저모 주의 깊게 돌아보며 계속 준비하고 살펴야 한다. 그러고 난 뒤에라야 여러분은 등장인물의 개별적 특성과 감정적 진폭에 부합하도록 독창적인 방식을 덧입힐 수 있다.

사람 관찰

실례나 무례를 범하지 않는 범위에서 타인을 유심히 관찰하는 것도 도움이 된다. 우연히 다른 사람의 대화를 엿듣게 된다면, 거기에서 신체 언어에 대한 최상의 아이디어를 뽑아낼 수도 있다. 일상에서 그럴 기회를 찾아보자. 식당에서 계산서가 나오기를 기다릴 때라든가 상점에서 쇼핑할 때라든가 바리스타가 커피를 만드는 동안 기다리며 서 있을 때라든가. 물론 무례를 범하지 않도록 조심해야 한다. 고조된 감정을 잡아낼 수 있다면 금상첨화이다. 눈에 뜨일 정도로 기분이 상해 있거나 흥분한 상태이거나 낙담하고 있는 사람은 누가 시키지 않아도 독특한 신체 동작을 드러내 보이곤 한다.

뜻하지 않게 다른 사람이 서로 주고받는 말을 엿들을 경우에는 음성 징후와 화법의 패턴에 주목해보라. 여러분은 타인의 말소리의 높낮이 변화, 우물거림, 목청 가다듬기 등에서 어떤 특징을 집어낼 능력을 갖추고 있는가? 숨겨진 감정을 은폐하면서 진짜 속내를 넌지시 던지는 순간을 포착할 수 있는가?

영화 보는 동안 메모하기

감정의 진폭을 관찰할 수 있는 또 하나의 멋진 대상은 TV 쇼와 영화이다. 제4의 벽이 허물어지지 않는 한 배우가 관객에게 내적인 독백을 직접 늘어놓는 경우란 발생하지 않는다. 이것은 배우가 자신의 느낌을 오로지 액션과 대화를 통해서만 보여줘야 한다는 의미이다. 펜과 메모장을 손에 들고 스토리텔링에 반영하고 싶어질지도 모를 감정 표현의 변주를 받아 적어보자.

영화뿐만 아니라, 독서는 가장 좋은 선생이다. 작가가 어떻게 신체 언어, 음성 징후, 생체반응, 그리고 속마음 등을 어떻게 묘사하고 있는지 주의를 기울여본 적이 있는가? 베끼라는 소리가 아니다. 베끼면 표절이 된다. 현실을 생생하게 소환해줄 만큼 단단한 묘사 방식을 분석해보는 것은 글솜씨를 다지는 데 아주 유익하다. 비슷한 상황에서 어떻게 할지 결정할 때도 독서 경험은 새로운 아이디어를 제공해줄 것이다.

묘사의 기술

언어적인 소통과 언어 밖의 소통, 둘 다 필요하다. 등장인물의 감정을 전달하고자 할 때 이 두 가지가 동시에 쓰일 수 있다는 것을 명심해야 한다. 미숙한 작품일수록 작가의 직접적인 설명이나 등장인물의 대화로 모든 것을 해결하려 든다. 지금부터는 언어로는 드러나지 않는 감정 표현의 몇 가지 함정과 그것을 피해가는 방법을 살펴보자.

설명하지 마라

설명으로 작품의 정서를 전달할 수는 없다. 독자에게 정서를 전하고 싶다면 생생한 현장을 보여주어야 한다. 그런데 보여주기보다는 설명이 훨씬 쉽다. 이것이 글쓰기의 가장 큰 어려움이다. 아래의 예문을 보자.

입을 떼는 순간 김 부장의 눈은 슬퍼졌다. "미안해요, 은숙 씨. 하지만 회사에서는 이제 당신이 필요치 않다는군요."

순간 은숙은 그 어느 때보다도 강한 울분에 복받쳤다.

이렇게 쓰기는 쉽다. 그러나 막상 읽어보면 그저 그렇다. 독자는 영민해서 머릿속으로 사태를 형상화해가며 읽는다. 따라서 장면을 설명하면 달가워하지 않는다. 독자는 등장인물의 정서와 심리를 구구한 말로 늘어놓은 작품을 싫어한다.

'설명'이 지닌 또 하나의 위험은 독자와 등장인물의 거리를 멀어지게 한다는 점이다. 그렇게 되면 책 읽기의 뒷맛이 좋을 리 없다.

앞의 예문에서 우리는 김 부장이 어렵게 은숙에게 해고를 통보하자 은숙이 분노에 휩싸였음을 알 수 있었다. 하지만 작가의 의도는 이게 다가 아니었을 것이다. 작가는 이 장면에서 두 등장인물의 감정선(感情線)을 독자가 따라가기를 바랐을 것이다. 그러나 그렇게 하지 못했다(여기에서 작가는 '슬퍼졌다'와 '울분'이라는 단어로 '설명'해버리고 말았다). 그렇게 하려면 등장인물의 정서를 섬세하게 보여줘야 한다. 설명에 기대면 작품의 힘이 떨어질 수밖에 없다.

은숙은 의자 끝에 걸터앉아 박스에서 막 꺼낸 연필처럼 허리를 꼿꼿이 세웠다. 그러고는 김 부장의 얼굴을 바라보았다. 직장에서 그와 함께 보낸 시간만도 자그마치 16년이었다. 몸이 천근만근일 때도 아이들이 앓아 누웠을 때도 그녀는 땀에 찌든 만원 버스를 타고 꾸역꾸역 출근했다. 김 부장은 그녀의 눈을 자꾸 피하는 눈치였다. 그저 책상 위에 놓인 서류를 뒤적거리거나 탁상 달력 같은 것을 쓸데없이 만지작거릴 뿐이었다. 그는 쉽게 말을 꺼내지 못했다. 하지만 은숙은 '아무렇지도 않아요'라고 그를 다독일 여유가 없었다. 그녀는 지갑 안쪽이 반듯해지도록 자꾸만 매만졌다. 지갑 안엔 아이 사진이 들어 있었다. 은숙은 사진에 조그마한 주름이라도 생기는 게 싫었다.

김 부장은 여러 번 자신의 목청을 가다듬었다. "은숙 씨… 아니 정 팀장… 아무래도 회사를… 그만둘 때가 온 것 같아요."

은숙은 자리를 박차고 일어났다. 의자가 뒤로 튕겨 나가더니 쾅하고 벽에 부딪혔다.

이렇게 되면 독자는 은숙의 분노에 공감할 여지가 커진다. 차이는 설명이 아닌 묘사에 있다. 적절한 비유와 구체적인 동사는 독자의 머릿속에 장면을 그려 넣는다. 꼿꼿이 편 허리와 지갑을 매만지는 손, 그리고 의자가 부딪치는 소리를 따라가다 보면, 독자는 마치 바로 옆에서 이 장면을 목격한 것처럼 느끼게 된다. 이것이 바로 묘사의 힘이다.

또한 위 예문의 작가는 하나의 장면 묘사 속에 인물의 캐릭터를 녹여놓았다. 은숙은 여유 있는 처지가 아니다. 그녀는 먹여 살려야 할 아이가 있다(인내심과 자부심이 강하며 직장 상사인 김 부장과는 개인적인 친밀감이 있어 보인다). 이런 정보는 은숙은 입체적인 인물로 만들어준다. 결국 입체적인 인물이 독자를 작품의 정서로 이끈다.

묘사는 설명보다 훨씬 더 힘이 든다. 예문의 글자 수만 헤아려봐도 단박에 알 수 있다. 하지만 묘사, 즉 '보여주기'는 그럴 만한 가치가 있다. 우선 독자와 등장인물의 거리를 좁혀준다. 공감의 여지도 커진다. 어떤 대목에서는 등장인물의 느낌을 독자에게 구구한 말로 설명하는 게 용납될 수도 있다. 특히 이런저런 정보를 주마간산식으로 훑고 가야 할 때나 국면을 전환해야 할 때는 그렇다. 하지만 그런 대목은 1%도 되지 않는다. 나머지 99%는 묘사로 이끌어가야 한다.

상투적인 묘사를 피하라

어떤 문장이 상투적이라는 것은 안 좋다는 것이다. 그런 데에는 합당한 이유가 있다. 참신한 표현이 어려워 쉬운 문장에 안주하려는 작가의 게으름이 빤히 보이기 때문이다. 그런데도 쓰다 보면 상투적 표현이 계속 등장한다.

입이 귀에 걸리는 함박웃음
빰을 타고 흘러내리기 직전 눈에 고인 이슬 한 방울
양쪽 무릎이 후들거리며 휘청이는

입이 귀에 걸린 함박웃음은 행복이고 후들거리는 무릎은 공포이다. 안타깝게도 이 표현엔 깊이가 없다(너무 많이 써서 이미 죽은 표현이다). 이런 표현은 섬세하고 다양한 감정의 결을 뭉개버린다. 눈가에 고인 이슬 한 방울도 마찬가지이다. 슬프다. 얼마나? 어떻게? 흐느껴 울 만큼? 아니면 비명을 질러댈 만큼? 혹은 몸이 허물어질 정도로? 이제 약 5분 뒤에 울부짖게 될까? 아니면 웃게 될까? (상투적 표현은 너무 익숙해서 정서적으로 다른 여지를 주지 않기에 작품을 망가뜨린다.) 독자와 등장인물 사이엔 훨씬 더 세밀한 정서적인 울림이 있어야 한다.

어떻게 해야 할까. 등장인물의 감정 상태, 즉 어떤 정서를 묘사할 때는 우선 자신의 몸을 들여다봐야 한다. 등장인물의 느낌, 변화를 내 몸속에서 떠올려보자. 쉬운 예로 흥분하면 심장박동이 빨라진다. 다리도 후들거린다. 평소 또박또박하게 말하던 사람도 흥분하면 두서가 없어지고 말투도 다급해진다. 또한 목청도 높아진다. 특정한 감정을 느끼면 몸 안팎의 변화가 생긴다. 작가는 그 변화를 섬세하고 생생하게 따라가야 한다.

분명, 이 책에 실린 항목은 그러한 감정 묘사의 폭을 넓혀줄 것이다. 하지만 섬세한 관찰은 각자의 몫이다. 좋은 묘사를 하려면 관찰과 사유가 뒤따라야 한다. 주변 사람을 유심히 관찰해보라. 피와 살이 있는 실재 인물이어도 좋고 영화에 등장하는 인물이어도 좋다. 그들이 혼란스러워하거나 어찌할 바 몰라 하거나 짜증스러워할 때 어떻게 행동하는지 적어보라. 얼굴은 특징을 잡아내기가 쉽다. 하지만 몸의 나머지 부분을 묘사하다 보면 밋밋한 설명으로 흐르기 십상이다. 목소리의 색깔부터 세세한 몸짓을 잘 관찰하고 꼼꼼히 묘사해보라(묘사하려는 대상과 묘사하는 작가 사이에서 작품의 깊이를 가늠할 사유가 잉태된다). 처음엔 힘이 들지만, 자기도 모르는 사이에 좋은 작품을 쓰고 있을 것이다.

좋은 작품에 등장하는 인물은 누구 하나 버릴 사람이 없다. 어떻게 접근할까. 사람은 다 다르다는 점을 명심하자. 이를 닦을 때도 운전할 때도 저녁을 준비할 때도 개개인은 다 다르다. 감정도 마찬가지이다. 화가 났다고 해서 모든 사람이 소리 지르고 물건을 집어 던지는 것은 아니다. 어떤 사람은 목소리가 더 낮아진다. 또 어떤 사람은 아예 입을 닫는다. 이런저런 이유로 많은 사람이 자신들의 분노를 감춘 채 마음이 상하지 않은 것처럼 행동한다. 결국, 한 등장인물, 바로 '그 인물'에게만 나타날 법한 감정 묘사가 필요하다. 그럴 수만 있다면 당신은 이미 작가이다.

'아침 드라마'를 피하라

인간의 감정과 그 표현 정도가 균일하다면 묘사에서도 특별한 어려움은 없을 것이다. 그러나 사람이 느끼는 감정의 강도나 그 표출 방법은 제각각이다. 공포를 예로 들어보자. 상황에 따라 느끼는 공포감은 단순한 당혹스러움에서 신경쇠약이나 숨 막히는 공황장애에 이르기까지 천차만별일 수 있다. 아주 극단적인 감정은 그냥 극단적으로 묘사하면 그만이다. 그러나 미묘한 감정선은 그에 맞는 묘사 방식이 필요하다.

안타깝게도 감정을 묘사하라고 하면 대부분 일단 드라마틱하게 처리하려 한다. 슬픈 사람은 펑펑 눈물을 쏟아내고 행복한 등장인물은 폴짝폴짝 뛰어다닌다. 이런 종류의 글쓰기는 아침 드라마에나 어울린다. 아침 드라마에 등장하는 인물은 현실적인 것 같지만 사실 비현실적이다. 실제 현실에서 나타나는 감정의 양상은 그렇게 전형적이지 않다.

아침 드라마에 빠지지 않으려면 우리의 감정이 평온한 상태부터 극단까지 언제든지 왔다갔다할 수 있다는 점을 인식해야 한다. 각각의 상황에 맞춰 등장인물의 감정선이 어디에 놓여 있는지를 파악하고 그것에 알맞은 묘사 방법을 찾아내야 한다. 좋은 묘사는 감정선의 미묘함을 놓치지 않는다.

M은 엄지손가락으로 핸들을 톡톡 두드리며 한쪽 팔을 차창 밖에 걸쳐두고 있었다. 그러면서 혜미에게 미소를 지어 보였다. 하지만 그녀는 손가락으로 머리 한 올을 비비 꼬면서 잠자코 앉아 있기만 했다.

"내일 있을 인터뷰 때문에 걱정돼서 그래?" M이 물었다.

"조금요. 아주 좋은 일이긴 한데 시기가 좀 별로여서요. 처리해야 할 일이 너무 많아요." 그녀는 한숨을 내쉬었다.

"좀 일을 줄이는 게 어떨까 생각 중이에요. 조금 더 단순하게 말이죠."

"좋은 생각이야."

M은 라디오에서 흘러나오는 음악에 맞춰 고개를 까딱거리며 곁으로 쏜살같이 지나가는 오토바이 운전자에게 손을 흔들어 보였다.

"당신이 동의해주니 기쁘네요." 그녀는 M을 똑바로 응시했다.

"이제 우리 그만 끝내야 할 거 같아요."

M의 발이 가속페달에서 스르르 미끄러졌다. 차 안의 공기가 일순간 무거워졌다. 호흡하기가 힘들 정도였다. 차가 중앙선을 넘어갔다. 그런데도 그는 운전대를 놓고 있었다. 죽든지 살든지 관심이 없다는 투였다.

M이 그럴 만한 심리적인 이유가 없다면 일순간에 평정심을 잃는 상황은 비약이 심해 억지스러워 보일 수 있다. 현실에서라면 만족스러운 상태에 있다가 어떤 쇼크를 받아 결국 비탄에 빠지는 식으로 전개되는 게 자연스러울 것이다. 그런데 이와 같은 감정적 굴곡을 잘 전개하기가 쉽지 않다.

"당신이 동의해주니 기쁘네요." 그녀는 그를 똑바로 응시했다.

"이제 우리 그만 끝내야 할 것 같아요."

그의 발이 가속페달에서 스르르 미끄러졌다.

"끝내다니? 도대체 지금 무슨 소리를 하는 거야?"

"어차피 우리는 얼마 전부터 계속 이렇게 되는 쪽으로 향해왔어요. 당신도 그렇다는 거 알고 있잖아요."

그는 핸들을 꽉 움켜쥔 후 깊은숨을 몰아쉬었다. 그래, 이 사태를 돌이키기에는 이미 늦었다. 그녀는 서로 시간을 좀 가져보자는 이야기를 그동안 줄기차게 해왔다. 하지만 매번 그런 말을 없던 것으로 하자고 한 것도 그녀였다. 그런데 결국 이제 와서 그녀는 돌이키지 못할 말을 내뱉고 말았다. "이제 그만 끝내야 할 것 같아요"라고 말이다.

"이봐, 혜미."

"제발요. 그러지 마세요. 이제 와서는 나한테 무슨 소리를 해도 소용없어요."

그녀는 대시보드만 물끄러미 내려다보았다. "미안해요."

누군가 내장을 두 손으로 비트는 듯했다. M은 혜미를 쏘아보았다. 하지만 그녀는 이미 차창 쪽으로 몸을 반쯤 돌려 그의 시선을 외면했다. 그녀의 두 손은 가지런히 무릎 위에 놓여 있었다. M은 그런 그녀의 모습을 멀거니 바라보았다. 그들의 관계는 완전히 끝장나고 만 것이다.

여기에서 중요한 점은 등장인물의 감정 변화가 사실적이어야 한다는 점이다. 작품이 아침 드라마로 빠지지 않으려면 감정선의 전개 과정을 세밀하고 치밀하게 조직해야 한다(그렇다고 구구절절이 하라는 이야기가 아니다. 등장인물의 감정 변화에 독자가 빠져들 수 있도록 해야 한다는 의미이다).

당연한 사실이지만 현실에서는 극단적인 감정이 표출될 때가 별로 없다. 출생, 죽음, 상실, 사고 등 극히 일부 상황만이 강렬한 반응을 일으킨다. 그나마 짧게 지속될 뿐이다. 그러나 습작을 해보면 몰입도를 높이고자 극적인 사건을 이리저리 끌어다 쓰게 된다. 이런 시도는 감정선이 늘어지며 문장도 길어진다(게다가 매우 중요한 일이 너무 많아 어떤 일도 중요해지지 않는 효과를 불러온다). 결국 아침 드라마로 빠지게 된다. 설령 현실에서조차 이처럼 센 감정이 자주 그리고 오래 일어난다손 치더라도 글에서는 그럴 수 없다. 이러한 정황을 독자에게 이해시키는 것은 사실상 불가능하다.

오히려 가능한 한 감정을 절제함으로써 아침 드라마에서 벗어나는 게 옳다. 현실에서도 감정을 절제할 때 좋은 일이 더 많이 찾아오는 법이다. 예를 들면 상대방과 대화할 때 특히 그렇다. 말을 줄이는 것은 좋은 관계에 도움이 된다. 장황한 일상사도 짧게 줄일수록 좋다. 독자는 등장인물이 살림을 산다거나 직장에서 업무를 처리하는 모습을 졸졸 따라다니는 것을 싫어한다(인물과 관련된 묘사의 범위는 전체 작품의 의도와 연결해 꼭 필요한 부분에 집중해야 한다).

같은 원리로 등장인물의 감정선을 묘사할 때는 장면마다 리듬과 호흡을 생각해야 한다(중요한 것은 감추고 그 중요한 것을 독자가 찾을 때 느끼는 희열을 독자에게 선물로 남겨줘야 한다). 반드시 여유를 가져야 한다. 하지만 지루한 것은 안 된다. 무엇보다 등장인물의 감정선을 제대로 다루면 독자의 공감을 이끌어낼 수 있다. 그러니 거기에 맞춰 우리가 구사하는 언어의 가능성이 극대화되도록 노력해야 한다. 그렇다고는 해도 독자의 호의적인 반응에만 너무 연연해할 필요는 없다.

과할 정도로 신체 언어에 의존하라

신체 언어는 등장인물의 감정을 드러내는 데 매우 중요하다. 빈말이 아니다. 신체 언어가 없다면 대화는 지나치게 딱딱하고 부자연스러워진다. 말하자면 그런 대화는 오로지 입 밖에 꺼낸 말만으로 이뤄져야 할 것이다. 그런 대화는 독자에겐 고문에 가깝다. 우리가 알고 있기로도 사람 사이의 대화란 단순한 정보를 담은 말로만 이뤄지지는 않는다.

글 쓰는 작업의 많은 영역에서 그러하듯이, 전후 맥락은 왕이다. 그리고 감정을 전달한다는 문제에서도 이것은 예외가 아니다. 적절한 전후 맥락이 없다면 독자는 등장인물이 어떤 감정을 느끼고 있는지 명확히 파악할 수 없다. 손가락을 꼼지락거리면 흥분했다는 표시일까, 아니면 불안하거나 신경이 곤두섰다는 조짐일까, 혹은 조바심이 난다는 의미일까? 그런 행동을 고조된 심장박동과 결합한다 해도 그 폭은 좁혀지지 않는다. 독자의 궁금증을 자극하는 것은 '왜' 그러느냐는 이유이다. 왜 등장인물은 그런 행동을 내보이고 있는가? 그 질문에 답할 수 있는 것은 적절한 전후 맥락이다. 맥락은 등장인물의 속생각과 대화에서 (독자에게) 드러난다.

어떤 사람이 강한 감정에 사로잡혀 있다면 그는 백지 상태와 같다. 흥분한 사람은 본인의 상태를 까맣게 잊는다. "내가 너무 흥분했어!" 이 말을 할 때는 이미 정상으로 돌아온 셈이다. 정상 상태에선 흥분을 일으킨 원인을 생각할 여력이 생긴다. 가령, 사랑하는 누군가가 찾아올 날을 손꼽아 기다리고 있다던가, 최근 대학에서 합격 통지를 받은 직후라던가, 신체 반응은 현재 감정 상태를 보여주지만, 속생각은 그 이유를 드러낸다. 따라서 작품 속에서는 양자 간의 적절한 배치가 중요해진다(예를 들어 맥락을 만들지 않은 채 "나 대학에 합격했어 하하하" 이렇게 써버리면 얼마나 단순할까?).

대사보다는 묘사가 답이다

언어 밖의 것을 표현하는 글쓰기, 즉 묘사는 터득하기가 워낙 녹록지 않다. 따라서 어떤 작가는 묘사를 피하고 대화(대사)나 진술로 작품을 끌고 가기도 한다. 등장인물의 생각과 느낌을 대화(대사)나 진술(여기에서는 사념을 직접 드러내는 것을 말한다)로만 처리하면 몇 가지 문제가 생긴다.

"그게 정말, 정말 사실인가요?" 내가 물었다.

"틀림없다니까!" 마 교수가 대답했다. "끝까지 막상막하였어. 하지만 결국 자네가 치고 올라갔지. 축하하네 진석군!"

"믿을 수가 없네요." 내가 말했다. "제가 졸업생 대표로 뽑히다니, 정말 기쁩니다!"

작품에서 대화나 대사의 언어 선택은 매우 중요하다. 하지만 그것만으로는 모든 것을 다 처리할 수 없다. 작가는 곧바로 난관에 봉착하게 된다. 예문의 작가는 결국 "정말 기쁩니다"와 같은 직접적인 대사를 쓰고 말았다. 게다가 그것마저 불안한지 느낌표를 사방에 날려대고 있다. 대화 사이에 끼어드는 구체적인 행위가 없다면, 대화는 부자연스러워 보이기 십상이다. 다른 한편으로 사념을 드러내는 진술에만 의존하는 것에도 문제가 있다.

> 나의 심장박동이 아마도 160까지 상승하는 것 같았다. 해냈다! 내가 졸업생 대표로 뽑히다니! 나는 P가 치고 올라갈 것으로 확신하고 있었다. 그는 물리학 연구소에서 단연 돋보이는 수재였으니까. 녀석은 사시사철 도서관에서 살다시피 하는 공부벌레였다. 나는 마 교수를 얼싸안았다. 창피한 것도 몰랐다. 지금 당장은 아무것도 거칠 게 없었다. 내가 해낸 것이다! 왕재수 P, 바로 그 녀석을 내가 제친 것이다!

이 예문은 문제없어 보인다. 내적으로나 외적으로나 나타날 수 있는 신체 반응도 묘사해놓았다. 진석이 몹시 흥분해 있다는 사실을 독자는 분명히 알 수 있다. 그럼에도 뭔가 부족하다. 울림이 없기 때문이다. 이런 장면에서의 핵심은 결국 대사에 드러난다. 마 교수와 진석은 엄연히 대화를 나누던 중이었다. 그런데 진석은 너무 흥분한 나머지 자기 머릿속에서 밖으로 나오지 못하고 있다(왜냐하면 대사를 받쳐줄 묘사가 없기 때문이다). 내적인 대화 즉 독백은 어떤 작품에서든 중요한 요소이다. 묵묵한 관조의 내용을 한 문단 이상으로 표현해낸 작품도 많다. 하지만 위의 예문은 그런 예에 들어맞지 않는다. 결국 감정 묘사(언어 밖의 대화), 대화(대사), 독백(사념) 등이 어우러져야 하나의 장면에 힘이 실리게 된다.

갑자기 심장박동이 160까지 치닫는 것 같았다. 아니야, 내가 잘못 들었나. 과로나 수면 부족, 혹은 엉뚱한 망상에 사로잡혀 있는 것일지도 모른다.

"그게 정말……." 나는 목청을 가다듬었다. "그게 정말 사실인가요?"

"마지막까지 막상막하였네만, 결국 자네가 치고 올라갔어. 축하하네, 진석군."

믿기지 않아 나는 내 살집을 꼬집어보았다. 졸업생 대표라. 어떻게 내가 사시사철 연구소와 도서관에서만 처박혀 지내는 공부벌레를 제칠 수 있었단 말인가? 내가 물리학에서 따낸 학점은 고작 A-였는데도 말이다.

"그래도 내가 해낸 거야." 나는 그렇게 웅얼거렸다.

마 교수는 내 손을 덥석 잡고 흔들었다. 나는 불현듯 달려들어 마 교수를 와락 얼싸안아 힘껏 들어 올렸다. 두고두고 민망할 일이었지만 당장은 아무것도 거칠 게 없었다.

"제가 해냈어요! P를, 바로 그 P를 제가 제친 거라고요!"

마 교수는 조용한 목소리로 말했다.

"자네는 이렇게 되리라는 것을 이미 알고 있었을 텐데."

정서를 표현할 때는 수법을 다양하게 써보는 게 좋다. 힘 있는 드라마를 이끌어가려면 대사와 묘사의 조화가 필요하다(전체적으로는 장면의 묘사가 중요하며 대사는 그 묘사를 더 빛내주는 역할이 되어야 한다).

만들어진 과거와 등장인물

당연하게도 모든 등장인물은 저마다의 과거가 있다. 그리고 그 과거는 현재 진행되는 사건과 상황에 영향을 준다. 왜 그가 혹은 그녀가 지금과 같은 상황에 놓여 있을까. 이 궁금증이 풀리면 독자는 인물에 몰입할 수 있다.

영화 〈조스(Jaws)〉를 예로 들어보자. 상어 사냥꾼 퀸트는 자신이 등장하는 첫 장면에서 길게 기른 손톱으로 칠판을 긁어내린다. 순간 그는 비호감의 인물로 자리 잡는다. 관객은 계속해 거칠게 행동하고 나이 어린 미스터 후퍼를 괴롭히는 퀸트를 점점 싫어하지만, 그가 바다에 빠져 며칠 밤낮을 상어와 사투를 벌인 적이 있다는 경험담을 털어놓는 순간 관객은 그를 이해하기 시작한다. 여전히 거칠게 굴지만, 관객은 그의 행동을 어느 정도 공감하면서 그는 중요한 등장인물로 되살아난다. 관객은, 상어와 사투를 벌이는 동안 퀸트가 제발 이 시련을 극복하고 더 나은 삶을 살길 바라며 응원한다. 등장인물의 과거가 얼마나 중요한지 잘 보여주는 예이다.

이것은 독자의 공감을 자아내는 데 전사가 얼마나 중요한가를 보여주는 일례에 지나지 않는다. 사람은 자기 과거의 산물이다. 작가는 등장인물이 왜 그렇게 살아가는지를 파악하여 독자에게 그와 관련된 정보를 제대로 전해주어야 한다.

과거사의 비중은 얼마나 두어야 할까. 몹시 까다로운 문제이다. 많은 작가가 독자의 공감을 얻어내려는 욕심에서 전사를 너무 많이 쏟아내기도 한다. 지나친 전사는 이야기 전개를 늦춰 독자를 지루하게 할 수도 있다. 그러다 보면 독자는 재미난 대목을 찾아 건너뛰려 할 것이다.

퀸트를 반미치광이로 만든 불행한 과거사는 수도 없이 많을 것이다. 그러나 그 영화에서 나머지는 불필요하다. 치밀하게 계산된 한 가지 에피소

드면 충분하다. 등장인물의 과거사를 지루하게 않게, 효과적으로 보여주려면 선택과 집중이 필요하다. 그리고 그것을 이야기의 진행 속도에 맞춰 어디에 넣을지, 얼마나 나누어 넣을지 고민해야 한다. 좋아하는 작품의 등장인물을 본보기로 삼아 써보는 것도 연습이 된다. 악역이어도 상관없다. 이야기를 따라가면서 작가가 선택한 과거사의 실마리가 무엇이며 그것을 어떻게 풀어냈는지 확인해보면 큰 도움이 된다. 등장인물의 과거사는 다루기 어려운 영역이다. 다른 영역과 마찬가지로 문제는 역시 넘치지도 모자라지도 않는 균형감이다.

감정 묘사 사전 사용법

살아 있는 캐릭터는 작품에 생동감을 불어넣는다. 이로써 독자는 작품에 몰입할 수 있다. 물론 그렇게 하기가 쉽지 않다. 그러나 좋은 작품을 쓰려면 참신한 착상으로 등장인물의 감정 상태와 성격을 드러내야만 한다. 앞서 살펴본 대로 대화, 진술, 묘사의 조화가 잘 이뤄져야 함은 물론이다. 이 책에서 작은 단서라도 찾기를 바란다. 이 책의 활용법은 무궁무진하지만, 다음의 몇 가지 방법은 실제 글을 써갈 때 크게 도움이 될 것이다.

감정의 뿌리를 살펴보라

어떤 상황에서는 감정이 하나만 튀어나올 수 있다. 그러면 쉽게 그 감정선이 무엇인지 확인할 수 있다. 하지만 우리는 대부분 한순간에 하나 이상의 감정을 느낀다. 그러면 어떻게 이 같은 미묘한 감정의 중복을 독자에게 잘 전달할 수 있을까. 한 걸음 뒤로 물러나 등장인물이 품은 감정의 뿌리가 무엇인지부터 확인해보라. 바로 이 뿌리에서 등장인물의 여러 감정이 갈라져 나왔을 가능성이 높다. 이렇게 감정의 뿌리를 찾고 나면 그에 상응하는 용어의 항목을 검토해보라. 어떻게 표현할지, 어떤 묘사가 가능할지, 등장인물의 정서를 표현할 단서를 찾을 수 있을 것이다. 아니면 미처 생각지 못한 더 나은 것을 발견할지도 모른다. 우선 감정의 뿌리만 명확하게 해놓아도 된다. 그리고 이 책을 펼쳐보라. 한결 미세한 단계의 여타 감정들을 찾아볼 수 있을 것이다. 그러다 보면 작품에 드러내야 할 정서의 그물망 전체를 잡아나갈 수도 있다. 마찬가지로 상황이 바뀌거나 어느 정도 해결 국면으로 향해 갈 경우, 빈 선택지로 '물러나서' 그다음에는 어떤 감정 상태가 될지 가늠해볼 수도 있다.

공간을 생각하라

장면에 감정을 입히고자 한다면, 배경 설정에서 답을 찾을 수도 있다. 어떤 작가는 작중의 장면이 벌어지는 장소에 꽤 둔감하다. 그러면서 장소에서 거둘 수 있는 효과라고 해봐야 거기서 거기라고 여긴다. 하지만 이런 생각은 근시안적이다. 등장인물—아마도 고통스러운 전사를 지녔을—의 내재적인 감정이 서려 있는 곳으로 공간 배경을 변주한다면 어떨까? 그렇게 하면 스산한 감정이 깔린 공간은 인물의 해묵은 상처를 들쑤시거나 그의 기분을 극단으로 몰아가기 쉬워진다. 어리석은 행동을 저질러 사건을 풍요롭게 이끌어갈 수도 있다. 이 모두는 여러분의 이야기에 유익한 요인이다.

배경은 또한 미시적인 차원에서도 활용될 수 있다. 직접적인 장소가 아니더라도, 어떤 장소 안에 있는 사물과 사람이 그런 역할을 할 수 있다. 등장인물의 감정 상태를 고조시키는 소품이 거기 있을 수도 있다. 부엌에서 누군가는 고작 와인 잔 하나 때문에 분노할 수도 있다. 화날 때 자제하려는 모습이 다 비슷비슷하다 해도 사무실을 공간 배경으로 설정하면, 쾅 닫히는 문에서 경직된 몸과 키보드를 신경질적으로 두드려대는 손가락에 이르기까지 다양한 묘사가 가능해진다. 이 책의 감정 표현법의 항목을 참조하면, 공간 배경이 얼마나 유기적이고 독창적으로 쓰이는지 알 수 있을 것이다.

넘치나 모자라나 좋지 않다

등장인물을 묘사하려고 너무 많은 신호를 동원하다 보면 자칫 이야기의 진행 속도가 느려지면서 독자의 감정도 둔해질 위험이 생긴다. 이것은 작가가 감정의 뿌리를 분명하게 해두지 않았을 때 생기는 문제이다. 한편으로는 별로 효과적이지 않은 묘사를 계속 덧칠하기 때문이기도 하다. 좋은 묘사, 그러니까 인상적인 묘사는 곧바로 독자의 머릿속에 선명한 그림으로 그려지는 묘사이다. 독자는 충분히 알고 있으므로 너무 친절하면 오히려 그림이 흐려진다. 늘어지는 묘사는 좋지 않다. 독자의 관점에서 생각하라. 그러면 누구라도 빠져드는 작품을 쓸 수 있다.

상투적 표현을 조심하라

묘사의 발상은 참신해야 한다. 그런데 우리는 알게 모르게 어떤 습관 같은 것이 배어 있어 어디서 본 듯한 표현을 반복하기 마련이다. 이 책에 소개된 각각의 항목을 상황에 따라 참고하면 적어도 상투성을 피할 수 있다.

만약 '흔들리는 눈빛'이나 '앙다문 주먹' 같은 상투적 표현을 자주 쓰는 사람이라면 큰 도움이 될 것이다. '전율'을 예로 들어보자. 이것은 일반적으로 공포나 환희, 불안이 엄습해올 때 느끼는 감정이다. "등골이 오싹한 전율을 느꼈다." 아무 감응도 일으키지 못하는 낡은 문장이다. 물론 전달하고자 하는 현상은 확실하게 전달했다. 그러나 묘사는 참신해야 한다. 종아리가 오싹하면 안 되는가, 포도나무 덩굴을 한 줄로 기어올라 잎사귀를 갉아 먹는 개미 떼를 비유로 사용하면 어떤가? 전율을 묘사하되 '전율'이라는 단어를 쓰지 않는다면 더욱 좋다. 오감에 작동하는 느낌을 적절하게 묘사해보자. 무엇보다 실패를 두려워하지 말아야 한다. 낡은 묘사에서 벗어나는 방법은 무궁무진하다.

더 좋은 것을 찾아보라

신체 동작, 행위, 원초적 감각, 그리고 속생각 등은 등장인물이 그것을 체험하는 한 개별적이다. 감정 표현법에 소개된 목록은 누구에게나 두루 적용될 수 있는 옵션 세트로서 고안된 게 아니다. 그것은 거기서 한 걸음 더 나아가 작가로 하여금 여러 방향에서 가능한 행동 패턴과 대처 방식을 연구해보라는 제안에 가깝다. 힌트인 셈이다. 여러분이 가장 적합한 옵션을 선택해 그 옵션을 환기력 강하면서도 독창적인 감정 묘사로 녹여낼 수 있도록 말이다.

각각의 등장인물에게는 서로 다른 전사가 있고 본인만의 고유한 개별적 특성이 있다. 그렇다는 것은 항목에서 어떤 옵션은 누군가에게 잘 들어맞겠지만 다른 경우에는 그렇지 않다는 것을 뜻한다. 다른 사람이 주위에 있을 때 느끼는 심적 부담감 여하도 그들의 감정 표현에 영향을 미치게 된다. 이점을 염두에 두고서 각 항목은 창의적인 사고 도구로 활용해야 한다. 작가라면 계속 다음 단계를 밟아 참신하고 개성적인 방식으로 등장인물의 감정 상태를 표현해나가야 한다.

막히면 돌아가라

대부분 작가는 머릿속에 떠올렸던 완벽한 상황이 글로는 잘 묘사되지 않을 때 끙끙 앓게 된다. 그럴 때도 이 책은 도움이 된다. 우선 머릿속에 떠올렸던 상황과 비슷한 다른 항목을 쭉 훑어보라. 각 항목에는 각각 다른 상황이 실려 있다. 이렇게 인접한 목록을 검토하다 보면 뭔가 새로운 발상이 번쩍하고 튀어 오를 수도 있다.

감정 상태를 한결 증폭시켜보자

등장인물을 상황에 맞는 감정 상태로 그리는 게 반드시 쉽지만은 않다. 감정 상태가 늘 직설적으로 표출되는 것은 아니기 때문이다. 등장인물을 조금 더 밀어붙이는 게 필요할 때는 추가적인 감정 증폭을 고려해보자. 감정 증폭은 감정을 자극해 등장인물을 심하게 동요하도록 몰아가는 상황 설정이다. 굶주림, 지루함, 고통, 질병 등은 등장인물의 감정적 자제심을 무너뜨리고 스트레스를 가중시킨다. 극단으로 치닫도록 내몰면 의사 결정 능력에도 악영향을 미친다. 등장인물의 감정 상태가 휘몰아치도록 이끌고자 할 때는 이런 방법도 있다는 것을 염두에 두도록 하자.

시점을 조심하라

강력한 정서가 표출될 때, 그것은 대부분 몸의 반응으로 나타난다. 그런데 그 반응의 진원지는 몸의 내부이다. 그러므로 시점에 따라 퍽 난감한 상황에 직면할 수 있다. 1인칭이라면, 다른 이의 내부 반응을 묘사할 수 없다. 3인칭이라도 전지적 작가 시점이 아니라면 이 또한 어색해진다. 이럴 때는 눈에 보이는 현상을 포착해 묘사함으로써 내부의 반응을 독자에게 전달해줄 수 있어야 한다. 얼굴의 변화, 목덜미의 변화, 손짓과 같은 행동의 변화 등 누구라도 관찰할 수 있는 특징을 잡아내야 한다. 그래야 시점의 일관성을 해치지 않으면서도 등장인물의 정서를 이끌어갈 수 있다. 몸 밖에서 일어나는 물리적인 현상엔 언제나 내부의 신호가 담겨 있음을 놓치지 말아야 한다(생체반응은 따로 정리해놓았다).

우리는 작가가 등장인물의 감정을 창의적 표현하는 데 도움을 주고자 이 책을 썼다. 한편으로 이 책의 항목들은 고스란히 오려 붙일 수 있는 어떤 것이 아니다. 어디까지나 착상의 출발점이라는 것을 기억해주기 바란다. 이 책을 참고하는 과정은 지루하고 단조로울지도 모르지만 결국 여러분의 이야기는 반짝반짝 빛나게 될 것이다! 눈을 뗄 수 없는 묘사로 글을 쓸 수 있으려면 늘 더 많은 노력이 요구되는 법이지만 (그러기 위해서는 훨씬 더 깊이 파고 들어가야 하니) 그만한 노력을 들인 만큼 보람이 있을 것이고 나중에 독자는 여러분의 노력에 감사하게 될 것이다.

아무쪼록 《인간의 130가지 감정 표현법》이 여러분의 글쓰기 여정에 유용한 동반자가 되기를, 그리하여 여러분이 첫 책에 이어 다음 책을 쓸 때까지도 계속 함께하기를 소망한다. 모두에게 글쓰기가 행복해지길!

인간의 130가지 감정 표현법

THE EMOTION THESAURUS

001 간담이 서늘하다 끔찍하다 APPALLED

어떤 것(적대적이고 공격적인 상대로부터)에 충격을 받아 정서적으로 불안해진 상태

몸 짓 PHYSICAL SIGNALS

입술을 씰룩거리거나 진저리를 치며 뒷걸음질.

떡하고 벌어진 입.

눈이 불거지며 툭 튀어나오더니 곧이어 빠르게 깜빡거린다.

뒤로 물러나는 동안 눈길을 돌리거나 내리깐다.

잔뜩 미간을 찌푸린다.

턱을 치켜든다.

순식간에 얼굴이 창백해진다.

돌아서서 두 손으로 얼굴을 가린다.

마치 거기서 뭔가를 털어내고자 발버둥 치는 것처럼 옷섶을 자꾸 손으로 문지른다.

손으로 관자놀이를 감싸고 머리를 흔든다.

귀에 들릴 정도로 가빠진 숨소리.

자기에게 닥친 일을 돌아보며 느리게 억지로 숨을 몰아쉰다.

말이 곧바로 튀어나오지 않아 입술만 달싹거린다.

"뭐야?" 하고 날카롭게 물어본다(만일 충격이 다른 사람이 한 말에서 비롯되었다면).

해결하려고 하는 동안 "세상에나!" 또는 "그가 한 짓을 당신도 봤지?" 하고 말한다.
정확한 표현을 찾아보고자 하지만 말이 헛나온다.
목소리가 커진다.

두려움을 일으키는 대상 앞에서 움찔하거나 화들짝 놀라 물러난다.
뻣뻣한 자세, 눈에 띄게 경직된 근육.
손으로 입을 틀어막는다.
주먹으로 셔츠 천을 움켜잡는다(가슴 높이쯤).
잠시 입을 막다 이내 갈비뼈로 손을 옮긴다.
자신이 목도했거나 자기에게 말을 걸어온 대상이 가까이 오지 못하도록 물리치려는 듯 손을 앞으로 내젓는다.
뭔가가 목을 오그라뜨린 것처럼 보일 정도로 가슴을 잔뜩 움츠리고 굽은 어깨.
가슴을 문지른다.
두려움을 일으키는 원인과의 거리를 늘리고자 뒷걸음친다.
거칠게 손짓, 발짓을 써가며 다른 사람에게 상황을 설명한다.

말하기 전 침을 삼킨다.
자세가 경직되다 보니 두 다리도 모두 뻣뻣해진다.

생체반응 INTERNAL SENSATIONS

호흡이 틀어 막힌 듯 온몸이 굳어옴.
바싹 말라붙은 입.
숨을 못 쉬는 사람처럼 안절부절못함.
거친 호흡으로 인해 손바닥(또는 주먹)이 뜨거워짐.
방향감각을 상실한 기분.

충격이 분노로 변하면서 얼굴과 목이 뻘겋게 달아오름.

심리 반응 MENTAL RESPONSES

속으로 자기가 방금 목도했거나 체험한 것을 재생해본다.
높은 집중력으로 두려움을 일으킨 원인을 분석하려 버둥댄다.
자기가 방금 겪은 일이 앞으로 어떤 영향을 미칠지 앞질러 걱정한다.
어떤 것과도 접촉하기를 거부한다.
이쪽 책임자에 대한 실망감이 몰려온다.
탓할 누군가 또는 뭔가를 찾는다.
어떻게 이런 일이 벌어질 수 있느냐며 따져 묻는다. 혹은 그런 욕구를 강하게 느낀다.

이런 상태가 장기간 지속될 때 나타나는 징후

눈이 충혈되고 눈물이 핑 돈다.
의사 표현을 제대로 하지 못하거나 다른 사람과 어울려 말하는 게 불가능해진다.
속으로 그 순간을 계속 되뇐다.
이런 상황이 닥치리라고 내다보지 못한, 또는 무턱대고 믿은 자신을 질책한다.
환멸로 변해가는 불신(다른 사람들, 특정인, 혹은 사회를 향한).
분노와 저항감 상승(싸우려는 반응).
상황과 마주할 수 없어서 도망치고만 싶을 뿐(회피하려는 반응).

이런 상태가 억압될 때 나타나는 징후

살짝 확대된 동공.
안면 경직.
이내 닫혔다 벌어졌다 하는 입.

일자로 굳게 닫힌 입술.

급하게 침을 삼킨다.

느낌이 어떤지 털어놓고 싶지 않아 말문을 닫는다.

두려움을 일으키는 대상에 대해 등을 돌리거나 시선을 마주하고 대응해보겠다는 시도 자체를 피한다.

말머리를 돌리거나 다시 말문을 열기 전 심란한 마음을 가라앉히고자 우물거리거나 목청을 가다듬는다.

주의 산만.

다음의 감정 상태로 진전될 수도

분노 (276), 염증 (544), 억하심정 (384), 반항심 (456)

다음의 감정 상태로 물러날 수도

불신 (284), 실망감 (324), 환멸 (560)

* ( )의 숫자는 이 책의 쪽수

연관 파워 동사

물러나다, 꺼리다, 핼쑥해지다, 모골이 송연해지다, 움찔하다, 입이 떡 벌어지다, 숨이 턱 막히다, 소름 끼치게 하다, 불쾌하게 하다, 마음에 앙금이 남다, 겁주다, 움츠러들다, 접근을 거부하다, 흔들다, 오그라들다, 역겹게 하다, 한순간에 무너지다, 꽥꽥거리다, 충격을 받아 비틀거리다, 화들짝 놀라게 하다, 발을 헛딛다, 말을 더듬다, 침을 삼키다, 오점을 남기다, 몰아내다, 불안감을 자아내다, 움찔하고 놀라다

Writer's Tip

감정이란 항상 순수하거나 아름답지만은 않다. 이따금 등장인물은 자신의 어두운 면을 폭로하고 싶은 욕구를 느끼기도 한다. 그것이 이야기 전개에 중요하다면 이 순간의 노출을 꺼리지 말자. 독자는 등장인물과 교감하면서 그 대목을 쓴 작가의 진솔함에 감탄하게 될 것이다.

002 갈등하다 대립하다 CONFLICTED

누군가와 날을 세워 맞선 상태, 관계가 불편한 상태

몸 짓 PHYSICAL SIGNALS

약간 찡그리는 듯한 표정 속에 굳게 다문 입술.
자주 침을 삼키거나 눈을 깜빡거린다.
불안하게 흔들리는 미소.
숨바꼭질하듯 회피하는 시선.
아랫입술을 문지르거나 꼬집는다.
이쪽저쪽으로 머리를 갸웃거린다.
잔뜩 찌푸린 미간.
시선이 아래로 향한다.
선선히 고개를 주억거리면서도 얼굴을 찡그린다.
콧잔등을 찡그린다.

자신의 목이나 뺨을 긁적거린다.
귓불을 문지르거나 잡아당긴다.
검지로 입술을 톡톡 건드린다.
손으로 머리를 헝클어뜨린다.
손을 앞으로 내밀어 어느 쪽을 고를지 저울질한다.
한쪽 손으로 주먹을 쥐고 입을 틀어막는 동안 다른 손으로는 팔꿈치를 움켜쥔다.

말문을 열까 하다 이내 닫아버린다.
매번 정확한 단어를 고르기 위해 고심한다.
말로는 지원을 약속하지만, 어조에는 별다른 열의가 없다.
목구멍에서부터 "음" 하는 소리를 낸다.
말로 갈등의 형국임을 자인한다. "이건 참 힘든 결정이야."
말로 놀라움을 드러낸다. "오호! 당신은 내 허점을 제대로 짚었어."
조금 더 속속들이 파악해두려는 의도에서 질문을 던진다.
비슷한 체험이나 상황에 관하여 다른 사람과 이야기를 나눈다.

어떤 동작을 취할 때 시작하자마자 멈춰버린다.
뭔가를 찾아 나설 듯하다가 이내 주저한다.
중간쯤 가다 방향을 바꾼다.
숨을 깊이 들이마신 후 느리게 내뱉는다.
자기 뺨을 찰싹 때리고는 공기를 깊이 들이마셨다 내뱉는다.
살며시 고개를 흔든다.

대화 단절로 소외를 자처.
점점 더 정적으로 변해가면서 활동성이 줄어든다.
가만히 앉아서 오랫동안 심사숙고한다.
자신의 심드렁한 반응을 사과하면서 착잡한 감정 탓으로 돌린다.
모든 일을 소화해내자면 약간의 시간이 더 걸릴 것이라 여긴다.
눈을 감고 앞이마를 문지른다.
굽히는 듯싶다가도 이내 곧게 펴지는 무릎.
입장을 따질 여유가 없다. 무조건 속행.
옷을 말쑥하게 차려입는다.
바쁜 일손을 유지하려고 새 아이템을 시작한다.
하려던 동작을 거둬들인다.

미소를 지을까 하다 머리를 가로젓는다.
똑바로 살아야 한다는 당위로 억지로 활기차 보이려 한다.
반응을 억누르거나 유보한다.
멍한 상태로 있다가 응답을 제대로 하지 못한 데 대해 사과한다.

생체반응 INTERNAL SENSATIONS

두통.
몸이 무거운 느낌.
흉부 압박감.
위장이 내려앉는 느낌.

심리 반응 MENTAL RESPONSES

최종적인 결정을 내렸을 때 휘말릴 사람을 향한 죄책감.
상황의 파장을 이해하기 위하여 "만일"이라는 자문 반복.
내적 갈등을 말로 표현해야 할 필요성.
생각을 정리할 조용한 곳으로 떠나고 싶다는 욕구.
내적 갈등이 심하지만 그 무엇도 집중하기가 어렵다.
한쪽으로 결정을 내릴 수 있도록 정신적 신념에 의탁하려 한다.

이런 상태가 장기간 지속될 때 나타나는 징후

흐트러지는 외관.
부스스한 머리.
남루한 옷차림.
실마리를 찾아 정보 수집에 집착.
위장이 뒤틀려 빈약한 식사를 거듭해 급격한 체중 감소.
스트레스와 만성 두통.
수면 장애.

자신감 상실.
결정을 내려야 할 상황을 자꾸만 회피한다.
탈모가 일어난다.

이런 상태가 억압될 때 나타나는 징후

자신은 어떤 것을 선택할 만한 위인이 아니라고 둘러댄다.
상황을 회피할 수 있는 구실을 꾸며댄다.
모든 것을 파기한 후 새롭게 재편하는 게 어떠냐고 제안한다.
긴장을 완화하거나 분위기를 가볍게 하고자 농담 남발.
얘기되고 있는 것에 건성으로 고개만 끄덕거린다.

다음의 감정 상태로 진전될 수도

당혹감 (552), 주눅 듦 (340), 욕구불만 (480), 불안 (288)

다음의 감정 상태로 물러날 수도

의심 (408), 소극성 (180), 후회 (392), 우유부단 (244)

연관 파워 동사

고뇌하다, 뒷걸음치다, 싸우다, 흐릿하게 하다, 충돌하다, 겨루다, 가로지르다, 분투하다, 망치다, 흔들리다, 결정을 못 내리고 미적거리다, 달려들다, 전투를 벌이다, 약해지다, 저울질하다, 의아해하다, 걱정하다, 맞붙어 싸우다

Writer's Tip

필요한 정보가 제시되어야 하는 장면에서, 등장인물은 이야기가 원활히 진행될 수 있도록, 그 정보를 말로 설명하는 게 아니라, 계속 활발히 이어가는 동선 속에서 충분한 유추로써 중요한 정보가 전해지도록 해야 한다.

003 갈팡질팡하다 허둥지둥하다 FLUSTERED

혼란이나 우유부단, 또는 욕구불만에 빠져, 남의 이목을 의식하며 어찌할 바 몰라 하는 느낌

몸 짓 PHYSICAL SIGNALS

누군가와의 시선 교환 회피.
빠르게 눈을 깜빡거린다.
신경질적인 심호흡.
얼굴과 목에 나타나는 홍조.
초조해 보이는 미소.
아무 말도 하지 않으면서 입을 열었다 닫았다 한다.

손으로 머리를 휘젓거나 귀 뒤로 넘긴다.
반복해서 얼굴을 쓰다듬는다.
손가락 끝으로 이마를 문대거나 톡톡 두드린다.
잠시 목덜미를 손으로 감싼다.

대화를 이어가려 하면서 생각할 시간을 벌기 위해 말할 때 자주 우물거리는 표현("음" 또는 "어")을 사용함.
말할 때 자꾸 더듬거린다.
맞는 말을 찾기 위해 씩씩거리며 고심한다.
자기 비하. "글쎄, 그건 입에 담기에도 너무 창피한 일이라서. 그렇지 않나?"

대화에서 물러선다.
어눌한 소리를 내며 웃는다.
목청을 가다듬는다.
주의가 산만하고 황급히 수습하려 허둥댄다.
허둥대면서 변명을 늘어놓는다.
약점이나 실수를 가리고자 거짓말을 한다.
분위기를 수습하거나 체면을 지키기 위해 농담을 한다.
사과하거나 먼저 말을 붙인다.
입을 열기 시작하면 어조가 달아오른다.
상황 제어가 다시 가능해지도록 공감하는 척한다. "아니야, 나는 괜찮아. 이해했어. 월요일에 내가 처리할게, 정말."

서툴고 변덕스러운 거동.
거칠게 고개를 내젓는다.
누군가와 직접 마주하기보다는 옆으로 비스듬히 몸을 돌리고 있거나 숨는다.
자신의 넓적다리를 주먹으로 짓누른다.
구조 요청을 위해 주위를 둘러본다.
다시 정신 차리자는 투로 자기 몸을 꼬집거나 비튼다.

여러 번 지시 사항을 변경한다.
잠자코 머물러 있지 못한다.
일이 있고 나서 꼭 나중에 스스로 자책한다.
실수가 바로잡히기 전까지는 꼼짝도 못한다(강연이나 수업 때).
손을 바삐 놀리고자 육체적인 일거리에 매달린다(탁자를 닦는다거나 베개를 바로 한다거나 등).
회피하려는 태도(다른 사람에게 책임을 돌리려 한다거나 따져 묻는다거나 다른 일로 초점을 바꾸려 하는 등).
도움의 손길을 거절한다.
주의를 전환한다. "날씨가 많이 따뜻해졌네. 그런 것 같지 않아? 창문 좀 열자."
원인이 긍정적이라면 누군가를 자기 개인 공간에 들어오도록 한다(썸을 타는 상대라든가).
원인이 부정적이라면 거리를 두고자 뒷걸음질한다(가령, 자기 동료 앞에서 비난을 당했다거나 등).

생체반응 INTERNAL SENSATIONS

체온 상승.
얼굴에 열기(홍조 번짐).
산소 부족으로 인해 가슴이 저릿저릿하거나 뻣뻣해진다(호흡이 불편하다거나 숨이 편히 쉬어지지 않는다거나 등).
목덜미를 따라 오싹한 느낌이 전해진다.

심리 반응 MENTAL RESPONSES

불안 또는 예민하고 여린 느낌.
큰소리로 다그치는 내부의 목소리(이런 식으로 대응하란 말이야).
다른 사람이 다 자기만 쳐다보는 듯하다.
시간이 이미 멈춰 섰거나 느리게 가는 느낌.
극복하려면 맞서 싸워야 한다는 것을 잘 알면서도 도망치려는 욕구가 더 강하다.
상황에 대한 통제력을 회복해야 한다는 생각에 시달린다.

이런 상태가 장기간 지속될 때 나타나는 징후

상황을 더 악화시킬까 두려워 입을 꾹 다물고 있다.

자기도 모르는 사이에 얼굴이 붉어지면서 눈에 띄게 땀을 뻘뻘 흘린다.
다른 사람에게 자기 자리를 빼앗긴다.
결과는 아랑곳하지 않고 빠져나갈 구멍을 만든다.

이런 상태가 억압될 때 나타나는 징후

현 상황의 중요성을 축소하면서 애써 무심한 척한다.
반응이 뻔할 질문을 던지면서 관심을 다른 쪽으로 돌리려 한다.
갈팡질팡하는 자신의 상태를 부정한다. "아니야, 그저 너한테 의표를 찔렸을 뿐이야. 그게 다야."
상황을 조종하려 한다. "같이 한잔하는 동안 자네 두 사람, 서로 인사나 나누지."

다음의 감정으로 진전될 수도

욕구불만 (480), 동요 (572), 당혹감 (192)

다음의 감정으로 물러날 수도

짜증 (500), 우유부단 (244), 자기혐오 (428)

연관 파워 동사

혼란스럽게 하다, 동요하다, 짜증 나다, 횡설수설하다, 불쑥 내뱉다, 얼굴이 붉어지다, 휙 지나가다, 눈부시게 하다, 떨어지다, 한시도 가만히 못 있다, 좌절하다, 입을 떡 벌리고 바라보다, 방해하다, 머뭇거리다, 저해하다, 농담하다, 허둥대다, 당황하게 하다, 짜내다, 응시하다, 분투하다, 발을 헛디디다, 괴롭히다, 씰룩거리다, 균형이 맞지 않는다, 기반을 약화시키다, 속상하게 하다, 모호한 말을 지껄이다, 뒤뚱거리다

Writer's Tip

더러 등장인물은 자기가 느끼는 감정과 싸우기도 한다. 이런 경우가 생기면, 그들의 신체 언어와 대화가 어떻게 어긋나는지를 고려하면서 그 균열을 보여주도록 하자.

004 감동받다 감복하다

MOVED

감정적으로 깊이 마음이 뒤흔들림

몸 짓 PHYSICAL SIGNALS

초롱초롱한 눈.

환한 미소.

아랫입술로 윗입술을 밀어 올리면서 가볍게 턱을 떤다.

고개를 끄덕여 보이며 감흥을 불러일으킨 사람과 의미심장한 눈빛을 주고받는다.

홍조로 얼룩덜룩해진 피부.

손을 가슴뼈에 가져다 댄다.

손가락으로 입술을 지그시 누른다.

손을 심장에 가져다 댄다.

눈을 가린다.

입가에 손가락을 댄다.

살짝 떨리는 두 손.

떨리는 목소리로 말한다.

감정에 겨워 갈라진 목소리.

의도치 않게 웅얼거리거나 울음을 터뜨린다.

말문을 여는 게 어렵다.

아주 장황하게 고맙다는 말을 늘어놓는다.

느릿느릿한 움직임.
턱을 가슴팍에 파묻는다.
자중하고자 자리를 뜨거나 발길을 돌린다.
눈을 감고 깊이 숨을 들이마신다.
뺨에 흐르는 눈물을 훔친다.
누군가에 달려들어 얼싸안는다.
몸을 지탱하고자 옆 사람을 붙잡는다.
의자에 털썩 주저앉는다.
믿지 못하겠다는 투로 고개를 절레절레 흔든다.

순간적인 근육 이완과 경직으로 자세를 잠시 흐트러뜨린다.
사의를 표한다(편지를 보낸다거나 감사의 선물을 전한다거나 고맙다는 말을 하는 등).
코를 훌쩍거린다.
휴지로 코나 눈가를 닦는다.
마치 지금의 감정을 간직하겠다는 듯 입술을 꾹 다문다.
다리가 후들거려 비틀거리면서 일어난다.
같은 경험을 한 누군가에게 연락한다.

생체반응 INTERNAL SENSATIONS

콧등이나 눈시울이 시큰해진다.
목이 멘다.
아주 가벼워진 기분. 마치 짐을 덜어낸 듯한 기분.
손발 끝에 감각이 무뎌진다.
가슴에 온기가 번진다.

오장육부가 뒤집히는 느낌.

심리 반응 MENTAL RESPONSES

탁월함에 압도된 느낌.
정신이 하나도 없거나 전반적으로 멍해진 상태.
좁아진 시야. 주위에서 무슨 일이 벌어지는지 알아채지 못한다.
자신에게 이런 감흥을 일으킨 사람이나 상황에 초집중.
남이 자신의 감정적 반응을 어떻게 보는지 신경 안 쓴다.
여러 갈래로 뒤엉키는 감정(기쁨, 감명, 고마움, 놀라움 등)을 체험하지만 그것을 어떻게 표현해야 할지 모른다.

이런 상태가 장기간 지속될 때 나타나는 징후

혼절.
과호흡.
계속 울어서 딸꾹질.
너무 활력이 넘친 나머지 잠을 못 잔다.
팬심이 지나치다 보니 기본적으로 해야 할 일에 소홀.
질척대거나 찌질해진다.
자신의 마음을 받아달라며 상대를 못살게 군다.

이런 상태가 억압될 때 나타나는 징후

몸가짐이 아주 정숙해진다.
눈을 신경질적으로 깜빡거린다.
자리에서 벗어난다.
입술을 깨문다.
거친 목소리로 거절한다.
목청을 가다듬는다.

자신의 속마음을 드러내지 않으려고 짤막하게 말한다.
감동을 준 상대와 거리를 두려 한다.
무뚝뚝한 고갯짓.
표정이 냉랭해서 무슨 생각을 하고 다니는지 알 수 없다.

다음의 감정으로 진전될 수도

행복감 (532), 사의 (132), 압도당한 (340), 득의양양 (404), 희열감 (584)

다음의 감정으로 물러날 수도

불신 (284), 정신이 멍멍 (220), 뿌듯함 (336), 기쁨 (168)

연관 파워 동사

고함치다, 껴안다, 무너지다, 울다, 내려앉다, 쓰러지다, 숨이 턱 막히다, 발산하다, 완전히 이해하다, 잡다, 얼싸안다, 불이 붙다, 고개를 끄덕이다, 누르다, 떨다, 다다르다, 흔들리다, 흐느끼다, 자극하다, 접촉하다, 파르르 떨리다, 눈물을 흘리다

Writer's Tip

여러분의 등장인물은 내성적인 편인가, 외향적인 편인가? 등장인물이 스펙트럼 상 어느 쪽에 속하는지 알아두면 특히 다른 사람과 같이 있을 때 어떤 태도를 나타낼지 가늠하는 데 도움이 된다.

005 감정 기복이 심하다 기분 변화가 심하다 MOODY

예기치 못한 상황 변화, 감정적으로 예민해지거나 신경질적인 기분

Note: 변덕스러움은 불안을 유발하며 내향적인 행동을 불러일으킨다. 등장인물의 개별적 특성과 기질에 맞춰 가장 알맞은 옷을 골라 입혀보자.

몸 짓 PHYSICAL SIGNALS

입술을 깨문다.
다른 사람을 노려보거나 내려다본다.
눈알을 굴린다.
눈물을 삼키려 눈을 깜빡거리거나 도발적으로 울음을 터뜨린다.
축 늘어진 자세와 멍한 눈빛.

가슴 앞으로 두 팔을 엇건다.
관자놀이를 문지른다.
감정을 다스리고자 눈자위를 꾹꾹 누른다.

언성을 높인다.
남이 하는 말을 막고 끼어든다.
목울대에서 소리를 내서 약이 올랐음을 표시한다.
들릴 듯 말 듯 구시렁거린다.
돌발적으로 분노 폭발(악다구니하거나 욕을 퍼부음).

곧이곧대로 말하고 남한테 상처 줄 법한 말을 한다.
잔뜩 쉬었거나 갈라진 목소리.
대화에 끼어들고 싶어 하지 않는다.

제자리를 돌아다니거나 어정거린다.
쉴 새 없이 움직인다(발을 달달 떤다거나 손톱을 물어뜯는다거나 머릿결을 꼰다거나 등).
발을 들썩들썩하며 다리를 꼬고 앉는다.
따져 묻기 좋아하거나 시비를 건다.
방에 있다가 벼락같이 뛰쳐나간다.
자신의 감정을 발산하고자 애쓴다(뜀박질하러 간다거나 바닷가로 떠난다거나 등).

몸에 긴장감 팽배(예컨대, 배낭끈이나 자동차 열쇠를 꽉 움켜쥐고 있다거나).
매사에 극도로 부정적이다.
실수를 자주 저지르면서도 남 탓을 한다(예컨대, 들은 말을 잘못 받아들인다거나).
짜증스럽다는 투로 숨을 내쉰다.
한숨을 내쉰다.
탄식한다.
기분 전환을 하려 한다(휴대폰이나 책에 열중하거나 드라이브를 하거나 등).
자기를 화나게 하거나 약을 올리거나, 기분 나쁘게 할 사람을 애써 피한다.
대인 기피.

생체반응 INTERNAL SENSATIONS

눈물이 글썽이는 눈.
가슴 경직.
목구멍에 이물감.
이를 앙다물고 다녀서 턱이 아프다.

심리 반응 MENTAL RESPONSES

화들짝 놀라는 경우가 잦다. 조마조마하거나 초조한 기분 탓.
마주치기도 전에 다른 사람이 자기 기분을 상하게 하리라고 예상(사람들이 할 말을 지레짐작한다거나 짜증을 유발하는 습관이나 몸짓에 대해 미리 그려본다거나 등).
참을성이 없음. 사소한 차질에도 기분 변화가 심하다.
쉽게 좌절감을 느낀다.
자기가 진짜로 하고 싶어 하는 게 뭔지 모른다.
장난기를 띠거나 친해보자고 하는 농담에도 쉽게 상처받는다(공격받았다는 느낌).
명확하게 사고하거나 상황을 정확히 파악할 수가 없다.
잘못을 인정 못 한다. 이 모든 게 다 남들 탓이라고 여기기 때문.
통제 밖이라 어떻게 대처해야 할지도 모르지만 어떻게 멈춰 서야 할 줄도 모름.

이런 상태가 장기간 지속될 때 나타나는 징후

머리 아픔 또는 편두통.
위장 장애와 궤양.
불면증.
친하게 지내던 사람이 다 떨어져 나가고 결국 고립의 늪에 빠짐.
제 나름의 대처 방식으로 의학의 도움이나 약물 또는 알코올에 의존.

학교에 다니거나 직장 생활을 하는 게 괴롭다.
사고방식이 부정적으로 변해가며 점점 상태가 나빠진다.
부정적인 사고의 소유자 무리에 끼어 어울린다.

이런 상태가 억압될 때 나타나는 징후

수동적 공격성.
행복한 얼굴을 하고 다닌다.
화가 나거나 눈물 흘리게 되는 경우를 피하고자 겉돈다(공간에서 벗어나거나, 그런 상황이 벌어지기 전에 도망간다).
입을 꾹 다물고 있다.
한 발 빼고 떨어져 관망한다. 책임은 남이 다 떠맡도록.

다음의 감정으로 진전될 수도

짜증 (348), 분노 (276), 자기 연민 (424), 슬픔 (316), 상처 (300)

다음의 감정으로 물러날 수도

동요 (572), 좌충우돌 (76), 무관심 (228)

연관 파워 동사

따지고 들다, 하찮게 만들다, 맞서다, 울다, 결례를 저지르다, 흩어지다, 폭발시키다, 회피하다, 흠칫하다, 탄식하다, 숨기다, 모욕하다, 웅얼거리다, 도발하다, 한숨 쉬다, 부루퉁하다, 파기하다, 파르르 떨다, 고함치다

Writer's Tip

등장인물이 이러한 상태인데도 상대에게 뭔가를 맞춰주고자 노력한다면, 독자는 그 의도를 더욱 궁금해할 것이다. 머뭇거려야 할 상황인데도 나선다면 그 의도를 확실히 드러내는 것이 좋다.

006 걱정하다 불안해하다

WORRY

뒤숭숭한 기분, 어떤 사건을 앞두고 있을 때 받는 스트레스

몸 짓 PHYSICAL SIGNALS

이마를 찌푸린다.
입술을 깨문다.
울상을 짓는다.
감지 않아 떡 진 머리.
눈가에 다크서클이 생긴다.
눈가에 습기나 고통스러운 기색이 어려 있다.
눈꺼풀을 별로 깜빡거리지 않는다(뭔가를 놓쳤을까 봐 걱정된다는 듯).

목 부위의 살갗을 꼬집는다.
머리카락을 잡아당기거나 헝클어뜨린다.
눈썹을 비비거나 문지른다.
손을 바짓단에 대고 문지른다.
반복해서 얼굴을 만지작거린다.
손톱을 씹거나 손가락 마디를 깨문다.
양손을 동시에 움켜쥔다.

질문을 너무 많이 한다.
목청을 가다듬는다.

발을 동동 구르거나 깡충거린다.
다급한 걸음걸이.
커피를 너무 자주 마시거나 줄담배를 피운다.
잠들지 못하고 침대에서 이리저리 계속 뒤척인다.
입은 옷을 쓸어내리고 또 쓸어내린다.
감정을 스스로 다스리려는 노력으로 심호흡한다.

다른 사람과 별로 의사소통을 하지 않는다.
어느 장소에 가면 계속해서 여기저기 두리번거린다.
사랑하는 사람을 향한 애착이 심하다.
일부러 바쁘게 지내고자 그다지 중요하지도 않은 활동에 열중한다.
아파서 결근해야 할 것 같다고 전화한다.
늘 구부정한 자세로 다닌다.
자신의 마음을 편히 해주는 소지품으로 스웨터나 지갑 또는 목걸이 따위에 집착한다.
뻣뻣한 목, 경직된 근육.
안절부절못한다. 몸을 가만히 두기가 너무 어렵다.

생체반응 INTERNAL SENSATIONS

식욕 저하.
과민대장증후군 증상을 보인다.
속 쓰리거나 소화불량에 시달린다.
자꾸 입이 탄다.
목구멍이 죄어드는 느낌.

심리 반응 MENTAL RESPONSES

확실한 결정을 내리지 못하고 우유부단하게 주저한다.
뭔가에 떠밀려 물건을 구매한다(전화기, 집, 자동차 등).
그 무엇에도 집중할 수가 없다.
스스로를 통제하고 다스려야 할 필요성을 느낀다.
지난 행동을 후회한다.
다른 사람과 거리를 두고 지낸다.
자기 혼자 멋대로 넘겨짚기를 잘한다.

이런 상태가 장기간 지속될 때 나타나는 징후

체중 감소.
조로 현상.
새로운 주름살이 계속 는다.
학교에서 시험을 망치고 직장에선 업무 실적을 올리지 못한다.
궤양.
불안 발작.
공황장애.
혈압 상승.
신체적인 면역 체계 이상으로 병에 자주 걸린다.
불면증과 만성피로.
건강염려증.

이런 상태가 억압될 때 나타나는 징후

수시로 시계나 문을 바라본다.
움찔움찔 자주 놀란다.
경직되어 있거나 거짓된 미소.
기분 전환을 위해 새로운 취미 생활을 찾아본다.

모든 게 다 잘되고 있는 것처럼 가장한다.
무슨 문제에 제대로 초점을 맞추기가 어렵다.
억지로 콧노래를 흥얼거려보지만 흥얼거리자마자 이내 멈춘다.
마음이 다른 데 가 있는 상태로 일상생활을 영위한다.

다음의 감정 상태로 진전될 수도

경계심 (108), 두려움 (148), 불안 (288), 편집증 (524), 겁 (204)

다음의 감정 상태로 물러날 수도

우유부단 (244), 동요 (476), 안도 (336)

연관 파워 동사

동요하다, 묻다, 꽉 쥐다, 불평하다, 비난하다, 요구하다, 풀이 죽다, 만지작거리다, 조바심치다, 호들갑 떨다, 맴돌다, 살피다, 투덜거리다, 들들 볶다, 집착하다, 어정거리다, 끌어당기다, 반복하다, 속을 끓이다, 배배 꼬다, 비틀다

Writer's Tip

날씨와 관련된 세부 사항은 어떤 장면의 밀도와 의미를 더욱 높여줄 수 있다. 그러니 날씨에 따라 주인공의 기분이 어떻게 변화하는지 고려해야 할 필요가 있다. 그것은 등장인물이 무엇을 원하는지 그 방향에 맞춰 조정될 수 있으며 경우에 따라서는 긴장감을 조성하는 데도 유용하다.

007 겁내다 주눅이 들다 INTIMIDATED

실제적인 위협을 느껴 두렵거나 주눅이 든 기분

Note: 사람이 겁을 먹으면 공격하거나 회피하거나 얼어붙는다. 이 세 가지는 개별적으로 나타나기도 하지만, 동시다발적이며 유기적이고 복합적으로 나타날 수도 있다. 이번 항목은 그런 각각의 반응을 살펴보고자 한다.

몸 짓 PHYSICAL SIGNALS

쏘아보는 시선. 하지만 정작 사람을 보고 있지는 않다.
앞머리나 후드 또는 다른 사람 뒤로 숨어 시선을 가린다.
입술이나 손톱을 잘근잘근 깨문다.
뭘 해야 할지 또는 뭘 말해야 할지 고민하느라 잔뜩 눈살을 찌푸림.
피부가 붉어지거나 식은땀이 난다.
눈 깜빡임이 빨라진다.
턱선을 따라 흐르는 근육 경련.
멍하거나 골똘한 시선.

주먹을 말아 쥔다.
호주머니에 찔러 넣은 두 손. 두 팔을 엇건 채 양손으로는 팔뚝을 꽉 움켜잡고 있다.
굴복이나 포기하겠다는 의미에서 두 손을 올린다.

귀에 거슬리는 웃음.
매우 조용해진다(다른 사람의 주의를 끄는 게 싫어서).
대답하려 할 때는 말을 더듬거린다.
웅얼거리는 목소리.
대화에 끼어들지 않는다.
수동적이면서 공격적인 말을 한다.

몸을 잔뜩 움츠리고 있다.
맥 빠져 보이는 자세.
뭔가를 위협적이라 여기고 뒷걸음질한다.
발을 질질 끌며 걷는다.
다리를 꼬았다 풀었다 한다.
모임이 있으면 뒤쪽으로 가서 자리한다.
뒤로 물러난다. "오, 그냥 농담했을 뿐이에요." 또는 "그런 뜻으로 한 말 아니에요."
나중에 무슨 일이 또 벌어질지 모른다는 생각에서 몰래몰래 구시렁거린다.
마음의 안정을 위해 심호흡을 한다.
도피하는 게 빠름. 실제로 장소에서 벗어난다.
몸에 힘을 준다. 자기 몸이 조금 더 커 보이게 애쓴다. 어깨를 똑바로 편다거나 가능한 한 몸을 쭉 펴고 서 있으려 한다거나 등.

따지기 좋아하는 성향.
자리를 보전하기보다는 다른 사람에게 넘기려 한다(직장이나 책임 있는 자리 등).
허세를 부린다(큰 목소리를 낸다거나 공갈을 친다거나 등).
움찔하면서도 동물처럼 자기 영역을 유지하려 든다.

생체반응 INTERNAL SENSATIONS

바싹 말라가는 입.

근육 약화.

가슴 경직.

심장박동 증가

아드레날린 과다 분비.

위협적 대상에 꽂혀 있는 눈의 초점.

더욱 예민해진 지각.

심리 반응 MENTAL RESPONSES

달아나고 싶기도 하고 방어 태세를 취하고 싶기도 한, 두 가지 욕망.

무슨 일인지 이해하려 노력하느라 머릿속이 분주하다.

어떻게 대응하는 게 좋을지 그 가능성을 놓고 여러 생각이 오간다.

궁지에 몰려 자신의 신뢰성이나 능력을 입증해줄 뭔가가 없을지 떠올리려 발버둥 친다.

달아날 수 있는 경로나 계획의 목록 작성.

이런 상태가 장기간 지속될 때 나타나는 징후

위협 대상에 굴복해 납작 엎드린다.

위험을 감수하지 않으려 한다. 복지부동.

자기 의견이나 생각을 혼자만 간직하려 한다.

위협이 가까울 경우 아무 말도 하지 않는다.

그게 뭐든 위협 대상에 동의한다. 자기 주관 상실.

자기혐오.

집단에 의존한다.

이런 상태가 억압될 때 나타나는 징후

위협 대상이 앞에 있거나 언급되기만 해도 방어적이 된다.
과잉 보상.
다른 누군가를 하찮게 만듦으로써 힘에 대한 감각을 회복.
위협 대상을 피해 다닌다.
예스맨 또는 자기를 지지해줄 만한 사람하고만 어울린다.
위협 대상이 가까이 있을 때 눈에 띄는 행동 변화.

다음의 감정으로 진전될 수도

불안 (444), 무기력 상태 (232), 두려움 (148), 굴욕감 (504), 체념 (508), 불안 (288), 억하심정 (344), 경멸 (112), 자기방어 (252), 부인 (272), 분노 (276), 편집 증세 (524), 무력감 (240), 자기혐오 (428)

다음의 감정으로 물러날 수도

무관심 (228), 상처 (300), 회한 (392)

연관 파워 동사

버리다, 저자세가 되다, 피하다, 뒤로 물러나다, 아첨하다, 갈팡질팡하다, 도전하다, 몸을 숙이다, 의심하다, 모면하다, 당황하다, 달아나다, 허둥지둥하게 하다, 굽실거리다, 솔직한 답을 피하다, 주저하다, 굽실거리다, 짓누르다, 철수하다, 오그라지다, 말을 더듬다, 발을 헛디딘다, 투항하다, 발을 빼다

Writer's Tip

등장인물이 여럿이고 그들 하나하나 특성을 살려줄 필요가 있을 때는, 같은 상황에 몰아넣고 제각기 다르게 반응하는 감정 상태를 보여준다면 꽤 효과적이다.

008 격분하다 대로하다

RAGE

너무 격해 쉽게 다스릴 수 없는 분노에 빠진 상태

몸 짓 PHYSICAL SIGNALS

벌겋게 달아오르거나 붉으락푸르락해지는 피부.
눈을 크게 뜨고 흰자위를 드러낸다.
입가에 침이 고여 있다.
힘줄이 불거져 있는 목.
콧구멍을 벌름거린다.
입을 오므리고 어금니를 꽉 깨문다.
상대방을 겁주기 위해 위협적으로 내려다본다.
위협적으로 목을 이쪽저쪽으로 돌려가며 우두둑거리는 소리를 낸다.

주먹을 쥐었다 풀었다 한다.
상대방의 얼굴을 손으로 톡톡 친다.
흉기를 꺼내 든다.
흉기로 사용될 만한 것을 손에 쥐고 가까이 다가온다.

괴성을 질러댄다.
폭력을 가하겠다고 협박한다.
상대방에게 쏜살같이 달려와서 고함이나 구호 따위를 외쳐댄다.
시비를 붙으려고 상대방에게 모욕적인 말을 한다.

다리를 넓게 벌리고 선다.
사소해 보이는 일에도 갑자기 분노가 폭발한다.
다른 사람의 몸을 함부로 밀치고 다닌다.
마치 금세라도 달려들어 싸우겠다는 듯 어깨와 목을 편다.
빨갛게 달아오를 때까지 상대방의 팔을 잡아 쥐고 누른다.
뭔가를 집어 던지거나 발로 걷어찬다.

극도로 몸이 부르르 떨린다.
자신을 향한 비난과 평가절하의 말을 곱씹는다.
근육과 힘줄이 팽팽히 수축해 있다.
목 안쪽에서부터 으르렁거리는 소리가 들리는 듯하다.
상대방에게 위협을 가하기 위해 느리고 신중히 움직인다.
신변 안전이 조금이라도 위협받는다 싶으면 무턱대고 싸우려 들려든다.
상대방의 개인적인 공간에 침입한다.
속임수를 쓴다.
죽음과 관련된 위협을 입 밖에 낸다. "죽여버리겠어!"

생체반응 INTERNAL SENSATIONS

이명이 들린다.
혈압이 극단적으로 올라간다.
맥박이 상승한다.
호흡이 가빠지면서 목구멍이 바짝 마른다.
나중에 다시 덧나는 통증.
아드레날린이 과다 분비된다.
근력이 늘어난 느낌.
불안하고 초조한 기분.

시야가 좁아진다.

심리 반응 MENTAL RESPONSES

자기가 부당하게 대우받고 있다거나 핍박당한다는 믿음에 휘둘린다.
복수하고 싶다.
누군가와 시비 붙기만을 기다린다.
누군가를 상처 내서 피를 보고 싶어 한다.
폭력적인 언행에서 시원한 배설의 느낌을 느낀다.
자기를 다스리거나 통제해야 할 필요성을 절감한다.
어떤 일에 집중하거나 초점을 맞추기가 어려워진다.

이런 상태가 장기간 지속될 때 나타나는 징후

누군가를 아무 이유도 없이 폭행한다.
범죄자 또는 살인자 집단에 가담한다.
폭력을 행사할 만한 기회가 또 없을지 찾아다닌다.
자기 파괴의 중독성.
우울증.
심장 질환이 도진다.
궤양에 시달린다.
아무리 사소한 문젯거리라도 시간을 두고 지켜볼 수가 없게 된다.
불면증.
피로감.
소유물을 때려 부순다.

이런 상태가 억압될 때 나타나는 징후

부자연스런 침묵.
통제할 수 없는 전신경련.
억지로 미소를 지어 보이지만 눈은 웃지 않는다.
뭔가를 손에 쥔 상태에서 난폭하게 흔들어댄다.
부드러운 것을 주먹으로 내리치거나 갈가리 찢어발긴다.
공격적인 운동에 몰두한다.

다음의 감정 상태로 진전될 수도

불타는 복수심 (260), 편집증 (524), 후회 (392)

다음의 감정 상태로 물러날 수도

분노 (276), 죄책감 (484)

연관 파워 동사

공격하다, 고함치다, 깨뜨리다, 고발하다, 이를 악물다, 꽉 움켜잡다, 폭발하다, 상기되다, 노려보다, 붙잡다, 치다, 욕을 퍼붓다, 상처 주다, 야유하다, 차다, 으르렁거리다, 소리 지르다, 장악하다, 후려갈기다, 욕하다, 놀리다, 긴장하다, 위협하다, 던지다

Writer's Tip

등장인물이 감정적으로 주변 정황에 반응하는 대목에서는 감각적인 섬세함에 큰 비중을 둘 필요가 있다. 주인공의 감각이 예민해져 있으면 주변 사물이 손에 닿았을 때의 감촉은 그의 신경을 들쑤시게 되지 않을까? 그가 구태여 언급하지는 않았지만, 그의 귀에 들려오는 소리에는 어떤 게 있을까?

009 결백하다 무죄를 입증하다 VINDICATED

죄가 없다는 게 입증되어 책임에서 벗어나거나 풀려남

몸 짓 PHYSICAL SIGNALS

눈을 감은 채 고개를 뒤로 젖히고 이 순간을 즐긴다.
만면에 그득 여유 있는 미소를 띤다.
행복에 겨워 눈물을 흘린다.
꾹 다문 입술을 파르르 떨며 눈을 지그시 감거나 고개를 끄덕거린다.
떠나지 않는 미소.

자신의 심장에 주먹을 갖다 대고는 한동안 그 자세로 있다.
마치 미소가 새어날까 봐 두렵다는 듯 손으로 가린다.
주먹을 위로 치켜든다.

"와" 하고 환호성을 올리거나 소리 지른다.
크고 밝은 어조로 말한다.
고조된 목소리.

가슴을 당당하게 앞으로 내민다.
몸을 크게 들썩이며 가슴을 한껏 부풀려서 호흡한다.
제자리에서 덩실덩실 춤을 추거나 펄쩍 뛰어오른다.
손뼉을 친다.

자신의 적들을 조롱함. 그들의 면전에 대고 승리의 V자를 그려 보인다.
감사의 묵도를 드리는 자세로 고개를 숙인다.
쭈그려 앉아 자축한다.

자세를 바로 하고 꼿꼿이 선다.
머리를 똑바로 추켜세우고 있다.
가족이나 지인에게 축하 인사를 받는다.
몸을 추슬러 다시 경직된 자세로 돌아가기 전 한껏 풀어진 몸가짐.
열려 있는 자세(넓게 양팔을 벌린다거나 다리를 어깨너비로 짚고 서 있다거나 고개를 뒤로 젖히고 있다거나 등).
빙그르르 돌며 승리를 만끽한다.
선불리 낙관적인 태도를 보이지 않는다(예전에 한 번 실망한 경험이 있던 터라 회의적일 경우).
편치 않았던 상황에 대해 솔직하게 털어놓는다.

생체반응 INTERNAL SENSATIONS

아드레날린 폭주.
심장이 팔딱팔딱 뛴다.
활력 넘치는 기분. 움직이고자 하는 욕구.
잠이 안 온다.
험한 꼴 안 당하고 평안을 유지할 수 있게 된 사실이 실감 나면서 맥이 풀어진다.
희열감.
평온과 만족감의 물결에 심신이 헹궈지는 기분.
얼굴에서 웃음이 떠나지 않는다.

심리 반응 MENTAL RESPONSES

낙관적인 관점을 취하게 된다.

갑자기 세상이 한결 밝아지고 더 아름다워 보인다.

그전에는 자기가 놓쳤던 세세하고 작은 것이 보이기 시작.

마음이 차분하고 어수선하다.

어느 한 가지에 집중하기가 어렵다.

신, 인간애, 사회체제 등에 관한 믿음이 새로워진다.

본인과 자녀들의 미래가 지금보다 한결 밝으리라는 전망에 두려움이 가신다.

이런 상태가 장기간 지속될 때 나타나는 징후

더욱 대담해짐. 이전 같으면 엄두도 못 냈을 도전이나 투쟁에 나선다.

결백 입증이 필요할지도 모를 타인을 도우려 시도한다.

보상받을 계획을 세운다.

자신감 상승.

긍정적인 인성의 변화(몸에 좋은 음식을 챙겨 먹는다거나 다른 사람을 위해 시간을 낸다거나 등).

우쭐해진다.

다른 사람의 귀감이 된다.

이전에는 그래 본 적이 없지만 미래에 대해 생각하게 된다.

이런 상태가 억압될 때 나타나는 징후

돌파구를 열려고 하는 노력을 지속하며 회심의 미소를 짓는다.

애써 몸가짐을 조심한다.

떨리지 않도록 두 손을 맞잡는다.

표정에서 어떤 낌새가 새어나가지 않도록 고개를 숙이고 다닌다.

차분하게 호흡한다.

돌아서서 재빨리 빠져나간다.
어떤 말도 꺼내지 않으려고 입술을 깨문다.
승리를 쟁취하느라 경황이 없다 보니 생업에 지장이 많다.
자기편에 선 사람과 강렬한 시선 교환.

다음의 감정으로 진전될 수도

자신감 (440), 희열감 (584), 만족감 (212), 대담무쌍 (196)

다음의 감정으로 물러날 수도

분노 (276), 패배감 (520), 절망 (460), 결의 (516), 실망 (324), 의기소침 (176), 환멸 (560), 심신쇠약 (232), 좌절감 (480), 희망에 찬 기대 (580), 무력감 (240), 원망 (384), 체념 (508), 회의 (564)

연관 파워 동사

활짝 웃다, 기념하다, 껴안다, 축하하다, 춤추다, 팽창하다, 잘 지내다, 감사 인사를 전하다, 감싸 안다, 펄쩍 뛰다, 파티하다, 흥청거리다, 맥이 탁 풀리다, 소리 지르다, 한숨 쉬다, 부풀어 오르다, 빙글빙글 돌다, '와' 하는 환호성을 내지르다

Writer's Tip

흥분 상태나 당혹감처럼 어떤 감정은 너무 오래 끌어서는 곤란하다. 이런 감정은 다른 감정과 짝지어 드러내는 게 바람직하다. 등장인물이 너무 오래도록 흥분과 혼란에 빠져 있으면, 독자로서는 이 장면에서 지금 무슨 일이 벌어지고 있는지 따라가기가 버거울 수도 있다.

010 경계하다 신중하다 WARINESS

조심하면서 한순간도 마음을 놓지 못하는 상태. 촉각을 곤두세운 상태.

몸 짓 PHYSICAL SIGNALS

목을 길게 뽑아 이쪽저쪽 두리번거린다.
마치 혼란에 빠진 듯 눈가를 가늘게 찌푸린다.
입술을 오므린다.
미간을 찌푸린다.
갑자기 눈을 돌려 문제의 대상을 쏘아본다.
턱을 들어 올린다.
입술을 깨물거나 굳게 다문다.
날카롭게 주시하는 눈빛.
이를 악문다.
단호하거나 진지한 표정.
아래턱을 앞으로 내민다.

만약의 사태에 대비해서 양손에 아무것도 들지 않는다.
열쇠나 볼펜 등 무기가 될 만한 것을 움켜쥔다.

어르고 달래는 목소리로 나긋나긋하게 말한다.
사태가 악화되기 전에 근본적인 대책을 세우라고 요구한다.
현재 상황을 유지하려는 의도에서 말을 빨리한다.

억제되어 있거나 긴장된 목소리.
신중한 언어 선택.

방어적인 자세를 취한다.
슬그머니 내뺀다.
문득 뭔가가 계속 떠오른다는 듯이 자세를 바로 한다.
머뭇거린다.
앞이마나 관자놀이를 문지른다.

주변을 맴돌지만, 시선만큼은 문제의 대상에 날카롭게 꽂혀 있다.
어떤 소리에 적극적으로 귀 기울인다.
탈출할 수 있는 통로를 미리 봐둔다.
뒤쪽에 뭐가 있는지 알고 싶어 한다.
주위를 맴돌며 우회적으로 어떤 대상에 접근한다.
느리고 조심스러운 움직임.
일단 뒤로 물러나서 사태에 뛰어들기 전까지 충분히 주시하려 한다.
경직된 자세로 묵묵히 지켜보기만 한다.
누군가가 접촉해오면 흠칫한다.
돌연 기민하게 움직이기 시작한다.
심신이 편치 않다. 웃음기가 사라진다.

생체반응 INTERNAL SENSATIONS

아드레날린 폭증.
심장박동과 맥박이 빨라진다.
긴장된 근육.
뭔가가 잘못되어가고 있다는 것을 직관적으로 느낀다.
소름이 돋거나 살갗이 까칠해진다.

소화불량.
숨을 헐떡거리거나 한순간 멈춘다.

심리 반응 MENTAL RESPONSES

머릿속으로 앞으로 닥칠 위험 상황을 파악해내려 고심한다.
자신의 직감을 신뢰한다.
자기방어 본능의 발동.
상황을 이해하고자 노력하면서 가능한 한 여러 생각을 떠올려본다.
혼란스러움.
어떤 행동에도 전적으로 몰두하기가 어렵다.
관찰 결과와 느낌을 자기 나름대로 세밀히 짜 맞춘다.
모든 것을 동시에 보고 들으려 한다.
어떤 일이 일어나기도 전에 앞질러 생각한다.
이 정보를 다른 사람과 공유해야 할지 저울질해보지만, 자기 혼자만 알고 있기로 한다.

이런 상태가 장기간 지속될 때 나타나는 징후

개인적인 공간에 머무는 시간이 늘어난다.
만약의 사태에 대비해 책상 등으로 장벽을 쌓아두기로 하고 행동에 나선다.
자신이 꿰뚫어본 결과가 맞는다고 우기며 상대방과 언쟁을 벌인다.
무기로 쓸 만한 것을 눈으로 찍어둔다.
다 알고 있다고 허세를 부리며 상대방의 의도를 살핀다.
다른 사람의 신체 언어와 목소리 어조에 좀 더 세심한 주의를 기울인다.

이런 상태가 억압될 때 나타나는 징후

상대가 누구라도 서먹서먹하게 대한다.
자신이 눈이 가려지도록 챙이 긴 모자를 낮게 쓰고 다니며 주위를 살핀다.
농담으로 좌중의 분위기가 가벼워지도록 유도해보려고 한다.
어쩐지 불편해 보이는 자세.
공연히 자기 혼자서만 서 있는다.
깍지를 끼고 있다.
누구와도 거리를 두려 한다.
자주 주저하고 머뭇거린다.

다음의 감정 상태로 진전될 수도

불안 (288), 두려움 (148), 동요 (316), 의혹 (412)

다음의 감정 상태로 물러날 수도

안도 (336), 체념 (508)

연관 파워 동사

분석하다, 모면하다, 불안정해지다, 움찔하다, 주저하다, 비밀로 간직하다, 숨을 들이마시다, 추궁하다, 중단하다, 촉발하다, 움츠러들다, 게걸음 치다, 경직되다, 긴장하다, 시험하다, 기울이다, 바라보다, 약해지다

Writer's Tip

감정을 묘사할 때는 여러분 자신의 과거 체험에서 그와 비슷한 정황을 헤아려보는 게 가장 좋다. 설령 등장인물이 겪고 있는 정황을 전혀 체험해보지 못했다 해도, 이와 유사한 감정 상태가 무엇이었는지 곰곰이 떠올려보면 좋은 결과를 얻을 수 있을 것이다. 그러니 여러분의 개인적인 체험을 적극 끌어들임으로써 이야기에 실제 현실과 다름없는 생기를 불어넣어 보자.

011 경멸하다 무시하다

CONTEMPT

경멸하고 무시하는 마음을 애써 억누르는 상태

몸 짓 PHYSICAL SIGNALS

굳게 다문 입.
머리를 갸웃거린다.
조롱기를 머금고 있다.
고개를 가로젓는다.
비웃음.
눈알을 부라린다.
크게 코웃음 친다.
무례하게 입술을 삐죽거린다.
냉담한 눈길.
씰룩거리는 입가.
단단하고 예리해 보이는 턱선.

팔짱을 껴 폐쇄적인 몸가짐을 드러낸다.
손가락을 책상이나 이마에 대고 까딱거린다.
손가락을 오므린다.

빈정대는 말투를 쓴다.
뒤에서 험담한다.

상대방이 말할 때는 이죽거린다.
일그러진 웃음.
대답하지 않거나 말이 짧아진다.
딱딱한 어조로 고압적인 말씨를 쓴다.
누군가를 입에 담으면서 무시하는 태도를 보이거나 그가 한 일을 인정하려 들지 않는다.
동료에게 누군가의 실수를 폭로하거나 공개적으로 지적한다.

상대방과 마주 보는 대신 몸을 비스듬한 각도로 돌린다.
멀찍이 떨어져 걷는다.
경멸조로 몸을 흔들어 보인다.
화가 난 듯 다리를 심하게 떤다.
가슴을 앞으로 내밀면서 다리를 넓게 짚고 선다.

다른 사람의 비위를 살살 긁는다.
딱딱한 태도.
부탁을 받으면 일단 거절부터 한다.
상대방을 굽어보겠다는 저의에서 턱을 밑으로 숙인다.
다른 사람의 약점을 우스갯거리로 삼는다.
마음이 없다는 것을 보여주기 위해 차가운 미소로 대처한다.
누군가의 기여나 역할에 대해 인정하길 거부한다.

생체반응 INTERNAL SENSATIONS

혈압이 높아진다.
흉부에 압박감을 느낀다.
목과 턱의 경직된다.
귀가 빨개진다.

하복부에 더부룩한 열기가 올라온다.

심리 반응 MENTAL RESPONSES

부정적인 사고.

매사에 퉁명스런 관점 표출.

다른 사람을 말로 울리거나 상처받게 하고 싶다는 욕구.

상대방의 무관심을 까발리고 싶어 한다.

이런 기분을 자아낸 상대를 지나칠 정도로 의식한다(무시하는 척할 때조차).

방에서 나간다(변명을 늘어놓는다거나 모임을 짧게 끝낸다거나 등).

이런 상태가 장기간 지속될 때 나타나는 징후

수시로 모욕감을 준다.

고함, 언쟁.

혈압 상승.

앞이마에 눈에 띄게 불거지는 혈관.

폭력적으로 변해가는 생각.

분노에 차서 자기 주변에 있는 누군가를 외면한다.

개인 사정을 핑계로 일찌감치 일정을 마친다.

규칙을 만든 사람들에게 존중받지 못했다는 이유에서 그것을 어기거나 과정을 무시한다.

자리를 박차고 일어나 나간다.

이런 상태가 억압될 때 나타나는 징후

피부 홍조.

자신의 뺨을 때린다.

튀어나오는 말을 삼키려고 손으로 입을 막는다.

결단력 있게 원인을 직시하려 하지 않는다.
원인을 모른 척 외면한다.
반응이 둔화하는 현상.
화를 억제할 수 있도록 다른 사람과 칸막이를 치고 살아간다.
등을 뒤로 젖히고 팔을 엇건다.
멀찍이 떨어져 다른 사람과 거리를 두려 한다.

다음의 감정 상태로 진전될 수도

혐오감 (544), 멸시 (224), 분노 (276)

다음의 감정 상태로 물러날 수도

심적 동요 (572), 좌충우돌 (76), 무관심 (228), 연민 (200)

연관 파워 동사

하찮게 만들다, 배신하다, 유죄판결을 내리다, 파괴하다, 신뢰를 저버리다, 묵살하다, 무례하게 굴다, 노출하다, 의심스러운 눈초리로 쳐다보다, 응시하다, 무시하다, 모욕하다, 혐오하다, 학대하다, 못 본 체하다, 받아들이지 않는다, 고발하다, 도발하다, 처벌하다, 퇴짜 놓다, 방해하다, 멸시하다, 회피하다, 비웃다, 내뱉다, 일축하다

Writer's Tip

수정할 때는 여러 감정 상태가 어떻게 흘러가는지 유심히 살펴보자. 대부분 감정 상태가 진술이나 설명으로 일목요연하게 드러나면 독자의 신뢰를 잃을 수도 있다. 언어적이고도 비언어적인 묘사를 활용해야 한다. 독자에게 등장인물의 감정 상태를 직접 설명하면 실패한다.

012 경악하다 몹시 싫어하다

HORROR

생각은커녕 상상조차 하지 못했던 나쁜 일을 경험했을 때 찾아오는 두려움과 거부감

몸 짓 PHYSICAL SIGNALS

얼굴을 찌푸리면서 시선을 외면하려 해보지만 그럴 수 없다.
머리가 흠칫하면서 뒤로 젖혀지고 크게 벌어진 눈으로 대상 응시.
입은 떡 벌어지고 입술은 위로 말려 올라간다.
입을 열어 말을 하려 해보지만 적당한 단어를 떠올릴 수 없다.
잔뜩 찌푸린 눈살, 잔주름이 일어난 콧날.
눈을 질끈 감고 머리를 다른 쪽으로 돌린다.
시선 교환을 피하고 눈길을 내리깔거나 다른 쪽으로 돌릴 수밖에 없다.
급히 침을 삼킨다.

목울대를 움켜잡거나 가슴뼈에 손을 가져다 댄다.
몸을 보호하려 한다(한쪽으로 몸통을 돌린다거나 두 팔로 가슴을 감싼다거나 등).
마치 뭔가를 털어내려는 듯 손바닥으로 옷을 쓸어댄다.
귀를 만지작거리거나 쫑긋거린다(소리가 경악을 자아내는 원인의 일부라면).
특정한 소음을 차단하고자 손으로 머리 한쪽을 두드린다.
손바닥으로 코를 감싸고 시선을 다른 쪽으로 돌린다.
손으로 입을 틀어막고 꽉 누른다.

열려 있는 입가에 대고 파르르 떨리는 손가락 끝을 가져다 댄다.
잔뜩 움츠린 채 손바닥으로 가슴을 문지른다(심장 바로 위쪽).

말을 하다 끊고 입을 다문다.
말이 토막토막 끊겨서 나온다. "이게… 그는… 왜…"
느리게 말하면서 또박또박 그 순간을 말로 표현하려고 애쓴다.

속으로 이것저것 검토해보면서 받아들일 수 없다는 듯 고개를 느리게 내젓는다.
자리에서 물러남. 싫어하는 대상과 거리를 두려 한다.
휘청거리며 한두 발자국 정도 뒤로 물러난다.
거리를 두려고 하다 발을 헛디뎌 쓰러진다.
다시 감정을 다스릴 수 있도록 심호흡을 한다.
느릿느릿 움직이다 갑자기 움직임을 멈춘다.
몸이 뒤틀린다(무릎을 끌어올리거나 상체를 비틀거나 수갑 찬 것처럼 두 팔을 앞으로 모으거나 등).

움직임을 멈추고 얼어붙는다.
다른 사람의 반응을 살핌으로써 자기에게 닥친 일을 이해해보려 한다.
어깨에 파묻힐 정도로 움츠러든 목이 앞으로 쑥 튀어나온다.
느린 숨 넘김(몸을 벌벌 떨거나 휘청거림).
떨리는 손을 앞으로 내뻗어 끔찍한 그 대상과의 거리를 확보하려 한다.
사랑하는 대상을 보호하려(자녀를 모아두거나 배우자를 곁에 남기거나 등) 든다.

생체반응 INTERNAL SENSATIONS

호흡곤란으로 인한 흉부의 압박감.

긴장된 몸(가령 위경련 등).

목구멍 안쪽으로 담즙 과다 분비.

어찌지 못하는 전율이 몸 전체를 휩쓸고 지나간다.

체온의 급격한 저하.

심장박동 증가로 가슴이 묵직하게 쿵쾅거린다.

심리 반응 MENTAL RESPONSES

공간지각 능력 상실(더듬거리거나 거동이 서투르거나 발을 헛디디거나 등).

신체 기능이 제대로 제어되는지 애써 확인하려는 듯 사소한 문제에 집중한다(숨쉬기 같은).

돌발적인 폭로(어떤 조짐의 중요성을 혼자만 알아차렸다면 그런 조짐으로 인해 어떤 부정적인 일이 생길지 그 정보를 갑자기 공유하려 함).

이 순간과 연관되어 있을지도 모를 위험 가능성에 초집중(생존 본능).

이런 상태가 장기간 지속될 때 나타나는 징후

어떤 일에 살짝 충격을 받기만 해도 순간적인 호흡 장애가 일어난다.

방광이 느슨해진다.

갑자기 제자리에 멈춰 서서 얼어붙는다.

뒤돌아서서 달아난다.

심장 발작.

이런 상태가 억압될 때 나타나는 징후

입을 꾹 다물고 있어서 침 삼키는 게 확실히 힘들어 보인다.

손가락 끝이 파르르 떨린다.

계속 재잘대고 나서야 진정된다.
안간힘을 다해 벗어나려 발버둥 친다. 썩은 미소를 지어 보인다.
신경질적인 웃음.

다음의 감정으로 진전될 수도

공포 (304), 무력감 (240)

다음의 감정으로 물러날 수도

두려움 (148), 혐오감 (544), 증오 (492), 자포자기 (448)

연관 파워 동사

이를 악물다, 숨기다, 경련하다, 움츠리다, 회피하다, 얼어붙다, 재갈을 물리다, 숨이 턱 막히다, 움켜쥐다, 역겹게 하다, 떨리다, 흠칫하다, 거부하다, 억누르다, 물러서다, 붙잡다, 오그라지다, 몸서리치다, 응시하다

Writer's Tip

작가의 표현력이 과도하면 감정 묘사를 망칠 수 있다. 보통 사람은 자기 몸이 무엇을 하고 있는지 구체적으로 생각하지 않는다. 몸의 반응에 따른 생체 원리를 떠올리는 사람이 과연 몇이나 될까. 예를 들어 "나는 허파가 산소 배출량 부족으로 부어오르고 있는 것을 느낀다"와 같은 묘사는 글의 흐름을 망치기 쉽다. 그러니 등장인물의 자연스러운 동선에 따라 그들의 반응과 행동을 보여주면서 독자가 그 느낌을 따라갈 수 있도록, 묘사를 끌고 가야 한다.

013 경외심을 갖다 존경심을 갖다

AWE

자신의 세계관과 가치관을 바꾸고 인식의 틀까지 뒤바꾸기에 충분할 정도로 큰 영향력을 지닌 존재를 향한 도취와 경탄

Note: 경외심은 (등장인물이 자기 체험을 어떻게 처리하느냐에 따라) 사람을 긍정적으로 북돋울 수도 있고 부정적인 나락으로 떨어뜨릴 수도 있다. 사람은 그런 경외심으로 인해 자기가 작고 보잘것없다고 느끼는 경우가 더러 있기 때문이다. 부정적인 감정적 반응에 대해서는 '경악' 항목을 참조할 것.

몸 짓 PHYSICAL SIGNALS

살짝 입이 벌어진다(늘어진 턱).

상대를 빤히 응시한다.

눈을 깜빡일 줄도 모르고 뚫어져라 응시한다.

경외의 대상이나 놀라운 상황을 보라며 다른 이에게 손을 내밀어 허우적거린다.

조금 더 깊어진 들숨.

느리고 깊은숨을 내쉰다.

말문이 막힌다(또는 명확한 의사 표현이 줄어듦).

감흥이 깨지지 않도록 말을 천천히 한다.

"와우!" 또는 "장난 아니다" 같은 말을 반복한다.

일체의 움직임을 멈춘다.
목이 뒤로 젖혀진다.
갈비뼈에 손을 가져다 댄다.
머리를 움켜쥐었다가 손바닥으로 뺨을 쓸어내린다.
조심스럽게 행동한다(가볍게 신체 접촉을 해본다든가 살금살금 걷는다든가 등).
팔로 자신을 감싸 안는다.
앉았다 일어나기를 반복하며 엉금엉금 걷는다.
군중 사이에 겨우 끼어든 사람처럼 쪼그려 앉는다.

몸에 흐르는 긴장감.
어깨가 처진다.
감격스럽고 경이로운 순간을 오래 만끽하려 한다.
감격스러운 대상과 접촉하고자 나도 모르게 나아간다(연락을 취하거나 메시지를 보내려고 하는 등).
만사를 제쳐놓고 철퍼덕 주저앉는다.
자기도 모르게 몸이 덜덜 떨린다.

생체반응 INTERNAL SENSATIONS

목덜미를 따라 내려가며 돋는 소름.
심박 수 증가.
어지럼증.
가슴이 터질 것 같다.
그 여파로 정신이 또랑또랑하고 알 수 없는 힘이 솟는다(아드레날린 폭주).
느슨하게 벌어진 입이 바싹 말라 자꾸 침을 꿀꺽 삼킨다.

심리 반응 MENTAL RESPONSES

곤두박질치게 될까 걱정하고 마음 졸인다.
자기가 뭘 하고 있었는지 잊어버린다.
순전히 그 순간에만 머물러 있는 느낌.
지각의 감도가 높아져서 감각적 자극 인식이 명민해진다.
그런 체험을 통해 "사소한 일"이 무엇인지 가려내서 나열해본다.
다른 사람과 순간의 체험을 공유하고자 하는 욕망. 서로 맺어져 있다는 느낌을 위해.
새로 눈 뜬 호기심이 정신적인 자문과 논평을 불러온다.
불편하고 어수선한 상황도 아랑곳하지 않는다. 온전히 지금의 체험에만 집중하면서 자리에 머문다.

이런 상태가 장기간 지속될 때 나타나는 징후

이 상태를 지속하기 위해서라면 어떤 위험부담도 기꺼이 감수할 수 있다.
후들거리는 다리(흥분 과잉 상태로 인해 쇠약해짐).
눈물이 뺨을 타고 흘러내린다.
휴대폰을 꺼내 사진을 찍는 것조차 잊어버릴 만큼 어안이 벙벙하다.
전혀 다른 세계로 진입하는 듯한 느낌, 다른 차원의 세계와 연결되고 싶은 욕망.
마음이 한결 너그러워지고 동정심이 많아진다.
남을 돕고 싶다는 의지가 강해진다.
그 느낌을 되살린 후 당시 체험을 기반 삼아 마음을 가다듬는다.
새로 태어난 느낌. 이전의 나와는 다르다고 느낀다.
그 여파로 삶에서 중요한 것은 바로 '리셋'임을 체감한다.

이런 상태가 억압될 때 나타나는 징후

남들과의 시선 교환을 (애써) 피하면서 어깨를 으쓱해 보인다.
본격적으로 달려들어 집중하기보다는 관심 가는 사건이나 상황을 곁눈질한다.
필요 없다 싶을 때는 그저 "인제 그만 정신 차리자" 하고 말한다.
왕년의 경험담을 늘어놓음으로써 현재 순간의 중요성을 깎아내린다.
잠시도 쉴 틈이 없다거나 지루해 죽겠다는 사람처럼 보일 요량으로 한시도 가만있지 못하고 꿈지럭댄다(라이터 뚜껑을 튕긴다든가 열쇠를 뱅글뱅글 돌린다든가 자기 호주머니를 뒤적거린다든가 등).

다음의 감정으로 진전될 수도

희열 (584), 경배 (124), 욕망 (368), 강박 (488)

다음의 감정으로 물러날 수도

감동 (84), 유대감 (396), 존경 (468), 기쁨 충만 (532), 평안 (528), 만족감 (212), 자괴감 (388)

연관 파워 동사

경악시키다, (햇살 따위를) 쬐다, 진정시키다, 위로하다, 눈부시다, 매혹하다, 어안이 벙벙하게 하다, 입을 떡 벌리고 바라보다, 넋을 놓고 바라보다, 누군가의 용기를 북돋아주다, 영향을 끼치다, 경청하다, 마음을 사로잡다, 얼떨떨하게 하다, 칭송하다, 흥청망청하다, 음미하다, 전율하다, 입 다물게 하다, 홀리다, 강렬한 인상을 풍기다, 실신시키다, 깜짝 놀라게 하다, 열광시키다, (어떤 감정이) 마구 샘솟다, 접촉하다, 얼어붙게 하다, 떨리다, 속삭이다, 궁금해하다

Writer's Tip

또 다른 등장인물의 시선을 통해 주인공의 감정 반응을 묘사할 경우 그들 사이의 관계가 얼마나 깊은지에 유의해야 한다. 가깝게 설정해놓았다면, 그저 머리를 넘기는 행위만으로도 그 등장인물의 눈을 통해 독자는 무언가를 공유할 수 있게 된다.

014 경외하다 숭배하다 ADORATION

사물이나 사람을 높이 떠받드는 상태나 무언가를 신성시하는 태도

Note: 경배의 대상은 사람일 수도 있고 사물이나 현상일 수도 있다.

몸 짓 PHYSICAL SIGNALS

입술이 벌어진다.
고즈넉한 눈 맞춤과 동공이 열리는 모습.
잔뜩 상기된 낯빛.
자주 입술을 축인다.
얼굴에 가벼운 홍조를 띤다.
눈의 깜빡거림이 줄어든다.
눈망울이 초롱초롱하다.

입이나 얼굴에 손을 자주 가져간다.
대상을 쓰다듬거나 접촉하려고 또는 움켜쥐려고 손을 앞으로 뻗는다.
한 손을 심장 위에 가져다 댄다.
손바닥을 뺨에 대고 문지른다.
손끝으로 턱밑을 쓰다듬는다.

찬사와 칭송의 말을 쏟아낸다.

경배하는 대상에 관한 이야기를 늘어놓는다.

부드러운 목소리와 어조로 말한다.

목소리가 한껏 가라앉는다.

느리고 상냥한 어투.

경탄하는 한숨을 내쉰다.

무언가를 향한 발걸음이 빨라진다.

대상이 되는 존재의 몸짓을 따라 한다.

상체가 앞으로 쏠린다.

자신의 목이나 팔뚝을 쓰다듬으며 전율한다.

자주 고개를 주억거리며 적극 동의한다.

보채듯이 발을 동동 구른다.

대상의 신체 언어를 그대로 따라 한다.

사진이나 장신구 같은 소지품에 집착한다.

경배의 대상과 접촉한 기억을 떠올리며 상념에 젖는다.

깊이 숨을 들이쉼. 그 순간에 오래도록 머물고자 대상의 냄새를 간직하려 한다.

동의를 표한다(상대에 대한 확언을 웅얼거린다거나 지지한다는 말을 한다거나 등).

넋 놓고 집중하는 태도를 보인다(치켜든 턱, 다소곳한 몸가짐, 바른 자세 등).

주변에 누가 있는지 뭐가 있는지 주의를 돌릴 여유가 없다.

생체반응 INTERNAL SENSATIONS

심장박동이 빨라진다.
호흡이 가빠진다.
자꾸만 목울대가 벌렁거린다.
입안이 바싹 마른다.
목구멍이 커진다.
체온이 올라간다.
감각과 신경이 날카로워진다.

심리 반응 MENTAL RESPONSES

조금 더 밀착하거나 접촉하고 싶어 하는 욕망.
자나 깨나 대상만 생각한다.
청력과 관찰력이 예민해진다.
주변을 무시한다.
대상의 결함이나 약점은 보지 못한다.

이런 상태가 장기간 지속될 때 나타나는 징후

집착. 공상.
서로 교감하고 있다는 믿음.
함께할 수밖에 없다는 숙명의 예감.
스토킹.
편지 또는 이메일을 쓰거나 선물 보내기.
안하무인이 되거나 법을 어기는 것도 불사한다.
몸이 초췌해지고 수면 부족이 온다.
대상의 주변을 질투하기 시작한다.
대상의 사생활 등과 관련된 유언비어를 유포한다.
대상의 사진이나 옷가지 등에 집착하거나 심지어 훔치기도 한다.

이런 상태가 억압될 때 나타나는 징후

진땀이나 떨림을 숨기고자 손을 꽉 쥐거나 뒤로 감춘다.
대상에 관해 이야기하는 것을 피한다.
몰래 염탐하거나 괜히 어슬렁거린다.
얼굴에 티가 역력하게 드러난다.
관계를 맺을 기회를 엿본다.
비밀 편지나 일기 따위를 쓴다.
거짓말로 자신의 상태를 숨긴다.
떨리는 목소리.

다음의 감정 상태로 진전될 수도

사랑 (296), 집착 (488), 욕망 (368), 좌절감 (480), 상처 (300)

다음의 감정 상태로 물러날 수도

좌충우돌 (76), 실망 (324), 쑥스러움 (192)

연관 파워 동사

흠모하다, 경외하다, 열중하다, 홀리다, 마음을 사로잡다, 움켜잡다, 우상화하다, 호리다, 욕구하다, 집착하다, 연모하다, 다다르다, 매혹하다, 쓰다듬다, 못살게 굴다, 접촉하다, 경배하다, 열망하다

Writer's Tip

신체적인 징후와 심리 상태를 확실히 암시해야 한다. 그 동선이 너무 흐릿하거나 너무 복잡하면 묘사문의 행간에서 독자가 읽어내야 할 의미망이 자칫 실종될 수 있다.

015 고뇌하다 비통하다

ANGUISH

정신적으로 괴로운 상태로 마음의 통증을 겪을 때

몸 짓 PHYSICAL SIGNALS

시선이 공허하다.
눈가의 근육이 잔뜩 뭉쳐 있다.
이를 간다.
턱을 잔뜩 끌어당기고 있다.
목에 핏대가 서 있다

늘 주먹을 쥐고 다닌다.
손목을 문지르거나 손을 비튼다.
손을 가만히 놔두지 못한다.
손으로 목덜미를 자꾸만 문지른다.
자꾸 머리카락을 잡아당긴다.

목소리에 불평과 불만이 가득하다.
내 목소리에 내가 스트레스를 받는다.
흐느껴 울거나 눈물을 흘린다.
고함치거나 비명을 지른다.

몸을 바르르 떤다.
작은 소리에도 화들짝 놀란다.
발가락을 꼰다.
입술을 잘근잘근 깨물고 피부를 긁적거리거나 손톱을 씹는다.
한 장소에 머물지 못하고 우왕좌왕한다.
다리를 가슴까지 끌어당겨 몸을 잔뜩 웅크린다.
벽을 두드리거나 어딘가에 숨어든다.

넋을 놓은 듯한 걸음걸이.
식욕이 없다. 술 생각도 없다.
식은땀을 흘린다.
근육에 경련이 일어난다.
마음이 편해지는 물건을 계속 만지작거린다.
시간을 확인하고 또 확인한다.
전문가나 권위자에게 도움을 받고 싶어 한다.
어깨가 한없이 좁아진다.
다른 사람을 마주 보지 못한다. 등진다.
구석 자리만 찾아다닌다.

생체반응 INTERNAL SENSATIONS

욕지기. 고열.
근육통. 경직. 경련.
목구멍 안쪽이 아프다.
음식 삼키는 게 힘들어진다.
열이 오른다.
욕지기.

심리 반응 MENTAL RESPONSES

합리적 사고를 할 수 없다.

기복 신앙에 기대려고 한다.

좋은 일이 생기게 해준다면 그게 무엇이든 맹신한다.

고통의 원인을 찾아내려고 집착한다.

이 상태에서 벗어날 수 있다면 어떤 손실이라도 감수하겠다고 다짐한다.

이런 상태가 장기간 지속될 때 나타나는 징후

어떻게 해서든 벗어나려고 몸부림친다.

살이 쪽 빠진 모습. 심신이 쇠약해진다.

폭삭 늙는다.

허리가 구부정해지거나 몸의 균형이 허물어진다.

헛구역질한다.

호흡곤란을 겪는다.

얼굴에 색소 결핍, 눈가엔 다크서클.

눈 주위와 입가에 주름이 는다.

술과 약물을 찾는다.

원형탈모.

몹쓸 습관이 생긴다. 머리 잡아당기기, 몸 흔들기 등.

칼로 베거나 손톱으로 피부를 긁어내는 자해 행위.

만성적인 의기소침.

자살 충동에 빠진다.

안면 경직.

입술을 파르르 떨며 굳게 다문다.

힘든 육체노동에 뛰어든다(기력을 쏟아붓고 기진맥진해서 모든 걸 다 잊으려고).

이런 상태가 억압될 때 나타나는 징후

자꾸만 움찔거리며 놀란다.
이를 간다.
자신도 어쩌지 못하는 전신경련과 수전증.
은밀한 몸놀림.
손톱 깨물기, 잦은 출혈.
울먹이는 말투나 투덜거림이 입 밖으로 나오지 않도록 무던히 노력.
모든 말을 단답형으로 끝내고 간단한 고갯짓으로만 대답을 대신한다.
줄담배 또는 과음.

다음의 감정 상태로 진전될 수도

자포자기 (448), 번민 (140), 우울 증세 (400), 히스테리 (588)

다음의 감정 상태로 물러날 수도

상처 (300), 죄책감 (484), 동요(476), 우유부단 (244),
마음이 여려 상처 받기 쉬움 (208), 자기 연민 (424)

연관 파워 동사

물집이 생기게 하다, 타오르다, 다 써버리다, 괴롭히다, 견디다, 신음하다, 울부짖다, 가하다, 끙끙 앓는 소리를 내다, 극복하다, 고통스러워하다, 가르다, 장악하다, 흐느껴 울다, 목을 조이다, 괴로워하다, 숨 막히다, 고통을 안겨주다, 온몸을 비틀다

Writer's Tip

등장인물의 정신 상태를 제대로 다룰 수 있을 때까지 도전해봐야 한다. 등장인물의 정신 상태를 예민하게 묘사할 수 있다면 작품 전체를 흥미진진하게 이끌 수 있다. 독자 또한 긴장감을 만끽하게 될 것이다.

016 고마워하다 감사하다

GRATITUDE

상대방의 호의나 친절 따위에 마음이 따뜻해지는 상태

몸 짓 PHYSICAL SIGNALS

부드러운 시선.
가슴 깊이 우러난 호의로 충만.
은근하고 지속적인 눈 맞춤.
밝은 눈으로 고개를 끄덕인다.
키스하는 시늉을 해 보인다.
고개를 잠시 뒤로 젖히고 눈을 감는다.
눈물을 글썽인다.
낯빛이 환해진다.

환히 미소 짓는 입가에 손가락을 댄다.
다른 누군가의 손이나 팔을 잡는다.
느슨히 쥔 주먹으로 자기 가슴을 톡톡 친다.
가슴에 손을 올려놓는다.
필요 이상으로 오랫동안 어떤 사람의 손을 잡고 있다.
손을 상대방의 등이나 어깨에 댄다.
열렬히 박수를 보낸다.
거수경례를 한다.
입술에 대고 손끝을 뾰족하게 맞대어 보인다.

다른 사람을 칭찬한다.
감정이 풍부한 목소리.
주변 사람에게 자신이 얼마나 고마워하는지 전한다.
고맙다고 말한다.

큰절을 올린다.
몸과 발을 앞으로 내민다.
어떤 사람이나 무리에게 손을 가슴에 얹는 동작을 취한다.
감싸 안으며 호감을 표한다.
악수하는 동안 상대방의 손을 꽉 쥔다.
하늘을 향해 손바닥을 들어 올리며 올려다본다.
때맞춰 제 역할을 다해준 데에 고맙다는 뜻으로 머리 숙여 인사한다.

진심 어린 고마움을 미소로 전하고자 한다. 얼굴이 밝다.
고마워하는 상대의 개인적인 공간에 가까이 머물려 한다.
친밀히 지내자는 뜻으로 가벼운 접촉을 시도한다.
선물이나 도움 등으로 마음을 표시하고 싶어 한다.
이 감정을 널리 퍼뜨리고 싶어 한다.
말하기 전에 자신의 감정을 추스르고자 한 박자 쉬거나 침을 삼키고 싶어진다.

생체반응 INTERNAL SENSATIONS

팔다리가 따뜻한 온기로 데워진다.
신체적인 긴장감이 해소된다.
가슴이 충만감이 느껴진다.
심장이 꽉 채워진 기분을 느낀다.
얼굴에 기분 좋은 온기가 전해진다.

무릎 연골이 부드러워진다.

심리 반응 MENTAL RESPONSES

상대방의 친절과 도움에 보답하고 싶어 한다.
좋은 의미에서 압도된 기분.
잠시 술이라도 한잔하면서 이 느낌을 평생토록 간직하고 싶다.
상대를 최고라고 치켜세우면서 그들로 하여금 특별한 기분을 느끼게 하고 싶다는 욕구.

이런 상태가 장기간 지속될 때 나타나는 징후

숭배.
머리를 조아린다.
보답하기 위해서는 무슨 일이든 다 할 수 있다는 욕망.
기쁨의 눈물.
깊은 친분과 사랑의 느낌.

이런 상태가 억압될 때 나타나는 징후

눈을 감는다.
자신의 표정을 숨기기 위해 머리를 수그린다.
눈 맞춤을 피한다.
숨겨둔 감사의 뜻을 표하고 싶어 상대방의 눈을 빤히 들여다본다.
관심을 돌릴 만한 흥밋거리를 찾거나 다른 상대를 찾는다.
말하기 전에 목청을 가다듬는다(억양을 차분히 가라앉히고자).

다음의 감정 상태로 진전될 수도

만족감 (212), 평안 (528), 행복 (532), 득의양양 (404), 유대감 (396)

다음의 감정 상태로 물러날 수도

주눅 듦 (340), 우유부단 (244), 마음이 여려 상처 받기 쉬움 (208), 당혹감 (552)

연관 파워 동사

높이 평가하다, 활짝 웃다, 머리 숙이다, 소중히 여기다, 껴안다, 감싸다, 환기시키다, 표현하다, 확대하다, 감싸 안다, 포함하다, 만나다, 끄덕이다, 제공하다, 넘쳐흐르다, 공언하다, 약속하다, 내뿜다, 다다르다, 떠오르다, 선택하다, 공유하다, 비치다, 짜내다, 침을 삼키다, 톡톡 두드리다, 고마워하다, 접촉하다, 말로 표명하다, 따뜻하게 데우다, 속삭이다

Writer's Tip

모든 장면에서 독자에게 뜻밖의 상황을 꺼내놓고 그에 따른 감정적 반향을 불러일으키겠다는 포부로 이야기를 꾸려가는 게 바람직해 보인다. 예컨대, 등장인물의 행로에 예기치 않은 장애물이 나타난다든가 전개되어가는 현재 사건에 이해의 단서를 제공할 만한 전사의 정보가 대화 중에 튀어나오면 이야기가 한결 흥미진진해진다.

017 고소해하다 SCHADENFREUDE
쾌감을 느끼다

다른 사람의 고통이나 불행을 못된 심보로 즐김

몸 짓 PHYSICAL SIGNALS

너털웃음을 한 번 터뜨리고 비웃는 표정을 짓는다.
눈을 가늘게 뜨고 상대방 반응을 살핀다(파안대소의 여파가 어떨지).
기분이 좋아져 얼굴과 목에 홍조가 번진다.
이글거리는 시선으로 노려본다.
얼굴 전체에 천천히 싸늘한 미소가 퍼져나간다.
얄궂게 싱글거린다.
입술에 침을 바른다.
뺨이나 턱 또는 목까지 씰룩거린다.
희생양의 눈길을 끌고자 일부러 뾰로통한 척해 보인다.

양손을 마주 대고 비빈다.
손가락을 하나씩 뚝뚝 꺾고는 주먹을 말아 쥔다.
하늘에 대고 주먹을 치켜든다.
손뼉을 치면서 조롱한다.
양팔을 단단히 엇걸고 손가락은 팔뚝 사이에 끼워 넣는다.
손가락을 입가에 가져다 대고는 조용히 주시한다.

말을 질질 끈다. “자네도 그걸… 보게… 될 테지만 말이야!”
상대의 불행을 말로 확인. “앞으로도 넌, 여기와 잘 안 맞을 거야.”
사람을 엿 먹이려는 질문을 던진다. “이거, 열심히 준비해오지 않았어요?”
숨죽여 웅얼거린다. “그래, 그렇게 하라니까.” “곧 천벌을 받겠군.”
비밀 폭로를 즐김. “엄마, 지난주 후진하다 엄마 차를 박은 게 민수인 거는 알고 계시죠?”

고개를 뒤로 젖힌다.
빠르게 고개를 끄덕거린다.
자신의 친구와 그 순간을 만끽한다(멸시하는 투로 머리를 절레절레 흔든다거나 하이 파이브를 한다거나 등).
주저앉아 좌절하는 상대와 눈높이를 맞추며 웅크리고 앉는다.
희생양을 장난감처럼 가지고 논다. 가령, 도와줄 것처럼 손을 내밀었다가 이내 홱 돌아선다거나.

호흡이 점점 더 가빠지고 있는 것처럼 가슴을 쫙 폈다 오므렸다 한다.
동분서주한다.
이 상황에서 이득이나 실속을 찾으려 한다. 가령, 누군가의 희생을 대가로 내기를 한다거나.
사람을 치켜세우다 역겹다는 표현으로 깎아내린다.
뒷자리에 서서 강렬한 눈빛으로 동향을 살핀다.
함께 상처를 입힐 만한 사람이라면 그게 누구든 꼬드긴다.
희생양을 향한 공격에 가담한다.
도와달라는 요청에 응하지 않는다.
나중에 친구와 그런 일이 있었다며 시시덕거린다.

생체반응 INTERNAL SENSATIONS

몸 전체로 퍼져나간 열기로 붉게 달아오른다.

아드레날린 때문에 어지럼증을 느낀다.

가슴이 부풀어 오르는 기분.

힘이 불끈 솟구침. 자기를 대적할 자 없다는 기분.

손발에 활기가 넘치는 느낌.

꿈틀거리는 근육.

아드레날린 분비량이 줄어들게 되면 다리 힘이 풀린다.

심리 반응 MENTAL RESPONSES

오로지 희생양에 집중. 다른 건 안중에 없다.

희생양이 불행을 겪는 순간을 극적으로 떠올리며 반복해 공상을 즐긴다.

정당하다는 기분(희생양한테 부당한 대우를 받은 적이 있을 경우).

다른 악행에 또 가담해서 이 만족감을 계속 누리고 싶어 한다.

희생자를 탓하거나 잘못을 지적함으로써 자신의 태도를 합리화.

이런 상태가 장기간 지속될 때 나타나는 징후

목이 잠길 때까지 욕설을 퍼붓는다.

식은땀을 흘린다.

일반적으로 공감 능력이 줄어든다.

희생양이 조금 더 고통받기를 원한다(더욱 극단적으로).

성적 취향 자각(사디즘).

이런 상태가 억압될 때 나타나는 징후

자제하고자(자제하는 데 실패해서) 지어 보이는 미소.

희생양과 눈을 맞추고는 미소 지어 보이며 어깨를 으쓱한다.

눈길을 다른 데로 돌린다(시선 회피).
반응하기 전 감정 상태를 알아내려고 다른 사람을 유심히 살핀다.
눈에 띄지 않게 숨어서 학대 행위를 목격할 수 있는 자리를 찾는다.
그 상황에 대해 아는 게 전혀 없다고 발뺌한다.
수동적 공격성을 띠면서 여러 가지로 해석될 수 있을 말을 던진다.
"이런, 참 딱하기도 하지."
감정이라고는 전혀 찾아볼 수 없을 만큼 냉담한 표정으로 상황 주시.

다음의 감정으로 진전될 수도

득의양양 (404), 히스테리 (588), 불타는 복수욕 (260), 자기 결백 (104)

다음의 감정으로 물러날 수도

좌충우돌 (76), 의심 (408), 죄책감 (484), 수치심 (264)

연관 파워 동사

후려치다, 쪼이다, 하찮게 만들다, 낄낄거리다, 신랄하게 까다, 환호하다, 손뼉을 치다, (다른 사람은 실패한 판에 자기 성공을) 떠벌리다, 호되게 비난하다, 분명히 말하다, 대단히 즐기다, 즐기다, 과시하다, 고소해하다, 굴욕감을 주다, 야유하다, 맹공격하다, 으스대다, 조롱하다, 우쭐하다, …인척하다, 재미있어 하다, 맛보다, 비웃다, 소리치다, 멍청하게 웃다, 이죽이죽 웃다, 조롱하다, 낄낄 웃다, 놀리다, 킥킥거리다, 고통을 안겨주다

Writer's Tip

어떤 상황 속에서 등장인물의 특별한 감정적 반응을 그리고 싶다면, 그 이전에 우리는 등장인물의 성격 특성과 과거 체험을 충분히 숙지하고 있어야 한다. 특정한 반응에는 그에 따른 합당한 이유가 있어야 하며, 예를 들어 등장인물의 내면에 있는 심층적인 두려움 등은 여러분이 의도하는 감정 묘사에 크게 도움이 될 수 있다.

018 고심하다 고민하다 TORMENTED

어떤 위기나 재앙의 발생 가능성을 눈앞에 두고 마음이 심하게 타들어 가는 상태

몸 짓 PHYSICAL SIGNALS

눈을 크게 뜨고 깜빡이지도 않는다. 걱정이 그득한 기색.
미간을 잔뜩 찌푸린다. 깊고 선명한 주름살.
떨리는 턱.

손가락으로 뺨을 긁어내린다.
손바닥으로 뺨을 강하게 누른다.
춥다는 듯이 자기 팔을 쓰다듬는다(자기 위로의 몸짓).
손으로 머리를 감싸 안고 팔꿈치를 바짝 끌어당긴다.
주먹으로 떨리는 입술을 누른다.
손톱이나 손가락, 주먹 등을 자기도 모르게 깨문다.
물 없이 손을 씻듯이 두 손을 쥐어짜거나 비벼댄다.
반복해서 손으로 자기 머리를 쓸어 넘긴다.
통증을 가라앉히겠다는 듯 주먹으로 가슴을 누른다.

좌절감으로 울음을 터뜨린다.
갈라진 음성으로 새된 소리를 낸다.
자신의 괴로움을 말로 표현한다. "이러다간 피 말라 죽을 것 같아!"
마구 고함을 쳐대거나 욕설을 퍼붓거나 비명을 지른다.

귀를 막고 고개를 흔든다.

자꾸 시계를 쳐다본다(혹은 문을 쳐다본다거나 문자메시지가 왔나 확인한다거나 등).

다른 손으로 자기 손목을 꽉 움켜쥐고 힘껏 누른다. 자기 몸을 아프게 해서 정신 차리려는 의도.

손으로 벽을 힘껏 두드린다. 발로 차고 때리면서 뭔가를 파괴하고 싶어 하는 감정 발산.

마음에 안정을 주는 마스코트를 꽉 움켜잡는다(아들의 수술 결과가 나올 때까지 아이가 가지고 놀던 곰 인형을 움켜잡고 있다거나).

머리를 한 움큼 움켜잡고 잡아당긴다(차라리 몸을 아프게 해서라도 감정상의 고통을 뒷전으로 밀어놓겠다는 듯).

아랫배를 움켜잡고 몸을 구부린다.

침을 삼키고 말을 더 수월하게 하고자 목을 자주 주무른다.

몸이 떨린다.

평온히 앉아 있을 수가 없다.

몸을 움직여가며 자기 페이스를 되찾고자 하거나 뭔가 부숴버리고 싶은 욕구.

얕고 급하게 숨을 쉬거나 공연히 침을 꿀꺽거린다.

축 늘어진 자세. 몸을 똑바로 가눌 수가 없다.

소음이나 인기척에 민감해진다(흠칫 놀라거나 움찔하거나 등).

손이 떨려 물건을 놓친다.

생체반응 INTERNAL SENSATIONS

배탈 남, 혹은 속이 뒤집어진다.

욕지기.

목이 뻣뻣해진다.

가슴 통증.
전신에 오한.
반사적으로 횡격막 위에서 숨을 끊는 바람에 호흡을 깊게 하지 못한다.

심리 반응 MENTAL RESPONSES

평소 하지 않던 기도를 드림.
속으로 혼자 협상을 함. "이번만 잘 넘기면 다시는 하지 말아야지."
이런 상황을 피하지 못했다거나 참담한 결과가 초래된 것을 막지 못한 것에 부끄러움과 심한 자괴감을 느낌.
낙심과 죄책감 그리고 두려움 등으로 모든 게 마비된 것처럼 느낌.
시간이 더디게 흐르거나 멈춘 것 같다는 느낌.
속으로 최악의 시나리오를 떠올리고는 실제로 그런 상황으로 몰고 감.
다음은 없고 이 고통이 영원히 지속할 것만 같은 기분.

이런 상태가 장기간 지속될 때 나타나는 징후

먹거나 마시지 못한다.
제대로 된 언어를 구사하지 못한다.
멈추지 않는 눈물.
불안감 엄습.
뻣뻣한 두 팔로 공을 잡은 것처럼 손을 벌린 채 몸을 무섭게 떤다.
정신적으로 굳게 갇혀 있는 상태. 속수무책.

이런 상태가 억압될 때 나타나는 징후

자기감정을 숨기고자 사람을 멀리한다.
울음을 참아내느라 몸이 떨린다.
말이 안 나온다.
통증을 유발해 정신적 고통을 분산하고자 한다. 손톱으로 손바닥을 파는 등.

혼자만 무사하려고 도망갈 생각만 한다(회피 반응).

다음의 감정으로 진전될 수도

공포심 (304), 히스테리 (588), 성정이 여려짐 (208)

다음의 감정으로 물러날 수도

멍해짐 (220), 회의적 (564), 안도감 (336), 고마움 (132)

연관 파워 동사

두드리다, 불태우다, 앙다물다, 으스러뜨리다, 울다, 악담을 퍼붓다, 고심하다, 비통해하다, 신음을 흘리다, 치다, 계속 때리다, 자책하다, 떨다, 속을 끓이다, 흔들리다, 소리 지르다, 괴로워하다, 눈물을 흘리다, 걱정하다, 비틀다

Writer's Tip

독자가 등장인물의 감정 변화에 잘 따라오고 공감하기를 바란다면, 우선 등장인물의 캐릭터를 단단하게 만들어주어야 한다. 예를 들어 호감을 살 만한 인물로 만들면 독자와 등장인물 사이에 공감의 끈을 쉽게 형성할 수 있다.

019 공감하다 감정이입하다

EMPATHY

다른 사람의 감정이 어떠할지 스스로 대입해봄으로써 그들의 느낌과 친밀히 맞닿은 상태

Note: 연민과 공감은 태생적으로 맞붙어 있지만 똑같은 것은 아니다. 공감은 등장인물이 누군가와 감정적인 체험을 의미 있게 공유하는 과정에서 생겨난다. 일종의 유대감이다. 동정은 좀 더 피상적인 단계로, 보편적인 위로가 필요한 상황에서 형성될 수 있는 감정이다. 따라서 개인적인 친밀감이 없더라도 가능하다. 자세한 설명은 '연민' 항목을 참조할 것.

몸 짓 PHYSICAL SIGNALS

부드러운 인상.
치켜 올라간 양쪽 눈썹.
고통스러워 보인다(다른 사람의 부정적인 기분을 공유하고 있을 경우).
꿰뚫어보려는 게 아니라 지긋하고 편안한 시선 교환.
엷은 미소로 친밀감을 전한다.
상대방을 똑바로 마주한다.

신중한 단어 선택(포괄적인 이해심을 드러내거나 상대방을 북돋아주기 위해).
말을 끊지 않고 상대 말을 귀 담아듣고자 몸을 앞으로 기울인다(함부로 평가하지 않음).
이해심과 포용력이 듬뿍 배어 있는 어조로 부드럽게 말한다.
상대 이야기를 경청한다는 것을 느끼게 해주려 일부러 질문을 던진다.
자기와 친분을 나누고 있는 사람이 누구건 그 사람의 자세와 신체 언어를 그대로 따라 한다.
누군가에게 다가가서 그 사람과 함께 담소를 나누거나 그저 같이 앉아 있어준다.
상대방의 부담을 이해한다고 내색. "너무 힘들겠다, 그치?"
행복한 기분은 말로 표현하며 함께 나눈다. "오늘은 한결 나아지지 않을까? 그렇겠지?"
말로 상대를 위로. "힘들다는 거 알아." 또는 "우리 같이 헤쳐 나가보자."

접촉 시도(유대감을 표현).
바짝 다가가며 거리를 좁힌다.
상대방도 자기에게 똑같이 하기를 기대하면서 따뜻한 위안이 되도록 어깨를 감싸주거나 등을 토닥거려준다.
가슴을 쓸어내리면서 자기가 느끼는 고통이나 압박감 표현.
신체 접촉(무릎이나 다리를 맞대거나 손을 잡아끄는 등).
감정이 그대로 드러나는 행동(같이 있는 시간을 더 늘리기 위해 손을 잡는다거나 상대방의 어깨를 토닥거린다거나 등).

함께 울음을 터뜨린다.
그저 지금 이 순간에 충실하기 위해 계획이나 약속 취소.
진심으로 대한다(예컨대, 상대에게 위로를 전할 수 있도록 개인적인 경험을 털어놓는다거나).

생체반응 INTERNAL SENSATIONS

가슴에 예리한 통증.
목구멍이 뻣뻣해진다.
전반적인 중압감.
목구멍 이물감과 억누른 눈물로 인해 침을 삼키기가 어렵다.

동요 또는 약함(느껴진 감정이 압도적일 경우).
환상 통증의 감각.
가슴이 가볍고 시원한 느낌(상황이 좋을 경우).

심리 반응 MENTAL RESPONSES

도와주거나 해결해주고 싶은 욕구(상황이 부정적일 경우) 또는 그 순간을 만끽하고 싶다는 욕망(상황이 긍정적일 경우).
상대방이 상황을 이해하지 못한 채 애쓰는 모습에서 좌절감을 느낀다.
상대방이 뭔가 잘못을 범했을 때도 스트레스나 상황 탓이려니 하며 관용을 베푼다.
감정에 얽매이거나 그밖에 다른 데 연연하는 등 개인적인 관심사 배제.
자신의 고통스러운 감정을 남에게 보이기 싫어함(애써 아닌 척한다).
다른 사람의 육체적 고통을 보는 게 괴롭다.
다른 사람이 감정적인 스트레스에 시달릴 때 주의해서 요령껏 대처한다.
편견이나 선입견에서 벗어나 친분 형성에 집중한다.

이런 상태가 장기간 지속할 경우 나타나는 징후

고통이 너무 커져서 실의에 빠짐.
고비를 넘긴 후 자기 기분의 일신을 위해 혼자 있고 싶어 함.
상황이 어떠하든 친절한 마음씨와 동정심을 내보인다.
다른 사람이 괴로워하는 이유를 알지 못한다는 자괴감에서 비관주의와 환멸이 생겨난다.
공감의 순간이 긍정적일 때 낙관적인 생각이 다시 살아나면서 가벼운 기분을 느낀다.

이런 상태가 억압될 때 나타나는 징후

콱 막힌 목소리(감정에 짓눌려 걸걸해졌다거나).

행동에 걸맞지 않은 말(말은 거친데 자상한 태도를 보인다거나).

거친 태도를 취했다 한 발짝 물러난다. "계속 밤을 샐 수도 있어. 아니면… 네 상태에 따라 며칠 밤만."

다음의 감정으로 진전될 수도

존경심 (468), 겸양 (388), 존중 (472), 사랑 (296)

다음의 감정으로 물러날 수도

유대감 (396), 희망에 찬 기대 (580), 평안 (528)

파워 연관 동사

받아들이다, 깨우다, 털어내다, 돌보다, 껴안다, 연결되다, 발전하다, 반향을 불러 일으키다, 북돋아주다, 견디다, 맡기다, 얽히다, 떠올려주다, 표현하다, 느끼다, 붙잡다, 껴안다, 잇다, 귀 기울이다, 사랑하다, 필요하다, 보살피다, 다시 체험하다, 응답하다, 추구하다, 감지하다, 짜내다, 동요하다, 접촉하다, 겪다, 서로 엮이다

Writer's Tip

등장인물은 어떤 상황에서는 감정적으로 평온한 상태를 유지하지만 다른 상황에서는 가마솥처럼 끓어오를 수도 있다. 후자에 대해서는 왜 그렇게 되는지 그 이유를 자문해보자. 그게 만일 해소되지 않은 내적 상처 때문이라면, 여기서 한 걸음 더 나아가서 여러분은 어떻게 그 상처를 이야기 전개에 활용할지 고민하게 될 것이다.

020 공포스럽다 두렵다

FEAR

예상되는 위협이나 위험에 닥쳐 무서워하는 상태

몸 짓 PHYSICAL SIGNALS

안색이 잿빛으로 변하다 이내 하얗게 질린다.
입술과 턱이 덜덜 떨린다.
눈을 빠르게 깜빡거린다.
뭔가를 빤히 들여다보고 있는 듯하지만 실은 아무것도 보지 못한다.
눈이 스르르 감기거나 울부짖는다.
입술이나 이마 아래로 구슬 같은 땀방울이 쏟아진다.
눈가에 맺힌 이슬 때문에 눈이 지나치게 밝아 보인다.
입술을 핥는다. 물을 벌컥벌컥 들이켠다.
몹시 고통스러운 듯 숨을 몰아쉰다.
콧잔등을 찡긋거린다.

손이 축축이 젖어 있다.
팔꿈치를 양쪽 옆구리에 바짝 붙이면서 최대한 작게 몸을 움츠린다.
땀을 닦아내기 위하여 손으로 이마를 문지른다.

혼잣말을 웅얼거리며 자기 자신에게 애원한다.
새된 목소리.
말을 더듬거리면서 제대로 발음하지 못한다.

목소리가 몹시 떨린다.
말이 안 나온다.

주위를 둘러본다. 특히 뒤쪽.
웅크린 어깨.
담벼락이나 구석에 등을 기대고 선다.
자신도 어쩌지 못할 만큼 몸이 흔들린다.
뭔가를 움켜잡아 보지만 손가락 마디가 하얗게 변하면서 금세 맥이 풀린다.
무릎이 굳어버린 듯 경직된 걸음걸이.
누군가에게 매달린다.
양손을 겨드랑이에 끼고 잔뜩 웅크린 자세를 만든다.
작은 소음에도 흠칫 놀란다.
자기도 모르는 사이에 낑낑대는 소리가 새어나갈까 두려워 손으로 입을 틀어막는다.

목덜미와 팔에 소름이 돋는다.
식은땀을 많이 흘려 몸에서 악취가 난다.
목 위로 힘줄이 불거진다. 맥이 요동치고 있는 게 드러난다.
한 지점에 발목이 잡힌 듯 얼어붙는다.
호흡이 고르지 못하다.
근육이 딱딱하게 굳는다.
좌불안석, 공연히 부산스럽기만 한 움직임.

생체반응 INTERNAL SENSATIONS

팔다리가 흐느적거린다.
현기증, 다리와 무릎이 후들거려 자꾸만 휘청거린다.

방광이 느슨해져 자기도 어쩌지 못하고 오줌을 싸 갈긴다.
가슴 통증.
숨을 억제한다. 큰 숨을 들이켜며 조용히 참는다.
위장이 바위처럼 단단하게 굳어가는 것 같다는 느낌이 든다.
접촉과 소리에 과민해진다.
아드레날린 과다 분비.
가슴 통증을 유발하는 심장박동 격화.
팔과 목덜미에 소름이 쭈뼛 돋는 느낌.

심리 반응 MENTAL RESPONSES

어디론가 달아나거나 숨고 싶다는 욕구.
순식간에 모든 사태가 흘러가 도무지 돌이킬 수 없다고 느낀다.
마음에 어떤 섬광이 번쩍거리는 듯한 이미지.
엉터리 추론.
조리 정연하게 생각해보지도 않고 곧바로 행동에 돌입한다.
시간 감각이 왜곡된다.
본인의 판단을 믿지 못한다(안전 문제나 보안 사항과 관련되어 있을 때).

이런 상태가 장기간 지속될 때 나타나는 징후

자신도 어쩌지 못하는 떨림, 혼절.
불면증. 우울증.
탈진.
약물 남용.
대인기피증.
경련 발작. 틱 장애.
반복적인 얼굴 찌푸림.
혼잣말.

이런 상태가 억압될 때 나타나는 징후

밝은 목소리를 유지하려는 노력.
상황에 따라 강요된 억지 미소.
분노나 좌절감으로 공포를 감추려 든다.
남의 눈을 의식하지 않고 제멋대로 구는 습관.
손톱 깨물기. 입술 깨물기.
피부 긁적거리기.
농담조로 말하지만 목소리는 갈라져 있다.

다음의 감정 상태로 진전될 수도

분노 (276), 참담 (304), 편집증 (524), 무서움 (204)

다음의 감정 상태로 물러날 수도

동요 (572), 주눅 듦 (340), 경계심 (108), 안도감 (336)

연관 파워 동사

내던지다, 살금살금 움직이다, 울다, 회피하다, 팔딱거리다, 강제하다, 얼어붙다, 숨이 턱 막히다, 찌르다, 붙잡다, 침을 꿀꺽 삼키다, 쉬이 하고 소리를 내지르다, 충격을 받다, 펄쩍 뛰어오르다, 극복하다, 공황 발작을 일으키다, 마비되다, 가르다, 떨다, 쇄도하다, 장악하다, 흔들다

Writer's Tip

여러분의 주요 인물이 어느 장면에 등장하는 순간 그 장면의 분위기를 묘사해 보임으로써 독자에게 이 대목에서는 어떤 감정적인 체험을 하게 될지 미리 암시하자. 그 인물이 조바심친다면, 아마 독자도 따라서 그렇게 될 테니까 말이다.

021 공황 상태 겁에 질리다 PANIC

극심한 공포로 정상 생활을 하지 못할 정도의 상태, 신경증적이거나 터무니없는 행동을 보인다

몸 짓 PHYSICAL SIGNALS

눈을 크게 뜨면서 흰자위를 내보인다.
눈꺼풀을 질끈 닫는다.
목에 핏대가 솟는다.
울음을 터뜨린다.
자신의 주위에 있는 모든 것을 빨아들이겠다는 듯 쏘아본다.

주먹을 쥐었다 풀었다 한다.
삐질삐질 땀이 나고 손이 붉게 변한다.
손이 떨리거나 심하게 흔들린다.
가슴에 통증이 있어서 손을 가져다 대고 누른다.

자기도 모르게 신음을 내거나 낑낑거린다.
목소리가 높아진다.
말씨가 빠르다. 뚝뚝 끊기는 구문으로 말한다.
같은 말을 여러 번 반복한다. "아니야, 아니라고, 아니라고 했잖아. 그건 말도 안 된다니까."

달아난다.
전율을 가라앉히고자 자신의 어깨를 손으로 꽉 잡는다.
벽이나 구석에 등을 기댄다.
도움을 요청한다.

상체가 경직된다. 꼿꼿이 앉는다.
머리 한쪽을 꽉 움켜잡는다.
호흡을 조절하고자 헉 하고 숨을 내쉰다.
사람이나 편한 물건 등 자신을 안정시킬 수 있는 대상에 절박하게 매달린다.
혼절한다.

생체반응 INTERNAL SENSATIONS

체내 조직을 관통하는 아드레날린.
심장이 벌떡거리고 저릿저릿하다.
혈압 상승.
자기가 숨이 막혀 죽어가고 있는 것처럼 느낀다.
손발 끝이 저리면서 점차 무감각해진다.
욕지기.
현기증.
시야에 얼룩이 나타난다.
어질어질해서 금세라도 쓰러질 것만 같은 느낌.
체온 상승(다량의 발한)이나 저하(참을 수 없는 오한).
늘 신경이 곤두서 있다(소리만 나도 화들짝 놀란다거나).
짧고 얕은 호흡.
과호흡.

심리 반응 MENTAL RESPONSES

급작스런 공포감 엄습에 압도당한다.

자신이 미쳐가고 있거나 곧 죽을 거라고 여긴다.

상황을 이해해보고자 하지만 조리 정연하게 사고하는 게 불가능.

증세를 가라앉히는 데만 집중(진정함).

모든 게 다 괜찮을 거라고 스스로 되뇐다.

자신의 공황 증상이 왜 생겼는지 그 원인이나 발작의 이유를 찾아내고자 한다.

착란 증세를 보인다.

최악의 경우만 떠올리거나 떠오른다.

소리나 움직임 또는 접촉 등에 극도로 민감한 반응을 나타낸다.

이런 상태가 장기간 지속될 때 나타나는 징후

공황증세 악화 또는 불안장애.

우울증.

약물 처방에 의존.

약물 또는 알코올 중독.

혐오증.

히키코모리가 된다.

자신의 공황 발작을 유발할 만한 상황 기피.

공황 증세가 도지면 안전하다 느끼는 곳 이외에는 절대 가지 않으려 한다.

다음에는 또 언제 공황 증세가 엄습할까 하는 걱정에 계속 시달린다.

평소보다 훨씬 잠을 많이 잔다.

이런 상태가 억압될 때 나타나는 징후

눈을 감는다.
숨을 고르게 조절해가면서 깊이 들이마신다.
자제력을 회복하고자 방에서 나가거나 공간에서 벗어난다.
증세 완화의 기술을 익히고자 한다.
다른 사람과 시선 교환 기피.
논리적이고 합리적인 어법으로 스스로 다독거린다.

다음의 감정으로 진전될 수도

히스테리 (588), 편집증 (524), 극심한 공포 (304)

다음의 감정으로 물러날 수도

신경쇠약 (288), 위협 당하는 기분 (204), 두려움 (148), 슬픔 (316)
불안 (476), 걱정 (92)

연관 파워 동사

질식할 지경이다, 매달리다, 무너지다, 허약해지다, 달아나다, 움찔하다, 기겁하다, 숨이 턱 막히다, 움켜잡다, 숨다, 과호흡에 시달리다, 홱 움직이다, 긁다, 흔들리다, 몸서리치다, 흐느껴 울다, 땀 흘리다, 파르르 떨다, 훌쩍이다

Writer's Tip

등장인물의 캐릭터에 깊이를 부여하고 싶다면 수치심에 착안할 것. 무엇이 등장인물로 하여금 그토록 고통스러운 감정을 느끼게 할까? 무슨 일이 있었는지 이해하기 위해서, 또한 원고 지면상에서 등장인물이 자신의 수치스런 대목을 직시할 수 있도록 하기 위해서는 무엇보다 타당하고 적절한 전사가 필요하다.

022 관심을 가지다 영향을 미치다 CONCERN

누군가에 또는 어떤 것에 진정성 있게 주의하는 (또는 흥미를 간직하고 있는) 마음

몸 짓 PHYSICAL SIGNALS

찌푸린 눈살.
고개를 젖히고 강렬한 시선 교환을 한다.
멍한 시선으로 눈꺼풀을 빠르게 깜빡인다.
상대방이 설명하는 동안 고개를 끄덕이고 눈을 깜빡거린다.
치켜 올라간 눈썹.
오므린 입술.

귀 기울이거나 생각하는 동안 자기 턱을 손가락으로 만지작거린다.
조금 더 자주 얼굴을 매만진다.
입을 가리거나 생각에 잠겨 입술을 문지른다.

이야기 내용에서 뭐가 중요한지 콕 집어서 질문을 한다.
"괜찮아요?" 또는 "이건 당신한테 어떤 의미죠?" 하고 물어본다.
목소리를 줄이거나 낮춘다.
상황을 완전히 이해하기 위해 질문하고 부연 설명을 요구한다.
통화를 중단하거나 사람들의 말을 끊는다(무례하게 구는 게 아니라 관심 대상에게 집중할 필요 때문에).
"그렇게 될 줄 알았어"나 "다 잘될 거야"처럼 빤한 말을 한다.

선의의 조언을 한다(어쩌면 상대방이 청하지도 않은).
유대감을 느끼도록 '당신'이 아니라 '우리'라는 단어를 쓴다.

바짝 다가서서 몸을 앞으로 기울인다.
관심 대상을 향해 뭔가 하려다가 이내 중단한다.
휴대폰을 꺼내 메모하거나 추가로 검색까지 해본다.
톡톡 두드리거나 살짝 쓰다듬으며 관심 대상과 스킨십을 시도.
말하는 사람을 향해 무릎을 내밀고 상체를 앞으로 기울인다.
소소한 편의를 제공한다(의자나 마실 것을 내온다든가 같이 산책한다든가 등).

말하려고 입을 열었다가도 생각을 모으고자 잠시 쉬었다 계속한다.
상대를 조금 더 잘 살피고자 조용해진다.
관심 있는 사람의 개인 공간에 발을 들이려 한다.
다른 사람을 포용할 수 있을 만큼 여유로운 몸가짐을 유지한다.
더 세세한 게 드러나도록 질문을 해서 상대방이 응답하게 유도한다.
다른 사람의 관심을 선선히 받아들인다. "무슨 뜻인지 이해해. 네가 왜 걱정하는지 알아."
도움을 자청한다. 자기 자료를 제공하거나, 알아봐 준다든가 일손을 보탠다든가.
문제를 해결해주려고 기꺼이 시간과 노력을 내준다.
헌신하고 있음을 증명고자 지원을 아끼지 않겠다고 약속한다.
관심 대상이 이 상황을 타개하는 데 도움이 되고자 자기 인맥을 활용한다.

생체반응 INTERNAL SENSATIONS

맥박 상승.
근육이 팽팽해진다.
과중한 주의 집중으로 몸이 경직된다.

심리 반응 MENTAL RESPONSES

자기가 상대하고 있는 사람이나 사물에 초집중.
급한 일이나 책임지고 있던 본래 일을 까맣게 잊는다.
상대의 생각이나 심리 상태를 유추할 단서(말, 몸짓)에 집중한다.
골똘히 귀 기울인다.
부정적인 상황이 감지되면 그 근본 원인을 찾기 위해 집중한다.
일일이 분석해가며 의미 부여.
돕고 싶다거나 북돋아주고 싶다거나 상황을 해결해주고 싶다는 욕망.
좋지 못한 결과로 상황이 흘러갈까 봐 노심초사한다.
상대를 보호하고 있다는 기분.
상황이 어쩌다 이 지경에 처했는지 이해하고자 지난 일을 돌아본다.
새로운 정보가 자신에게 미칠 영향에 대해 심사숙고한다.

이런 상태가 장기간 지속될 때 나타나는 징후

따라다닌다(전화 통화를 시도한다든가 문자메시지를 남긴다든가 직접 찾아간다든가 등).
상황이나 사람에 관해 강박관념을 보인다.
새로운 것을 캐내 더 많은 정보를 얻으려고 혼자 조사하고 다닌다.
어떤 아이디어나 해결책이 성공하게 되리라는 기대에서 크라우드 소스(인터넷상에서 다른 사람에게 참여해달라고 요청)에 매달린다.
자꾸만 최악의 결과를 떠올린다.
내버려둘 수 없다.

마음이 끊임없이 골칫거리나 상황으로 되돌아온다.

자기가 올바른 길을 가고 있다는 보증이 필요하다.

이런 상태가 억압될 때 나타나는 징후

마치 중요한 일이 아니라는 듯 상황을 털어버린다.

화제를 바꾼다.

어깨를 으쓱해 보이고는 아랑곳하지 않는다.

도울 방법을 생각하려고 자리에서 먼저 일어날 핑계를 만든다.

목소리를 높이고 고압적인 태도를 보이거나 혼자만 계속 말한다.

다음의 감정으로 진전될 수도

염려 (288), 욕구불만 (480), 조바심 (464), 걱정 (92), 연민 (200)

다음의 감정으로 물러날 수도

안도 (336), 수용 (312), 호기심 (548), 기대감 (580), 사의 (132)

연관 파워 동사

조언하다, 도움이 되다, 고려하다, (몸 시간 노력 등을) 바치다, 받아들이다, 공감하다, 표현하다, 집중하다, 돕다, 포함하다, 엮이다, 귀 기울이다, 질문하다, 반영하다, 결부시키다, 거듭하다, 조사하다, 눈을 못 떼다, 지원하다, 접촉하다, 자원하다

Writer's Tip

여러분의 감정 표현이 핵심에 가닿아 있는지 확인하기 위해서는 "왜?"라고 자문해보자. 왜 그렇게 등장인물은 몹시 연연하는가? 왜 이 순간이 그들에게 그토록 중요한가? 이 상황은 앞으로 어떤 후폭풍을 몰고 올 것인가? 답은 여러분의 묘사와 서술을 통해 명확하게 제시되어야 한다.

023 교감하다 연민을 느끼다

SYMPATHY

다른 사람의 상황에 대해 돕고 싶다는 마음의 감도

몸 짓 PHYSICAL SIGNALS

깊은 한숨을 내쉰 후 생각에 잠긴 표정을 짓는다.
다 이해한다는 듯한 끄덕거림.
눈을 가늘게 뜨고 상대방의 말에 집중한다.
미간을 살짝 찌푸린다.

가볍게 앞머리를 쓸어 넘겨준다.
상대방의 머릿결을 부드럽게 쓰다듬어준다.
팔짱을 끼고 말에 귀 기울인다.
양손을 호주머니에 찔러 넣은 채 어색하게 상체를 앞으로 기울이며 일이 잘되어가느냐고 물어본다.

"이제라도 알게 된 게 어디야."
"하마터면 잘못될 뻔했는데 다행이다."
"우리 삼촌이 입버릇처럼 하던 말이 뭐였느냐면 말이야."
상황에 맞는 표현을 찾으려다 보니 말을 자꾸 더듬거린다.
상대방의 기분이 괜찮아지도록 긍정적인 방향의 질문을 한다.
부드럽고 친절한 말씨를 쓴다.
상대방에게 다 잘될 거라고 말해준다.

무엇이 필요한지, 자기가 어떻게 하면 좋을지 물어본다.

상대방과 무릎을 맞대고 앉는다.
누군가를 감싸 안거나 그에게 기댈 수 있는 어깨를 빌려준다.
구태여 묻지 않고 티슈나 찻잔을 가져온다.
좀 더 가까이 다가가려는 움직임. 상대방의 사적인 공간으로 찾아간다(그들 관계가 그럴 만큼 열려 있는 사이일 경우).
손을 꽉 쥐었다 놔준다.
상대방을 자기 어깨로 끌어당긴다(서로의 관계가 친밀하다면).
경청한다.

어색한 포옹.
방해될 만한 일(전화를 받아주는 등)을 처리해준다.
사과할 때는 잘못된 상황을 솔직하게 인정한다.
북돋아줘야 할 때는 상대방의 외모를 칭찬한다.
불편을 참아가면서 상대방의 말에 열심히 귀 기울인다.
상대방을 위해 계획을 취소한다든가, 약속을 미룬다.
말하기 전에 침을 한 번 삼킨다.
무슨 말을 해야 좋을지 몰라 잠자코 같이 앉아 있어 주기만 한다.
상대방이 거북해지지 않도록 귀 기울여 듣는 동안 딴 데를 바라본다.
기분 전환 삼아 같이 어디 좀 가겠냐고(산책이나 드라이브 또는 한잔 하러) 제의한다.
누군가의 편에 서서 변명을 해준다거나 좀 더 기다려주자고 다른 사람한테 얘기한다.
상대방 말이 어이없다손 쳐도 동의해준다.

생체반응 INTERNAL SENSATIONS

감정적으로 진이 빠지는 기분.
전반적으로 부담감을 많이 느낀다.
느린 심장박동.
목구멍 통증.

심리 반응 MENTAL RESPONSES

자기가 상대방의 고통을 덜어줄 수 있었으면 하고 바란다.
무슨 말을 하면 좋을지 망설인다.
섣불리 판단하려 들지 않고 그냥 듣기만 한다.
불행한 일이 터지면 사랑하는 이를 걱정한다.
누군가에게 의지하려는 성향이 강한 편이다.
진솔하다기보다는 사교 수완이 앞선다.
대조를 해본 후 자신의 이득에 부합되도록 급작스런 칭찬의 말을 늘어놓는다.
자신이 저 지경에 빠지지 않았다는 데 안도한다.

이런 상태가 장기간 지속될 때 나타나는 징후

어떻게 하면 상황을 잘 이끌어갈지 강박적으로 고심한다.
"이런 일은 금세 지나갈 거야."
"당당하게 턱을 높이 치켜들고 다녀."
상투적인 격려를 자주 사용한다.
선물로 환심을 사려 한다.
종종 사람에게 의지하려는 마음 상태.
누군가가 이 상황을 헤쳐나가는 데 도움이 될 만한 일에 시간 돈, 정력 등을 다 쏟아붓는다.

이런 상태가 억압될 때 나타나는 징후

다른 사람을 향해 손을 내밀려다 이내 거둬들인다.
어떤 상황이나 그와 연루된 사람에 관한 이야기를 자주 꺼낸다.
개인적으로 그 사람을 위해 기도해준다.
상대에게 미소를 지어 보이거나 눈짓을 해 보이긴 해도 정작 말로 어떤 응원의 메시지를 전해주지는 않는다.
거리를 두고 바라보면서 변화가 생기기를 희망한다.

다음의 감정 상태로 진전될 수도

공감 (144), 슬픔 (316), 사랑 (296), 감사 (132), 걱정 (92)

다음의 감정 상태로 물러날 수도

무관심 (228), 부인 (272)

연관 파워 동사

조언하다, 힘내라고 격려해주다, 위로하다, 동정을 표하다, 상담해주다, 맹목적으로 빠져들다, 힘을 북돋아주다, 호들갑을 떨다, 감싸 안다, 귀 기울이다, 동기부여하다, 관찰하다, 토닥거리다, 보호하다, 미소 짓다, 부드럽게 하다, 짜내다

Writer's Tip

감정은 일반적으로 단기간에 어떤 마음 상태에서 다른 쪽 극단으로 비약하는 경우가 드물다. 독자의 신임을 얻으려면, 착실하게 초석을 다진 후 가령 어떻게 어떤 스트레스 요인 따위에서 무시무시하고 강렬한 결과가 야기되었는지 차근차근 보여줄 필요가 있다.

024 기대하다 희망을 품다 ANTICIPATION

간절하게 바라는 상태로 갈망과 기다림

몸 짓 PHYSICAL SIGNALS

반짝반짝 빛나는 눈초리로 다른 사람이나 주변을 두리번거린다.
손으로 얼굴을 감싸 쥔 후 손가락 틈새로 엿본다.
입술을 깨문다.
입술을 축인다.
가만히 눈을 감고 혼자 괴성을 내기도 한다.

땀에 젖은 손바닥.
손 떨림.
가슴팍을 손으로 움켜잡는다.

가만히 눈을 감고 한숨을 내쉰다.
얼마나 오래 걸리지? 그게 언제쯤? 무슨 일이지? 계속 웅얼거린다.
옆에 있는 사람을 붙잡고 난데없이 "말해봐요" 하고 외친다.
다른 사람에게 본 것을 있는 그대로 자세히 말해달라며 조른다.

다리를 반복해서 꼬았다 풀었다 한다.
발끝으로 깡충거린다.
옷가지를 바로 하고 소지품을 정돈하느라 법석을 떤다.

창밖을 내다보거나 문가와 전화기 근처에서 맴돈다.
거울로 머리 상태와 화장을 확인하고 또 확인한다.
발을 바닥에 비빈다.
춤을 추듯 동작을 반복한다.
다급한 걸음걸이.
강박적으로 시계를 바라본다.
상체를 앞으로 기울인다.
앞에 놓인 음식을 깨작거린다.
흥분 상태라 제대로 먹지도 못할 지경.

닥칠 상황을 준비하며 열심히 이런저런 계획을 세워둔다.
목록을 짠다.
다른 것에 관해서는 생각할 수 있는 마음의 여유가 없다.
마치 움직이면 사태가 빨리 진행되기라도 할 것처럼 안절부절못하고 서성거린다.
다른 사람과 잡담함으로써 자신의 감흥을 공유하려고 키득거린다.
졸도하는 시늉을 한다.
무슨 새로운 일이 없는지 친구에게 전화하거나 문자메시지를 보낸다.

생체반응 INTERNAL SENSATIONS

붕 떠 있는 느낌.
공복감.
호흡곤란.
요동치는 심장.
안달복달.

심리 반응 MENTAL RESPONSES

백일몽을 꾸는 듯.
완벽했으면 싶은 욕망.
예상과 달리 뭔가가 꼬이지나 않을까 하는 두려움.
집중력 결여.
무슨 일이 일어날지 상상.
옷을 잘 입었는지와 같은 자체 검열.

이런 상태가 장기간 지속될 때 나타나는 징후

불면증.
좌절감 또는 조급증.
성마름.
간단하고 신속한 일에만 적응하는 부작용.
친구, 가족, 업무 등을 무시한다.
아무리 자잘한 것이라 해도 정확하게 배열해놔야 직성이 풀린다.
옷 치장 등 본업보다는 그 준비에 더 열중한다.

이런 상태가 억압될 때 나타나는 징후

어색한 침묵에 잠겨 잠자코 자리를 지킨다.
입을 꾹 다문다.
옷 위에 땀에 젖은 손바닥을 문지른다.
책을 읽거나 TV 시청에 몰두하는 척한다.
목 위로 핏발이 선다.
자신의 두 손을 꽉 맞잡는다.
다른 사람과의 대화를 피한다.
시계나 현관문을 넋 놓고 바라본다.
따분한 체한다.

대수롭지 않다는 투로 혼잣말한다.
다른 일에 흥미를 보이는 것처럼 군다.
마치 뻣뻣하게 굳은 양어깨와 목을 잔뜩 움츠린다.

다음의 감정 상태로 진전될 수도

흥분 (576), 욕망 (368), 질투 (496), 기쁨 (168)

다음의 감정 상태로 물러날 수도

환멸 (560), 실망 (324), 무관심 (228)

연관 파워 동사

자극하다, 기다리다, 활짝 웃다, 요구하다, 벌렁거리다, 활기가 넘치다, 꽉 쥐다, 흥분하다, 기대하다, 두근거리다, 환하다, 환하게 웃다, 고조시키다, 소망하다, …에 기대다, 떨다, 경주하다, 떨리다, 생기 넘치다, 추측하다, 휘젓다, 치다, 긴장하다, 열광시키다, 소름 돋다, 파르르 떨다, 돋우다, 궁금해하다

Writer's Tip

만일 여러분의 작품을 읽어본 누군가가 등장인물의 감정 처리가 혼란스럽다는 비판을 해온다면, 감정선의 기폭 장치가 확실히 작동하고 있는지 점검해보도록 하자. 인과관계를 보여주는 일은 근원적인 감정 상태를 전달하려 할 때 필수적인 요소이다.

025 기뻐하다 만족해하다 PLEASED

만족감으로 기분이 즐거워진 상태

몸 짓 PHYSICAL SIGNALS

얼굴 가득 여유로운 미소.

전반적으로 표정이 홀가분해진다.

기분이 좋아서 뺨이 발그레해진다.

턱을 들어 올린다.

이 행복이 믿기지 않는다는 듯 미소를 지어 보이며 살며시 고개를 가로젓는다.

다른 사람과 끈끈하게 시선을 교환한다.

누군가와 행복한 눈길을 주고받는다.

혼자 실실 웃음.

의식적으로 머리를 매만진다.

손바닥으로 가슴을 문지른다.

엄지를 추어올린다.

손으로 미소를 가린다.

손뼉을 친다.

부드럽고 친절해진 목소리.

즐거운 기분을 말로 드러낸다. “이보다 더 뿌듯할 수는 없을 거야.”

또는 "정말 대단하지 않아?"
자기 기분 그대로 다른 사람에게 힘을 북돋아주거나 따뜻한 말을 건넨다.
자기 기분이 왜 이렇게 좋아졌는지 그 이유를 열심히 얘기하려 한다.

앉은 자세에서 상체를 뒤로 젖힌다.
관련 있는 누군가에게 이 기분 다 알지 않느냐는 듯한 몸짓을 해 보인다(윙크, 하이파이브 등).
고갯짓.
포옹하거나 어깨를 짚어주거나 하면서 가까이 지내는 사람과 신체적 접촉을 나눈다.
제자리에서 가볍게 깡충거린다(에너지가 급작스럽게 삐져나오려는 것을 억누르고자 함).

한쪽으로 살짝 기울어진 고개.
가슴이 부풀어 오른다.
열려 있는 몸가짐 유지(경직되거나 방어적인 자세가 아님).
만족스러워서 내쉬는 한숨.
몇 가지 방식으로 기념하고 자축한다. 가령, 누군가가 특별히 한턱내는 것을 즐긴다든가 친구들과 함께 한잔하러 간다든가.

생체반응 INTERNAL SENSATIONS

가슴 가득 퍼지는 온기.
만면에 번진 미소.
근육 이완.
뺨에 스민 온기.
일을 잘 마친 성취감과 자부심으로 가슴이 벅찬 상태.

심리 반응 MENTAL RESPONSES

만족스러운 기분. 스트레스나 걱정 해소.
이 기분이 오래도록 이어지기를 바란다.
다른 사람에 대해 조금 더 너그러워지고 참을성이 많아진다.
즐거운 기분을 유발하는 것이라면 뭐든지 계속함으로써 그 상황을 활용하려 한다.
누구보다도 애정 어린 시선으로 지켜보면서 자신의 호의적인 기분을 전하고 싶어한다.

이런 상태가 장기간 지속될 때 나타나는 징후

자부심과 자기 신뢰 상승(자신이 한 일에서 그 기쁨이 생긴 거라면).
생산성 향상.
속이 확 트인 기분과 그 기분을 유지하고자 하는 욕망으로 인한 대인관계 개선.
우선순위의 긍정적인 변경. 집착했던 문제가 가벼워지고 중요해지지 않음.
주의가 흐트러지면서 다른 분야에서의 생산성 감소.
살면서 만나온 여러 사람이 미미하게 느껴진다(새로운 사람과 기쁨을 나눌 경우).
즐거운 기분을 계속 이어가고 싶은 욕심에 자신의 골칫거리를 애써 외면한다.

이런 상태가 억압될 때 나타나는 징후

입꼬리가 씰룩거린다.
입술을 오므리거나 시시덕거린다.
손으로 입을 가린다.
한층 더 활기를 띤 눈.

숨을 고르게 내쉬다 크게 들이마신다.
자신의 관심을 즐거움의 원인에서 다른 쪽으로 돌린다.
부자연스럽게 잠자코 있는 상태로 남아 있으려 한다.
곧고 꼿꼿한 자세 유지.
마치 흥미가 떨어졌음을 보여주려는 듯 상체를 뒤로 젖히거나 몸을 돌린다.
눈은 즐거움의 원인에 꽂혀 있는 동안에도 마음은 없다는 듯 행동.
즐거웠던 순간을 언제든 떠올릴 수 있도록 관련된 물건은 가까이 두고 보관한다.

다음의 감정으로 진전될 수도

만족감 (212), 자신감 (440), 행복감 (532), 자존감 (416), 자부심 (436), 영감 (360), 득의양양 (404)

다음의 감정으로 물러날 수도

재미 (452), 놀라움 (172)

연관 파워 동사

활짝 웃다, 싱긋 웃다, 크게 웃다, 하이파이브하다, 얼싸안다, 웃음을 터뜨리다, 고갯짓하다, 편히 있다, 미소 짓다, 장난치다, 윙크하다

Writer's Tip

고마움은 등장인물의 자기방어 심리와 관련이 깊다. 고마움은 등장인물의 감정적인 방어선을 낮춰준다. 모든 사람이 다 적은 아니라는 것을 깨닫도록 등장인물이 누군가에게 고마움을 느끼게 된 사건이 무엇인지도 염두에 두도록 하자. 이런 면은 등장인물이 성장하고 자신의 두려움을 떨쳐내는 데 도움을 준다.

026 깜짝 놀라다 놀랍다 SURPRISE

예기치 못한 놀라움이나 즐거움, 부정적일 수도 긍정적일 수도 있다

몸 짓 PHYSICAL SIGNALS

찍 벌어진 입.

숨이 턱 막힌다.

도저히 믿지 못하겠다는 눈길 또는 멍한 시선.

고개를 뒤로 젖힌다.

눈이 커지거나 앞으로 튀어나온다, 그러기를 반복한다.

놀라움을 가라앉히려는 의도에서 일부러 미소를 지어 보인다.

머리를 양쪽으로 갸웃거리거나 도리질한다.

볼과 목이 벌겋게 물든다.

손가락으로 벌어진 입술을 만진다.

손으로 뺨을 철썩 갈긴다.

친구의 팔을 붙잡는다.

얼굴을 가린다.

눈을 꾹꾹 짓누른다.

귀를 막겠다는 듯 양손으로 머리통을 부여잡는다.

가슴뼈 위에 대고 손가락을 쫙 편다.

목젖을 만지작거린다.

허탈해하는 웃음을 터뜨린다.
놀라운 말을 전한 친구에게 농담하지 말라며 어깨를 탁 친다.
어조가 격앙된다.
가늘게 떨리는 목소리로 도저히 믿지 못하겠다는 말을 주절거린다.
비명을 내지른다.

한두 발짝 뒷걸음친다.
뒤돌아선다(그 놀라움이 부정적인 경우일 때).
가슴에 대고 책이나 손가방 등을 감싸 안는다.
움찔하며 말아쥔 주먹을 가슴에 가져다 댄다.

갑자기 자세가 굳고 근육이 경직된다.
중간쯤 발길을 멈춰 세우고 휘청거린다.
현기증.
다른 사람의 접근이나 말 걸기를 차단하겠다는 표시로 손을 들어 올린다.

생체반응 INTERNAL SENSATIONS

살갗이 따끔거린다.
갑자기 몸이 차갑게 얼어붙는다(놀라움이 부정적일 경우).
정신이 혼미해지거나 현기증을 일으킨다.
희열감에 휩싸인다.
아랫배가 출렁거리는 기분.
몸 전체로 아드레날린이 급속도로 퍼져나간다.

심리 반응 MENTAL RESPONSES

숨고 싶다.
사고 체계가 뒤죽박죽된다.
제대로 생각을 가다듬을 수가 없다.

이런 상태가 장기간 지속될 때 나타나는 징후

팔로 머리를 감싸 쥐고 고개를 처박는다.
정신이 아찔해져 자리에 쓰러진다.
눈물 또는 몸부림.
전율이 등을 타고 기어오른다.
다리가 후들거린다.
날카로운 비명이 터져 나온다.
손으로 입을 틀어막는다.
근육이 경직되면서 고개가 뒤로 뻣뻣하게 젖혀진다.
도망치고 싶다.
어디론가 숨고 싶다.
폭력적인 반응.
사람을 떠민다.
허공으로 주먹을 날려본다.
보호 본능에 따라 팔로 몸을 감싼다.
욕설을 내뱉거나 소리를 지른다.

이런 상태가 억압될 때 나타나는 징후

눈을 빠르게 깜빡인다.
눈을 크게 뜬다.
눈썹을 추켜세운다.
어색한 미소.

전혀 놀라지 않았다는 듯이 고개를 끄덕거려 보인다.
몸이 급속도로 경직된다.
호흡이 가빠진다.
손에 잡히는 것이면 그게 무엇이든 꼭 움켜쥐려 한다.
최초의 충격이 지나가고 나서는 몸을 풀어주고자 양쪽 손목을 흔들어본다.

다음의 감정 상태로 진전될 수도

놀라움 (184), 행복 (532), 두려움 (148), 분노 (276), 안도 (336), 실망 (324)

다음의 감정 상태로 물러날 수도

수용 (312), 만족 (212), 당혹감 (552), 울분 (384)

연관 파워 동사

활짝 웃다, 잡다, 외치다, 움찔하다, 허둥대다, 입을 떡 벌리고 바라보다, 숨이 턱 막히다, 얼빠진 듯 바라보다, 움켜잡다, 파악하다, 홱 움직이다, 펄쩍 뛰다, 웃다, 물러나다, 미소 짓다, 꽤액 소리를 지르다, 깜짝 놀라게 하다, 실족하다, 욕하다, 꺅 하고 비명을 지르다

Writer's Tip

감정 문제를 다룰 때는 절대 두려워하지 말고 새롭게 뭔가를 시도해보자. 등장인물 개개인의 감정 표현은 진솔하면서도 독자적이어야 한다.

027 낙담하다 허탈하다

DISCOURAGED

의욕이나 활기 또는 자신감을 잃은 상태

몸 짓 PHYSICAL SIGNALS

아래로 향한 고개.
공허한 시선, 활력 없는 얼굴.
피곤해 보이는 눈가.
살짝 짓다 마는 미소. 미소를 짓는 게 익숙지 않아서거나 상대방의 기대에 부응하기 위해서거나.
언제든 눈물을 흘릴 기색.
내리깔고 있는 시선.

무릎에 가만히 올려놓은 손.
머리를 감싼다.
손으로 얼굴을 쓸어내리거나 가린다.

평소보다 더 나직하게 가라앉은 목소리.
대화에 동참하지 않는다.
아주 짤막하게만 말한다.
꽤 오랜 시간 동안 침묵을 지킨다.

터덜터덜 걸음. 느리고 무거운 걸음걸이.
잠을 많이 잔다.

주변에 별로 관심을 보이지 않는다.
축 처진 어깨.
구부정하게 앉은 자세. 손이나 팔꿈치는 무릎 위에 올려놓고 흐느적거리면서 앉아 있다(벽 쪽으로 머리를 젖히고 있다거나 양팔을 옆으로 늘어뜨리고 있다거나 아무렇게나 두 다리를 벌리고 있다거나 등).
꼿꼿이 서 있는 대신 뭔가에 기대어 몸이 기울어져 있다.
잔뜩 웅크린 몸.
힘을 북돋아주려는 사람을 차단. "그래서 어쩌라고? 다 부질없어."
술에 취하거나 뭔가에 빠져들거나.
감정적으로 변덕스러워진다(갑자기 누군가를 몰아세운다든가 욱해서 폭발한다든가 등).
한숨을 자주 내쉰다.
매사에 그저 잠자코 있기만 한다.
의욕과 열의가 전반적으로 감소.
따지는 것조차 피한다. 상관없으니 그냥 내버려두라고 함.
낙담의 원인이 화제로 오를까 두려워 말도 섞기 싫다.
다 잘될 거야 같은 얘기가 나오면 이유 없이 화를 낸다.

생체반응 INTERNAL SENSATIONS

심신의 에너지 고갈.
손발에 무력감.
목구멍 수축.

심리 반응 MENTAL RESPONSES

스스로 가엾게 여기면서 낙담의 원인을 찾는다.

꿈이나 목표를 포기한다.

감정 마비 상태.

고작 하려던 게 이거였느냐며 자책(현재 상태로 만족하는 대신).

생각이 굼뜨고 판단력이 흐려진다.

마치 아무러나 상관없다는 듯 무기력한 모습.

앞일을 계획하는 것이 부질없다는 염세적 사고.

이런 상태가 장기간 지속될 때 나타나는 징후

우울증.

위험은 회피하고 보자는 성향을 띤다.

신앙이나 자신이 의지해온 조직, 주변 사람을 불신하기 시작한다.

부정적이거나 회의적이거나 냉소적이거나 신랄해진다.

성공하려거나 행복해지려는 다른 사람의 열의에 찬물을 끼얹는다.

취미 생활 등에 흥미를 잃는다.

외모의 큰 변화(살이 찌거나 빠진다든가 팍삭 늙어 보인다든가 등).

쉽게 좌절하고 조금도 못 참고 화를 낸다.

무감각해지는 상태로 넘어간다.

분별력을 잃고 난폭해진다.

변화를 도모하거나 다시 시도해보려는 동기가 사라진다.

이런 상태가 억압될 때 나타나는 징후

활력을 과장해서 자신의 진짜 기분을 감추려 한다.

억지로 그러는 게 빤히 보이는데도 긍정적인 감정을 내보인다(행복, 기쁨, 만족감 등).

눈물을 숨기거나 부인.

낙담을 주제로 한 얘깃거리가 나오면 슬그머니 피한다(어떤 자리에는 가지 않으려 한다든가 대화 중 말머리를 돌린다든가 등).

담담한 태도를 가장함. 예컨대, 특별히 목숨 걸 정도는 아니었다고 주장한다.

다른 사람 앞에서는 행복한 표정을 지어 보이지만 혼자 있을 때는 허물어진다.

남모르게 자가 치료.

다음의 감정으로 진전될 수도

분노 (276), 패배감 (520), 환멸 (560), 자기혐오 (428), 무관심 (228)

다음의 감정으로 물러날 수도

수용 (312), 희망에 찬 기대 (580), 자기 연민 (424), 억하심정 (344), 환멸 (560)

연관 파워 동사

버리다, 소외감을 느끼게 하다, 함몰되다, 숨이 막히다, 기를 꺾어놓다, 부인하다, 철수하다, 관심을 딴 데로 돌리다, 풀이 죽다, 졸다, 기진맥진하다, 털썩 주저앉다, 박탈당하다, 눈살을 찌푸리다, 포기하다, 숨기다, 나태하게 지내다, 잃어버리다, 꾸물거리다, 웅얼거리다, 외면하다, 지나치다, 자책하다, 축 처지다, 피하다, 태만해지다, 구부정하게 서다, 푹 쓰러지다, 터덜터덜 걷다, 약해지다, 말라죽다

Writer's Tip

등장인물은 좌절하고 낙담한다. 그런 상황은 자주 등장한다. 그런데 이 좌절과 낙담은 다른 양상을 끌어들일 개연성을 열어준다. 바라는 대로 일이 진행되지 않는다면 제각각 무엇을 하게 될까. 대화로 해결하려 들지, 화를 낼지, 자기 연민에 빠질지, 혹은 그 밖의 다른 것? 그들의 개별적 특성에 맞춰 끄집어내서 시험해보자.

028 내키지 않는다 주저하다 RELUCTANCE

썩 좋아하는 마음이 생기지 않는 상태, 꺼리고 싫어함

몸 짓 PHYSICAL SIGNALS

목젖까지 실룩거려가며 힘들게 침을 삼킨다.
입술을 축인다.
입술을 오므린다.
불편해하는 눈길로 주위를 두리번거린다.
고개를 가로젓는다.
잠깐 지어 보이고 마는 미소.
회의적인 표정을 지어 보인다.
요청해온 사람과 눈을 마주치려 하지 않는다.
불만이 그득하거나 힘겨워하는 눈길.

손을 말아쥐었다가 이내 편다.
손으로 양쪽 눈썹을 동시에 밀어 올린다.
망설이다 손을 내밀거나 접촉한다.
손을 들어 올려 사람이나 무엇이든 가까이 다가오지 못하도록 가로막는다.
손을 목이나 입가에 대고 떤다.
손으로 급히 머리를 쓸어 넘긴다.

말을 더듬는다.
핑계를 댄다.
거짓말한다.
누군가에게 도움을 요청하거나 대신 해줄 수 없느냐고 물어본다.
화제를 바꾸거나 주의를 딴 데로 돌린다.
시큰둥한 대답을 한다(아마도, 어쩌면 등).
부정적인 말을 웅얼거린다(이건 아니지, 별로 그러고 싶지 않아 등).
더 나은 옵션을 제안한다. "준환은 손님들 다루는 데 재주가 있어. 그 친구한테 물어보는 게 어때?"
자신의 능력을 비하한다. "나는 지금 너무 엉망이야. 진짜로 하는 말인데, 너도 다른 사람이 처리하길 원할 거야."

머리를 갑자기 흔드는 등 신경성 경련 증세를 보인다.
자꾸만 시계를 들여다본다.
콧잔등을 꼬집으면서 눈가를 꾹꾹 누른다.
입술이나 손톱을 잘근잘근 깨문다.
비상구 쪽으로 슬금슬금 다가간다.
뭔가 요청해오는 사람에게서 물러난다.
자기도 모르게 뒷걸음친다.

같은 행동을 반복하는 등 신경질적인 습관이 생긴다.
시간을 벌려는 듯 자꾸만 미적거린다.
생각할 때도 오래 뜸을 들인다.
등지고 돌아선다.
긴장된 팔과 어깨나 얼굴.
머뭇거리는 발걸음.
뒤로 젖혀져 있는 고개, 움츠러든 어깨.

뭔가에 응할 때도 몸놀림이 굼뜨다.
흠칫한다.
부탁해오는 사람과 자신 사이에 일정한 거리를 둔다.
폐쇄적인 몸짓언어. 손을 들어 안 된다는 표시를 해 보인다.
결정을 내리려면 시간이 더 필요하다고 말한다.
반응하거나 행동하기 전에 굳은 마음을 큰 숨으로 표현한다.

생체반응 INTERNAL SENSATIONS

행동하기 전에 심호흡부터 한다.
흉부 압박감.
가벼운 근육긴장 상태.
위가 더부룩하다.

심리 반응 MENTAL RESPONSES

요청해온 사람에게서 벗어나 어딘가 멀리 떠나버리고 싶은 욕구.
우유부단.
마음이 심란해진다. 죄책감에 시달린다.
뭘 요청해오든 깔끔하게 거절할 방도를 궁리한다.
결단할 사안 외에는 어떤 것에도 주의를 집중하기가 어려워진다.
자신의 내키지 않는 마음 상태를 정당화하려는 욕구.

이런 상태가 장기간 지속될 때 나타나는 징후

억울함.
빡빡하거나 꼬이는 것처럼 느껴지는 명치와 아랫배.
문제 대상을 피한다.
껄끄러워지는 인간관계.

이런 상태가 억압될 때 나타나는 징후

동의해주는 척해놓고 그 방향대로 따라가지는 않는다.
바빠 죽겠다거나 스트레스에 시달리고 있음을 넌지시 알린다.
그 같은 상황을 조성한 상대에 반감이 커진다.
수동적이면서도 공격적인 논평.
사리에 어긋난 요청이라는 듯 화제를 돌린다.
다른 사람이 대처 방안을 조언해줬으면 하고 바란다.
요청이 부당하다는 듯 반응한다.

다음의 감정 상태로 진전될 수도

회의 (564), 자기방어 (252), 분노 (276), 두려움 (148), 역겨움 (544), 원망 (384), 겁 (204)

다음의 감정 상태로 물러날 수도

체념 (508), 만족 (212), 안도감 (336)

연관 파워 동사

피하다, 꺼리다, 꾸물거리다, 미루다, 방향을 바꾸게 하다, …척하다, 물을 벌컥벌컥 들이켜다, 얼버무리다, 질질 끌다, 맞서다, 연기하다, 거부하다, 저항하다, 나중에 후회하다, 발을 끌며 걷다, 몹시 당황하다, 빼도 박도 못하다, 말을 더듬다

Writer's Tip

인물을 표현할 때 특정 상표가 노출되는 것은 피하도록 하자. 특정 상표의 이름은 보편적이지 않을뿐더러 여러분이 작품을 쓰고 있는 시기를 매우 도드라지게 할 수 있다. 그러는 대신, 다른 단서를 채택해 등장인물의 품성이나 강점, 또는 단점 등이 전해지도록 해보자.

029 놀라다 경악하다 AMAZEMENT

매우 놀라거나 어리둥절해져 어쩔 바를 모를 때

몸 짓 PHYSICAL SIGNALS

눈을 동그랗게 뜬다.

입이 벌어진다.

시선을 한곳에 고정해도 눈꺼풀을 빠르게 껌뻑인다.

눈썹이 치켜 올라간다.

입술이 처진다.

허탈한 미소가 번진다.

충격으로 눈의 깜빡거림이 줄어든다.

눈망울이 초롱초롱하다.

한 손으로 입을 막는다.

손을 모아 가슴을 누른다.

팔을 앞으로 내밀어 뭔가를 잡으려 허우적거린다.

손바닥으로 뺨을 문지른다.

얼굴 근처에서 어수선하게 손을 놀린다.

말문이 막힌다.

갑자기 침묵에 빠져든다.

나지막한 비명을 내지른다.

그럴 리가 없다며 부정한다.
비현실적인 괴성을 낸다.
자기도 모르게 쓴웃음이 새어나온다.
침을 꿀꺽 삼키거나 말을 더듬거리거나 식식거리며 말한다.
말이 없어진다.

당장이라도 어디론가 튀어 나갈 것만 같은 태도를 보인다.
뒷걸음질한다.
아무것도 믿지 못하겠다는 듯 느리게 고개를 가로젓는다.
몸이 한쪽으로 기운다.
현재 상황을 기록해두려고 허겁지겁 휴대폰을 꺼낸다.
돌아서서 한두 걸음 내디디다 제자리로 돌아온다.

호흡이 가빠진다.
자세가 경직된다.
다른 사람도 똑같은 상황을 겪고 있는지 주위를 둘러본다.
다가서려는 몸짓.
스스로 화를 돋운다.
두고두고 상황을 곱씹어본다.

생체반응 INTERNAL SENSATIONS

순간, 심장이 얼어붙는 듯하다가 이내 빠르게 요동친다.
피가 거꾸로 치솟는 듯하다.
몸에 갑자기 열이 오른다.
살갗이 따끔거린다. 숨이 멎는 듯하다.
귓가에 쇄도하는 맥박의 진동.
바싹 마른 입.

심리 반응 MENTAL RESPONSES

순간적인 기억상실이 찾아온다.

다른 사람과 상황을 공유하고 싶은 강한 욕구를 느낀다.

현기증이 인다.

방향감각을 상실한다.

무아지경에 빠진다.

언어장애를 일으킨다.

단어를 떠올리지 못한다.

이런 상태가 장기간 지속될 때 나타나는 징후

혈압 상승.

호흡곤란.

무릎에 힘이 빠진다.

뭔가에 짓눌리는 느낌이 든다.

마치 허공이 자신의 목을 옥죄어오는 듯하다.

몸과 마음이 무너진다.

공간지각 상실에 따른 어지럼증.

이런 상태가 억압될 때 나타나는 징후

심한 자기통제.

내면의 세계에서 웅크리고 있다.

우스꽝스럽게 뒤뚱거리면서도 제 딴에는 젠체한다.

손을 자주 가슴에 가져간다.

자신의 표정을 감추고자 시선을 내리깔거나 먼 곳을 응시한다.

자기통제의 신호로 눈을 동그랗게 뜬다.

입을 굳게 다문다.

냉정한 표정.

어디를 가도 감정을 숨기기 좋은 장소를 선호한다.
반응이 노출되면 변명을 늘어놓는다.
말을 더듬는다.
스스로를 다시 다잡을 시간을 벌고자 억지로 헛기침을 한다.

다음의 감정 상태로 진전될 수도

호기심 (548), 불신 (284), 흥분 (576), 경외심 (120)

다음의 감정 상태로 물러날 수도

행복감 (532), 사의 (132), 만족감 (212), 호기심 (548), 영감 자극 (360)

연관 파워 동사

경탄하다, 큰 충격을 주다, 경외하다, 눈을 깜빡이다, 현혹하다, 아주 즐겁게 하다, 불신하다, 매혹하다, 즐겁게 해주다, 입을 떡 벌리고 바라보다, 숨이 턱 막히다, 응시하다, 불쾌한 생각이 뇌리에서 떠나지 않는다, 최면을 걸다, 강한 호기심을 자아내다, 홱 움직이다, 경이로워하다, 웅얼거리다, 유심히 들여다보다, 나누다, 넋을 빼놓다, 튀어 오르다, 비틀거리다, 배우다, 멍하니 있다, 접촉하다, 일그러뜨리다, 목격하다, 궁금해하다

Writer's Tip

감정적인 체험에 또 다른 겹을 덧대고자 할 때는 등장인물이 현재 머무는 공간 배경에 상징성을 가미해보자. 그리고 그 공간 배경 안에서 등장인물의 감정을 구체적으로 투영할 수 있는 오브제를 찾아보자.

030 다정다감하다 감성적이다

SAPPY

지나치게 감수성이 풍부한, 행복이나 교감 또는 연애에 감정적으로 과장된 반응을 보임

Note: 다정다감함은 표출되는 방식이 향수와 비슷하다. 하지만 전자가 전형적으로 행복한 감정이라면, 후자는 안타까움이나 슬픔과 연결된 경우가 많다. 그것이 어떤 반응 양태로 나타나는지 살펴보고자 한다면, '향수' 항목을 참조할 것.

몸 짓 PHYSICAL SIGNALS

행복한 순간을 떠올리듯 먼 데로 향한 시선.
환한 미소. 자신의 기분을 드러내는 감정 표현.
얼굴에 홍조(얼마나 자기가 어리석은 존재인지 인정할 때).
바보처럼 보일 정도로 환하게 웃는다.
흐르지 않은 눈물이 눈가에 맺혀 방울진다.
얼굴이 금세 발그레해진다.
행복의 눈물로 떨리는 턱과 밝게 빛나는 눈.

손으로 자기 턱을 움켜잡는다.

훌륭한 노년 시절의 행복한 이야기를 한다.
자기 기분을 말로 드러냄. "이제 모든 게 완벽해질 거야" 또는 "난 네가 여기 있어서 참 기뻐."
떨리는 목소리.

느릿느릿 자기만족이 엿보이는 움직임.
고개를 뒤로 젖힌다.
누군가를 자주 껴안는다.
좋아하는 기념품을 손가락으로 매만진다.
누군가를 따뜻하게 대하면서 안아준다.
자신의 머리나 턱으로 상대 얼굴을 비빈다.
상대의 팔이나 등을 손으로 쓰다듬는다.
상대의 머리를 헝클어뜨린다.
자기 머리를 상대 어깨에 기댄 채 걷는다.
다른 사람을 칭찬한다.
누군가에게 줄 선물을 구매한다.
시나 의미 있는 노래의 재생 목록 등 특정 대상을 위한 선물을 만든다.
행복한 순간이나 사람과 관련 있는 요리를 한다.

한결 참을성이 많고 너그러워 보임.
더욱 느긋한 상태.
감정을 표현하는 데 거침이 없다.
옛날 비디오를 보거나 감상적인 음악을 듣는다.
행복하게 깊은 숨을 내쉰다.
"그것은 단지…", "오로지…" 운운하는 내용으로 누군가에게 편지나 문자메시지를 보낸다.
누군가의 향취를 떠올리려고 비누나 향수, 방향제 등을 구매한다.
다른 사람이 그다지 호응해주지 않을지라도, 자신을 억제할 수 없다.

생체반응 INTERNAL SENSATIONS

온기 발산.

가슴 벅참.

(눈물이 차올라) 눈가가 따끔거린다.

조바심을 내거나 활력 넘치는 기분.

사람이 다가오면 심장이 빠르게 뛴다.

자기 심장이 부풀어 오르거나 커진 것처럼 느낀다.

어떤 사람이나 상황과 거리가 벌어질 경우 정서적 불안 상태.

심리 반응 MENTAL RESPONSES

어떤 사람이나 상황과 행복하게 엮여 있는 순간의 기억을 계속 반복 재생한다.

좋은 기분.

평온함과 만족감을 느끼는 상태.

사람이나 상황에 높은 집중도.

모든 게 다 좋았다는 투로 자신의 기억을 미화한다.

이런 상태가 장기간 지속될 때 나타나는 징후

질척대거나 숨 막혀 한다.

사람에게 과할 정도로 잘한다(부담스러운 선물을 주려 한다거나 이벤트로 공들여 저녁 준비를 한다거나 등).

다정다감한 기분으로 사람을 이끌고 가려 한다.

내내 자신의 추억에만 잠겨 사람을 귀찮게 한다.

다른 사람과 헤어지면 우울해지면서 짜증을 낸다.

시간이 지나면 다정다감한 본성으로 기분이 다시 안정된 감정 상태로 돌아온다.

이런 상태가 억압될 때 나타나는 징후

다른 사람과 교류하려 하지 않는다. 하지만 속으로는 그러기를 원한다.
행복한 순간을 떠올리게 하는 사물을 순간 응시하거나 살짝 만져 본다.
곧잘 주의가 흐트러진다. 그래서 일거리에 파묻히려 한다.
항상 다른 사람 가까이에 있다.
다른 사람이 따뜻하게 대해주면 마음의 빗장을 스르르 푼다.

다음의 감정으로 진전될 수도

흠모 (124), 열망 (352), 희열감 (584), 당혹감 (552), 욕구불만 (480)

다음의 감정으로 물러날 수도

절망 (460), 만족감 (212), 행복 (532)

연관 파워 동사

단언하다, 환한 미소를 지어 보이다, 껴안다, 포옹하다, 꽉 잡다, 붙잡다, 감싸 안다, 키스하다, 웃다, 주무르다, 미소 짓다, 바짝 달라붙다, 응석받이로 키우다, 숟가락으로 떠먹이다, 짜내다, 쓰다듬다, 황홀해하다, 접촉하다, 헝클어뜨리다, 나누다

Writer's Tip

성공적인 서사 장르를 만들려면 희망의 감정을 세심하게 다뤄야 한다. 너무 과하면 우스워질 것이고, 아예 없다면 공허할 것이다. 독자가 적극적으로 함께하려는 이야기엔 대부분 희망을 불러올 감정선이 알맞게 잘 배어 있기 마련이다.

031 당황하다 쑥스러워하다 EMBARRASSMENT

스스로 뭔가가 불편한 상태, 평정심이 사라진 상태

몸 짓 PHYSICAL SIGNALS

양쪽 뺨 위로 슬며시 번져가는 홍조.
얼굴을 찡그리거나 침을 꿀꺽 삼킨다.
빨갛게 달아오르는 귓불.
낮게 수그러드는 턱.
시선을 내리깔고 상대방과 눈을 마주치지 않는다.
일부러 이를 드러내고 크게 웃음 지어 보이다가도 이내 입술을 꾹 다문다.
앞머리를 내려뜨려 얼굴을 가린다.
턱이 파르르 떨린다.
순간적으로 눈동자가 커진다.

손을 허리에 짚고 꼰다.
목덜미를 문지른다.
양손으로 얼굴을 가린다.
양팔로 몸을 감싼다.
손을 주머니에 쑤셔 넣는다.
셔츠 소매를 걷어붙인다.

목청을 가다듬는다.
말을 더듬는다.
의사 표현이 줄어든다.
화난 목소리로(거칠게 밀쳐내듯 공격적으로) 대답한다.

발을 동동 구른다.
옷깃을 세운다.
의자에서 미끄러진다.
책 뒤로 숨는다.
뛰다시피 걷는다.
쓰고 다니는 두건이나 모자를 휙 벗어 던진다.
이마를 문지른다.

눈에 띄게 땀을 많이 흘린다.
몸이 그 자리에서 얼어붙는다.
푹 꺼진 가슴.
자기 자신을 가리려 든다.
팔이나 재킷 등으로 얼굴을 감춘다.
움찔하고 놀란다.
안절부절하며 몸을 꼰다.
접촉을 피하려 든다.
발가락을 비비 꼰다.
양쪽 무릎이 동시에 꺾인다.
뭔가를 방패막이 삼는다.
구조 요청을 보내는 듯한 눈빛으로 누군가를 바라본다.
구경꾼이나 달려드는 사람을 피해 몸의 각도를 비스듬히 튼다.

생체반응 INTERNAL SENSATIONS

침을 엄청나게 많이 삼킨다.

변덕이 심해진다.

목덜미나 얼굴이 점점 더 심하게 따끔거린다.

흉부 압박감.

두려움이 몸으로 전이되면서 위장이 더부룩하거나 쑤신다.

얼굴, 목, 귀 등에서 심한 열기가 느껴진다.

호흡이 가빠진다.

심리 반응 MENTAL RESPONSES

달아나고 싶은 충동(도피 욕구).

사고 진행이 원활하지 않거나 혼란에 휩싸인다.

"이런 일은 도저히 벌어질 수 없어." 믿고 싶어 하는 것과 현실의 괴리.

어떻게 하면 해결책을 찾을 수 있을지 궁리한다.

이런 상태가 장기간 지속될 때 나타나는 징후

자리를 박차고 뛰쳐나가려 든다.

자긍심이 곤두박질친다.

사람 앞에서 말하거나 모습을 드러내는 게 몹시 두려워진다.

모임, 활동, 사회적 교류 등에서 멀어진다.

식욕 저하.

상황이 난처해졌다는 사실에 집착하면서 그것을 계속 곱씹는다.

눈물을 흘린다.

이런 상태가 억압될 때 나타나는 징후

못 들었거나 못 본 척한다.

관련 없는 일에 맹렬히 집중하면서 일부러 그 밖의 사항을 외면하려 한다.
거짓 미소.
웃어넘기는 척한다.
무슨 수를 써서라도 화제를 바꾸려 든다.
거짓말.
주의를 돌려 다른 사람에게 허물을 뒤집어씌운다.

다음의 감정 상태로 진전될 수도

모욕감 (504), 우울 증세 (400), 후회 (392), 수치심 (264), 분노 (276)

다음의 감정 상태로 물러날 수도

불안정 (444), 안도감 (336), 감사 (132)

연관 파워 동사

얼굴을 붉히다, 빗장을 지르다, 타오르다, 민망해하다, 울다, 웅크리다, 수그리다, 빠져나가다, 회피하다, 홍조로 물들다, 숨이 턱 막히다, 숨다, 고통스러워하다, 물러나다, 달리다, 종종대다, 부끄러워하다, 오그라지다, 몹시 창피해하다, 말을 더듬다, 괴로워하다, 땀을 흘리다

Writer's Tip

울부짖는 모습을 골라 너무 손쉽게 감정의 강도를 나타내려는 것은 경계해야 할 필요가 있다. 실제 현실에서 어떤 사람이 눈물을 흘려야 하는 상황에 내몰리기까지는 적지 않은 시간과 곡절이 요구되는 법이다. 그러니만큼 우리의 등장인물도 그런 과정을 거치는 게 바람직하다.

032 대담무쌍하다 겁이 없다 FEARLESSNESS

위협, 공포, 그리고 모험에 직면해서도 전혀 굴하지 않는 느낌

몸 짓 PHYSICAL SIGNALS

얼굴

깊은숨을 내쉬며 입을 O자로 동그랗게 모은다.

바로 행동에 나설 수 있도록 주먹을 풀었다 쥐었다 한다.

만반의 태세를 갖추기 위해 손이나 팔을 풀어둔다.

손가락 마디를 뚝뚝 꺾는다.

주의 깊게 살피다 상황을 더 잘 이해하고자 질문을 던진다.

경제적으로 말함. 쓰는 단어가 많지 않다(집중력을 유지하고자).

진지한 어조로 '…조차' 하는 말을 자주 쓴다.

할 말을 신중하게 고른다(상황에 조심스럽게 접근하기 위해서, 위협적으로 보이는 것을 피하기 위해서, 사람들을 안심시키기 위해서, 혹은 다른 무리의 실수를 유발하기 위해서 등).

장황한 대답이나 미적거리는 태도를 못 참는다.

땀을 닦아내고자 손을 바지 위에 대고 쓱쓱 문지른다.

퉁명스럽게 고개를 한 번 끄덕거린다.

턱을 치켜들고 다닌다.

아무 주저 없이 결단력 있게 앞으로 성큼성큼 내딛는 발걸음.
군중을 향해 나아간다.
쓰러지더라도 곧바로 일어선다.
뒤돌아보지 않고 앞으로 발을 내딛는다.

태연자약한 겉모습(물러섬이 없는 시선 교환, 무덤덤한 표정, 흔들림 없는 머리 등).
좋은 자세, 살짝 벌어진 다리, 금세라도 뭔가를 할 것처럼 양옆에서 가지런히 대기 중인 팔.
주의를 기울이고자 상체를 앞으로 기울인다.
어깨는 쫙 펴고 가슴은 앞으로.
스스로 긍정적인 생각을 불어넣는다. "그래, 할 수 있어."
상대를 향해 다가가 거리를 좁힌다.
직선적이다(예컨대, 무례하게 굴었다며 또는 시간을 낭비했다며 누군가에게 바로 혼찌검을 냄).
다른 사람에게 내맡기기보다는 본인 스스로 결단을 내린다.
명상 수련을 하려 한다(마음의 중심을 잃지 않고자 혹은 집중력을 연마하기 위해서).
타인의 시선을 개의치 않는 모습. 가령, 중요한 순간에 다른 사람 앞에서 아무렇지도 않게 옷을 갈아입는다든가 하는 등.
그래도 필요한 순간에는 도움을 거리낌 없이 요청하는 태도.
단호함. "나는 내가 할 수 있다는 걸 알아." 또는 "시기가 문제이지, 만약은 없어."
현재 상황에 개의치 않고 미래의 청사진을 세우려 한다.
자신의 노력을 지탱해줄 수 있는 역사적 성공 사례와 사실, 그리고 통계 등을 예시로 가져온다.
다른 사람이 피하려는 적수와 정면으로 맞선다.

생체반응 INTERNAL SENSATIONS

속으로는 애써 누그러뜨리려 하는 가슴 압박감이 있다.

저릿저릿함과 이지럼증(아드레날린).

귓가에 쇄도하는 소리(격렬한 심장박동).

상체 근육 경직.

심리 반응 MENTAL RESPONSES

자기 인식과 자아 수용에 강하다(결함, 한계 인식, 강인함에 대해).

반응하기 전에 주의 깊게 살핀다.

사전에 미리 대비할 수 있도록 최악의 시나리오를 염두에 둔다.

기꺼이 새로운 것을 체험하고 시도해보려는 의지.

문젯거리에서 달아나기보다 이에 맞서 싸우고자 한다.

조금 더 능력이 향상될 수 있도록 멘토를 찾아 나선다.

자기 극복의 정신 자세를 유지하려 한다.

문제를 미루는 대신 정면 대응하는 방식을 택한다.

소리와 움직임에 과민하다.

이런 상태가 장기간 지속될 때 나타나는 징후

애써 깊은 인상을 남길 만한 행동에 나서지 않는다.

감정 변화에 잘 대처하고자 노력한다.

두려워하는 분야에 도전한다(가령, 고소공포증이 있는 사람의 경우, 빌딩에 오른다든가 등).

자신의 한계를 밀어붙인다. 예를 들어, 고통을 무시하고 다른 일에 정신을 쏟는다든가 하는 등.

고도로 논리화된다(어떤 사태를 자신의 논리로 추론해서 답을 내거나).

목표 지향적이다.

쉬운 일보다 바른 일을 택한다.

잘 먹고 열심히 운동하면서 근력을 키우는 등 최고의 몸 상태를 유지.

이런 상태가 억압될 때 나타나는 징후

자신 없어 보이려고 대수롭지 않은 걱정거리를 소리 내어 말한다.
새로운 상황에 뛰어들기 전 일부러 머뭇머뭇하도록 스스로 억누른다.
허락을 구한다.
어깨를 구부정히 다니고 다른 사람과 시선 교환을 피한다.
다른 사람이 먼저 하게 한다(새로운 상황이나 위험에 뛰어드는 일 따위).
우유부단한 사람처럼 보이도록 할까 말까 물어보고 다닌다.

다음의 감정으로 진전될 수도

자신감 (440), 자기 옹호 (104), 잘난 체함 (432), 기대감 (164)

다음의 감정으로 물러날 수도

좌충우돌 (76), 억지로 함 (180), 수용 (312)

연관 파워 동사

행동하다, 맞서다, 도전하다, 돌격하다, 물리치다, 감히 …하다, 거역하다, 단련하다, 제거하다, 견디다, 분투하다, 폭발하다, 드러내다, 장악하다, 함께하다, 발을 구르다, 처리하다, 만나다, 조직하다, 거꾸러뜨리다, 누르다, 몰고 가다, 입증하다, 잡아당기다, 조사하다, 위험을 무릅쓰다, 달려들다, 장악하다, 밀치다, 혹사하다, 성큼성큼 걷다

Writer's Tip

등장인물의 감정적 응답은 내면의 가장 깊은 본모습을 반영한다. 등장인물의 과거에 대해 탐구하고 그들의 전사가 어떻게 특정한 품행과 행동 양식을 좌우하게 될 것인지 파악하고 준비하는 데 시간을 할애해보자.

033 동정하다 측은히 여기다

PITY

자신은 그런 불행을 겪지 않아 다행이라 여기면서도 남의 불행을 안타까워하는 기분

몸 짓 PHYSICAL SIGNALS

미소를 지으려다 애써 참는다.
한쪽으로 살짝 기울어진 고개.
똑바로 바라보기보다 측면에서 비스듬히 사람을 바라본다.
누군가 다른 사람과 고통 어린 시선을 나눈다.
슬그머니 우월감을 내비치는 안색(말려 올라간 입술, 찡그린 콧등 등).
이야기하는 동안 상대를 바라보지만 눈길은 마주치지 않는다.
얼굴을 찌푸린다.
바닥으로 시선을 내려뜨린다.
섣불리 판단치 않고 이야기에 귀 기울이려고 눈썹을 치켜세운다.

한 손을 자기 심장에 가져다 댔다 얼른 떼어낸다.
손을 마주 대고 비빈다.
자기 입에 주먹을 가져다 댄다.
손을 어디에 둬야 할지 몰라 하는 등 전반적으로 거북한 몸가짐.

말문을 열기 전 조심스럽게 할 말을 가늠해본다.
판에 박힌 말을 꺼낸다. “잘 헤쳐나가실 거예요.” 또는 “비 온 뒤에 땅이 굳어진다고 하잖아요.”

목청을 가다듬는다.
위로하는 대신 그저 귀 기울여주고 무슨 일이 있었느냐고 캐묻는다.
불행한 사람은 어떻게든 그 불행에 책임이 있다는 논평을 해댄다.
아픔에 심히 공감하는 척하는 어조로 말한다.
어째서 자기가 연루되지 않았는지 변명을 늘어놓으려 한다.

사람들의 불행에 대해 몸을 뒤로 젖히며 고개를 절레절레 흔든다.
발을 질질 끌며 뒤쪽으로 슬그머니 물러난다.
마치 뭔가 도움을 줄 만한 사람을 찾는 듯 주위를 둘러본다.
열쇠꾸러미든 바인더든 손에 잡히는 거라면 뭐든지 움켜잡는다.
움찔한다.

움츠린 자세.
한숨을 내쉰다.
혀를 끌끌거리는 소리를 낸다.
어디론가 사라진다. 찾을 수 없게 숨어버린다.
사람들에게 연락하긴 해도 긴밀히 접촉하려 하지는 않는다.
사람들에게 적당한 개인 공간을 내주면서 가까이 다가선다.
사람들을 위해 기도하겠다고 한다.
한시도 가만 있지 못하고 계속 꿈지럭거린다(단추나 휴대폰, 장신구 따위를 계속 만지작거린다든가).
나중에 은밀히 다른 사람에게 그 일을 자랑한다.
거짓된 희망을 주려 한다. "아마 이 일로 더 나아지지 않을까 싶군요." 또는 "결국에는 그가 당신을 용서할 거라고 나는 확신해요."
피상적인 위로의 시늉을 해 보이기는 하지만(다른 사람의 등을 토닥거리거나) 실제로 도움이 될 만한 일은 아무것도 하지 않는다.
아이의 견해는 가로막는다.

어째서 자기가 연루되지 않았는지 변명을 늘어놓으려 한다.

생체반응 INTERNAL SENSATIONS

아랫배가 편치 않은 느낌.
자기가 도움이 될 만한 일을 했어야 한다는 듯 죄책감으로 동요.
가슴이 답답하다.
목구멍에 불편한 이물감.

심리 반응 MENTAL RESPONSES

돕고 싶었지만 뭘 말해야 할지, 어떻게 해야 할지 모른다.
자기도 그처럼 힘든 일로 괴로워지지 않을까 두려워한다.
무의식중에 그렇게 힘든 일을 당하지 않도록 대책을 세워두려 한다.
우아하게 빠져나갈 수 있는 구멍을 찾는다.
저 사람의 처자식은 어찌 될까 생각(불행이 그 사람의 가족과도 연관되어 있다면).
기꺼이 도와주고는 싶지만, 상황이 감당이 안 돼 죄책감을 가진다.
자신은 그동안 이런 고통을 겪지 않아 다행이라 여긴다.

이런 상태가 장기간 지속될 때 나타나는 징후

상황이 너무 부담스러워서 상대방과 거리를 두려 한다.
죄책감에 시달리지 않도록 그의 불행은 그의 탓이라 여긴다.
연민이 경멸로 뒤바뀐다.
금전적인 기부 등의 방식으로 감정이 엮이지 않도록 도움을 베푼다.
양면적.
물질적인 방식으로만 도울 수 있다며 그 방향으로 나가고자 한다.

이런 감정이 억압당할 경우

누군가에게 연민의 대상이 되어 도움받고 싶어 하는 사람은 아무도 없다. 도와주는 사람이 생색내는 것을 견뎌야 하고 지원을 받으면 다 빚으로 남기 때문이다. 따라서 연민을 느끼는 사람은 그 감정이 (연민의 대상이나 주위 사람에게) '공감'으로 이해되길 바란다. 연민이 억압되는 것처럼 보이는 양상에 관해서는 '공감' 항목을 참조할 것.

다음의 감정으로 진전될 수도

경멸 (112), 잘난 체함 (432), 죄책감 (484), 공감 (144), 결의 (516)

다음의 감정으로 물러날 수도

무관심 (228), 관심 (156)

연관 파워 동사

아프다, 행동하다, 고민하다, 위로하다, 동정을 표하다, 고려하다, 위안을 주다, 울다, 개탄하다, 공감하다, 가능하게 하다, 용기를 불어넣다, 느끼다, 주다, 쑥덕거리다, 비통해하다, 도와주다, 상처주다, 판단하다, 한탄하다, 애석해하다, 고개를 끄덕이다, 제공하다, 토닥거리다, 기도하다, 누그러뜨리다, 괴로워하다, 측은히 여기다, 주의를 주다, 눈물을 흘리다

Writer's Tip

여러분의 등장인물이 아무리 맺집 좋은 인물이라 해도, 속으로는 어떤 앙금이 남기 마련이다. 등장인물의 내상은 독자에게 현실감을 부여한다. 이 점이 중요한 이유는 입체적인 캐릭터를 지닌 인물일수록 작품을 훌륭하게 만들기 때문이다.

034 두려워하다 꺼리다 DREAD

미래에 일어날 일이나 어떻게 해서든 피했으면 하는 상황을 대하며 느끼는 두려움

몸 짓 PHYSICAL SIGNALS

자라처럼 움츠러든 목.
눈 맞춤 기피.
아래로 향한 눈길.
다른 사람과 눈을 마주치지 않고자 앞머리를 길게 내려뜨린다.
예전보다 침을 훨씬 자주 삼킨다.
창백하거나 병색이 짙어 보이는 얼굴.
입술이나 볼 안쪽을 잘근잘근 씹어 거기서 피가 나게 한다.

양팔로 가슴을 감싸 안는다.
양팔로 무릎을 감싸 안는다.
손을 떤다.
휴대폰이나 장신구 등을 뱅뱅 돌린다.
피부를 긁적거린다.
자꾸만 손바닥을 바지에 문댄다.

목소리가 기어 들어간다.
대답할 때는 최대한 말을 짧게 한다.
나직한 목소리로 말한다.

발걸음을 힘들게 옮긴다.
마치 목을 감추고 싶어 하는 듯 어깨를 들썩거린다.
땀을 많이 흘린다.
이리저리 서성거린다.
대피로나 어두운 곳, 또는 비상구 따위를 찾는다.
슬금슬금 뒤쪽으로 향한다.
한시도 가만있질 못한다(자기 팔목을 비튼다거나 손으로 바지를 문지른다거나 등).

잔뜩 굽은 어깨, 푹 꺼진 가슴.
상체를 뒤로 젖히거나 멀찍이 떨어져 있으려는 자세.
자리를 벗어나기 위해 핑곗거리를 만든다.
구부정한 자세와 아래로 굽은 목선.
상체를 돌려 자신이 여기 있다는 것을 은폐하려 한다.
몸을 자주 움찔움찔한다.
보호막을 두른다는 기분으로 양팔을 배 위에 두른다.
자기에게 위로가 될 만한 물품을 챙겨다닌다.
망설임.
여차하면 물러서거나 몸을 피할 수 있도록 안전거리를 확보해둔다.
어떤 공간에 들어가기 전 주저한다.

생체반응 INTERNAL SENSATIONS

위장이 꼬이는 것 같다.
둔중하거나 반대로 둔화한 심장박동.
식은땀.
손발이 차갑다.
가슴이 얼얼하다.

뭔가 얹힌 듯한 가슴.
호흡곤란.
입안에서 신맛이 느껴진다.
목구멍 안쪽이 따갑다.
침 삼키기가 어렵다.
현기증.
팔다리가 욱신거린다.

심리 반응 MENTAL RESPONSES

오로지 여기서 탈출하고 싶다는 일념.
숨고 싶은 욕구.
시간이 빨리 지나갔으면 좋겠다는 소망.
사태를 긍정적으로 전망하기가 어려웠다고 본다.
최악의 상황을 상상하면서 빠져나갈 구멍을 찾는다.
소리와 움직임에 예민해진다.

이런 상태가 장기간 지속될 때 나타나는 징후

전율.
어떤 소리만 들려도 기겁한다.
앞으로 닥칠 일을 피하기 위한 구실이 있는지 찾아본다.
과호흡 증후군.
협상, 애원.
손만 닿아도 흠칫한다.

이런 상태가 억압될 때 나타나는 징후

어떤 기분이 느껴지면 날씨 탓으로 돌린다.
시간을 보내며 불안감에서 벗어나고자 한다(TV, 독서, 음악 등).

공포가 꼬리를 물고 퍼져나가는 것을 막고자 딴생각에 몰두한다.
잠자코 침묵을 지킨다.

다음의 감정 상태로 진전될 수도

비통 (128), 무력감 (240), 참담 (304)

다음의 감정 상태로 물러날 수도

신경과민 (320), 우유부단 (244), 경계심 (108), 불안정 (444),
희망에 찬 기대 (580)

연관 파워 동사

만약에 대비하다, 무너지다, 움츠리다, 허물어지다, 두려워하다, 움켜잡다, 상상하다, 집착하다, 공황 발작을 일으키다, 상상 속에서 다시 체험하다, 물러서다, 흔들리다, 떨다, 오그라지다, 쭈글쭈글해지다, 괴로워하다, 땀 흘리다, 파르르 떨다, 걱정하다

Writer's Tip

작품의 감정 수위를 어떻게 할지 전반적으로 조망하면서 조율해보는 과정이 필요하다. 탁월한 작품은 언제나 독자에게 여러 층위의 감정 체험을 대비시켜 효율적으로 제시한다. 여러 층위의 감정 대비 효과는 주인공의 성장과 관련 있는 작품의 맥락과 치밀하게 엇물리게 된다.

035 마음이 여리다 연약하다 VULNERABILITY

자신의 방어막이 너무 낮아 감정적으로 남에게 휘둘리기 쉬운 성격

Note: 상처받기 쉬운 성격은 긍정적일 수도 있고 부정적일 수도 있으며 양쪽이 혼합되어 있을 수도 있다. 마음이 여려 두려움을 잘 느끼는 사람은 방어적인 몸가짐을 노출하는 반면, 희망적인 사람은 상처받을 일이 생기면 일부러 더 낙관적이거나 개방적으로 행동하기도 한다. 또한, 본인이 안전하다고 느끼면 방어적인 상태에서 개방적인 쪽으로 옮겨가는 게 일반적이다.

몸 짓 PHYSICAL SIGNALS

눈 맞춤을 피하거나 오히려 눈 맞춤을 유지하고 있으려고 노력한다.
살짝 크게 뜬 눈.
입술을 적신다.
불안해 보이는 미소.

양 옆구리에 팔꿈치를 바짝 댄 자세로 있다.
손을 말리고자 옷에 문댄다.
사타구니나 그 밖의 민감한 부위 앞에 두 손을 두고 맞잡는다.
자기 팔목을 가린다.

나직한 목소리.
말할 때 머뭇거린다.
어떤 질문에는 답변을 회피하거나 간접적으로 대답한다.

화제를 돌린다.
그저 분위기를 띄우려는 의도에서 자기 비하가 섞인 농담을 한다.
너도 한번 나처럼 상처받은 기분을 느껴보라고 개인적인 질문을 한다.

목을 움츠리고 턱을 가슴에 파묻는다.
자기 위무의 몸짓으로 본인의 팔을 움켜잡는다.
움직임이 크지 않다.
팔찌, 시계 따위를 노리개 삼아 만지작거리면서 긴장 해소.
주저하며 앞으로 내딛는 걸음걸이.
친분을 시험해보고자 의도적으로 자기 손을 누군가의 팔이나 어깨에 가져다 대본다.

얕은 호흡.
옆에서 알아볼 정도로 침을 꿀꺽 삼킨다.
개인적인 간격을 유지하고자 뒷걸음질한다.
상처받기 쉬운 본인의 성격이 드러날 만한 뭔가를 말할 때는 크게 심호흡을 한다.
어딘가에 발을 들여놓기 전에 잠시 눈을 감는다.
자기 외모에 극단적으로 신경을 많이 쓴다.
가까이 다가가기 전 머뭇거림. 잔뜩 주저하며 연락을 취해본다.
어떤 이벤트를 준비하면서 과할 만큼 할 말을 연습한다.
되도록 공간을 덜 차지하고자 어깨를 구부정하게 움츠린다.
상대방과 직접 대면하기보다 살짝 비스듬히 자리한다.

생체반응 INTERNAL SENSATIONS

가슴 저림.
속이 울렁거림.

입이 마름.
흉부 압박.
몸이 전반적으로 무거움.
근육 경직.

심리 반응 MENTAL RESPONSES

속마음이 믿음과 걱정 사이를 오가면서 최선의 행동 방향이 무엇일지 갈피를 잡지 못한다.
믿고 그냥 내맡겨버리고 싶은 욕망.
안전한 상태인지 확인하고 싶어한다. 예를 들어 주변 사람과 유대감을 느끼고 싶어한다든지.
달아나고 싶은 욕망.
누군가의 제의에 개방적인 태도.
흉금을 털어놓고 싶지만, 앞으로 무슨 일이 닥칠지 몰라 두렵다.

이런 상태가 장기간 지속될 때 나타나는 징후

깊고 참된 관계 형성.
자아 수용이 깊어지는 느낌.
자신의 삶이 설정한 한계를 두려워하지 않게 된다.
다른 사람과 깊은 관계를 맺을 수 있다.
본인이 믿는 사람과 비밀, 아이디어, 걱정거리 등을 나눈다.
온전한 자아 수용에 성공한 뒤에는 여린 마음도 장점이 될 수 있다고 믿는다.
너무 과하게 마음을 터놓다 보니 감정적으로 위험할 수 있는 지경에 빠진다.

이런 상태가 억압될 때 나타나는 징후

거친 행동(대담한 척한다거나 남들 앞에서 떠벌린다거나 등).

신경 쓰지 않는 척한다(뻣뻣한 자세를 유지한다거나 턱을 바싹 당기고 다닌다거나 시선 교환을 회피한다거나 등).

모욕적인 언사로 강하게 몰아세우거나 싸움을 건다. 남이 자기한테 상처 주기 전에 자기가 먼저 상처를 주려 한다.

말로는 아니라고 한다. "아, 나는 괜찮아. 정말이야. 모든 게 다 좋아."

더 부담 없고 덜 개인적인 쪽으로 화제를 바꾼다.

상황을 회피한다.

거짓이나 늘어놓으면서 남을 속인다.

다음의 감정으로 진전될 수도

행복감 (532), 만족감 (212), 무력감 (240), 패배감 (520), 불안정 (444)

다음의 감정으로 물러날 수도

안도감 (336), 놀라움 (172), 실망감 (324), 거북함 (192)

연관 파워 동사

받아들이다, 알은체하다, 인정하다, 허락하다, 신경 쓰다, 선택하다, 소통하다, 주장하다, 관계 맺다, 기여하다, 둘러싸다, 용서하다, 발전시키다, 선물하다, 주다, 머뭇거리다, 초대하다, 함께하다, 기울이다, 잇다, 제공하다, 열다, 누르다, 다다르다, 폭로하다, 나누다, 접촉하다, 믿다, 반갑게 맞아들이다

Writer's Tip

여러분의 등장인물이 어떤 지점에서 감정을 억누르고 있다면, 이렇게 억눌린 감정은 쌓이고 쌓여 나중에 커다란 파국을 불러오게 될 것이다. 마무리 단계에서 결국 폭발하고 마는 등장인물의 모습은 작품에 활력을 불어넣어 준다.

036 만족하다 흡족하다 SATISFACTION

어떤 상황이 흐뭇하거나 충족한 상태

몸 짓 PHYSICAL SIGNALS

높이 치켜든 턱과 훤히 드러낸 목선.
흔쾌히 고개를 끄덕거린다.
팔꿈치를 치켜들고 "알겠어?" 하고 확인하는 듯한 눈길을 준다.
다소 수줍어 보이지만 자신만만한 듯 환히 빛나는 안색.
교만해 보이는 미소.
깊고 흐뭇한 안도의 한숨.
생각이 딴 데 가 있는 듯 초점이 맞지 않는 미소.
심호흡하며 성취의 순간을 여유롭게 음미한다.

팔짱을 낀다.
엄지손가락을 치켜들어 보인다.
주먹을 의기양양하게 들어 올린다.
손뼉을 친다.
손가락 끝을 맞대고 첨탑처럼 세운다.
팔을 넓게 벌려 기지개를 켠다.

축배를 제의하거나 누군가를 칭찬한다.
"거보라니까!"

감탄사를 연발한다.
휘파람을 불거나 콧노래를 흥얼거린다.
자랑스레 떠벌리기를 좋아한다.
완벽하게 상황을 요약해서 대화에 적절히 반영한다.
환호성을 올리거나 함성을 내지른다.
그들의 노고를 치하하며 축하 인사를 한다.

가슴을 앞으로 내밀고 우쭐거리듯 다닌다.
셔츠의 앞면을 부드럽게 쓸어내린다.
소매를 활기차게 잡아당긴다.
자신 있는 태도로 등 뒤에서 누군가의 어깨를 탁하고 친다.
다리를 넓게 짚고 선다.
팔꿈치를 잔뜩 세우고 뒷짐을 진다.
즐거운 표정으로 마무리 지은 결과물을 검토해본다.
적당히 상체를 뒤쪽으로 편히 기울인다.

느긋하고 여유로운 몸가짐.
똑 부러진 태도(눈 맞춤, 목소리의 강세 등).
자기 자신을 북돋아주고 싶어 한다.
여기저기를 둘러보며 고양이처럼 날렵하게 걷는다.
활짝 편 어깨, 꼿꼿한 자세.
성취의 순간을 함께한 사람과 더 친밀해진다.
일을 잘 끝낸 기분에 계속 빠져 있도록 성취 대상(사람, 장소, 사건, 사물 등)을 곁에 둔다.

생체반응 INTERNAL SENSATIONS

다른 사람의 존재와 그들의 반응에 극도로 민감하다.
가슴이 가볍다.
몸 전체로 퍼지는 온기.
부드러운 피로감.
속이 든든한 느낌.

심리 반응 MENTAL RESPONSES

일을 훌륭히 처리했다는 행복감.
상쾌하고 즐거운 기분.
자긍심.
희열.
자신감 증가.
이쯤 했으면 충분한 보상이 주어지지 않겠느냐는 기대감.
최근 거둔 정신적인 성취에 계속 고착되어 있다.
자신의 주변은 별로 신경을 쓰지 않는다.
자화자찬.
흡족한 결과를 거둔 데 따라 다른 사람에게 너그러워진다.
모든 이에게 자신의 성공을 떠벌리며 다니고 싶은 욕망.

이런 상태가 장기간 지속될 때 나타나는 징후

소유욕의 정당화.
자신감이 극에 달해 환히 빛나는 표정.
교만.
쓸데없는 느긋함.
상기된 안색.

이런 상태가 억압될 때 나타나는 징후

입술을 씰룩거린다.
손으로 미소를 가린다.
가볍게 발끝을 깡충거린다.
다른 사람에게 희소식을 전할 최초의 기회를 일부러 무산시킨다.
혼자서만 최고의 기분을 만끽하고자 의자를 뒤로 돌려 앉는다.

다음의 감정 상태로 진전될 수도

행복 (532), 잘난 체 (432), 자부심 (436), 감사 (132)

다음의 감정 상태로 물러날 수도

동요 (476), 무관심 (228)

연관 파워 동사

박수 치다, 기분을 만끽하다, 자랑하다, 소중히 여기다, 손뼉 치다, 축하하다, 크게 기뻐하다, 환하게 웃다, 오랜 시간을 같이 보내다, 윤이 나다, 안도하다, 음미하다, 미소 짓다, 히죽히죽 웃다, 매끈하게 하다, 으스대며 걷다, 부풀어 오르다, 빙그르르 돌다, 건배하다

Writer's Tip

주로 혼자 지내는 사람을 작품에 등장시키면 결국 그들에게서 나타나는 사회적 상호작용의 결핍도 함께 딸려 나올 수밖에 없다. 이것은 특히 도전해볼 만한 글쓰기 과제에 속한다. 자기 성찰이 불러일으킬 장광설의 유혹을 피하자면, 인물 사이의 관계를 내세워 계속 이어가는 게 바람직하다. 사람은 다른 사람에게 둘러싸여 있을 때조차도 혼자라고 느낄 수 있다는 사실을 기억해둘 것. 인물 사이의 대화를 활용해 사회적으로 역기능이 벌어지는 현상을 드러내고 아울러 이 관계망에 따라 이야기의 흐름이 앞으로 향해가는 드라마의 추동력을 얻도록 해보자.

037 망연자실하다 비탄에 빠지다 DEVASTATION

쓰나미처럼 몰려온 충격과 비애

몸 짓 PHYSICAL SIGNALS

흐릿하거나 초점이 맞지 않는 눈에 고통스러운 표정.
옆으로 잔뜩 치켜 올라간 눈썹.
크게 떡 벌어진 입.
그렁그렁한 눈.

가슴에 손을 비스듬히 얹는다.
양손으로 얼굴을 감싼 채 그 자리에 주저앉는다.
손으로 머리를 받치거나 이마를 문지른다.
손바닥으로 입을 틀어막고 자리에 주저앉거나 쓰러진다.
힘이 쭉 빠져 있는 양팔로 자기 어깨를 감싼다.
입을 막으려 하지만 후들거리는 손.

귀에 들릴 만큼 큰 소리로 한숨을 내쉰다.
언어 구사력 상실(조각 난 구문으로 말을 하거나 말을 하려다가도 이내 멈추거나 등).
그럴 리 없다는 말을 되뇐다. "그럴 수는 없는 일인데." 또는 "이런 일이 벌어지다니 믿을 수 없어."
질문에 아무 답도 하지 않는다.

목 놓아 흐느낀다.
비탄에 젖어 울부짖거나 괴성을 내지른다.

하던 일 중단.
누군가가 포옹해도 너무 무감각해서 예전처럼 반응하지 못한다.
자리에 앉거나 어딘가에 기댄다.
발을 질질 끄는 걸음걸이.
발을 살짝 까딱거린다.
무릎 사이로 고개를 파묻는다.
아무 설명 없이 떠난다(회피 반응).

어디를 보고 뭘 해야 할지 모른다.
처음에는 고개를 천천히 가로젓다 그 소식이 기정사실로 되자 이내 고갯짓이 점점 더 거칠고 격해진다.
한껏 움츠러든 가슴, 잔뜩 굽은 척추.
축 처진 모습으로 의자에 파묻혀 있다.
속수무책.
목이 잔뜩 굽은 채 바닥만 내려다본다.
그 소식이 맞느냐고 다른 사람에게 재차 확인한다.
물건을 잘 떨어뜨리거나 분실한다.

생체반응 INTERNAL SENSATIONS

손발의 급작스런 근력 약화.
호흡곤란 때문에 가슴에 생긴 압박감.
현기증.
가슴과 위장의 저릿저릿함. 공황장애의 징후일 수도.
전반적인 마비 상태.

심리 반응 MENTAL RESPONSES

보고 있는 것을 믿지 못한다(현장에서 어떤 일을 직접 겪을 경우).
묘사된 대로 사건의 추이를 상상해본다(간접적으로 소식을 전해 들을 경우).
예전에 이 같은 사건을 겪은 사람과 만났던 기억을 즉각 떠올린다.
이 일로 가장 충격을 받을 사람을 떠올려본다.
급작스런 후회. "왜 나는 더 자주 찾아가지 않았을까? 그녀가 기대한 말을 내가 해줬더라면 좋았을 텐데."
안도감에 이은 죄책감. "민희가 집에 남아 있어서 천만다행이야. 그렇지 않았으면 걔도 죽었을 텐데."
사소한 일에도 어쩔 바를 몰라 한다.

이런 상태가 장기간 지속될 때 나타나는 징후

먹고 자거나 일상 활동을 이어가는 게 불가능해진다.
사표를 내거나 취미 활동을 그만두는 등 극단적인 변화를 모색한다.
만성적인 비탄으로 전이되면서 감정을 극복하지 못하게 된다.
살아 있는 송장이 된다(생기나 욕구 또는 인성 따위 결여).
바깥세상과 소통이 차단되는 감정 마비 상태.
살아갈 의욕 상실.

이런 상태가 억압될 때 나타나는 징후

혼자 있고자 상황에서 빠진다(회피 반응).
아무 말도 하지 않고 자기 내부로 침잠.
감정적 고통을 둔화시키기 위한 자가 치료 시도.
눈물을 참으려고 애쓰는, 부르르 떨리는 턱.
비탄의 고통을 피하고자 주어진 일거리에 몰입(예를 들어 장례 절차 따위).

다음의 감정으로 진전될 수도

무력감 (240), 비탄 (292), 절망 (460), 우울 증세 (400)

다음의 감정으로 물러날 수도

고독감 (364), 소외감 (308), 회한 (332), 수용 (312)

연관 파워 동사

아프다, 애원하다, (다리의 힘이) 풀리다, 와락 움켜쥐다, 주저앉다, 위안을 주다, 울다, 아프게 하다, 파괴하다, 불신하다, 숨이 턱 막히다, 비통해하다, 붙잡다, 상처 주다, 신음을 내다, 애석해하다, 기도하다, 떨다, 흔들리다, 축 늘어지다, 흔들리다, 풀어지다, 구부정하다, 응시하다, 따끔거리다, 말을 더듬다, 괴로워하다, 찢어지다, 전율하다, 일그러지다, 리셋하다, 눈물을 흘리다, 쌕쌕거리다

Writer's Tip

고통스러운 상태를 털어놓는 것은 등장인물이 겪을 변화의 여정에서 중요한 돌파구가 열릴 수 있음을 암시한다. 현실적으로 보자면 그것은 쉽게 이뤄질 일이 아니다. 감정상의 고통은 스스로 마주하기도 어렵지만, 그것을 털어놓기는 더 어렵기 때문이다. 음성 징후와 신체 언어를 활용해 생생하게 스트레스와 몸부림을 드러내보도록 하자.

038 멍해지다 아득하다

STUNNED

정신 상태가 무감각해지거나 마비되는 느낌으로, 보통 충격적인 폭로나 뜻하지 않은 공격을 받았을 때 찾아온다

몸 짓 PHYSICAL SIGNALS

입이 떡 벌어진다.
무심코 입술을 핥거나 입을 훔친다.
흐릿한 눈.
아무 느낌도 담기지 않은 시선.
얼굴 근육이 늘어진다.
느린 눈 깜빡임.
몸의 나머지 부분은 미동도 없이 눈만 바삐 움직임(주변을 살피기 위해).
눈을 비빈다.

양옆으로 두 팔을 길게 늘어뜨린다.
팔꿈치를 무릎에 받치고 앉아 손바닥에 얼굴을 파묻는다.

누가 이름을 부를 때도 응답하지 않는다.
말이 어눌하거나 더듬거린다.
당혹감을 말로 전한다. "이럴 수가. 전혀 이해가 안 가."
완전히 조용해진다.

멍한 상태로 주위를 둘러본다.
주변을 응시할 때 머리가 천천히 같이 돌아간다.
질질 끄는 발걸음.
자궁 속 태아처럼 몸을 웅크린다.
얼굴을 벽에 댄다.

축 처진 어깨.
다른 누군가에게 기대려 한다.
제 의지로 움직일 수 없는 사람처럼 몸을 남한테 맡긴다.
닥치는 대로 물건을 집어 들었다가 다시 제자리에 내려놓는다.
전화벨이 울린다거나 누가 만진다거나 그 밖의 어떤 자극에도 반응이 한 박자 느리다.
자기가 뭘 하고 있었는지 기억나지 않는다.
무슨 일이 일어났는지 파악해보려는 듯 미간을 찌푸린다.

생체반응 INTERNAL SENSATIONS

이명 현상.
귀마개를 낀 것처럼 소리가 먹먹하게 들린다.
마른 눈가.
근육이 얼어붙은 듯 마비된 느낌.
손발이 무겁다.
속이 뒤틀린다.
욕지기.
어지럼증.
빈점이 보인다.

심리 반응 MENTAL RESPONSES

마치 뇌가 작동을 멈춘 것처럼 머릿속이 하얘진다.
따라가기 버거울 정도로 빠른 속도로 널뛰는 의식 현상.
집중력 저하.
감정적 마비 현상.
현기증을 느낀다.
자기가 방금 뭘 알게 된 것인지 또는 뭘 본 건지 자문해본다.
믿을 수 없다는 기분.

이런 상태가 장기간 지속될 때 나타나는 징후

과도한 긴장 상태에 빠진다.
약속, 생일 그리고 그 밖의 중요한 일정 등을 기억하지 못한다.
위생 상태 불량(더러운 옷을 입고 다닌다거나 씻지 않는다거나 등).
오랜 기간 집에 틀어박혀 나오지 않는다.
뭐가 어떻게 돌아가는지 전혀 알지 못하는 듯한 소외감을 느낀다.
학교를 그만두거나 직장에 사표를 낸다.
그 어떤 것에도 집중할 수 없다.
미래에 대한 무관심.

이런 상태가 억압될 때 나타나는 징후

일부러 맹렬하게 눈을 깜빡거린다.
주위를 둘러보지만 (그 일대를 경계하듯) 실제로는 아무것도 바라보고 있지 않다.
코로 깊이 호흡한다.
손발을 한시도 가만두지 못한다.
상체를 벽이나 탁자에 기댄다(앉은 자세에서 축 늘어지는 대신).
원인을 외면한다.

입술을 깨문다.
입술을 꾹 다문다.
감정의 원인과 전혀 무관한 질문을 던진다.

다음의 감정으로 진전될 수도

부인 (272), 절망 (460), 괴로움 (128), 공황 (152), 히스테리 (588)

다음의 감정으로 물러날 수도

환멸 (560), 불신 (284), 체념 (508), 슬픔 (316), 비탄 (292)

연관 파워 동사

백지 상태가 되다, 눈을 깜빡거리다, 푹 쓰러지다, 허물어지다, 떨어지다, 요동치다, 잊어버리다, 얼어붙다, 입을 떡 벌리고 바라보다, 주저하다, 구부리다, 느슨해지다, 말을 더듬다, 응시하다, 경직되다, 휘청거리다, 말을 어눌하게 하다, 긴장하다, 실족하다

Writer's Tip

다면적이고 호감이 갈 만한 악당 캐릭터는 매력적이다. 이러한 악당 캐릭터를 제대로 만들어내고 싶다면 순간적으로 연약해지는 감성 상태를 부여해보자. 그 순간의 감정 체험으로 악당 캐릭터는 투명하고 공감을 자아내는 인물로 독자에게 다가갈 것이다.

039 멸시하다 경멸하다

SCORN

우습게 여기거나 극단적으로 무시하는 상태

몸 짓 PHYSICAL SIGNALS

이죽거린다.
길게 언급할 가치도 없다는 듯 콧방귀를 뀐다.
턱을 바짝 당긴다.
냉혹하게 흘겨본다.
신중히 눈썹을 추켜세운 뒤 고개를 뒤로 젖힌다.
과장되게 눈알을 부라리거나 치켜뜬다.
혀를 차며 숨을 내뱉는다.
보기 흉하게 입을 일그러뜨린다.
콧잔등에 주름이 잡혀 있다.
눈을 가늘게 뜬다.
무섭게 노려보는 것으로 위협하려 한다.

팔짱을 낀 자세로 다리를 넓게 짚고 선다.
일축한다는 뜻으로 손을 거칠게 내젓는다.
마치 악취를 못 견디겠다는 듯 콧구멍을 틀어막는다.
아무렇게나 손가락질을 해댄다.

촌철살인의 독설.
찬사나 평가를 깎아내린다.
빈정거린다.
말을 끊는다.
"만일 내가 당신이라면 엄청나게 당황했을 텐데 말이야!"
표적이 접촉해오거나 말을 걸어오면 무섭게 화를 낸다.
상대방에게 상처가 될 만한 말은 일부러 천천히 발음한다.
목소리의 톤이 높아지거나 낮아진다.

안경을 벗고 안경 테 모서리를 냉담한 눈길로 내려다본다.
가슴을 앞으로 내밀고 다닌다.
어떤 음식의 맛을 보고는 도저히 못 먹겠다는 듯이 입을 꾹 다문다.
그 인간 때문에 시간이 낭비되었다며 다른 이에게 대신 사과한다.

지독하게 괴롭혀 상대방이 포기하도록 만든다.
표적을 계속 공격하도록 다른 사람을 부추긴다.
지금의 상황을 신랄하게 비꼰다.
다른 사람의 약점을 부각한다.
표적을 애써 무시한다.
그 인간은 신경 쓸 가치도 없다는 것을 과시한다.
타인의 믿음을 비웃는다.

생체반응 INTERNAL SENSATIONS

자기가 잘 났다는 듯 우쭐거리는 느낌.
몸에 닭살이 돋는다.
다른 사람의 기를 죽이고는 아드레날린 폭주.
심장박동이 느려지거나 빨라진다.

체온 상승.
심장박동 증가.

심리 반응 MENTAL RESPONSES

그 놈에게 한 방 먹이는 게 더할 나위 없이 기쁘다.
분노한다.
모든 사람을 제자리로 돌려놓고 싶다는 욕망.
교만해진다.
시건방진 태도.
불안감을 숨기고자 더 심하게 대한다.

이런 상태가 장기간 지속될 때 나타나는 징후

표적이 뭔가 잘못한 것처럼 보이도록 파상적 질문 공세.
표적을 살살 꼬드긴다.
싸움을 건다.
확실히 실패할 수밖에 없는 상황으로 표적을 몰고 간다.
비슷한 성향의 사람을 규합해 경멸을 서로 북돋아가며 산다.
어떻게 하면 상대방에게 치명적인 상처를 줄까 궁리한다.
과도한 스트레스에 시달린다.

이런 상태가 억압될 때 나타나는 징후

공허하고 표정이 지워진 얼굴.
다른 사람의 질문이나 행동에 별다른 반응을 보이지 않게 된다.
세상을 등지고 지낸다.
고개를 가로젓는다.
뺨의 근육이 조금씩 씰룩거린다.
바짝 당겨진 턱.

아무 말도 하지 않으려고 입술을 꽉 깨문다.
핑계를 대고 자리에서 벗어난다.
갑자기 우울해진다.
자신의 의견이 많은 사람에게 받아들여지기 어려울 테니 차라리 입 다무는 게 낫겠다고 한다.

다음의 감정 상태로 진전될 수도

분노 (276), 증오 (492), 득의양양 (404)

다음의 감정 상태로 물러날 수도

울분 (384), 연민 (200)

연관 파워 동사

빽 내지르다, 하찮게 만들다, 왕따시키다, 구석으로 몰다, 위신을 떨어뜨리다, 묵살하다, 폄하하다, 노출하다, 노려보다, 들들 볶다, 모욕 주다, 넌지시 내비치다, 모욕하다, 방해하다, 학대하다, 조롱하다, 찌푸리다, 다그치다, 고정시키다, 누르다, 비웃다, 멸시하다, 부끄러워하다, 히죽히죽 웃다, 갑자기 폭발하다, 비웃다, 낄낄거리다, 코웃음 치다, 눈을 가늘게 뜨고 보다, 놀리다, 함정에 빠뜨리다

Writer's Tip

등장인물의 감정 상태를 묘사할 때는 특히 그들의 목소리에 주목해보자. 음역이 올라가는가, 아니면 내려가는가? 점점 더 억세지는가, 아니면 상냥한가? 거친가, 아니면 부드러운가? 이번에는 음역을 한번 바꿔보자. 그러면 억양은 특히 등장인물이 다른 사람에게서 자신의 감정을 감추고자 할 때 중요한 지표가 될 수 있다.

040 무관심하다 심드렁하다 INDIFFERENCE

어떤 대상에 마음이 흔들리지 않으며 별다른 흥미나 열의가 없는 상태

몸 짓 PHYSICAL SIGNALS

공허한 또는 아무 감정도 담겨 있지 않은 응시.
졸리거나 게슴츠레한 눈으로 바라본다.
무슨 생각을 하고 있는지 도무지 종잡을 수가 없는 눈길.
모든 것을 차단하기 위해 눈을 감는다.
하품한다.
반쯤 감긴 눈.
언뜻 정중해 보이는 미소, 하지만 진심과는 거리가 멀다.

팔을 양옆으로 흐느적거리면서 다닌다.
양손을 호주머니에 찔러 넣고 다닌다.
스마트폰을 들여다보는 데 열중한다.

대답하기 전에 오래도록 뜸을 들인다.
말할 때도 단조로운 목소리로 일관한다.
누가 말을 걸어와야만 그제야 말을 한다.
농담이나 사적인 화제 따위에는 아무 대꾸도 해주지 않는다.
"뭔 상관이야?"
"아무거나."

"그래서 뭐?"
아무렇게나 화제를 바꾼다.
뭔가가 적당해 보일 때는 "음", "예" 하고 웅얼거리는 게 고작이다.
토론이나 논의할 때는 묵묵부답으로 일관한다.

느리고 태평한 걸음걸이.
상체를 멀찌감치 뒤로 젖히고 있다.
옷에 묻은 보풀을 입에 넣거나 각질을 자꾸 긁적거린다.
관심 없음을 드러낸다.
출구로 나갈 때도 서두르지 않는다.
다른 일에 쉽게 정신을 분산시킨다.

어깨선이 느슨하게 축 처져 있다.
뭐 어쩌란 말이냐 하는 투로 어깨를 으쓱해 보인다.
앉아 있는 동안 거의 까라져 있다시피 한다.
일말의 긴장감도 찾아볼 수 없다.
누군가의 질문에 성의 있는 태도로 답하지 않는다.
명함이나 서류 등 뭔가를 넘겨받으면 그 뒤로 까먹는다.
세상을 등진 듯한 자세.
시종일관 태연자약한 태도.
비웃듯이 어떤 사람이나 상황을 외면한다.
한껏 풀어진 자세.
구두 뒤축에 나 있는 흠집에나 신경 쓴다.
꽤 따분한 척한다.
무료한 듯 연필로 장단을 맞추고 있다.
머리 쓰지 않는 활동으로 소일(TV만 줄창 시청, 짤방 스크롤 등).

생체반응 INTERNAL SENSATIONS

에너지 결여.

이유 없이 졸리다.

몸이 뒤틀린다.

심리 반응 MENTAL RESPONSES

다른 문제에 한눈을 파느라 주변 사람과 마찰을 빚는다.

종잡을 수 있는 생각.

교감 능력 결여.

미래의 일을 공상한다.

시간이 너무 천천히 흐른다고 느낀다.

이런 상태가 장기간 지속될 때 나타나는 징후

사회적 교류가 단절된다.

다른 사람과 공감대가 줄어든다.

권태에 사로잡힌다.

다른 사람과의 상호작용에서 아무런 의미도 찾지 못한다.

자잘한 일상의 흥밋거리에만 집착한다.

다른 사람의 고통이나 아픔을 나 몰라라 한다.

무기력증에 빠진다.

이런 상태가 억압될 때 나타나는 징후

미소 지어 보이며 주의를 기울이는 척한다.

다소간의 선심성 질문을 던진다.

자리에서 벗어날 수 있는 구실을 찾는다.

누군가 말하면 제대로 듣지도 않고 건성으로 고개만 끄덕끄덕.

다음의 감정 상태로 진전될 수도

역정(348), 짜증(500), 멸시(112), 체념(508), 호기심(548), 우려(156), 의기소침(176)

다음의 감정 상태로 물러날 수도

합리화(416)

연관 파워 동사

분리되다, 묵살하다, 무시하다, 떠다니다, 털썩 주저앉다, 잊다, 게슴츠레해지다, 구부리다, 모른 척하다, 까라지다, 방치하다, 터벅터벅 걷다, 축 늘어지다, 으쓱하다, 구부정하니 다니다, 급락하다, 모욕하다, 주시하다, 헤매다

Writer's Tip

여러분의 이야기에 감정적 굴곡을 입체적으로 빚어내려면 작품의 진전 과정에 따라 등장인물의 느낌이 더욱 격렬하고 복잡다단하게 형성되도록 이끌어갈 필요가 있다.

041 무기력하다 약화하다 EMASCULATED

힘이나 권위 또는 자신의 정체성과 엮여 있던 역할 등이 떨어져 나가는 것을 인식하게 되면서 약해진 상태

Note: 무기력증은 전통적으로 남성에게 일반적이라고 여겨지곤 하지만 그에 부합하는 정황에서는 성별에 상관없이 나타날 수 있다.

몸 짓 PHYSICAL SIGNALS

순간적인 시선 교환 유지 또는 철저한 회피.
타는 눈빛으로 바닥 응시하며 자기 힘을 앗아간 사람의 시선 회피.
얼굴과 목에 현저한 홍조가 번진다.
얼굴에 급작스런 적막감이 돌지만 턱선에는 뚜렷한 긴장감.
식은땀을 흘린다.
평소보다 더욱 자주 얼굴을 만진다.
예전보다 훨씬 자주 침을 삼킨다.
부쩍 시무룩하거나 멍해 보인다.
상황이 되도록 빨리 지나가길 바라며 상대방의 농담에 실실 웃는다.

목덜미를 문지른다.
귓불을 잡아당긴다.

함께 나눌 중요한 아이디어가 있어도 선불리 나서지 않는다.
대화 회피.

사과하거나 응답하는 말을 웅얼거린다.

손을(호주머니 등에) 찔러 넣고 내리깐 시선.
비상구가 어디 있는지부터 살핀다.
(주머니나 등 뒤에) 찔러 넣거나 감춘 두 손을 말아쥔 채 부르르 떤다.

어깨를 축 늘어뜨리고 턱을 가슴에 파묻는다.
살짝 꺼진 가슴.
어깨가 굽은 탓에 몸이 살짝 오므라든다.
특히 팔뚝에 흐르는 긴장감 뚜렷.
자기를 평가절하하고 힘을 앗아간 사람과는 마주하지 않으려 한다.
강한 충격을 받아 동요하고 있지만 애써 감추고 있다.
감정을 억누르는 몸짓을 자주 한다(예컨대, 팔을 문지른다든가).
자리에서 벗어날 구실을 만든다. “자, 이만. 가봐야 할 일이 있어.”
고통스러운 체험과 마음의 피로를 덜려고 상대 의견에 동의하는 척 한다.
난데없이 상대방을 몰아세운다. “자기가 무슨 말을 지껄이는지 아무 생각이 없구먼! 그냥 때려치워. 난 능력껏 최선을 다하고 있으니까.”

생체반응 INTERNAL SENSATIONS

심장, 목, 얼굴 등에 열기.
목덜미를 타고 기분 좋지 않은 소름이 돋는다.
이를 앙다무는 바람에 생겨난 턱의 긴장감.
침을 삼키는 게 어렵다(목에 이물감).
맥박 뛰는 소리가 귓전을 때린다.
가슴 통증.
소화불량.

심리 반응 MENTAL RESPONSES

다툼을 피하고자 잠자코 있지만 속으로는 부글부글 끓는다.
스스로 부정적인 생각에 사로잡혀 자기 가치를 깎아내린다.
왜곡된 시간 감각(고통의 순간을 일부러 삭제한다).
상황이 다 끝나고 나서 스스로 자책하는 악순환에 빠진다.
인정받는 기분을 느끼고자 다른 사람에게 조언과 의견 요청.
남 탓할 궁리를 하면서 진작 그러지 못했을까 부아를 낸다.
멋진 복수 또는 먼저 시비를 걸어온 인간에게는 응분의 징벌을 내려야 한다는 공상에 사로잡힌다.
자기 행동이나 생각이 아무 영향력도 없다며 스스로 작고 초라해진다.
체형이 좋아 존중받거나 멋진 부모나 배우자를 뒀거나 성공한 이들, 자기보다 '나아 보이는' 사람들에게 질투심을 느낀다.

이런 상태가 장기간 지속될 때 나타나는 징후

타인이나 자신을 실망시키지 않으려고 능력 이하의 성적을 낸다.
이끌기보다 따라가기를 택한다(이끌려는 욕망이 있더라도).
자신의 삶이 행복하지 않고 불만스럽다 여긴다.
우울증.
비밀 간직(본인만의 은행계좌를 개설, 죄책감을 수반한 쾌락, 아무도 모르는 흥밋거리에 탐닉 등).
실행에 옮긴다(폭력에 가담하거나 위험한 행위에 뛰어들거나 등).
미래에 대한 비관.

이런 상태가 억압될 때 나타나는 징후

다른 사람의 영향력을 빼앗고 짓밟으려는 데에 자기 불안 투사.
자기 자랑을 일삼으며 대화도 주도하려 한다. 또한 그러는 게 괜찮다 싶을 경우 지나칠 정도로 자기 의견만 내세운다.

적절한 상황이 아닐 때도 자신을 내세운다(무슨 일을 자청한다거나 남이 물어보지도 않은 조언을 하려 든다거나 등).
분위기 메이커가 된다.
과잉 보상을 하려 한다(물질적 집착, 외형이나 취미 생활 따위에).
다른 사람에게 자제력 강한 사람으로 보이면서 본인의 공격 성향을 억누르고 수치심을 피하고자 '줄을 잘 선 사람'이 되려 한다.

다음의 감정으로 진전될 수도

수치심 (504), 불안 (444), 부끄러움 (264), 분노 (276), 자기혐오 (428), 불타는 복수심 (260)

다음의 감정으로 물러날 수도

정신이 멍멍함 (220), 우유부단 (244), 안도감 (336), 고마움 (132)

연관 파워 동사

망가지다, 바스러지다, 도태시키다, 상처받게 하다, 약화시키다, 위축되다, 어둑해지다, 소모시키다, 희미해지다, 불안정해지다, 시들해지다, 상처 주다, 고립되다, 상실하다, 약하게 하다, 고통받다, 붉어지다, 줄어들다, 물러서다, 부끄러워하다, 오그라지다, 가라앉다, 훔치다, 실족하다, 말을 더듬다, 억누르다, 휘청거리다, 약해지다, 풀이 죽다, 말라죽다, 상처 입다

Writer's Tip

감정적으로 격앙되어 있을 때, 여러분의 등장인물은 행동하기에 앞서 생각하는가, 아니면 생각 없이 행동하는가? 평소 성향이 어떠하든, 반대로 행동할 수밖에 없는 상황을 부여해 등장인물을 배치해보자.

042 무능하다 불충분하다 INADEQUATE

자기가 남보다 열등하다고 인식하는 탓에 수치심과 자기 회의를 지속적으로 느낌

몸 짓 PHYSICAL SIGNALS

시선 교환 기피. 종종 시선을 내리고 이야기 중에 시선 회피.
얼굴에 홍조.

손을 호주머니에 찔러 넣고 다닌다.
장애물이 나타나면 팔짱을 낀다.
살짝 손이 떨린다(특히 남이 보고 있을 때).
구부정한 자세로 서서 목덜미를 쓰다듬는다.
손으로 무릎을 가린다.
너무 짧거나 약한 악수.
보호하려는 자세로 몸 앞에 손을 들어 올린다.

말하기 전에 주저한다. 말할 때 더듬거린다.
대화에 끼어들지 않는다(자신의 열등함이 드러날까 두려워).
남들보다 못한다는 느낌 때문에 입을 다문다.

팔과 다리를 엇건다.
자기 결점이 노출된다고 느껴 잠시도 가만 있지 못한다(위치를 바꾸거나 자기 옷을 잡아 뜯거나 다리를 꼬았다 풀거나 등).

되도록 공간을 조금만 차지하려는 듯 어깨를 움츠리고 최대한 몸을 오므린 자세로 서 있다.

남들의 주목을 피한다(주위에 머물거나 이끌기보다 따라가거나 등).
푹 꺼진 가슴과 전반적으로 나쁜 자세.
남에게 깊은 인상을 주고 싶어 하며 칭찬과 인정을 갈구한다.
지나치게 준비한다(사력 다한 연습, 철저한 연구, 너무 많은 짐 싸기 등).
자신을 믿지 못해 다른 사람의 조언이나 의견을 구한다.
다른 사람의 도전을 받으면 굴복한다(또는 포기함).
자기가 필요치 않거나 기대에 못 미칠 때는 사과를 한다.
사소한 실수에도 자신의 어리석음을 말로 드러내서 자책한다. "도저히 믿을 수가 없네. 이렇게 바보 같을 수가 있나!"
모임에서 열등함을 감추려고 옷에 신경 쓰고 세세한 것에도 집착한다.
더 잘해왔어야 한다고 스스로 지적함으로 남들의 칭찬 기회 차단.
자신의 자존감을 좌우할 수도 있는 일을 차일피일 미룬다.
자신이 옳다고 믿는 일에서조차 대립을 피하고자 뒤로 물러선다.
결함을 숨기려 애쓴다(모반을 가리려고 머리 모양에 신경 쓰거나).

생체반응 INTERNAL SENSATIONS

불안감과 심장박동 급증.
체온이 상승하며 결국 땀을 흘리게 된다.
욕지기. 바짝 마른 입. 어지럼증.

심리 반응 MENTAL RESPONSES

스스로 사기꾼처럼 느낀다.
자신의 결점을 생각하면서 불행하다고 느낀다.
스스로 폄하함. 자신을 비난하는 목소리가 내면에 따라다닌다.

자신은 결코 높은 위치에까지 올라가지 못할 거라는 생각이 강하다.
자신의 아이디어를 남과 공유하는 데 어려움을 겪는다(본인에게 큰 결함이 있다는 자격지심 때문).
항상 자신을 남과 비교(재산, 성공, 미, 재능, 특정한 역할을 제대로 수행해낼 수 있는 능력 등), 노력에도 기대에 못 미쳐 부끄러워한다.
성취를 결코 즐기지 못하고 더 잘할 수 있었다는 생각에 빠진다.
'나 같은 사람'이 뭐 거기까지 바라보냐는 식의 자기규정에 갇혀 의미 있는 목표 지점을 추구하지 못한다.
그럴 만한 일에 칭찬받을 자격이 없다고 느끼지만 실은 칭찬받고 싶어 한다.

이런 상태가 장기간 지속될 때 나타나는 징후

실어증 증세를 보인다.
자신이 고른 것, 행한 것, 결정한 것 등을 나중에 돌아보며 괜히 그랬다고 괴로워한다.
가장 긍정적인 충고에도 마음이 상해서 어쩔 줄 몰라 한다(민감성).
보잘것없는 성과로 여겨 자책한다.
고립을 자초한다.
불면증 때문에 뇌가 계속 작동(지극히 사소한 일에 집착).
궤양과 기타 스트레스에 의한 심인성 질환.
성과 강박이 생김. 사회생활 기피.
무능이 드러나지 않도록 스스로 기대치를 아예 낮춰 책정(업무에서 자기 능력 이하의 성과를 냄).
자기는 그래도 싸다는 생각에 혹사당하는 것을 기꺼이 받아들인다(건강하지 못한 관계 맺기 방식).
숨거나 달아나고 싶어 하면서도 내심, 그런 나약함을 비웃는다.

이런 상태가 억압될 때 나타나는 징후

완벽주의적인 성향을 띤다(아주 장시간 일한다거나 모든 분야에 걸쳐 탁월하려고 노력한다거나 등).
동료와 경쟁 상대의 구분에 철저해지고자 다짐한다.
성과와 포상을 쌓아나가긴 하지만 그 과정을 즐기지는 못한다.
노력보다 결과에 따른 가치 평가.
자신의 중요성, 남보다 우위에 있는 신분을 쓸데없이 강조한다.
허세가 강하다. 우위에 있는 지위를 남용하거나 사치를 요란하게 부림으로써 과잉 보상에 매달린다.

다음의 감정으로 진전될 수도

쓸모없음 (328), 우울 증세 (400), 자기 연민 (424)

다음의 감정으로 물러날 수도

좌충우돌 (76), 열망 (352), 결연함 (516), 수용 (312)

연관 파워 동사

비교하다, 웅크리다, 비난하다, 쭈그리다, 버리다, 일그러뜨리다, 곱씹다, 실패하다, 꽂히다, 재단하다, 결여하다, 한정 짓다, 웅얼거리다, 거절하다, 으쓱하다, 푹 쓰러지다, 발을 헛디디다, 예속시키다, 걱정하다

Writer's Tip

자제가 좋을 때도 있고 나쁠 때도 있다. 중요한 것은 맥락을 동반한 의외성이다. 화를 내야 하는데 참거나, 아무 일 아닌 듯한데 감정이 동요한다면, 그 이유가 궁금해지는 것은 인지상정이다. 언행을 제어하지 못한 등장인물은 이제 어떻게 될까, 이런 상황이면 독자를 확 끌어당길 수 있다.

043 무력하다 힘없다 POWERLESSNESS

자신에게 권위, 숙련된 솜씨, 행동할 수 있는 원동력 등이 부족하다고 느끼는 기분

몸 짓 PHYSICAL SIGNALS

시선 교환 기피.
허공만 멍하니 바라보며 텅 빈 시선 유지.
풀어진 얼굴 인상.

손을 호주머니에 찔러 넣거나 뒷짐을 진다.
손힘을 약하게 해 악수를 하거나 손으로 쥔다.
입술에 대고 주먹을 누르며 눈을 감는다.
앉아 있는 동안 자기 다리를 문지르거나 무릎을 짓누른다.
머리를 지탱하고자 이마를 손으로 받친다.
자신의 손을 내려다본다.
자기 손을 비튼다.

애정이나 관심이 전혀 없는 단조로운 목소리.
무슨 말을 꺼냈다가도 말끝을 흐린다.
단문으로만 대답한다.
자책하는 말을 한다. "그녀가 가지 못하도록 막았어야 했는데." 또는 "당연히 그랬어야 했는데."
스트레스를 받으면 갈라진 목소리를 낸다.

기력 없어 보이는 움직임.

몸을 정상적으로 통제하지 못한다(사물에 걸려 자주 넘어지거나 물건을 잡을 때도 자주 놓치거나 더듬더듬하거나 등).

몸을 움츠러뜨린다(두 다리를 맞붙이고 앉거나 구부정한 자세로 서 있거나 가슴을 웅크리거나 등).

말로 확답하기보다 고개만 한 번 까딱거린다.

몸을 기댈 데가 필요하다는 듯 의자에 풀썩 쓰러진다.

바닥을 내려다보며 고개를 절레절레 가로젓는다.

소심하게 어깨를 으쓱해 보인다.

갈지자 걸음걸이(좌절했을 때).

남들의 주의를 끌지 않을 만한 옷으로 골라 입는다.

굽은 목.

양옆으로 축 늘어뜨린 두 팔.

좋지 않은 자세.

행동에 들어가기 전에 설명해주길 기다리거나 눈치를 본다.

신체 접촉 기피.

자신과 이야기하고 있는 상대와 일정한 거리를 유지하려 한다(그러면서 비상구나 피할 만한 곳을 찾음).

필요로 하거나 원하는 것을 요청하지 않는다.

선택 장애가 있다.

갈등과 위험을 피함. 대신 안전하거나 익숙한 쪽을 택한다.

자기 비하. "나는 쓸모없는 놈이야." 또는 "너한테는 나 말고 다른 사람이 이 일을 처리해주는 게 더 나을 거야."

질문하지 않는다.

무턱대고 가르쳐준 대로만 따른다.

생체반응 INTERNAL SENSATIONS

무거운 아랫배.

갈빗대가 꽉 조여 있는 느낌.

신체적 피로.

공허한 느낌.

정신적 반응

시간이 더디게 흐르는 것처럼 느껴진다.

혼자 있고 싶은 욕망.

실제 세계에 뛰어들어 함께하기보다 자기 내부로 피신하려 한다.

욕구불만(특히 자신에게).

자기혐오와 무능에서 헤어나오지 못한다.

이런 상태가 장기간 지속될 때 나타나는 징후

지극히 사소한 일조차 의존하려 한다.

설명이 끝나기도 전에 무턱대고 실행하려 한다(작업이나 업무 등).

자기혐오 가중. 자해 충동.

나약하다는 것을 알아챈 사람들에게 이용당한다.

원하는 것을 실행하려 들지도 않고 의미 있는 개인적 목표를 추구하지도 않는다.

이런 상태가 억압될 때 나타나는 징후

행복한 표정을 짓고 다닌다.

자신이 강했거나 승자였던 시절을 떠올리며 지금과 대조해본다.

부질없는 위협을 일삼는다. "그 친구, 내 면전에 대고 그렇게 말해서는 안 되지!"

그래 봐야 뜻대로 되지도 않지만 사소한 일에 목숨 걸고 덤벼든다.

방해 공작 또는 누군가를 응징하는 공상에 빠진다.

다음의 감정으로 진전될 수도

패배감 (520), 체념 (508), 수치심 (264), 자기혐오 (428),
무능하다는 자격지심 (236)

다음의 감정으로 물러날 수도

우유부단 (244), 희망에 찬 기대감 (580), 결의 (516), 만족감 (212),
평안 (528)

연관 파워 동사

피하다, 굽히다, 숙이다, 깨지다, 푹 꺼지다, 웅크리다, 움츠리다, 미루다, 기죽이다, 표류하다, 풀이 죽다, 떨어지다, 이런저런 일을 다 해주다, 따르다, 굽실거리다, 숨다, 말을 더듬더듬하다, 복종하다, 마비되다, 보고하다, 체념하다, 축 처지다, 발을 질질 끌며 걷다, 바치다, 오그라지다, 으쓱하다, 발을 끌며 걷다, 푹 쓰러지다, 굴복하다, 투항하다, 약화하다, 양보하다

Writer's Tip

독자가 주인공의 감정이 실린 시점에 감정이입을 하기 바란다면, 그 또는 그녀를 호감이 갈 만하거나 다가가고 싶은 면이 있거나 마음이 여려 상처받기 쉬운 인물로 그릴 것. 그러면 공감의 끈이 생겨날 수 있다.

044 반신반의하다 확신이 없다 UNCERTAINTY

뭔가를 확신하지 못한 상태, 구체적인 행동을 정할 수 없음

몸짓 PHYSICAL SIGNALS

눈살을 찌푸린다.
다른 사람을 유심히 바라본다.
시선을 내리깐다.
풀 죽은 표정.
주름진 앞이마.
눈을 가늘고 뜨고 자기 생각에 자꾸 빠져든다.
아랫입술을 꼬집거나 깨문다.
고개를 이쪽저쪽으로 갸웃거린다.
얼굴을 찡그리며 살짝 고개를 흔든다.
침을 자주 삼킨다.
한숨을 내쉰다.
목을 돌린다.

손등으로 입술이나 턱을 문지른다.
아래턱이나 목덜미를 문지른다.
앞머리를 얼굴 위로 쓸어내린다.
종이에 뭔가를 끄적거린다.

다른 사람에게 의견이나 조언을 구한다.
"흠" 하는 소리를 내면서 목청을 가다듬는다.
무의미하게 웅얼거린다.
목청을 가다듬는다.

몸을 비튼다.
바지를 쓸어내린다.
조급하게 씩씩거린다.
발을 가만두지 못하고 계속 움직인다.
어떤 행동을 하다 갑자기 머뭇거린다.
슬며시 뒤로 물러난다.
다리를 달달 떨거나 자꾸 달싹거린다.
공책이나 책상에 연필을 톡톡 두드린다.
대답을 미루려고 공책에 뭔가를 적는 척한다.
안절부절못한다(손가락 마디를 우두둑 꺾는다거나 앉은 자세에서 자꾸 뒤로 물러난다거나 등).
늘어진 자세. 구부정한 어깨, 푹 숙인 고개 등.

더욱 많은 정보를 끌어내려고 이것저것 자꾸 캐묻는다.
주먹을 짓찧는다거나 자꾸만 시간을 끄는 동작을 한다.
어깨를 빙빙 돌린다.
한동안 멍하니 허공만 바라본다.
정말 확실한지 자꾸 확인하려 든다.

생체반응 INTERNAL SENSATIONS

숨이 가슴에 걸려 있는 듯.
위장이 수축하는 느낌.

갈증이 심해진다.

심리 반응 MENTAL RESPONSES

덫에 걸린 기분.
머릿속으로 다른 가능성을 궁리한다.
어떻게 해서든 답을 구하고 싶어 한다.
기대에 미치지 못하는 상황이 당혹스럽다.
어떤 일을 결정해놓고도 나중에는 꼭 후회한다.
마음의 문을 닫아걸고 어떤 결정도 내리려 하지 않는다.

이런 상태가 장기간 지속될 때 나타나는 징후

자기 회의.
다른 사람도 어떤 결정이나 상황에 미심쩍어하도록 부추긴다.
분노와 좌절감.
결정도 내리지 않고 그 상황에서 그냥 벗어나려 한다.
자신에게 어떤 문제가 닥치면 아무 결정도 내릴 수 없게 된다.
답을 찾아보고자 자기 나름대로 발버둥친다.
머리가 맑아지기를 기대하면서 일단 일에 열중한다.
거듭 일정을 바꾸거나 연기한다.
상황이 해소되지 않으면 심하게 마음이 초조해진다.

이런 상태가 억압될 때 나타나는 징후

"어쩌면 그럴 수도."
"두고 봐야지."
얼버무리는 식으로 대답한다.
상처받기 싫거나 언쟁을 피하고 싶어서 화제를 바꾼다.
분명하게 도와주겠다고 약속하기보다는 말을 뱅뱅 돌린다.

고개를 끄덕거리면서도 망설이는 기색을 거두지 못한다.
시간을 질질 끈다(물이나 음료를 일부러 바닥에 쏟는다든가).
대답을 거부하고 침묵으로 말을 대신하려 한다.
뭔가 주장하려고 입을 열었다가도 이내 닫아버린다.
다수 의견을 따른다.
모호한 태도로 동의를 표하거나 무성의하게 지원 약속을 한다.
수동성 공격 심리.

다음의 감정 상태로 진전될 수도

부인 (272), 의심 (408), 욕구불만 (480), 동요 (476), 경계심 (108)

다음의 감정 상태로 물러날 수도

안도 (336), 수용 (312)

연관 파워 동사

속으로 되새기다, 안절부절못하다, 몸을 힘들게 움직이다, 한시도 가만있지 못하다, 얼굴을 찌푸리다, 질질 끌다, 반영하다, 검색하다, 나중에 후회하다, 발을 질질 끌다, 옴짝달싹 못 하다, 유예하다, 자꾸 바뀌다, 약해지다

Writer's Tip

이야기가 이 장면에서 저 장면으로 빠르게 넘어가는 대목에서는 감정의 층위가 변하는 전반적 구도를 확보해야 한다. 작품이 단단할수록 독자는 이야기의 흐름에 따라 계속 성장해가는 등장인물의 시점과 그 맥락이 들어맞는 감정선의 대비 효과를 강렬하게 체험하게 된다.

045 방랑하다 떠돌다

WANDERLUST

여기저기 여행을 다니면서 미지의 세계를 탐험하고자 하는 욕망

몸 짓 PHYSICAL SIGNALS

밝고 적극성을 띤 눈빛.
낙관적인 표정과 관대한 미소.

기회가 날 때마다 여행 이야기를 한다.
모험에 관한 이야기가 나오면 더욱 생기를 띤다(머리를 흔들거나 미소를 짓거나 등).
다른 사람에게 어디를 다녔는지 거기서 어떤 체험을 했는지 묻는다.

경쾌한 걸음걸이.
주변을 둘러보고자 자주 고개를 움직인다.
고개를 꼿꼿이 쳐들고 다닌다.
제자리에 앉아 있거나 서 있기보다는 항상 움직인다.

곧은 자세(떡 벌어진 어깨, 앞으로 내민 가슴 등).
문득 시간을 지체한다(화단에 멈춰 서서 꽃향기를 맡는다거나).
규칙과 규율을 싫어한다.
안에 있기보다 바깥으로 나가고 싶어한다.
자발성이 강하다.

천성이 느긋한 편이다.
먼저 나서 자기소개를 한다.
돈을 규모 있게 쓴다(검소함).
기꺼이 모험에 뛰어들 각오가 되어 있다.
우선순위를 제대로 매길 줄 안다.
거의 모든 분야에 걸쳐 개방적인 태도.
기회만 생겼다 하면 길을 나서거나 여행을 떠난다.
계획을 너무 많이 짜는 것은 피한다.
안달복달하는 사람을 못 참는다.
남의 시선을 의식하지 않고 새로운 것을 시도한다.
자연에 머무는 데 시간을 할애한다(하이킹을 하거나 사진기를 들고 야외로 나가거나 등).
다른 나라의 문화나 장소 또는 삶의 방식 등에 관한 독서로 자기 발전을 도모한다.
호기심이 아주 강하다. "산꼭대기에는 어떤 식물이 자라고 있을까?"
물질에 연연하지 않고 적은 수입으로도 행복한 삶을 꾸려간다.
물질적인 것 대신 경험이 더 값지다 여긴다.
자기와 비슷한 사람을 찾아다닌다.
뭐든지 가장 먼저 시도해보는 성향.
편안한 관계와 상황이 계속 늘어난다.
가족이나 친지의 걱정 때문에 여행의 위험 요인을 대수롭지 않게 얘기한다.
독립적이다(자기 문제는 알아서 해결하고 남들의 생각에 개의치 않는다).
후회하는 법이 없다(잘못된 선택은 없고 오로지 경험만이 있을 뿐).
길에서 만난 사람과 깊고 지속적인 친분 관계 형성.
비밀스럽기는커녕 대단히 솔직 담백한 편.
미지의 대상을 향해 도약해보라며 가족이나 친지를 독려한다.

자신의 여행담을 다른 사람에게 늘어놓는다(그러면서 대화를 지배함).
내일을 위해 계획 세우느니 오늘을 사는 데 충실하고자 한다.
어떤 장소를 즐기지만 집착하지는 않는다(다른 데로 넘어갈 수도 있음).
새로운 음식 맛보기를 즐긴다.
성적으로도 모험심이 강한 편.

생체반응 INTERNAL SENSATIONS

가슴이 부풀어 오르는 느낌(심호흡을 함).

심리 반응 MENTAL RESPONSES

늘 다음 여행이나 경험에 대해 생각한다.
배우면서 성장하고자 하는 욕망이 가시지 않는다.
너무 오랫동안 한곳에 얽매여 있으면(직장, 거주지 등) 안달이 난다.
감각이 잘 발달해 있다.
상상력이 풍부하다.
창의적으로 문제를 해결할 줄 안다.

이런 상태가 장기간 지속될 때 나타나는 징후

대단히 이해심이 커진다.
지구환경에 관심이 늘어나면서 환경 운동과 관련을 맺게 된다.
모든 경험을 다 해봤다는 데서 자신감이 늘어난다.
자기보다 더 큰 뭔가와 교감한다(이를테면 대자연 등).
다양한 문화 체험과 견문으로 상당한 지식을 습득한다.
세계 일주 여행가가 된다.
하나 이상의 외국어를 터득한다.
본인 안에 다른 문화 전통과 관습이 뒤섞인다.

이런 상태가 억압될 때 나타나는 징후

여행 블로그와 웹사이트를 찾아다닌다.
앞으로 방문하고 싶은 여행지의 사진을 모은다.
다른 나라와 그 나라 문화에 대해 공부하고 그것을 다른 사람과 공유한다.
욕구 분출의 한 방식으로 모험과 발견에 관한 글을 쓴다.
그저 그럴 날이 가까워지기를 바라는 마음에서 여행용 배낭을 사둔다.

다음의 감정으로 진전될 수도

고대 (164), 득의양양 (404), 만족감 (212), 경외심 (120), 감사 (132), 유대감 (396)

다음의 감정으로 물러날 수도

실망 (324), 욕구불만 (280), 향수병 (540)

연관 파워 동사

감탄하며 바라보다, 고대하다, 평가하다, 구경하다, 기리다, 움푹 파이다, 열망하다, 사랑하다, 경이로워하다, 급락하다, 빛나다, 마음이 흔들리다, 큰 감동을 주다, 맛 들이다, 뚫다, 트레킹하다, 뚜껑을 열어보다, 펼치다, 궁금해하다

Writer's Tip

대화 속에 미묘한 감정을 담을 수 있는가. 그것이 가능해진다면, 등장인물이 불편한지 아니면 뭔가 제 뜻대로 되지 않아 애먹고 있는지 보여주고자 할 때 썩 효과적인 방법일 수 있다. 독자가 그 미묘함의 중요성을 인식할 수 있도록, 세심하게 장면과 설정을 깔아두는 것도 잊지 말자.

046 방어하다 대비하다 DEFENSIVENESS

외부의 공격을 막고 인지된 위협이나 위험에 맞서 대응하려는 상태

몸 짓 PHYSICAL SIGNALS

고개를 살짝 숙이고 있다.
수척한 뺨.
머리를 흔든다.
혀로 입술을 자주 축인다.
눈을 급히 깜빡거리다 크게 뜬다.
집요한 응시.
뺨이 붉으락푸르락 변하기 일쑤다.
침을 엄청나게 많이 삼킨다.

가슴 위로 양팔 엇걸기.
손바닥을 펴 공격자에게 내밀어 보인다.
양손을 올려 자신의 몸통을 막는다.
결백하다는 표시로 가슴 위에 손을 펼쳐 보인다.

더듬거리며 말한다.
입을 자주 벌린다.
언성을 높인다.
소리를 내며 숨을 크게 내쉰다.

선제공격에 나서거나 자신을 공격한 사람과 심한 언쟁을 벌인다.
실망이나 거부 의사를 말로 확실히 표현한다.
다른 사람과 논쟁에 들어가면 갑자기 목소리가 격앙된다.
상대방을 물러서게 하려고 목소리를 높인다.
낮고 굳은 목소리로 얘기를 나누는 동안 상대를 빤히 바라본다.

책이나 가구 등 물건을 차폐막으로 사용한다.
움찔하며 몸을 뒤로 젖힌다.
몸을 은폐하려는 경향이 있다.
모서리 쪽으로 돌아앉는다.
뒤로 휙 피하려는 움직임, 행동에 유연성이 부족하다.
위험하다 여겨진 대상과 자신의 거리를 벌리고자 뒷걸음친다.

살짝 떨어져 비스듬한 자세를 취한다.
다리를 꼬고 앉는다.
관계 차단.
자신을 뒷받침해줄 사람이 없을지 물색해본다.
비난의 화살이 자기에게로 향하는 것을 어떻게 해서든 모면하려 한다.
책임을 다른 이에게 전가한다.
눈에 띄게 땀을 많이 흘린다.
두둔해줄 만한 사람을 찾아 상황에 끌어들인다.
강한 척한다(머리를 휙 젖힌다거나 상대를 내려다보듯 코웃음 친다거나 등).
뻣뻣한 목, 꼿꼿한 척추, 오르락내리락하는 목젖.

생체반응 INTERNAL SENSATIONS

혈압 상승.
입안이 자주 바짝 마른다.
명치와 아랫배가 딱딱해지며 아프다.
전반적으로 몸이 뜨겁게 달아오른 것처럼 느껴진다.

심리 반응 MENTAL RESPONSES

생각이 뒤죽박죽으로 장황해져 상황을 걷잡을 수 없게 된다.
화, 쇼크.
배신당했다는 기분.
확실한 증거를 손안에 넣으려고 계속 기억을 뒤적거린다.
자신의 결백을 입증하거나 비난에 정면으로 대응한다.

이런 상태가 장기간 지속될 때 나타나는 징후

비상구나 돌파구가 어디인지 늘 눈으로 확인해둔다.
소리를 내지른다.
성공적으로 궁지에서 벗어났던 과거의 사례를 자주 떠올린다.
자기와 맞선 이의 약점을 걸고넘어진다.
자신만의 개인적인 공간을 늘리려 한다.
울화를 못 이기고 바깥으로 뛰쳐나간다.

이런 상태가 억압될 때 나타나는 징후

평소의 어투를 유지하려 애쓴다.
거짓 미소를 흘리고 다닌다.
억지로 평온한 모습을 가장한다.
대상을 바꾼다.
어깨를 으쓱해 보이거나 억지웃음을 터뜨린다.

아무것도 입증해 보일 필요가 없다 싶을 때는 평온한 어조로 말한다.
불편을 무릅쓰고 어디론가 휙 떠나거나 이탈하지는 않는다.
감정이 아니라 사실에 따라 이성적으로 어떤 일을 풀어가려 시도한다.

다음의 감정 상태로 진전될 수도

적의(384), 의혹 (412), 분노 (276), 불안 (148), 연약함 (208), 자기 연민 (424)

다음의 감정 상태로 물러날 수도

왕따 당하는 느낌 (420), 혼돈 (552), 의심 (564), 안도 (336)

연관 파워 동사

아프다, 따지고 들다, 후려치다, 하찮게 만들다, 휘두르다, 발끈하다, 부르다, 도전하다, 대립하다, 비난하다, 감히 …하다, 거역하다, 요구하다, 언쟁하다, 난처하게 만들다, 싸우다, 과시하다, 퍼붓다, 노려보다, 비난 모욕 등을 쏟아내다, 무시하다, 홱 움직이다, 돌출하다, 달려들다, 조롱하다, 공격하다, 반대하다, 도발하다, 처벌하다, 밀어붙이다, 반항하다, 저항하다, 야단법석을 떨다, 소리지르다, 악다구니를 쓰다, 세게 떠밀다, 으르렁거리다, 내뱉다, 응시하다, 뒤엎으려 하다, 시험하다, 위협하다, 약화시키다

Writer's Tip

초고를 작성할 때, 등장인물의 감정을 어떻게 보여줘야 할지 확신이 없다면, 그 등장인물이 두려움에 떨며 말하는 장면을 묘사해놓고, 그 대목을 임시 저장해두면 도움이 된다. 이야기가 진행되면서 필요할 때 꺼내 보면, 새로운 장면을 쉽게 풀어나갈 수 있을 것이다.

047 배신당하다 신뢰를 저버리다 BETRAYED

소중한 누군가에게 비인간적으로 대접받고 멸시당해 상처받은 마음 상태

Note: 어떤 등장인물이 배신감을 느끼는 양상은 상대와의 관계 여하에 따라 달라진다. 이런 상태는 종종 충격, 불신, 그리고 지금 이 상황을 도저히 받아들일 수 없다는 현실 부정, 상처 또는 분노 등과 같이 복잡한 감정으로 전이되기도 한다.

몸 짓 PHYSICAL SIGNALS

언뜻 보기에도 충격받고 고통스러워 하는 모습(잔뜩 찌푸린 미간, 초점 없는 시선 등).
고개를 숙이고 눈을 감는다.
혼자 골똘해져서 분노로 고개를 내저으며 입술을 동그랗게 만다.
굳게 다문 입술.
맹렬하면서도 싸늘한 응시.
이를 갈거나 꽉 앙다문다.

팔뚝 근육이 씰룩거리고 뻣뻣하게 굳는다.
주먹을 말아쥔다(어쩌면 온몸을 덜덜 떨며 긴장감에 하얗게 질려 있을 수도).

숨을 내쉬면서 혀로 볼 안쪽을 찌른다.
깊은 한숨을 내쉰다.
거칠거나 두꺼워지는 목소리.

순간적으로 욱해서 욕을 내뱉거나 장광설을 쏟아낸다.
욕하고 험담한다.
다른 사람에게 누군가의 비밀이나 민감한 개인 정보를 폭로한다.

흠칫한다(특히 누군가가 배신에 관한 화제를 입에 올릴 때).
고개를 한쪽으로 젖힌다.
정수리를 문지르다 한 움큼 움켜잡는다.
가슴을 주무른다.
성급하고 변덕스러운 움직임.
몸을 보호하려 한다(팔짱을 끼거나 의자 뒤에 서 있으려는 등).
감정 발산을 위해 뭔가를 집어 던지거나 홱 밀어놓거나 한다.
자리에 앉긴 하지만 오래 머물러 있으려 하지는 않는다.

갑자기 뻣뻣해진 자세.
생각을 바로 말로 표현하기가 어렵다.
자리에 앉아 머리를 감싸 쥔 자세로 "왜?" 또는 "도저히 믿을 수 없어"라고 웅얼거린다.
대인 관계에서 거리감이 늘어난다(뒷걸음치든가 자신과 다른 사람 사이에 거리를 더 두려 하든가 등).
분노 조절 장애.
분노에 사로잡혀 등이 굽고 척추가 뻣뻣해진다.
콧날을 움켜잡고 느리게 잡아당기면서 마음을 가라앉히려는 듯 깊은숨을 몰아쉰다.

생체반응 INTERNAL SENSATIONS

볼 안쪽을 질근질근 씹다가 분노에 차서 그것을 꽉 깨물 정도의 스트레스와 아픔.

가슴에 예리한 통증 또는 급작스런 압박감.
눈물을 참을 때처럼 시야 흐려지고 작열감.
목구멍 통증.
체온이 올라간 듯 열이 많아진다.
(하도 주먹을 말아 쥐다 보니) 손바닥에 손톱이 파고들어 아프다.

심리 반응 MENTAL RESPONSES

뭔가를 후려갈기거나 파괴하고 싶다는 원초적 충동.
불신과 상처 그리고 격노 사이에서 마음이 요동친다.
복수하고 싶은 욕망.
한없이 여려지고 무방비 상태로 노출되어 있다는 느낌.
배신한 사람과 나눈 이전의 대화 내용을 떠올려보며 자기가 놓친 낌새에 대해 분석하려 한다.
혼자 남아 자기에게 닥친 일을 조용히 삭이길 원한다(회피 반응).

이런 상태가 장기간 지속될 때 나타나는 징후

누구와도 관계를 시작하려 하지 않거나 반대로 무턱대고 신뢰를 보이는 자기 부정의 태도.
내면의 나약함을 인지한 데 따른 자기혐오(순진함, 다른 사람 말을 잘 믿는 태도 등).
그러고 보니 그럴 만했다며 배신자를 터무니없이 미화.
책임을 뒤집어쓰려고 배신자의 행동을 정당화하려고 궁리한다.
복수할 방법을 찾아 폭력적인 성향을 띠기 시작.

이런 상태가 억압될 때 나타나는 징후

활달하고 적극적인 성향에서 내성적이고 과묵한 성향으로 변한다.
대화할 때 평소보다 응답이 더디다.

먼저 가기 위해 구실을 찾는다.
웃어넘긴다.
거짓으로 공감하는 태도를 보여준다. "그 사람한테는 그럴 만한 사정이 있었을 거야." "그 여자는 상황이 안 좋았던 게 틀림없어."
이런 결과가 나와서 뜻밖이라는 식의 태도를 취한다.
마음에 깊은 상처를 극복하고 더 큰 사람이 된다(승화의 반응).

다음의 감정으로 진전될 수도

몸서리 침 (72), 격노 (100), 불타는 복수욕 (260)

다음의 감정으로 물러날 수도

환멸 (560), 불안 (444), 경계심 (108), 무력감 (240), 쓰라림 (344)

연관 파워 동사

아프다, 소외감을 느끼게 하다, 기습하다, 멍들다, 저미다, 악물다, 심각한 데미지를 입히다, 으스러뜨리다, 자르다, 멍하게 하다, 부수다, 파괴하다, 비탄에 빠뜨리다, 약화시키다, 제거하다, 요동치다, 비통해하다, 저해하다, 방해하다, 모욕하다, 위태롭게 하다, 불쾌하게 여기다, 당황하게 하다, 유린하다, 분개하다, 앙갚음하다, 해치다, 흔들다, 충격받다, 타격하다, 고통받다, 더럽히다, 약화시키다, 속상하게 하다, 어기다, 약해지다, 상처 입히다

Writer's Tip

모든 사람, 그러니까 모든 등장인물은 자기 세계를 탐구하는 과정에서 연상 작용에 사로잡힌다. 상황을 설정할 때 과거의 체험을 어떻게 감정적으로 연결할 수 있을지 고려해보자. 그러고는 분위기를 환기하는 수단으로 이러한 연상 작용을 활용해보자.

048 복수심에 불타다 되갚다 VENGEFUL

누군가에게 앙심을 품음, 과거의 원한을 되갚아주고 싶어 함

몸 짓 PHYSICAL SIGNALS

강렬한 시선. 눈도 깜빡거리지 않는 응시.
턱에 흐르는 긴장감.
아래턱을 앙다물고 있다.
히죽히죽 웃는다.
거짓된 미소를 짓고 부자연스런 어조로 말한다.
감정이 활활 불타오르는 것처럼 보이는 표정.
적의를 지닌 채 가늘게 실눈을 뜬다.

손가락을 뚝뚝 꺾거나 주먹을 쥔다.

남들 앞에서 복수의 대상을 맹렬히 비난한다.
그럴듯한 거짓말을 밥 먹듯 한다.
돌려 말한다. "나는 발각되었을지도 몰라." 또는 "좋은 질문이네. 곧 자네도 알게 될 거야."
스스로 의심을 키울 만한 말을 한다. "혹시 내일 있을 미팅이 걱정되기라도 한 건가?"
표적을 말로 공격한다.

표적의 지지자 사이에 들어가서 이간질한다. "걔가 너한테 아무 말도 안 해줬어? 어떻게 그럴 수가."
협박을 일삼는다.
표적에 관한 유언비어를 퍼뜨린다.

표적을 향해 결의에 찬 걸음을 내딛는다.
숨을 거세게 내쉬어 가슴을 팽창시키고는 한다.
자신의 표적과 직접 맞닥뜨려서 위협한다(발을 넓게 짚고 선다거나 손을 엉덩이에 대고 감춘다거나 강력한 몸짓을 한다거나 등).
표적과 마주할 때는 자신의 이를 살짝 노출한다.

굳은 자세와 현저한 근육긴장.
표적을 살피며 거사의 순간을 가늠해본다.
어떻게 부당한 대접을 받았는지에 대해 끊임없이 자신이 신임하는 동료에게 분통을 터뜨린다.
거짓된 친분으로 다른 사람과 가까워진 뒤 표적의 약점을 찾아낸다.
몰래 엿듣는다.
믿을 만한 주변 사람과 복수극 시나리오를 논의한다.
표적이 아끼는 사람이나 물건 등을 파악한다.
표적의 주변 인물과 친분 형성.
양면성을 띤다.
뱉은 말을 실천한 사람이나 사례를 조사해 와 떠벌린다.
자신의 행위에 대해 사과하는 경우가 거의 없다(설령 그럴 일이 있다손 쳐도). 정당화하려 한다.
표적의 개인 공간을 침범한다.
표적을 스토킹한다(현실상으로든 온라인상으로든).

생체반응 INTERNAL SENSATIONS

표적이 시야에 들어오면 체온 상승.

귀에 맥박 뛰는 소리 쇄도.

표적 근처에 있게 될 때는 심장박동이 빨라진다.

가슴이 뻐근하거나 저릿저릿하다.

근육 경직 고조.

짓밟힌 기억에서 생겨난 아래턱 압박감.

복수에 성공한 순간 맹렬해지는 아드레날린 분비.

심리 반응 MENTAL RESPONSES

표적에 관한 집착.

자기가 모욕당한 사건을 두고두고 곱씹는다.

어떻게 복수할지 공상에 잠긴다.

표적이 몰락하게 되는 순간을 상상한다.

이런 상태가 장기간 지속될 때 나타나는 징후

폭력.

위협해서 공포에 떨게 하고자 스토킹하거나 미행한다.

표적의 소유물과 재산을 부순다.

경찰을 끌어들인다(혐의를 날조해서 고소한다거나 복수의 대상을 매장할 죄목—사실이든 거짓이든—을 뒤집어씌운다거나).

표적과 가까운 무고한 사람에게 복수를 자행한다.

이런 상태가 억압될 때 나타나는 징후

거짓된 호의를 보인다(미소를 지어 보인다거나 칭찬을 해준다거나 어떠한 모욕도 받아넘기는 척해 보인다거나 등).

마치 아무것도 잘못된 게 없다는 듯이 평소대로 규칙적인 일과에 매달린다.
지금까지 해온 대로 같이 시간을 보낸다든지, 문자메시지를 주고받는다든지, 오랜 시간 함께 어울린다든지 하면서 표적과 관계를 지속한다.
설마 자기가 그러리라고는 상상도 하지 못하도록 전략적으로 복수 계획을 세운다.
때가 왔다 싶을 때까지 참고 견딘다.

다음의 감정으로 진전될 수도

증오 (492), 격노 (100)

다음의 감정으로 물러날 수도

의심 (408), 우유부단 (244), 자기방어 (252), 거북함 (192)

연관 파워 동사

살금살금 움직이다, 손상을 입히다, 파괴하다, 엿듣다, 부러워하다, 따르다, 모으다, 들썩거리다, 상처 주다, 우글거리다, 잠입하다, 비방하다, 계획을 짜다, 음모를 꾸미다, 준비하다, 마련하다, 밀다, 분노하다, 보복하다, 방해하다, 생채기 내다, 철썩하고 후려치다, 박살 내다, 살금살금 가다, 짜내다, 벌이다, 몰래 접근하다, 공포에 떨게 하다, 일그러뜨리다, 기다리다, 원하다

Writer's Tip

독자를 극단으로 몰아가기 위해서는 그들이 무서워할 만한 상황을 조장할 것. 탑승 수속을 밟아야 하는 순간 가족 중 한 명이 보이지 않는다거나 외출해서 돌아왔는데 열려 있는 현관문을 발견한다거나 탑승해야 하는 순간 뉴스로 비행기 사고 소식이 전해진다거나… 누군가 경험할 수 있는 이런 유형의 두려움은 독자를 한층 깊이 뒤흔들 수 있다.

049 부끄럽다 창피하다

SHAME

불명예나 잘못된 행동으로 몹시 곤궁한 상태

Note: 모든 수치심이 잘못의 대가는 아니다. 폭력과 학대를 겪은 피해자는 그들에게 돌아갈 책임이 없는데도 수치심을 느낀다. 심지어 본인이 느끼는 수치심이 아무 근거가 없을 때조차 그런 식으로 나타나게 된다.

몸 짓 PHYSICAL SIGNALS

타오르는 것처럼 화끈거리는 뺨.
촉촉이 젖어 있는 눈가.
다른 사람과 눈을 마주칠 수 없다.
고개를 가로젓는다. 턱이 떨린다.
숨을 급히 내쉰다.

얼굴을 감추려고 앞머리를 쓸어내린다.
손으로 뺨을 누른다.
울음을 억누르고자 손으로 입을 틀어막는다.
양옆으로 팔을 축 늘어뜨린다.

"내가 도대체 무슨 짓을 한 거야?"
"어떻게 일이 이 지경이 되도록 놔둘 수 있었지?"
자기도 모르는 사이에 신음이 입 밖으로 새어나온다.

다른 사람에게 자신의 분노나 허물을 전가하고자 그를 비난한다.

팔짱을 낀다.
몸이 작아 보이도록 웅크린다.
머리를 숙인다.
의자나 소파 위에서 축 늘어져 있다.
팔과 다리를 안쪽으로 뒤튼다.
턱을 가슴 위로 파묻는다.
몸을 덜덜 떤다.
좌절감을 분출하고자 자신의 넓적다리를 주먹으로 내리친다.
자신이 남긴 증거물을 훼손한다.

한동안 구부정한 자세로 굳어 있다.
잔뜩 굽은 어깨.
신변을 보호하고자 목격자를 매수하려 한다.
애써 숨으려고 옷으로 얼굴이나 몸을 감싼다.
자신의 외모에 관심이 줄어든다.
복권될 만한 다음 기회를 모색한다.
비밀이 누설되지 않게 하려고 무슨 짓이든 불사한다.

생체반응 INTERNAL SENSATIONS

후각, 사람의 동향 따위에 극도로 민감해진다.
질병에 걸린 증상을 보인다(욕지기, 식은땀, 얼얼한 가슴 등).
오금에 힘이 빠진다.
목이 멘다.
얼굴에 열꽃에 피어올라 자꾸 화끈거린다.
전신경련.

심리 반응 MENTAL RESPONSES

도피 욕망.

친구와 연인을 멀리한다.

친근한 장소를 피한다.

자기혐오, 자책, 분노, 혐오감.

위험을 무릅쓰는 거동.

뭔가 잘못이 바로잡힐 만한 일이 일어날 것 같은 기대감.

자신감 상실.

아무도 없는 곳으로 도망가고 싶다는 욕망

다른 사람이 지켜보면서 손가락질한다고 여긴다(수치스런 사건이 엄중히 지켜져야 할 비밀일 경우).

이런 상태가 장기간 지속될 때 나타나는 징후

자기 파괴 욕망.

자기 몸을 할퀸다.

칼로 자해한다.

자신의 머리채를 잡아당긴다.

우울증. 물증 훼손.

불규칙한 식생활.

공황 발작. 불안 장애.

잘못된 일을 바로잡으려 드는 완벽주의 성향.

자신의 가치를 확인하고 싶은 욕구.

자살.

대인관계 손상.

자신의 외모를 바꾸려는 시도.

세상의 모든 고통을 나만 당한다는 착각.

이제 속죄하고 돌아와도 좋다는 충언을 거부한다.

이런 상태가 억압될 때 나타나는 징후

다른 사람과 마주하고 있을 때는 불편한 내색을 한다(시선 교환을 피하거나 한시도 가만있지 못하거나 등).
엄격한 정도로 꼿꼿하고 바른 자세를 유지하려고 한다.
깊고도 나직하게 호흡한다.
과하게 밝은 미소.
터무니없이 공격적인 태도로 대립을 일삼는다.
과잉 보상하려 든다.

다음의 감정 상태로 진전될 수도

우울 증세 (400), 굴욕감 (504), 회한 (568), 자기혐오 (428)

다음의 감정 상태로 물러날 수도

간담이 서늘해짐 (72), 자기방어 (252), 죄책감 (484)

연관 파워 동사

외면하다, 꽉 움켜쥐다, 웅크리다, 움츠리다, 가장하다, 고개를 파묻다, 움찔하다, 숨다, 가면을 쓰다, 물러서다, 자해하다, 흔들다, 오그라지다, 흐느껴 울다, 파르르 떨다, 철수하다

Writer's Tip

주어진 감정을 전하려 할 때 채택할 수 있는 신체적 · 내부적 · 정신적 반응 양상은 꽤 다양하다. 이 중에서 등장인물에 관해 여러분이 파악하고 있는 것을 토대로 하여 적절한 신호를 걸러 활용해보자. 이때 '그러면 내 주인공은 이런 방식으로 반응하겠지?' 하고 자문해보자. 이로써 등장인물이 처한 정황의 사실성을 검증하고 확보할 수 있다.

050 부러워하다 시기하다

ENVY

어떤 사람이 얻게 된 이점으로 희희낙락하는 데 배 아파하면서, 자기도 그렇게 되면 얼마나 좋을까 하고 열망하는 심정

Note: 이점이라는 것은 그 대상이 사람일 수도 있고 사물일 수도 있고 혹은 비물질적인 것(인기, 생활 방식, 경력, 성취 등)일 수도 있다.

몸 짓 PHYSICAL SIGNALS

뚫어져라 쳐다본다.
입아귀가 밑으로 쳐진다.
살짝 벌어진 입술.
눈자위가 욱신거린다.
입을 꾹 다문다.
턱을 앞으로 내민다.
눈을 가늘게 뜬다.
이를 슬며시 간다.
뾰로통해져 튀어나온 입술.
콧구멍을 벌름거린다.
침을 자주 삼킨다.
혀로 뾰로통하게 튀어나온 입술을 핥는다.
얼굴이 붉게 달아오른다.

손을 홱 잡아 뺀다.

양손을 호주머니에 찔러 넣는다.

못마땅한 자세로 팔짱을 낀다.

주먹을 굳게 쥔다.

손바닥이 땀으로 축축이 젖는다.

자신의 목젖을 어루만지거나 꼬집는다.

마치 고통스럽다는 듯 가슴을 문지르거나 주무른다.

살짝 앞으로 수그린 어깨.

상체를 바짝 들이민다.

옷 위로 손목을 문지른다.

발과 상체가 선망의 대상을 향해 돌아선다.

자신이 원하는 사람이나 사물을 향해 한 발짝 다가선다.

관심을 보이며 접근한다.

뗄 줄 모르는 열망의 시선.

근육이 뭉친다.

소유욕에 불타는 거동.

선망의 대상을 얻기 위해 치밀한 계획을 짜거나 스토킹한다.

어깨가 구부정해져 안으로 움츠러든다.

이 세상의 불공평에 대해 뭐라고 구시렁거린다.

생체반응 INTERNAL SENSATIONS

심장박동이 빨라진다.

흉부 압박감. 체온 상승.

오장육부가 뒤틀리는 느낌.

목구멍이 타들어 간다.

꽉 문 어금니 사이로 숨을 조금씩 내쉰다.
앙다문 이 사이로 숨을 조금씩 내쉬다 보니 입이 마른다.

심리 반응 MENTAL RESPONSES

만지고 싶다.
품에 넣어보고 싶다. 소유하고 싶다.
공평하지 못하거나 공정하지 못한 세상에 분노한다.
다른 사람에 대해 부정적인 사고.
좌절감. 자기혐오.
다른 사람의 것을 빼앗으려는 욕망.
어떻게 빼앗을지 골몰한다.
선망의 대상에 관한 공상.
그 밖의 대상에 집중하거나 몰두할 수 없다.
자신이 현재 소유한 것에 불만을 품는다. "나야말로 적격자였는데."
"저건 내게 되어야 했어."

이런 상태가 장기간 지속될 때 나타나는 징후

그런 이점을 누리지 못하면 인생이 살 만한 가치가 없다고 느낀다.
열망의 대상을 강탈하거나 훔친다.
심한 좌절감에 사로잡힌다.
부러워하는 사람과 심하게 다투거나 언쟁을 벌인다.
열망하는 대상의 가치를 애써 평가절하한다.
상대방이나 물건을 하찮게 취급한다.
상식에 어긋난 사고.
직접 자기에게 달라고 요구한다.
나만 비켜가는 행운에 팔자려니 해보지만, 행운의 주인공에게 무시까지 당할 때의 그 환장함이란.

이런 상태가 억압될 때 나타나는 징후

축하 또는 칭송.

억지 미소.

상대의 자격과 능력을 인정하고 그에 관해 칭찬을 늘어놓는다.

애써 그쪽으로 눈길을 주지 않으려 한다.

멀찍이 떨어져서 바라본다.

다음의 감정 상태로 진전될 수도

결의 (516), 원망 (384), 분노 (276), 우울 증세 (400), 질투 (496)

다음의 감정 상태로 물러날 수도

패배감 (520), 불안정 (444), 박탈감 (192)

연관 파워 동사

경탄하다, 자극하다, 불타오르다, 고백하다, 휩싸다, 탐내다, 욕망하다, 집어삼킬 듯이 바라보다, 끌어내다, 응시하다, 갉아먹다, 도발하다, 원망하다, 불러일으키다, 휘젓다, 괴로워하다, 부추기다, 더하다, 성가시게 하다, 원하다, 소망하다

Writer's Tip

싸움 장면에서 신체적인 액션을 가다듬을 때는 과유불급, 즉 지나치거나 모자라는 것, 모두 조심해야 한다. 너무 잡다한 세부 사항은 자칫 스포츠 실황 중계 같은 느낌을 자아 낸다. 그리고 이런 느낌은 기계적인 처리로 보일 가능성이 크다.

051 부정하다 거부하다

DENIAL

어떤 사실을 받아들이거나 인정할 수 없다는 태도

몸 짓 PHYSICAL SIGNALS

격하게 고개를 가로젓는다.
힘없이 고개를 떨군다.
멍하게 벌어진 입으로 자신이 어이없어 한다는 것을 과시한다.
눈썹을 추켜세운다.
눈을 크게 뜬다.
윗입술을 말아 넣는다.
마치 상대방이 완전히 잘못 알고 있다는 듯이 미소를 지어 보이며 고개를 가로젓는다.

삿대질이나 격한 몸짓을 섞어가며 단호하게 의사 표현을 한다.
가슴 위로 팔을 엇거는 것으로 폐쇄적인 몸가짐을 나타낸다.
흉부에 한 손을 가져다 댄다.
한 손으로 X자를 그어 보인다.
거친 응답, 짧은 부연.
자신의 손바닥을 들어 올려 보인다.
손사래를 친다.
양 주먹을 불끈 쥔다.

"나를 비난하지 말란 말이야."
"나로서는 어떻게 할 수가 없었어!"
부정문으로 대화한다.
말투가 빠르다.
다른 사람이 자기 말에 끼어들도록 놔두지 않는다.
느리게 말하면서 말을 질질 끈다.
"뭐? 절대 안 돼!" 목소리 억양을 높인다.
시종일관 상대가 말을 못 하도록 가로막는다.

뒷걸음질한다.
상체를 뒤로 젖히고 공간을 널찍하게 차지한다.
땀을 많이 흘린다.
자신의 양손을 물끄러미 내려다본다.
순간적으로 몸이 굳는다.
부르르 떤다.
발을 동동 구른다.
귀를 만지작거리면서 감싸거나 귓불을 잡아당긴다.
스스로 마음을 가라앉히려는 의도에서 자신의 소맷부리를 쓰다듬는다.

누군가와의 관계를 정리한다.
합리화 또는 정당화.
어떤 사람이나 뭔가가 접근해오는 것을 차단하려 든다.
자신을 비난하는 사람에게서 멀찍이 떨어져 있으려 한다.
누군가의 자료나 사실관계를 집요하게 캐묻는다.
상대방의 동기를 의심한다. 자기가 공격당하고 있다는 듯 반응한다.
뭔가 요구한다(상대방에게 여기서 떠나달라고 한다거나 말을 그만 멈추라고 한다거나 등).

생체반응 INTERNAL SENSATIONS

자주 입이 바짝바짝 마른다.
목구멍에서 뭔가 멍울 진 게 느껴진다.
둔하거나 멍한 느낌.
머리에 열이 난다.
윗배가 쿡쿡 쑤셔온다.

심리 반응 MENTAL RESPONSES

이해하기 위해 예전 일을 돌이켜본다.
모든 사고를 상황의 사실관계에 집중한다.
거짓말로 둘러대느라 잔머리가 팽팽 돌아간다.
이런 상황에 놓이게 된 것에 화를 내거나 상처를 받는다.

이런 상태가 장기간 지속될 때 나타나는 징후

다른 사람에게 책임을 전가한다.
믿어달라며 애원하고 울부짖는다.
마음이 굳게 닫혀 어떤 말에도 귀 기울이지 않는다.
혼자 남고 싶다는 욕구가 심해진다.
자신을 정당화하고자 있지도 않은 사실을 들먹인다.
달아나고 싶은 욕구를 느낀다.

이런 상태가 억압될 때 나타나는 징후

자신을 향한 비난에 일일이 응대하는 것을 단념한다.
여유로운 눈 맞춤.
자신이 실은 부정적인 성향이 아니라는 것을 해명하고 다닌다.
"두고 봐야죠." 하는 말을 입버릇처럼 되뇐다.
자기주장을 다른 사람에게 이성적으로 이해시키려 든다.

자기가 알고 있고 간직하고 있는 게 진실한 것임을 반복해서 강변한다.
여유롭고 평상적인 억양을 유지하고자 노력한다.

다음의 감정 상태로 진전될 수도

자기방어 (252), 상처 (300), 죄책감 (484), 분노 (276), 좌충우돌 (76)

다음의 감정 상태로 물러날 수도

충격 (512), 마음이 여려 상처받기 쉬움 (208), 환멸 (560)

연관 파워 동사

버리다, 간청하다, 탓하다, 가로막다, 도전하다, 위축되다, 방향을 바꾸다, 부인하다, 묵살하다, 언쟁하다, 모면하다, …인 척하다, 회피하다, 숨다, 무시하다, 없던 일로 하다, 주장하다, 파기하다, 거부하다, 반박하다, 거절하다, 저항하다, 뒤집다, 변경하다, 으쓱하다, 피하다, 회피하다, 무시하다, 철수하다

Writer's Tip

여러분 개개인의 몸짓언어(눈살 찌푸림, 미소, 어깨를 으쓱해 보이는 몸짓, 고개 가로젓기 등)의 목록을 작성해보자. 감정 묘사에서 뭔가 새로운 것을 뽑아내고 적절히 배치해야 할 필요가 생긴다면, 시·소설·영화·연극 등 다른 작품에서 힌트를 얻은 것도 괜찮다.

052 분노하다 화나다

ANGER

심하게 언짢은 상태로 큰 실수나 갑작스러운 실패가 불러온 국면

몸 짓 PHYSICAL SIGNALS

콧구멍을 벌름거린다.
턱을 높이 들어 올린다.
치아를 드러낸다.
머리를 세차게 흔든다.
눈빛이 이글거린다.
낯빛에 긴장이 가득하다.
일자로 앙다문 입술.
창백한 쓴웃음.
냉담하고 준열하며 비정한 눈길.
툭 튀어나온 것처럼 보이는 두 눈.
눈빛이나 표정 경직.
얼굴이 시뻘겋게 달아오른다.

팔을 쓸어내린다.
손가락이나 팔뚝의 근육이 딱딱해진다.
손마디를 우두둑 꺾는다.
주먹으로 벽을 때린다.
팔을 쓸어내리는 몸짓.

다른 사람이 말할 때 자르고 끼어든다.
목소리가 떨리거나 높아지면서 거의 고함에 가까워진다.
어조가 점점 격해진다.

몸동작, 특히 서 있거나 걷는 모습이 경직된다.
개인적인 공간에 난입한다.
문이나 벽장 또는 서랍 등을 세차게 여닫는다.
물건에 주먹질이나 발길질을 하거나 집어던진다.
쾅쾅거리며 발을 구르고 다닌다.

물건이나 사람을 거칠게 다룬다.
위협적인 동작을 반복한다.
소매를 돌돌 말아서 걷어 올리거나 윗단추를 열어놓는다.
팔짱을 끼는 등 폐쇄적인 몸가짐.
살갗이 파르르 떨리거나 핏대가 선다.
욱해서 사람에게 달려든다.
씩씩거리면서 호흡한다.
살갗 위로 땀방울이 맺힌다.

생체반응 INTERNAL SENSATIONS

이를 간다.
근육 경련이 일어난다.
맥박이 빨라지고 심장이 요동친다.
몸이 경직된다.
몸 전체에 열꽃이 핀다.
쿵쾅거리는 심장박동.

심리 반응 MENTAL RESPONSES

다른 사람의 말이 귀에 들어오지 않는다.
불쑥 결론으로 넘어가려는 조급성을 보인다.
하찮은 일에 집착하는 등 전혀 합리적이지 않게 된다.
매사에 다급하다.
모든 게 즉각 실행되기를 요구한다.
충동 조절에 장애를 겪는다.
생뚱맞은 행동을 하거나 말도 안 되는 일을 하려 한다.
폭력적인 공상에 빠진다.

이런 상태가 계속될 때 나타나는 징후

사소한 일에 쉽게 폭발한다.
위궤양, 초긴장 상태.
습진이나 여드름 같은 피부 질환.
자신의 물건을 박살낸다.
몸과 마음의 회복 시간이 길어진다.
애꿎은 사람에게 화풀이한다.

이런 상태가 억압될 때 나타나는 징후

말을 조심하려 노력한다.
심호흡해 안정을 유지하고자 애쓴다.
공격적으로 말한다.
눈 맞춤을 피한다.
대화를 피한다.
수시로 변명거리를 찾는다.
편두통, 근육 마비, 경직된 턱.

다음의 감정 상태로 진전될 수도

격노 (100), 증오 (492), 집착 (488), 불타는 복수심 (260)

다음의 감정 상태로 물러날 수도

억하심정 (344), 무력감 (232), 좌절감 (480), 짜증 (348), 화병 (500)

연관 파워 동사

이글이글 타오르다, 휩싸다, 폭발하다, 버럭 소리 지르다, 격앙시키다, 도발하다, 몸을 떨다, 분노하다, 시뻘겋게 달아오르다, 억제하다, 짜증 나게 하다, 부글거리다, 악을 쓰다, 부글부글 끓다, 파르르 떨다, 촉발하다, 쏟아내다

Writer's Tip

감정 반응과 직결되는 사건이나 상황을 묘사할 때는 특히 주의해야 한다. 상황이 부자연스러워지면 인물의 반응도 덩달아 부자연스러워진다.

053 불만을 품다 불평하다 DISSATISFACTION

마음에 차지 않고 만족스럽지 않은 상태

몸 짓 PHYSICAL SIGNALS

얼굴

잔뜩 눈살을 찌푸려 이마에 주름이 잡힌다.
찡그린 얼굴로 고개를 절레절레 흔든다.
다른 사람과 시선 교환을 피한다.
씰룩씰룩거리면서 행복해 보이지 않는 표정.
눈알을 굴리면서 한숨을 내쉬거나 자조적으로 코웃음을 친다.

손짓

팔을 엇걸고 시선은 아래로.

목소리

언성 높여 남과 다투는 일이 잦아진다.
혼자 뭐라고 구시렁거린다.
대화 중 의견 충돌을 일으키거나 자기주장을 내세우는 일이 잦아진다.
누군가에게 제대로 될 때까지 "다시 해" 하고 요구한다.
불평을 늘어놓거나 투덜거린다.
과거와 좋았던 시절을 얘기한다.
뭔가 넌지시 드러내는 질문을 던진다. "리셋 버튼을 눌러서 다시 시작할 수만 있다면야 좋겠지?"
잡담을 못 참는다.

의무에서 벗어나고자 잔머리를 굴리고는 거짓말을 한다.

목덜미를 문지른다.

욕구불만을 덜고자 빈 물 잔을 빙빙 돌리거나 쭈그러뜨린다.

불만 대상(사람, 직장 등)에게 다가갈 때 걸음이 느려진다.

얕게 잠이 든다.

한 자리에 진득하게 눌러앉아 있기보다 자꾸 어디로 돌아다닌다.

앉아 있는 동안 두 다리를 마주 대고 비빈다.

자세를 자꾸 바꾼다(상체를 튼다든가 팔을 자주 움직인다든가 등).

완벽주의적인 경향을 보인다.

친하게 지내던 사람과 거리를 둔다.

집에 가기 싫어 바깥으로 빙빙 돈다(자기 집이 불만의 원인이라면).

부정적인 일에 초점을 맞춰 일과를 돌아본다.

자명종이 울리기도 전에 잠이 깨고 알람 소리를 끔찍하게 여긴다.

편히 쉬기가 어렵다.

동참하기보다는 주도하고자 한다(직장에서, 관계에서, 교회에서 등).

무리에서 빠져나와 혼자 있으려 한다.

늘 울분이 마음에 차 있다.

화를 쉽게 낸다. 아무리 작아도 마음속에 뭔가 걸리면 확 드러낸다.

늘 더 많은 것이나 더 나은 상태를 원한다.

자가 치료, 음주, 도박, 마리화나 흡연, 향정신성 약물 복용.

생체반응 INTERNAL SENSATIONS

두통(혈압 상승), 소화불량.

습관적인 수면 부족으로 인한 만성피로와 신경과민.

심리 반응 MENTAL RESPONSES

허탈감과 방향을 상실했다는 느낌에 빠져든다.
덫에 빠졌다는 느낀다(잘못된 결혼, 불만족한 직장, 병고 등으로).
삶이 불공평하다거나 모든 것이 (그 사람) 탓이라고 자주 말한다.
부정적인 면에 초점을 맞추는 습성.
결과가 늘 불만족스럽다.
행복하고 만족스러워 보이는 사람을 원망한다.
다른 사람과 자주 비교한다.
자기 문제가 해결되는 몽상(로또 당첨, 악질 상사의 부서 이동 등).
상황이 더 악화할 거라는 강박증이 생긴다.

이런 상태가 장기간 지속될 때 나타나는 징후

무모한 모험(상황을 타개하거나 활력과 생기를 느끼기 위해).
갱년기를 겪는다.
일확천금을 꿈꾸는 등 잘못된 길에 빠진다.
불륜을 저지른다.
불면증, 우울증.
스트레스로 생긴 질병(궤양이나 고혈압 등).
고마워할 줄을 모르게 된다.
다른 사람이나 이 세상에 대해 삐딱하고 신랄해진다.
회피 반응(직장을 그만둔다거나 가족을 떠난다거나 등).
나이보다 훨씬 늙어 보임(주름살, 코, 뺨 등에 불거진 혈관 등).

이런 상태가 억압될 때 나타나는 징후

본인의 욕구나 허기를 피하고자 일이나 가족에 파묻히려 한다.
소망하는 일을 뒤로 미룬다. “언젠가 나도 누나처럼 여행할 날이 있겠지.” 혹은 “내년에는 나도 그림을 배울 생각이야.”

성공을 대리 체험하기 위해 다른 사람의 열의를 북돋아준다.
순교자 코스프레를 한다. "내가 보기 좋게 배반당한 모습을 봤을 테니 너는 그 전철을 밟지 않겠지."
자기 삶을 바꿔줄지도 모를 '마법'을 기대하며 새로운 일을 시도하려 한다.
순간의 행복감이라도 누려보고자 쇼핑 중독에 빠진다.

다음의 감정으로 진전될 수도

우울 증세 (400), 멸시 (112), 분노 (276), 억하심정 (344), 원망 (384)

다음의 감정으로 물러날 수도

욕구불만 (480), 체념 (508), 동경 (332), 수용 (312)

연관 파워 동사

고민하다, 장황하게 늘어놓다, 이를 악물다, 불평하다, 갈망하다, 중단하다, 짜증스럽게 하다, 거슬리다, 발끈하게 하다, 투덜거리다, 구시렁거리다, 원망하다, 불러일으키다, 일축하다, 샐쭉하다, 좌절시키다, 걱정하다, 동경하다

Writer's Tip

등장인물의 감정적 성숙과 발전을 보여주기 위해서는 일찌감치 그들로 하여금 과잉 반응을 일으키게 할 만한 상황을 마련해둘 것. 그러고 나면 나중에 비슷한 상황이 발생할 때 그들은 이전보다 훨씬 더 능숙하게 그 상황을 다스릴 수 있게 된다.

054 불신하다 의심하다 DISBELIEF

상대방이나 어떤 사태를 믿을 수 없다고 여기는 마음이나 태도

몸 짓 PHYSICAL SIGNALS

얼굴

입꼬리가 쳐진다.
눈을 크게 뜬다.
시선이 아래로 향하거나 먼 데를 본다.
안색이 하얗게 질리면서 점점 창백해진다.
한쪽 눈썹을 추켜세운다.
고개를 위쪽으로 쭉 빼 올린다.
초점 없는 눈길.
눈꺼풀을 빠르게 깜짝거린다.
숨김없이 그대로 뭔가를 빤히 바라본다.

손짓

눈자위나 눈썹을 주무른다.
턱을 긁적인다.
무심코 팔을 쓰다듬는다.
손바닥을 펴 보인다.
머리를 쓸어 넘긴다.
손을 한쪽으로 축 늘어뜨린다.
손을 배에 대고 문지른다.
무슨 답이 적혀 있기라도 한 것처럼 자신의 손바닥을 들여다본다.

귓불을 잡아당기고 만지작거리다 톡톡 두드린다.

무슨 말을 해야 할지 모르겠다는 태도를 보인다.
"정말 확실해요?"
"설마 지금 농담하는 거 아니지?"
"세상에 이럴 수가!"
멍하니 입을 벌리고 있거나 말을 더듬는다.
입을 열었다 닫는다.
"안 돼. 아니야."
"사실이 아니야!"
비난한다. "너 지금 거짓말하는 거잖아."

등을 돌리고 입을 가린다.
목을 앞으로 쭉 빼고 다닌다.
머리채를 움켜쥐고 뒤로 가지런히 넘기다 이내 헝클어뜨린다.
안경을 벗고 테의 가장자리를 살펴본다.
귀를 막는다.
물건을 보이는 대로 손에 들고 자꾸 흔들어본다.

타인을 피해 혼자만의 시간을 갖는다.
다소 지쳐 보이는 자세.
다른 사람이 나쁜 소식을 전해주려 할 때 듣고 싶어 하지 않는다.

생체반응 INTERNAL SENSATIONS

흉부 압박감.
위장이 굳어오거나 오그라드는 통증.
숨을 조금씩만 들이쉰다.

숨쉬기를 힘들어 한다.
변덕스러움.
호흡이 편치 못하다.

심리 반응 MENTAL RESPONSES

즉각적으로 윤리적인 판단을 내리려 한다.
이해하기 위해 생각을 헤집어본다.
더 많은 정보를 모으거나 사태를 추론해보려고 시도한다.
잘 못 알아듣는 척한다.
화가 점점 더 나지만 그것을 어떻게 쏟아내야 할지 모른다.
자기가 지난번에 다른 사람과 만나서 한 말을 자꾸 되새긴다.

이런 상태가 장기간 지속될 때 나타나는 징후

안절부절못하는 몸가짐.
언쟁.
이탈.
"정말 못 믿겠어."
의사 표현에 장애를 느끼며 대답할 때도 퉁명스럽게 한다.
팔을 걷어붙이고 진실이 가려지는 것을 막아보겠다는 듯 나선다.
영향력을 행사할 만한 이에게 강력하게 조치를 요구한다.
폐쇄적인 몸가짐.

이런 상태가 억압될 때 나타나는 징후

화제를 바꾼다.
변명거리를 늘어놓는다.
결과를 옹호한다.
모든 것을 꿰뚫고 있는 사람인 양 처신한다.

정보 수집에 열을 올린다.
쿨럭거리면서 마신 음료에 이상이 있는 모양이라고 주장한다.
공치사를 남발한다.
"아주 재미있네!"
"역시 잘해내는군."
목청을 가다듬거나 목울대를 꼬집거나 신경질적으로 웃는다.

다음의 감정 상태로 진전될 수도

부인 (272), 분노 (276), 주눅 듦 (340), 체념 (508)

다음의 감정 상태로 물러날 수도

의심 (408), 우유부단 (244), 체념 (508), 수용 (312)

연관 파워 동사

불거지다, 부인하다, 얼어붙다, 찌푸리다, 손을 더듬더듬하다, 입을 떡 벌리고 바라보다, 꽉 움켜쥐다, 끙끙 앓는 소리를 내다, 질문하다, 움찔하다, 크게 동요하다, 거부하다, 철수하다, 흔들다, 충격받다, 늘어지다, 식식거리며 말하다, 더듬더듬 말하다, 말을 더듬다, 응시하다

Writer's Tip

일반적으로 아침 드라마의 인물은 평면적이고 전형적이라는 평을 듣는다. 그러나 바른길에서 벗어난 인물을 형상화하고자 할 때는 효과적으로 활용할 수도 있다.

055 불안하다 염려하다

ANXIETY

불안과 걱정에 심히 짓눌린 기분, 어떨 때는 별다른 원인 없음

몸 짓 PHYSICAL SIGNALS

입술이나 손톱을 깨문다.
머리를 흔든다.
어딘가에 고정된 시선.
호흡을 여러 번에 걸쳐 짧게 내쉰다.
눈동자가 흔들린다.

목덜미를 문지른다.
팔짱을 끼고 다른 사람의 접근을 막는다.
얼굴에 손을 가져다 댄다.
두 손을 맞잡는다.
손을 가만히 놔두지 못해 지갑이나 주머니를 자꾸만 뒤적거린다.
지갑이나 코트 또는 그 밖의 소지품을 꽉 움켜쥔다.
깍지를 낀다.
손바닥에 땀이 흥건하다.

지나치게 침을 자주 삼킨다.
기도하듯 중얼거린다.

시계나 초인종을 일부러 고장 낸다.
목걸이나 넥타이를 거칠게 벗어 던진다.
어깨를 움츠린다.
시계와 전화기와 현관문 등을 힐끗 쳐다본다.
아랫배가 튀어나오지 않도록 안으로 밀어 넣는다.
서성거린다.
마치 통증이 심한 것처럼 목을 주무른다.
옷차림이나 물건을 정리하는 데 열중한다.

다른 사람과 접촉하는 것을 피한다.
안정감을 회복할 수 없어 여기저기 자꾸 옮겨 다닌다.
쉽게 주의가 산만해진다.
식욕이 저하된다.
팔뚝을 문지르면서 주위를 두리번거린다.
자신의 주변 환경에 관심이 증대한다.
주위의 소음에 신경을 곤두세운다.
새로 들어온 문자메시지가 없는지 반복해서 확인한다.
조바심 낸다.

생체반응 INTERNAL SENSATIONS

너무 뜨겁거나 혹은 너무 차가운 느낌.
다리를 가만히 놔두지 못한다.
현기증.
명치 아래가 더부룩하다.
입이 탄다.
팔다리가 쑤시는 느낌.
흉부 압박감.

자신의 내부가 동요하는 느낌.

심리 반응 MENTAL RESPONSES

최상의 상황을 가정하는 사고 습관.

심한 자책.

혼자서만 아늑하게 머물 수 있는 공간 물색.

너무나도 느리게 흘러가는 시간 감각.

사리에 맞지 않는 걱정.

어떤 느낌이 촉발된 순간의 상황을 계속 곱씹는다.

이런 기분을 다스리지 못하는 자신을 질책한다.

이런 상태가 장기간 지속될 때 나타나는 징후

식은땀을 엄청나게 흘린다.

외관이 완전히 망가진다.

심호흡해가며 자기 자신에게 혼잣말한다.

자리에 눌러앉지 못하고 계속 엉덩이를 들썩인다.

심장박동이 격해진다.

공황 발작을 일으킨다.

공황장애 또는 강박 장애의 증상을 나타낸다.

이런 상태가 억압될 때 나타나는 징후

거짓 미소.

대화 기피.

혼자서만 있을 수 있는 장소 물색.

외양만 생각한다.

음식을 만들어놓고 먹지는 않는다.

가까운 데서 흥밋거리를 찾았다는 투의 태도.

마음의 안정을 유지하려 자주 눈을 감는다.
흔들리는 마음을 진정시키려 자신의 머릿결을 부드럽게 어루만진다.
눈가 경직.

다음의 감정 상태로 진전될 수도

두려움 (148), 자포자기 (448), 편집증 (524), 공황 상태 (152), 히스테리 (588)

다음의 감정 상태로 물러날 수도

경계심 (108), 마음이 여려 상처 받기 쉬움 (208), 안도감 (336), 감사 (132)

연관 파워 동사

방해하다, 곱씹다, 저미다, 추적하다, 숨 막히다, 파다, 집중을 방해하다, 뚫다, 허둥지둥하게 만들다, 물어뜯다, 신경을 건드리다, 우기다, 충격을 받다, 홱 움직이다, 펄쩍 뛰다, 수다를 떨다, 서성거리다, 깜짝 놀라게 하다, 압력을 가하다, 분투하다, 땀 흘리다, 비틀다, 불안하게 하다, 속상하게 하다, 비틀다

Writer's Tip

각 구간의 장면에 반드시 꺼내야 할 필요가 있는 감정선이 무엇인지 점검해보자. 언어적이고도 비언어적인 의사소통의 방식에 따라 감정선을 균형감 있게 배치하면 작품의 속도감에 큰 도움이 된다.

056 비탄하다 비통에 젖다

GRIEF

어떤 대상을 잃은 데 따른 깊고 참담한 슬픔, 주로 사랑하는 사람을 잃었을 때 겪음

몸 짓 PHYSICAL SIGNALS

텅 빈 시선과 풀어진 표정.
파르르 떨리면서도 꾹 다문 입술.
적나라하게 쓰라린 감정이 다 담겨 있는 것처럼 보이는 눈.

떨리는 손.
가슴을 어루만진다.

다른 사람을 맹렬히 비난한다.
가까스로 말하거나 힘이라곤 하나도 없는 목소리로 말한다.
대화가 어디로 흘러가는지, 지금 몇 시쯤이나 되었는지 모른다.
자기도 어쩌지 못하고 터져 나오는 울음이나 비명.

이 방에서 저 방으로 옮겨 다니며 추억이 서린 물건을 매만진다.
신체적 통증을 가라앉히고자 팔목, 어깨, 무릎 등을 주무른다.
힘없는 거동.

갑자기 호흡이 끊기거나 숨기기가 힘들어진다.
식욕이 없다.

죽은 이의 소중한 물건이나 선물을 착용하거나 고이 간직한다.
옷을 갈아입는다거나 위생에 신경 쓰는 것을 잊어버린다.
혼자 있고 싶어 한다.
감정을 억제하지 못하고 물건을 깨뜨린다.
망가진 자세(체구가 작아진 듯하거나 쇠약해 보임).
모든 게 무겁게 느껴진다(처진 어깨, 늘어진 팔, 움직이기 싫은 마음 등).
힘을 달라고 기도한다(종교가 있는 사람이라면).
추모 일기를 쓴다.
상담을 받으러 다닌다.
시간관념 상실.
잠들고 싶어 하지 않거나 반대로 도피하고자 잠을 청한다.
자가 치료를 한다.
가까이 있고 싶다는 욕구에서 사랑하는 이에게 집착한다.
소음에 예민해진다(소리에 흠칫한다거나 귀를 어루만진다거나 등).
다른 사람과 맺는 사회 활동 기피.

생체반응 INTERNAL SENSATIONS

전반적으로 몸이 쇠약해지거나 마비된 듯한 느낌.
에너지 저하.
불규칙한 심장박동과 현기증.
지속적인 흉부 압박감.
심장이 무겁다는 감각.
위장이 쿡쿡 찔리는 통증, 욕지기, 그리고 소화할 때 메스꺼움.
몸살과 두통.
목구멍 이물감으로 인해 자주 침을 삼킨다.
눈이 따갑고 건조하게 느껴지거나 너무 울어서 퉁퉁 붓는다.
몸이 으슬으슬해지는 한기.

심리 반응 MENTAL RESPONSES

의식이 혼탁하고 건망증이 심해지며 시간관념 상실.

고인이 자주 꿈에 나온다.

비합리적인 사고와 불안.

살아 있다는 데서 오는 죄책감.

슬픈 생각이 오간다.

고인을 한 번만이라도 어루만져보고 싶다는 열망에 고통스러워한다.

고인을 잊고 너무 빨리 일상에 복귀하는 다른 사람에 분노.

영성에 대한 관심이 새로 생겨난다.

신에 대한 분노. 자신의 신앙에 회의를 느낀다.

고독감 심화.

뭘 해야겠다는 동기가 없어진다.

다른 사람과 그들의 욕구에 대해 무관심(짧은 대화도 못 견딤).

자신이 미쳐가고 있으며 지금 같은 비탄의 상태가 언제까지라도 계속될 거라고 느낀다.

이런 상태가 장기간 지속될 때 나타나는 징후

우울증에 따른 자살 시도까지 가능.

너무 빨리 늙는다.

의미심장하게 체중이 빠지거나 불어난다.

사랑하는 상대의 행복에 집착하는 편집 증세와 강박.

자제력 상실(술을 너무 많이 마신다거나 약물을 과다 복용한다거나 등).

이런 상태가 억압될 때 나타나는 징후

고인에 대한 대화를 원치 않는다.

고인의 소장품을 치워버린다(상자에 넣어 봉한다거나 태우거나 몽땅 기부한다거나 등).

규칙적이고 바쁜 일과에 집착한다.
자신의 고통과 대면하는 것을 피하고자 일이나 프로젝트에 몰입한다.
잃어버린 상대를 떠올리게 할 만한 사람을 멀리한다.
다른 도시로 이사.
극단적인 행동 변화(사람에게 정 붙이지 않으려 난교 파티에 동참한다든가).

다음의 감정으로 진전될 수도

분노 (276), 억하심정 (344), 죄책감 (484), 절망감 (460), 우울 증세 (400), 불타는 복수심 (260)

다음의 감정으로 물러날 수도

망연자실 (216), 압도당함 (340), 고독감 (364), 수용 (312)

연관 파워 동사

허물어지다, 움푹 파이다, 움켜잡다, 울다, 절망하다, 비통해하다, 고통스러워하다, 일그러지다, 흔들리다, 몸서리치다, 발을 질질 끌며 걷다, 전락하다, 흐느껴 울다, 파르르 떨다, 비틀거리다, 눈물을 흘리다, 속삭이다, 지치다/풀이 죽다

Writer's Tip

등장인물의 감정을 효과적으로 드러내고 싶을 때는, TV의 막장 드라마, 삼류 드라마를 참고하는 것도 도움이 된다. 서사 구조가 단순한 방송 드라마는 인물의 감정을 과다 노출해야 시청자를 사로잡을 수 있기에, 감정 표현에 관한 한 좋은 힌트를 얻을 수 있을 것이다.

057 사랑에 빠지다 정감을 느끼다

LOVE

깊은 애정과 애착을 보이는 상태, 상대방을 위해 헌신하는 상태

몸 짓 PHYSICAL SIGNALS

공연히 미소를 짓는다.

활짝 핀 표정, 발그레해진 양볼.

눈꺼풀도 별로 깜빡거리지 않고 강렬하게 눈을 맞춘다.

넓고 깊게 음미하듯 호흡을 한다.

갈망하는 눈길로 '당신을 사랑해요' 하는 마음을 전하려 한다.

자기도 모르게 입술을 벌린다.

바보 같은 함박웃음을 짓는다.

상대방을 손을 만지작거린다.

부드럽게 손을 잡는다.

상대방의 벨트나 주머니에 한 손을 끼워 넣는다.

애칭이나 애정이 듬뿍 담긴 별칭으로 부른다.

대화할 때는 바보스럽게도 사랑의 포로가 된 듯한 억양으로 말한다.

은근히 유혹하듯 말하거나 단도직입적으로 말한다.

마음에 둔 사람에 관해 친구에게 털어놓고 조언을 구한다.

멈출 줄 모르고 담소를 나눈다.

사랑한다고 말한다.

몸을 움직여 좀 더 바짝 다가가거나 접촉하고 싶어 한다.
장난스러운 밀치기와 붙잡기.
경쾌하게 깡충거리는 발걸음.
상대방을 향해 상체를 숙인다.
상대방의 무릎을 베고 눕는다.
다리를 맞대고 나란히 앉는다.
혹시나 전화가 걸려 왔나 싶어 강박적으로 휴대폰을 확인한다.
열심히 문자메시지를 보낸다.
프렌치 키스를 나눈다.
자신의 가슴을 가리키며 사랑하는 상대에게 한 걸음 내딛는다.

사진 또는 사랑의 징표 등에 넋을 놓는다.
사랑을 표현한 노래에 귀 기울이면서 자기감정을 이입해본다.
신경이 잔뜩 곤두선 듯한 행동거지.
비밀과 욕망을 공유하려 한다.
상대에게 맞추기 위해 취미 생활 또는 관심사를 바꾼다.
사랑하는 사람과 함께할 때 다른 이는 외면하거나 소홀히 한다.
유행가 가사나 시구 따위를 끄적거린다.
시간이 지날수록 상대방을 향한 마음이 무르익는다.
하트 무늬와 상대의 이름을 무심코 끄적거린다.
로맨틱한 영화나 음악에 빠져든다.
어떤 식으로든 자신의 외모가 좋아지도록 노력한다. 머리를 염색한다거나 운동한다거나.

생체반응 INTERNAL SENSATIONS

위장의 울렁거림, 공복감.
맥박이 빨라진다.

망치질하듯 심장이 마구 쿵쾅거린다.
몸의 감각이 극도로 예민해진다.
무릎이나 다리에 힘이 빠진다.
갑작스러운 신체 접촉에 움찔하거나 감전된 듯 반응한다.

심리 반응 MENTAL RESPONSES

신체 접촉과 친밀감에 기분이 날아오를 것처럼 좋아진다.
세상의 모든 것이 다 아름다워 보인다.
사랑하는 이와 함께할 때는 시간관념이 흐려진다.
정신이 흐릿하고 산만해지며 수시로 백일몽에 빠져든다.
자기가 누군가와 사랑에 빠졌다는 것을 자랑하고 싶어 한다.
연락 없이 보낸 시간이 너무 긴 게 아닐까 하고 걱정한다.
소유하고 싶은 기분, 질투.
함께할 때 안심이 되고 마음이 평온해진다.
설령 그런 게 없다 할지라도 사랑하는 상대가 즐길 만한 것에 관심을 기울이려는 마음.

이런 상태가 장기간 지속될 때 나타나는 징후

개인적인 소지품을 교환한다(옷가지, 장신구, 열쇠 등).
사랑하는 이의 친구를 자기편으로 만들려고 노력한다.
수입과 소유 재산을 공유한다.
어떤 역경도 기꺼이 견뎌내려 한다.
희망과 꿈을 공유한다.
사랑하는 상대에 맞춰 미래를 계획한다.
동거나 결혼을 함으로써 함께 산다.

이런 상태가 억압될 때 나타나는 징후

벌겋게 달아오른 피부.
고조된 목소리.
낄낄대며 신경질적인 웃음소리를 낸다.
바짝 다가앉지만 접촉하지는 못한다.
눈을 뗄 수 없다.
일정한 거리를 유지한 채 지켜만 본다.
상대방의 사생활에 관심이 커진다.
"우리는 그저 친구일 뿐이야."
그 상대가 자신의 공간에 들어오면 분위기가 환해짐을 느낀다.

다음의 감정 상태로 진전될 수도

평안 (528), 만족 (212), 욕망 (368), 흠모 (124)

다음의 감정 상태로 물러날 수도

수용 (312), 유대감 (396), 감사 (132), 열망 (352)

연관 파워 동사

활짝 웃다, 애무하다, 쓰다듬다, 털어놓다, 감싸 안다, 힘을 북돋아주다, 추파를 던지다, 응시하다, 환하게 웃다, 키스하다, 웃다, 보살피다, 코를 비비다, 주시하다, 쓰다듬다, 지분대다, 소름 돋다, 접촉하다, 믿다

Writer's Tip

묘사할 때 특별히 중요한 것은 문장 구조이다. 문장의 호흡이 다채로워야 이야기의 흐름을 효과적으로 이끌어갈 수 있고 감각적인 디테일에도 활기를 불어넣을 수 있다. 그러면서 동시에 글이 '건조한 보고문'처럼 흐르는 것도 막게 된다.

058 상처받다 고통받다

HURT

비애나 정신적 고통으로 괴로운 상태, 마음에 금이 가거나 심한 타격을 입은 느낌

몸 짓 PHYSICAL SIGNALS

눈을 동그랗게 뜬다.
이마에 깊은 주름이 파인다.
침을 어렵게 삼킨다.
머리를 떨군다.
오그라든 것처럼 보이는 목.
못 믿겠다는 듯 느리게 고개를 가로젓는다.
턱이 덜덜 떨린다.
멍하게 벌어져 있는 입.
핏기가 증발해버린 듯 하얗게 질린 얼굴.
아랫입술을 잘근잘근 깨문다.
촉촉이 젖은 눈가.
집요하면서도 고통에 찬 시선.
눈이 마주칠 듯싶으면 이내 피한다.
얼굴에서 찡그린 표정이 가시지 않는다.

주먹으로 입가를 짓누른다.
배를 움켜잡는다.
목울대나 가슴뼈를 손으로 짚는다.

팔을 오므려 상체를 감싼다.

비난조로 "어떻게 네가 나한테 이럴 수 있어?" 하고 말한다.
말을 더듬거린다.
어휘를 제대로 떠올리지 못한다.
아무 때나 울음을 터뜨린다.
입을 열어보지만 아무 말도 꺼내지 못한다.
목이 잠긴 어조로 배신감을 토로한다. "제발 나 좀 혼자 있게 해줘!"
촌철살인의 한마디를 내뱉는다. "워우, 요즘은 가족이란 게 옛날 같지 않아. 안 그래?"

움찔하며 후다닥 뛰쳐나간다.
흐느껴 우는 것처럼 등을 구부린다.
가슴 높이까지 셔츠를 걷어 올린다.
모임 중 잠깐만 나갔다가 오겠다고 하고 황급히 자리를 뜬다.
몸을 반으로 굽힌다.
뒤뚱거리는 발걸음.
발을 헛디디고 넘어진다.
자꾸만 뒤로 물러난다.

가슴이 욱신거린다.
축 처진 어깨.
관절에 힘이 들어가지 않는다.
균형 감각과 자기통제력이 현저히 약화한다.
겉돈다.
팔을 엇걸어 옆구리를 누른다.
물러서거나 돌아선다.

생체반응 INTERNAL SENSATIONS

현기증.

신물이 넘어온다.

목구멍에 고통스러운 압박감.

허파 수축으로 숨쉬기가 힘겹다.

급격히 둔화해 순간적으로 멈춰버릴 것만 같은 심장박동.

근육이 약해지고 팔다리가 떨린다.

눈앞에 섬광이 번쩍거린다.

심리 반응 MENTAL RESPONSES

시간이 멈춰버린 것처럼 느껴진다.

사고가 제자리를 맴돌며 자신의 내부로만 파고든다.

충격, 불신.

어쩌다 이 지경에 이르렀는지 이해해보려 한다.

자신의 믿음과 관계에 대해 자문해본다(환멸).

이런 상태가 장기간 지속될 때 나타나는 징후

마음이 뿌리째 뽑히는 듯한 배신감.

기본적인 자세가 무너진다.

눈물, 흐느낌.

도주.

걷잡을 수 없는 분노로 대응.

사정없이 악을 쓴다.

폭력을 행사한다.

이런 상태가 억압될 때 나타나는 징후

눈에 띄게 침을 자주 삼킨다.

부자연스런 태도와 경직된 몸가짐.
떨리는 것을 막아보려고 입술을 꼬집는다.
흔들리는 것을 추스르고자 일부러 몸을 긴장시킨다.
턱을 치켜든다.
억지로라도 다른 사람과 눈을 맞추려 한다.

다음의 감정 상태로 진전될 수도

우울 증세 (400), 괴로움 (128), 배신감 (256), 분노 (276), 격노 (100)

다음의 감정 상태로 물러날 수도

당혹감 (552), 망연자실 (220), 불안정 (444), 자기 연민 (424)

연관 파워 동사

따지고 들다, 공격하다, 무너지다, 일그러지다, 방어하다, 끝내다, 싸우다, 움찔하다, 거절하다, 소리 지르다, 오그라지다, 흐느껴 울다, 옥신각신하다, 파르르 떨다, 훌쩍이다, 발을 빼다, 고함치다

Writer's Tip

등장인물의 외양을 묘사할 때 자연스러운 방식 한 가지는 그 인물이 처한 주변 환경과 맺는 상호작용을 보여주는 것이다. 또한 이와 같은 유형의 묘사 방법을 통해 등장인물의 동선도 자연스럽게 도드라지게 된다. 그러다 보면 여러분은 해당 장면을 인물의 동선이 전개되는 과정에 따라 물 흐르듯 진행할 수 있다.

059 소름 끼치다 공황 상태

TERROR

극도의 공포감에 사로잡힌 상태

몸 짓 PHYSICAL SIGNALS

툭 튀어나온 눈, 눈꺼풀을 깜빡일 수조차 없다.
콧구멍을 벌름거린다.
턱과 입술이 덜덜 떨린다.

손으로 귀를 틀어막는다.
목이나 가슴을 손으로 움켜잡는다.
손톱으로 뺨을 긁어 내린다.
손가락을 덜덜 떤다.
팔로 배를 칭칭 감는다.
눈자위를 꾹꾹 누른다.

비명을 내지르며 울부짖는다.
실어증 또는 지리멸렬.
신음을 흘리며 울먹인다.

숨어 있다 후다닥 뛰쳐나온다.
위협으로부터 황급히 벗어나려 한다.
무릎을 세우고 태아처럼 잔뜩 웅크린다.

바닥에 쓰러진다.
얼굴을 가린다.
황급히 뒤로 물러난다.
멍한 표정으로 미라처럼 굳어 있다.

전신에 경련.
자기 자신을 강하게 억누른다.
벗어나고 싶지만 정신적으로 의탁할 곳이 마땅치 않다.
뭔가를 완강하게 부정하듯 고개를 가로젓는다.
몹시 움츠린 자세로 사소한 자극에도 움찔움찔하며 놀란다.
근육수축, 딱딱하게 굳은 자세.
옆에 누군가를 꼭 붙잡아두려 한다.
서툰 몸놀림.
자꾸 어딘가 부딪치거나 뭔가를 깨뜨린다.
신선한 공기를 갈망한다.
아무렇게나 헝클어져 있는 외모.
엄청나게 땀을 많이 흘린다.
탈출할 수만 있다면 어떤 위험이라도 무릅쓰려 한다.
자해한다. 칼로 긋는다. 멍을 낸다.
제자리를 맴돌며 날카로워진다.
손에 뭔가 들기만 하면 때리거나 파괴하려 한다.

생체반응 INTERNAL SENSATIONS

호흡 과다 증후군.
맥박이 빨라진다.
귀청을 울리는 심장박동 소리.
아래턱에 심한 압박감.

고통의 내성이 강해 통증을 느끼지 못한다.
근력이나 지구력이 늘어난다.
갑작스러운 폐소공포증.
가슴이나 폐, 또는 목구멍의 통증.
다리가 약해진다.
현기증, 눈앞에 하얀 점이 떠다니는 것처럼 보인다.

심리 반응 MENTAL RESPONSES

뒤돌아보고 싶은 충동(탈출에 성공했을 때).
판단력 마비 현상.
살기 위해 몸부림친다.
위험을 무릅쓴다.
한계점에 다다르면 모든 것을 포기하고 굴복한다.
각성 상태, 신경이 곤두서서 도무지 잠을 이룰 수 없다.
어떤 생각을 해도 결국에는 최악을 단정하는 것으로 되돌아온다.

이런 상태가 장기간 지속될 때 나타나는 징후

스트레스의 과부하나 산소 부족 등으로 혼절한다.
멘탈 붕괴.
콧노래를 흥얼거린다.
이리저리 서성거린다.
손으로 눈이나 귀를 가린다.
심장마비.
자폐 증세를 보인다.
외상 후 스트레스 장애.
착란 증상.
다른 사람과 의사소통하는 게 불가능해진다.

불안 엄습, 혐오증이나 우울증 악화.

이런 상태가 억압될 때 나타나는 징후

천성적인 공황 상태는 억누르거나 숨기는 게 거의 불가능하다.
공황 상태를 숨기려 하지만 결국 공포감이 커져 증세가 악화돼 드러나고 말 뿐이다.

다음의 감정 상태로 진전될 수도

공황 상태 (152), 편집증 (524), 분노 (276), 격노 (100)

다음의 감정 상태로 물러날 수도

두려움 (148), 경계심 (108), 체념 (508), 만족 (212)

연관 파워 동사

엉엉 울다, 빗장 지르다, 악물다, 꽉 쥐다, 무너지다, 허물어지다, 실신하다, 얼어붙다, 숨이 턱 막히다, 과호흡에 시달리다, 끙끙 앓는 소리를 내다, 떨다, 달리다, 소리 지르다, 흔들다, 악쓰다, 말을 더듬다, 깜짝 놀라게 하다

Writer's Tip

고조된 감정선을 전달할 때는, 최소한의 범위 안에서만 메타포를 사용하는 게 바람직하다. 어느 등장인물이 강력한 감정 상태의 정점에서 아무리 현란하고 창조적인 수사법으로 자신을 드러낸다 해도, 대부분 사람은 그들이 구사하는 수사법에 관심을 보이지 않는다. 그러니만큼 개연성에 충실해서 그런 감정 표현을 단순하게 처리하도록 하자.

060 소외되다 방치되다 NEGLECTED

무시당하거나 자존감이 약하거나 사랑받지 못한다는 감정

Note: 이번 항목에서는 누군가가 소홀히 대접받는 감정의 여파에 중점을 두고 있다. 자기가 중요하게 여겨온 사람한테 무시당하고 하찮은 대상으로 취급받아 자존감이 낮아지는 그런 경우이다.

몸 짓 PHYSICAL SIGNALS

상처받았거나 당혹스러워하는 표정.
이맛살을 찌푸린다.
찡그린 얼굴.
공허한 시선.
풀 죽은 얼굴.
울음을 터뜨린다.
사람에게 쏘아보는 시선을 보낸다.
자기의 아쉬움을 헤아려주는 사람과 지속해서 눈빛을 나누고 싶어한다.

아무도 자신에게 관심을 보이거나 정을 주지 않는다고 불만을 터뜨린다.
쉬고 새된 목소리.
다른 사람을 자기편으로 끌어들이고자 감언이설을 서슴지 않는다.

주의를 끌기 위해 목소리를 높인다(자기도 모르는 사이에).
상대방에게 변명을 늘어놓는다.

사람들한테 상처받고 뒤로 나자빠진다.
뒤쪽에 남아 있고자 남들 뒤에 자리한다.
자기 몸을 감싸 안는다.

움찔한다.
축 처진 어깨.
거리를 유지하고자 다른 사람과 가까이 지내지 않는다.
스스로 강하게 변명하려 들지 않는다.
다른 사람과 어울리지 않는다.
코를 훌쩍거린다.
자신의 상처를 감추고자 돌아선다.
안전한 것만 찾는다(사람, 음식, 쉽게 몸을 피신할 수 있는 장소 등).
원하는 대로 해줄 사람을 얻으려고 어르고 구슬리고 닦달한다.
누군가 자기에게 관심 있어 하는 낌새가 엿보이면 단박에 달려든다.
자신에게 따뜻하게 대해주는 사람을 불신의 눈초리로 바라본다. 관심받고 싶지만 나중에 차이는 게 두려워서.
다른 사람을 조심스럽게 대한다. 보트가 흔들리는 것을 원치 않는다.
다른 사람의 호의나 관심을 받기 위해서라면 뭐든 다 한다.
다른 누군가도 자기와 비슷한 고통을 겪지 않도록 열심히 배려한다.

생체반응 INTERNAL SENSATIONS

애간장이 타는 느낌.
주어지지 않는 것에 심한 갈망.
심장이 꺼질 듯 두근거린다.

심적으로 강한 공허감.
다른 사람이 관심을 보일 때면 아드레날린 쇄도.

심리 반응 MENTAL RESPONSES

당혹.
소외감을 느끼는 책임이 자신에게 있다고 여긴다.
자기가 어떤 잘못을 저질러서 문제가 생긴 것인지 가늠해본다.
다음에는 잘할 수 있다며 할 말과 행동을 미리 연습해둔다.
사람을 피하고도 싶고, 공허감을 채우고도 싶은 양면성을 보인다.

이런 상태가 장기간 지속될 때 나타나는 징후

무심한 상대방에게 알랑거린다.
질척거린다.
관심을 받고 싶어 일탈적이거나 부정적인 방식으로 행동한다(다른 누군가를 민다거나 해로운 행동에 나선다거나 등).
욕구를 채우고자 유해하거나 위험한 관계를 맺는다.
다른 사람이 자기를 거부하기 전에 자기가 먼저 거부한다.
일관되게 과장된 태도를 보인다.
지독할 정도로 개인주의적인 태도를 보이며 자신은 스스로 챙기겠다고 다짐한다.
정감이 멸시나 억하심정, 또는 분노로 변한다.
다른 사람을 대하는 태도가 매우 딱딱해진다.

이런 상태가 억압될 때 나타나는 징후

턱을 치켜들고 다닌다.
평온한 목소리를 유지한다.
마치 소외감이라는 게 대수롭지 않다는 듯 행동한다.

사람을 멀리하면서도 교묘한 방식으로 사람과 떨어져 있지 않으려 한다(우연한 기회로 친구가 만들어지길 기대한다거나 소셜 미디어에서 다른 사람을 추적한다거나 등).

다음의 감정으로 진전될 수도

인정받지 못함 (420), 겁냄 (96), 열망 (352), 분노 (276), 당혹감 (552), 의기소침 (176), 불안 (288), 저항 (456), 우울 증세 (400), 상처 (300), 원망 (384), 멸시 (224)

다음의 감정으로 물러날 수도

무관심 (228)

연관 파워 동사

핼쑥해지다, 매달리다, 위축되다, 움츠리다, 허물어지다, 울다, 의심하다, 쓰러지다, 주저하다, 조종하다, 닦달하다, 겁내다, 반항하다, 흠칫 놀라다, 오그라지다, 쪼글쪼글해지다, 파르르 떨다, 움찔하고 놀라다, 시들다, 의아해하다

Writer's Tip

여러분은 등장인물의 감정적 내상을 파악하고 있는가? 지독한 트라우마가 등장인물의 과거에 도사리고 있는 한, 그것을 에워싸고 있는 감정은 방아쇠처럼 작동하여 고통과 더불어 과민 반응을 이끌어내게 된다.

061 수용하다 받아들이다 ACCEPTANCE

어떤 일이 그렇게 되도록 놔둠, 형평성과 이해를 앞세워 화목하게 지내려는 것

몸 짓 PHYSICAL SIGNALS

미소를 자주 짓는다.
고개를 들어 상대방과 눈을 맞춘다.
초점이 흐릿하다 또렷해져가는 시선의 변화.
계속 밀고 나가기로 결정한 뒤의 초롱초롱한 눈빛.
해맑은 파안대소.
편하고 고른 호흡.
쾌활한 너털웃음.
대화 내내 지속되는 눈 맞춤.

악수.
자기 영역 안으로 다른 사람을 맞아들인다(손을 내민다든가 상대방에게 가까이 오라고 손짓한다든가 등).
손바닥을 드러낸 자세로 앉는다.

분위기를 밝게 하고자 농담을 던진다.
관계 형성을 위해 상대방의 신체 언어를 그대로 따라 한다(그들을 빤히 마주 본다든가 그들의 몸짓을 모방한다든가 등).
밝은 어조. 대화에 동참한다.

다른 사람과 토론하고 계획을 세운다.

고개를 끄덕인다.
기지개를 쭉 켜면서 두 팔을 가볍게 털거나 어깨를 돌리고 긴장을 풀고자 발가락을 꼼지락거리면서 새로운 사고방식을 받아들인다.
개인적인 친밀도를 높이기 위한 신체 접촉(물론, 팔이나 어깨 부위를 가볍게 토닥거리는 정도).
사이좋게 지내자는 뜻의 제안을 한다. "오늘 점심 같이할까? 내가 살게."
상대방의 말에 귀 기울이고, 다른 사람에게 정중함.
실은 관심이 없으면서 상대방의 자긍심을 고려해 조언을 요청한다.

긴장이 사그라진 듯 편안하게 풀어져 있는 어깨와 동체.
거리감을 줄이고자 다른 사람에게 조금 더 가까이 다가간다.
받아들임의 의사 표현. "난 괜찮아." "다 잘 되겠지."
손을 자기 가슴에 가져다 댄다.
열린 몸가짐(양팔을 벌리거나 다리를 벌리고 서거나 가슴을 펴거나).
누군가를 포용하고 기꺼이 받아들이는 태도.

생체반응 INTERNAL SENSATIONS

평안하거나 한결 밝은 느낌이 드는 가슴.
조금 더 편해진 호흡.

심리 반응 MENTAL RESPONSES

예전의 충돌과 난관에 대해 돌아보고자 하는 욕구 감소.
조심스럽게 낙관적인 상태.
미래와 앞으로 새로이 생길 일에 대해 생각한다.

어떤 걱정거리나 스트레스든 다 떨쳐낼 수 있다는 확신에서 뿌듯해지는 기분을 체험한다.
계속 밀고 나갈 수 있도록 (자신이나 다른 사람을) 기꺼이 너그럽게 대해야겠다는 마음가짐.
다른 사람과 그 순간을 공유하고 싶은 욕망.
일보 전진을 위한 사고의 전환.
지난 분란에 대해 무심해지고자 한다.

이런 상태가 장기간 지속될 때 나타나는 징후

자신감.
행복감과 목적의식 충만(방향성이 명확해진다든가 밀고 나가야 할 목표 지점이 무엇인지 자각한다든가 등).
끈끈하고 진심 어린 관계 구축.
명석한 낙관적 태도.
최대한 빠르게 분노와 걱정을 해소할 수 있는 능력.
다른 사람이나 이 세상에 대한 친밀감 상승.
(다른 사람, 일의 진전 과정, 자기 결정 등을) 신뢰하려는 마음가짐.

이런 상태가 억압될 때 나타나는 징후

무겁고 고민이 깊은 한숨.
골똘해져서 손가락으로 입술을 톡톡 두드린다.
어떤 일을 해명하거나 응답을 미루고자 역으로 질문을 던진다.
입술을 오므리면서 저울질하듯 이쪽저쪽으로 고개를 갸웃거린다.
가벼운 놀림. "네가 여기 사는 것도 나쁘지 않겠네. 우린 어쨌든 강아지 똥을 치워줄 사람이 필요했으니까."
농담 삼아 어떤 조건을 내거는 척한다. "그래, 이사 가도 좋아. 하지만 일요일마다 놀러 오겠다고 약속해야 해!"

결정을 내려봐야 분란만 일으킬 뿐이라며 자기 말을 질질 늘어뜨린다.
뾰로통해져서 짜증 난 척하거나 반대로 열 받은 기분을 숨기는 척한다.
때가 적당하다 싶을 때까지 자기 선택이나 기분을 비밀로 한다.
심사숙고하겠다며 더 많은 시간을 요구한다.

다음의 감정 상태로 진전될 수도

충족 (212), 평온함 (528), 유대감 (396), 감흥 (576)

다음의 감정 상태로 물러날 수도

의심 (408), 욕구불만 (180), 후회 (392), 우유부단 (244), 여리고 상처받기 쉬움 (208)

연관 파워 동사

밝아지다, 배려하다, 포용하다, 웃음을 터뜨리다, 유지하다, 소망하다, 감싸 안다, 함께하다, 웃다, 귀 기울이다, 만나다, 끄덕거리다, 계획하다, 주장하다, 떠오르다, 공유하다, 미소 짓다, 짜내다, 놀리다, 접촉하다, 맞아들이다

Writer's Tip

이야기의 흐름을 끌어올리고자 할 때는 등장인물의 시점에서 감정이 보다 고조되고 있음을 보여주는 것을 잊지 말아야 한다. 체험하는 감정에 어떤 무게가 더해져야 줄거리는 진척되는 법이다.

062 슬퍼하다 비애에 빠지다 SADNESS

고민이나 불행한 일 등에서 비롯된 감정 상태

몸 짓 PHYSICAL SIGNALS

부어 있는 얼굴 또는 눈.
눈이 붉게 물들어 있다.
떡 진 화장.
얼룩진 피부.
자신의 손만 멍하니 내려다본다.
먼 데를 바라보고 있거나 공허한 응시.
표정이 늘 어둡다.
턱을 덜덜 떤다.
맥 빠진 표정, 촉촉이 젖어 있으며 흐릿한 눈.

손으로 얼굴을 가린다.
양옆으로 축 늘어뜨린 팔.
주먹을 가슴에 대고 문지르거나 누른다.
팔로 어깨를 감싼다.
양팔 사이에 고개를 파묻는다.

코를 훌쩍인다.
울먹이거나 몹시 쉰 목소리.

생기 없고 단조로운 목소리.
말수가 적다. 너무 과묵해 보인다.
답하는 데 큰 노력을 들여야 함.
대화가 연결되지 않고 자꾸 끊김.
자신이 의기소침해 보이는 데 대해 변명을 늘어놓으려 함. "그냥 피곤해서 그래." "다 괜찮아, 정말로."

자신의 감정을 투사할 만한 징표를 움켜쥔다.
자신의 빈손을 멀거니 바라본다.
무거운 발걸음.
휴지를 찾는다.

움찔하고 놀란다.
굳어 있는 자세.
다른 사람과 원만히 어울리지 못하고 매사에 어색해한다.
똑바로 앉아 있지 못하고 언제나 몸을 축 늘어뜨린다.
힘없어 보이는 몸놀림.
잔뜩 굽은 어깨.
외부 세계와의 상호작용이 점점 줄어든다.

생체반응 INTERNAL SENSATIONS

뜨겁게 부풀어 오른 눈자위.
목구멍이 따갑다.
콧물이 질질 새어 나온다.
목구멍과 갈비뼈 안쪽이 쑤신다.
기력이 쇠진한 것처럼 보인다.
흐릿한 시야.

에너지 소진.
몸에서 한기가 느껴진다.

심리 반응 MENTAL RESPONSES

대답하거나 질문하기가 어려워진다.
더 나은 미래를 전망할 수가 없다.
자기 내면에 칩거하려 든다.
슬픔에서 벗어나고 싶다.
혼자 있고 싶다.
술이나 친구를 찾는다.
시간이 너무 느리게 가는 느낌.
남들한테서 벗어나 편하고 싶지만 어떻게 거절해야 할지 모른다.
자신의 고통을 잊기 위해 주의를 다른 데로 돌릴 만한 일(업무, 남들의 골칫거리 등)에 집중한다.

이런 상태가 장기간 지속될 때 나타나는 징후

오열.
식욕부진.
절망에 빠진다.
낙담한다.
동기부여가 될 만한 것을 찾아 몸부림친다.
대인관계 회피(타인의 행복을 보고 있노라면 더 우울해질 것을 염려함).

이런 상태가 억압될 때 나타나는 징후

세상을 등지고 산다.
말을 하다 갑자기 멈추고 자신을 통제하려 한다.
눈의 잦은 깜빡거림.

관심사를 바꾸려 한다.
술을 자주 홀짝거리거나 탐식한다.
떨리는 미소.
자기 자신보다 다른 사람의 고통이 한결 가볍다는 데 얽매인다.
사람이 모인 자리에서 슬쩍 빠져나온다.
목청을 가다듬는다.
밝은 척하는 목소리.

다음의 감정 상태로 진전될 수도

향수 (536), 우울 증세 (400), 외로움 (364), 욕구불만 (480)

다음의 감정 상태로 물러날 수도

우울한 기분 (380), 아쉬움 (332)

연관 파워 동사

무너지다, 위축되다, 울다, 오므라들다, 몸을 구부리다, 힘들게 움직이다, 넘어지다, 자기 안으로 파묻히다, 축 늘어지다, 끙끙 앓는 소리를 내다, 집착하다, 떨리다, 움츠러들다, 흔들다, 흔들리다, 어기적거리다, 발을 질질 끌다, 코를 훌쩍거리다, 응시하다

Writer's Tip

대화 장면에서는 말로 대답하는 내용보다 혹시라도 등장인물의 생각을 따라가는 데 급급하지나 않은지 세심히 살펴보도록 하자. 자칫 잘못하면 부자연스럽고 일방적인 대화로 흐를 우려가 크니까 말이다.

063 신경과민 초조하다 NERVOUSNESS

안정되지 못해 쉽게 마음이 동요하는 감정 상태

몸 짓 PHYSICAL SIGNALS

눈을 빠르게 깜빡거린다.
입술을 잘근잘근 깨문다.
눈 맞춤 회피. 호흡이 가쁘다.
동공이 확대된다.
눈동자가 심하게 떨린다.
안면 경련.
조급하고 고조된 억양의 웃음소리.
눈을 감고 숨을 고른다.

목덜미를 문지른다.
변덕스런 손놀림, 손을 어디 둘지 몰라 한다.
손으로 머리를 자꾸 긁적거린다.
넥타이를 가지런히 한다.
귓불을 만지작거린다.
이전보다 손바닥에 땀이 훨씬 많이 난다.
손가락이나 발가락을 꼼지락거린다.
손톱을 잘근잘근 씹거나 깨문다.
손을 덜덜 떤다.

목청을 가다듬는다.
말을 더듬는다.
적절한 단어를 떠올리지 못한다.
어투가 빠르고 요란스럽다.
목소리의 억양, 어조, 성량 등이 갑자기 바뀐다.

짧게 끊어지면서 경련하듯 부자연스런 움직임.
다급한 걸음걸이.
셔츠의 윗단추를 채우지 않는다.
피부를 긁적거리거나 문지른다.
바지에 대고 손바닥을 문지른다.
팔이나 다리를 꼬았다 풀었다 한다.
무릎을 들썩거린다.
같은 동작을 자꾸 반복한다.

흠칫흠칫 놀란다.
매사에 행동이 서투르다.
비상구를 눈여겨 봐둔다.
안절부절못한다.
보통 때보다 훨씬 오래 웃는다.
주의가 다른 데로 쏠릴 만한 일에 매달린다.
청소한다. 차에 광택을 낸다.

생체반응 INTERNAL SENSATIONS

민감해진 피부.
어지럼증이 몰려온다.
위가 텅 빈 듯한 공복감.

씰룩거리는 근육.
식욕부진.
입이 바짝 마른다.
심장이 벌렁거린다.
두통.
욕지기 또는 속이 출렁거리는 느낌.

심리 반응 MENTAL RESPONSES

어디론가 달아나고 싶다는 욕구.
일정하게 이뤄지지 않는 사고의 진전.
별다른 이유 없이 밀려드는 공포감.
머릿속으로 항상 최악의 경우만 떠올린다.
시간이 빨리 지나가 버렸으면 좋겠다고 바란다.
감각이 극도로 예민해진다(특히 소리와 움직임에 대해).
무슨 일이 있고 나서 나중에 스스로 돌아보며 한탄한다.

이런 상태가 장기간 지속될 때 나타나는 징후

구토한다.
피로감 또는 불면증.
공황 발작.
쉽사리 포기한다.
화를 벌컥벌컥 잘 낸다.
궤양을 비롯한 각종 소화불량에 시달린다.
체중의 감소나 증가.
부정적인 사고 패턴.
알코올이나 마약 또는 줄담배 등에 의존하게 된다.

이런 상태가 억압될 때 나타나는 징후

억지 미소를 입에 달고 다닌다.
손을 마주 잡는다.
어색한 침묵.
눈을 자주 깜빡이거나 별로 깜빡이지 않는다.
누구와도 눈길을 마주치려 들지 않는다.
화제를 바꾼다. 대화를 피한다.

다음의 감정 상태로 진전될 수도

욕구불만 (80), 불안정 (444), 불안 (288), 두려움 (148), 겁 (204), 의심 (408)

다음의 감정 상태로 물러날 수도

우유부단 (244), 우려 (376), 안도감 (336)

연관 파워 동사

횡설수설하다, 짜증 내다, 수다 떨다, 쏜살같이 움직이다, 만지작거리다, 시시덕거리다, 방해하다, 홱 움직이다, 펄쩍 뛰어오르다, 과민 반응을 보이다 공황 발작을 일으키다, 깜짝 놀라게 하다, 억누르다, 침을 꿀꺽거리다, 톡톡 두드리다, 씰룩거리다, 걱정하다

Writer's Tip

몸의 움직임과 그에 따른 외부의 반응만으로 독자에게 충분한 감정적 체험을 빚어내기는 어려운 노릇이다. 이런저런 행위에 내부의 지각이나 의식이 적절히 뒷받침되어야만 더 깊은 감정 표현의 흡인력을 이끌어낼 수 있다.

064 실망하다 낙담하다 DISAPPOINTMENT

기대했던 결과를 얻지 못해 기분이 울적해진 상태

몸 짓 PHYSICAL SIGNALS

입술을 꾹 다물고 있다.
씁쓸한 미소.
무거운 탄식.
눈 맞춤 거부.
느릿느릿 고개를 가로젓는다.
고개를 갸웃거리며 미간을 찌푸린다.
머리를 떨구고 눈을 감는다.
얼굴을 자주 찌푸린다.
납덩이처럼 가라앉아 있는 표정.
눈가에 물기를 머금고 있다.
움찔하고 놀라면서 매우 고통스러워하는 표정.
입술을 잘근잘근 깨문다.
입이 살짝 벌어져 있다.

양손에 얼굴을 파묻는다.
손으로 관자놀이를 짚는다.
손으로 머리를 잡아당긴다.
자신의 목덜미를 문지른다.

손을 배에 가져다 대고 눌러본다.
머리나 턱을 손으로 감싼다.
생기 없이 축 늘어져 덜렁거리는 손.

목구멍에서 끙끙 앓는 소리를 낸다.
힘들게 침을 삼킨다.
잔뜩 주눅 든 목소리.
"안 돼" 하고 웅얼거리거나 한숨 섞인 저주를 혼잣말로 내뱉는다.
발을 질질 끌고 다니거나 발끝으로 땅바닥을 걷어차기도 한다.

고개를 수그리고 다닌다.
의자나 벤치에 털썩 주저앉는다.
몸이 슬며시 좌우로 흔들린다.
목을 앞으로 길게 빼고 다닌다.
가만히 못 있고 계속 부스럭거린다.

축 처졌거나 푹 꺼진 어깨.
전반적으로 구부정한 자세.
"어째서 나만 이 모양이야?" 하는 표정.
벽이나 문가에 몸을 기대고 마음을 가라앉히려 애쓴다.
거의 뛰다시피 걷는데 그러다 발을 헛디뎌 넘어질 뻔하다.
맥을 놓고 있으며 점점 더 창백해지는 얼굴.
혼란스러워하거나 충격받은 눈길로 자신의 주위를 둘러본다.
어디로든 숨고 싶다는 속마음이 드러난다.
견디지 못하겠다는 듯 쉴 새 없이 손을 파닥거린다.
스스로 몸을 감싼다.
팔꿈치를 움켜잡는다.

팔뚝을 문지른다.
다른 사람의 눈에 띌까 두렵다는 듯 매사에 살금살금 움직인다.
좌절감에 빠진 고갯짓.

생체반응 INTERNAL SENSATIONS

심장이 오그라든 것처럼 느껴진다.
위장이 쥐어짠 듯하다.
갑작스럽게 욕지기가 솟구친다.
숨결이 고조된다.
전반적으로 몸이 무겁다.
몸통에 압박감이 심해져 숨쉬기가 어려워진다.

심리 반응 MENTAL RESPONSES

뭔가가 몹시 두렵거나 희망이 아예 사라져버린 기분.
자기 자신이 이 세상에서 낙오됐다는 패배감.
혼자 있고 싶은 욕구.
무가치하다는 느낌.

이런 상태가 장기간 지속될 때 나타나는 징후

자책감.
될 대로 되라는 식의 체념.
술을 많이 마신다.
암울한 노래만 열심히 듣는다.
어쩌다 이 지경이 되고 말았는지 후회와 집착.
다른 관심거리로 넘어갈 수가 없다.
뺨에 번지는 홍조(당혹감).
확실하지 않은 목표 설정은 하지 않으려 한다.

이런 상태가 억압될 때 나타나는 징후

입술을 꾹 다문다.
어깨가 축 처졌다가도 이내 곧게 편다.
거짓으로 힘내는 척하면서 여린 미소를 지어 보인다.
만약의 사태에 대비한 계획을 늘어놓거나 여러 의견을 경청.
약속을 남발한다.
자신의 무릎 사이로 손을 끼워 넣는다.
승자에게 아낌없는 축하를 보낸다.
마치 아무 일 없다는 듯 농담을 한다.

다음의 감정 상태로 진전될 수도

우울 증세 (400), 패배감 (520), 원망 (384), 분노 (276), 무능 자탄 (236)

다음의 감정 상태로 물러날 수도

체념 (508), 수용 (312)

연관 파워 동사

망가뜨리다, 흐릿하다, 대처하다, 달려들다, 약화시키다, 패하다, 격감시키다, 탈선하다, 크게 실망시키다, 끌려가다, 축 처지다, 실패하다, 흔들리다, 몰수당하다, 좌절하다, 애석해하다, 계속 때리다, 한숨 쉬다, 늘어지다

Writer's Tip

날것 그대로의 본래 감정은 종종 아무 생각 없이 반사적으로 튀어나오기도 한다. 이것은 대화나 행위에서 드러난다. 등장인물의 무모한 소행은 이야기의 흐름에 어마어마한 소용돌이를 불러올 수 있다. 이로써 작품에 긴장감과 갈등이 고조된다.

065 쓸모없다 가치없다 WORTHLESSNESS

가치 있는 상대로 인정받지도, 중요하게 대우받지도, 의미 있는 존재로 다뤄지지도 않는다는 기분

몸 짓 PHYSICAL SIGNALS

멍하고 우울한 시선(잔뜩 찌푸린 미간, 주름진 이마, 풀어진 얼굴 등).
눈길을 내리깔면서 시선 교환 기피.
누가 친근하게 다가오면 어쩔 바 몰라 어색하게 놀랍다는 표정을 짓는다.
자주 눈물을 펑펑 쏟는다.

손을 내보이지 않는다(주머니에 찔러 넣거나 겨드랑이에 끼우거나).
자기 몸을 보호하려는 자세(팔짱을 끼거나 손으로 반대편 팔꿈치를 감싸거나 등).
자기 위무의 몸짓(팔을 문지르거나 소맷부리를 만지작거리거나 등).

말할 때 머뭇거린다. 말을 입 밖으로 꺼내는 데 어려움을 겪는다.
쭈뼛거리는 어투로 말을 하거나 더듬거린다.

움직임이 느리다(발을 질질 끌고 다닌다거나).
거울을 보고 울부짖으며 자기 모습이 어떻게 '보이나' 살핀다.

기력이 별로 없어 보인다.
가능한 한 공간을 덜 차지하려고 한다.
무너져 내린 자세(잔뜩 굽은 어깨, 흐느적대는 양팔 등).
별 반응을 보이지 않는다(감정 표현이 적음).
관계 맺기에 목말라 하면서도 사회적 상황, 그럴 계기를 피한다.
도전하기보다는 모욕을 감수하면서 괴롭힘을 당한다.
비난받을까 봐 겁내 하면서 도망치고 싶어한다.
슬그머니 물러나서 혼자 있기를 원한다.
자기가 누군가와 비교되는 상황을 피한다(열등감).
다른 사람이 무가치하게 볼 거라 여겨 자기 견해는 표출하지 않는다.
자기 자신의 변호를 포기한다.
능력 이하의 성과를 내거나 어떠한 목표 설정도 하지 않는다.
자신은 자격이 없다고 여겨 누구에게도 도움을 청하지 않는다.
자신의 건강이나 위생 상태 등을 전혀 관리하지 않는다.
남의 칭찬을 자신의 잘못이나 결함을 들먹여 가로막는다.
자기 비하.
다른 사람과 같이 있을 때조차 혼자 있다고 느낀다.
쉽게 포기한다(어차피 실패한다는 생각).
무슨 요구를 받든 거절하지 못하고 받아들인다, 심지어 올바르지 않거나 자기가 궁지에 몰릴지도 모를 요구라 할지라도.

생체반응 INTERNAL SENSATIONS

눈가가 점점 뜨거워진다.
무겁고 둔탁한 통증이 몸 전체를 관통.
상래만 상상하면 가슴이나 위장이 실제로 아프다.
거의 항상 목구멍에 통증이 있다.
더욱 깊이 호흡을 들이마시기가 어렵다(가슴이 답답하다 보니).

심리 반응 MENTAL RESPONSES

정신이 흐릿하고 분리되어 있다.
실패한 경험과 기억에서만 맴도는 사고방식. 자기 충족적인 예언을 꾸며낸다.
스스로 사기를 꺾는 자기와의 대화. "그냥 입 닥치고 있어. 아무도 네가 무슨 생각을 하는지 관심 없으니까."
시종일관 자기 능력을 의심.
모든 면에서 부족한 인간이라고 느낀다. 다른 사람이 되기를 열망.
부러워하면서 질투심에 사로잡히기 쉬운 성향.
(크든 작든) 실수라도 저지르면 자신의 쓸모없음을 확증한다.
남이 자기를 부정적으로 판단한다고 느낀다(열등의식).
미인에 압도당한다(눈물에도 감동 잘하고).

이런 상태가 장기간 지속될 때 나타나는 징후

만성피로.
직장이나 학교에서 저조한 성과.
자신이 가치 있다고 느끼게 해줄 누군가가(해로운 사람이라 할지라도) 없을까 하고 찾아다닌다.
자기를 칼로 베거나 또 다른 자해 행동.
일생일대의 모험에 뛰어들고는 결과는 운에 내맡긴다.
결과를 염두에 두지도 않고 그저 반항의 표시로 나쁜 쪽(마약이나 난잡한 섹스 등)에 취미를 붙인다.
우울증. 자살 계획이나 시도.

이런 상태가 억압될 때 나타나는 징후

망가졌거나 유해한 관계를 맺고 친분 지속.
기준과 기대치를 낮춘다.

가짜 미소를 얼굴에 붙이고 다닌다.

자기가 '좀 더 나은' 사람인 척하려고 자신의 삶이나 활동 또는 성공 사례 등에 관해 거짓말을 늘어놓는다.

그동안 자신을 괴롭히거나 학대한 사람을 변호해준다.

다른 사람을 향한 자신의 친절이 실은 낮은 자존감 때문이 아니라 이타심의 발로라고 주장한다.

다음의 감정으로 진전될 수도

수치심 (264), 우울 증세 (400), 자기혐오 (428)

다음의 감정으로 물러날 수도

망연자실 (220), 소외감 (308), 희망에 찬 기대 (580), 불안정 (444)

연관 파워 동사

기피하다, 하찮게 만들다, 탓하다, 대처하다, 움찔하다, 울다, 분리하다, 묵살하다, 무시하다, 노출하다, 흠칫하다, 증오하다, 숨다, 구부정하게 다니다, 상처 주다, 혐오하다, 소홀히 하다, 움츠러들다, 거절하다, 폭로하다, 방어막 치다, 어깨를 으쓱해 보이다, 축 처지다, 흐느껴 울다, 몸을 굽히다, 스트레스받다, 분투하다, 괴로워하다, 평가절하하다, 약화되다, 눈물을 흘리다

Writer's Tip

감정적인 반응만으로는 만족스럽지 못하다면, 설정을 바꿔보자. 등장인물이 혼자라면, 그 주변에 다른 사람을 배치해보자. 다른 사람과 함께 있다면, 혼자 있도록 떨어뜨려보거나 편안한 관계 또는 상황 속에 놔둬보자.

066 아쉬워하다 애석해하다

WISTFUL

뭔가 변하리라 열망하고 믿어왔지만 결국 이뤄지지 않을 때

몸 짓 PHYSICAL SIGNALS

옅고 생각에 잠긴 미소.

입술을 꾹 다물고 시선을 내려뜨린다.

먼 산으로 향한 시선.

살짝 숙인 턱.

자기를 이해해주는 (그리고 열망을 공유하는) 상대와 서글픈 미소를 나눈다.

과거 기억이 떠오르면 표정이 밝고 행복해지기 시작.

눈을 감고 깊은숨을 내쉬며 호흡을 가다듬는다.

가만히 팔짱을 낀다, 그러고는 엄지로 자기 이마를 문지른다.

상대의 머리 위에 자기 손을 얹는다.

가볍게 자기 두 손을 맞잡는다.

손을 자기 갈빗대에 가져다 댄다.

우수 어린 감상이나 열망을 털어놓는다. “이번에는 좀 달라질 수도 있을 것 같은데, 아닌가?”

감정이 실려 걸걸해진 목소리.

지금과는 다른 현실이 어떤 모습으로 나타날지 사람들과 얘기 나눈다.

살며시 이맛살을 찌푸리면서 천천히 고개를 끄덕거린다.

함께하겠다는 뜻에서 다른 사람에게 손을 내민다(상대의 어깨를 토닥이거나 손을 잡거나 등).

(앉아 있는 동안) 다소곳이 발목을 엇건다.

골똘히 생각에 잠겨 있는 동안 자기 목을 가볍게 쓰다듬는다.

점점 더 과묵해진다.

느리고 깊은 호흡.

눈에 뜨일 정도로 침을 꿀꺽거린다.

희망과 슬픔이 뒤섞인 한숨을 내쉰다.

혼잣말을 한다(착잡해진 기분을 다잡거나 다른 사람한테 말해봐야 불편해지기만 할 말을 삼키며 위안을 구하고자).

자세가 느슨해지고 등이 살짝 구부정해진다.

살짝 굽은 어깨.

일을 잠시 멈추고 한동안 조용히 앉아 있기만 한다.

신이 계획하신 바에 대한 당혹감을 토로해보지만 믿음은 여전히 유지한다(신앙생활을 하는 사람의 경우).

의자에 앉아 상체를 뒤로 젖힘. 심사숙고하는 동안 몸을 편히 한다.

지겨운 일상에서 빠져나와 다 때려치운 후 이 세상을 알아가면서 뭔가 깊이 되돌아보는 시간을 가져볼까 문득 고민한다.

다양한 선택과 진로가 가능했던 행복한 기억을 누군가와 나눈다.

낙관적인 생각을 불어넣으면서 스스로 위로하려 한다. "누군가 다른 사람을 지도자로 선택할 수도 있었겠지만, 아마도 그 사람이라면 이 도시를 위해 좋은 일을 할 거야."

생체반응 INTERNAL SENSATIONS

가슴이 살짝 답답하다.
목구멍에 약간의 이물감이 느껴진다.
팔과 목덜미에 저릿저릿한 느낌.
체온에 대한 민감성 증가.

심리 반응 MENTAL RESPONSES

순간적으로 과거에 빠진다.
어떤 상징물이나 감각적 자극 등으로 열망이 깨어난다.
상황이 달라지기를 간절히 바란다.
지금과는 다른 결과를 떠올리며 공상에 잠긴다.
옴짝달싹할 수 없는 기분. 상황이 뒤바뀔 수 없다는 감상에 빠진다.
과거에 어려웠던 경험을 떠올리며 그래도 상황이 결국 호전되었던 사실에 집중한다.
자신의 삶이 어떻게 하면 좀 더 의미 있게 변할 수 있을지 생각한다.
과거를 바꿀 수 없다는 회한 엄습.

이런 상태가 장기간 지속될 때 나타나는 징후

솟구치는 눈물을 억제할 수 없다.
고통스러운 느낌으로 목구멍이 시큰시큰하다.
아쉽다는 생각에 한동안 잠겨 있다 보면 다시 자신의 현실에 충실해지기 어렵다.
잘되었더라면, 하고 공상에 잠기는 일이 늘어난다.
아쉬움을 달래고자 어딘가로 떠난다.
회한에 휘둘리지 않는 삶을 살기로 결심한다.

이런 상태가 억압될 때 나타나는 징후

빠져 있는 것보다 가진 것에 주로 초점을 맞춰 자신의 일상에서 좋은 점을 말로 표현한다.
잡념을 떨쳐내고 다시 실제로 돌아오려고 목청을 가다듬는다.
화제를 바꾸거나 관련 없는 질문을 던진다.
백일몽에 잠겨 있는 자신을 질책한다.
할 일로 돌아와 배 이상 더 노력한다(헤매지 않도록 마음을 다잡고자).

다음의 감정으로 진전될 수도

열망 (352), 욕구불만 (280)

다음의 감정으로 물러날 수도

수용 (312), 슬픔 (316)

연관 파워 동사

아프다, 견디다, 소중히 여기다, 탐내다, 간절히 바라다, 욕망하다, 꿈꾸다, 마음속에 그리다, 동경하다, 희미해지다, 공상에 잠기다, 키우다, 상상하다, 근질거리다, 열망하다, 애석해하다, 사색하다, 필요로 하다, 몹시 슬퍼하다, 후회하다, 기억하다, 추구하다, 말하다, 응시하다, 분투하다, 가라앉히다, 목말라하다, 소망하다, 물러나다, 궁금해하다, 열망하다

Writer's Tip

여러분의 등장인물에게는 자랑스레 내세울 수 있는 특성이 있는가? 만일 그렇다면, 등장인물로 하여금 그런 특성이나 솜씨에 대해 회의하도록 하면 어떻게 될까? 내적 갈등은 더 복잡해지고 미묘해지며, 흥미로워질 것이다.

067 안도하다 안심하다

RELIEF

숨 막힐 듯한 스트레스 요인이 줄어들거나 가벼워진 상태

몸 짓 PHYSICAL SIGNALS

고개를 가로저으며 눈을 감는다.

숨이 턱 막힌다.

얼굴에 천천히 번지는 미소.

입을 떡하니 벌린다.

눈을 들어 하늘을 올려다본다.

입술이 벌어진다.

머리를 숙인다.

눈을 감고 강박적으로 고개를 주억거린다.

머리가 뒤로 젖혀진다.

손으로 입을 가린다.

손이 떨린다.

손바닥을 눈에 대고 누른다.

손으로 배를 누른다.

가슴에 대고 손바닥을 누른다.

십자성호를 그어 보인다.

몸을 들썩이며 웃는다.
전해진 소식이 확실한지 다시 한번 말해달라고 부탁한다.
울음을 터뜨리거나 막힌 게 뚫렸다는 듯 환성을 지른다.
가벼운 신음을 내뱉는다.
가벼운 저주를 내뱉거나 신에게 감사한다.
분위기가 가벼워지도록 유머를 구사하려 한다.

부축받고자 다른 사람에게 팔을 뻗는다.
벽이나 사람에게 기댄다.
다리가 기우뚱한다.
무릎이 굽혀진다.
뒷걸음친다.
의자에 털썩 주저앉는다.
이리저리 서성거린다.

맥 빠진 자세.
뭔가 말하려고, 상황에 맞는 의사 표현을 찾는다.
걸음걸이가 불규칙해진다.
이게 정녕 사실인지를 확인하는 질문을 공연히 계속 던진다.
자기도 모르게 입에서 긴 한숨이 새어나온다.
자기를 구해준 대상에게서 반짝거리는 시선을 거두지 못한다.
이 상황과 관련 있는 사람에게 친밀감을 나타낸다.
얼싸안는다.
손을 맞잡으려 한다.
쓰러질 듯 말 듯하다가 겨우 몸을 추스른다.

생체반응 INTERNAL SENSATIONS

입이 마른다.

근육이 약해진다.

뜻하지 않게 모든 근육이 풀린다.

눈시울이 촉촉해진다.

갑작스러운 기분 변화 또는 어지럼증의 엄습을 받는다.

심리 반응 MENTAL RESPONSES

누군가 자기를 붙잡아줬으면 싶다.

차분히 안도감에 젖어들고 싶은 욕구.

감사의 마음.

뒤죽박죽으로 뒤엉킨 여러 생각.

이 상황에 적절한 응답의 말을 찾을 수 없어 난감해진다.

아직 남아 있는 골칫거리는 나중에 처리하기로 하고 미룬다.

이런 상태가 장기간 지속될 때 나타나는 징후

감정이 통제되지 않고 계속 눈물이 난다.

열광적인 반응.

기분의 기복이 심해진다.

아무 때나 소리를 질러댄다.

어디든 뛰어다닌다.

히스테리컬하게 울음을 터뜨린다.

허탈해진다.

가슴이 팽창하는 기분.

변덕.

목이 메어온다.

이런 상태가 억압될 때 나타나는 징후

의도적으로 숨을 조용히 내쉰다.
짧게 눈을 감았다 뜬다.
코로 심호흡한다.
미소를 억제하려고 입술을 깨문다.
침을 꼴깍거리며 고개를 끄덕인다.
집중이 필요하면 눈을 가늘게 뜬다.
매사에 무뚝뚝한 태도로 임한다.

다음의 감정 상태로 진전될 수도

행복 (532), 흥분 (576), 감사 (132)

다음의 감정 상태로 물러날 수도

우유부단 (244), 당혹감 (552), 걱정 (92)

연관 파워 동사

활짝 웃다, 경계하다, 움켜잡다, 무너지다, 허물어지다, 풀이 죽다, 숨을 내쉬다, 혼절하다, 웃다, 흔들다, 가라앉다, 축 늘어지다, 미소 짓다, 흐느껴 울다, 꽤액 소리를 지르다, 감사하다, 파르르 떨다, 약해지다

Writer's Tip

등장인물이 어떤 감정을 숨기고 있을 때 그것을 나타낼 만한 표시는 되도록 도드라지게 처리하는 편이 좋다. 이와 같은 정황에서는 변화를 통해 감정이 드러나도록 하는 게 종종 더욱 효과적이다. 의사 표현의 패턴을 바꿔본다든가, 새로운 습관에 착안한다든가, 몸가짐이 달라진다든가 하는 식으로 말이다.

068 압도당하다 짓눌리다 OVERWHELMED

분위기나 정황에 눌려 꼼짝 못 하게 된 상태

몸 짓 PHYSICAL SIGNALS

눈물로 그렁그렁한 눈.
반복해서 고개를 가로젓는다.
허공에 대고 멍한 시선을 보낸다.
눈을 감는다.
숨쉬기가 곤란하다.
눈꺼풀이 파르르 떨린다.
눈을 빠르게 깜박인다.

떨리는 손을 이마에 올린다.
자신의 팔이나 배를 움켜잡는다.
눈을 감고 관자놀이를 주무른다.
두 팔로 무릎을 감싸 안고 쪼그려 앉는다.
빈 손바닥만 멍하니 내려다본다.
손으로 귓불을 잡아당긴다.
손을 무릎에 대고 앞으로 수그린다.
손으로 입술을 더듬거린다.

울먹이는 목소리. 마구 떨리는 목소리.
말을 더듬는다.
자기도 모르게 터져 나오는 울음을 어쩌지 못한다.
웃음을 터뜨린다.
비명을 지른다.
적당히 대답할 말을 찾지 못해 주춤한다.

거의 취한 것처럼 머뭇거리는 발걸음.
오히려 걱정을 가중시키는 누군가에게 성을 낸다.
가슴을 들썩거린다.
다른 사람의 품에 쓰러져 안긴다.
뭔가를 자꾸 넘어뜨리거나 엎지른다.
이리저리 서성거린다.
벨트와 옷깃 등을 느슨히 풀어헤친다.
늘 같은 옷만 꺼내 입는다.

사람을 멀리한다.
축 처져 있거나 잔뜩 굽은 어깨. 푹 꺼진 가슴.
균형 감각 저하.
의자에 푹 파묻혀 지낸다.
벽을 등지고 늘 구석 자리만 고수하려 든다.

생체반응 INTERNAL SENSATIONS

갑자기 어디 앉고 싶어질 만큼 다리 힘이 빠진다.
열기나 냉기가 몸 전체에 퍼진다.
종잡을 수 없는 변덕.
호흡하기가 어려워진다.

귀에서 이명이 들린다.
시야가 좁아진다.
속이 불편해서 (통증 또는 욕지기) 뭘 먹을 수가 없다.

심리 반응 MENTAL RESPONSES

멘탈 붕괴.
다른 사람의 말에 묵묵부답, 거의 신경쇠약 증세를 보일 정도.
어디서라도 위안을 얻고 싶어 한다.
혼자 있고 싶어 한다.
몹시 우유부단해진다.
소음에 민감해진다.
부정적인 자기 인식. 자기 실수로 일을 다 그르쳤다거나 너무 서투르다거나 능력이 없다는 식으로 느낀다.

이런 상태가 장기간 지속될 때 나타나는 징후

도피 욕망.
압박감에 따른 발작 증세.
비명이나 고함 따위를 질러 댄다.
누군가를 때리거나 물건을 부순다.
혼절 또는 실신한다.
펑펑 운다.
히스테리 증상을 보인다.
두통. 고혈압.
근육의 피로감과 통증.
건강과는 거리가 먼 방향에서 위안거리를 추구한다.
심장 발작 또는 마비 증세의 엄습.
만성피로, 불면증.

신체 건강이 극도로 쇠약해져 입원하게 된다.

이런 상태가 억압될 때 나타나는 징후

"정말 난 괜찮아. 아무 문제 없어."
거짓된 미소와 자신감.
기분 좋은 척하거나 거짓된 신명을 드러낸다.
변명으로 이상 징후를 감추려든다("미안, 내가 오늘 너무 일찍 잠을 깨서 그래").
자신의 한계를 솔직히 시인하기보다는 아프다는 핑계를 댄다.

다음의 감정 상태로 진전될 수도

불안 (288), 히스테리 (588), 우울 증세 (400), 무력감 (240)

다음의 감정 상태로 물러날 수도

결기 (516), 감사 (132), 안도 (336)

연관 파워 동사

무너지다, 쓰러지다, 과호흡 증후군을 앓다, 말을 더듬거리다, 과민 반응을 보이다, 공황 발작을 일으키다, 마비되다, 그만두다, 물러나다, 흔들다, 자폐 증세를 보이다, 툭 부러지다, 응시하다, 실족하다, 땀을 흘리다, 파르르 떨다, 발을 빼다, 욕하다

Writer's Tip

감정 묘사를 진행하다 보면 표정 변화에만 너무 많이 의존하기 쉽다. 그러는 대신 시선을 낮춰 주인공의 팔과 손, 다리, 발 등이 이때 어떤 자세를 취하는지 묘사해보자.

069 억하심정 통한하다

BITTERNESS

부당하게 취급받아 깊어진 적개심과 비애

몸 짓 PHYSICAL SIGNALS

온기라고는 전혀 없는 시선.

완고한 눈매.

허공을 바라보며 어이없다는 투로 고개를 절레절레 흔든다.

단호해 보이는 턱선.

다른 사람의 좋은 분위기에 의도적으로 찬물을 끼얹는 비난의 말.

독설과 신랄한 표현.

있는 그대로 다 말한다.

다른 사람의 성과를 깎아내린다. "그야 그 여자 부친이 뒤를 봐주고 있기 때문이지."

쉬지 않고 투덜투덜.

비꼬기를 즐긴다.

"미안하지만 그럴 의도는 아니었어" 같은 말을 자주 한다.

매사에 자기주장이 강하다.

상대의 말허리를 자른다, 특히 긍정적인 얘기를 나누려 할 때.

단점과 결함을 고치자면 어떻게 해야 하고 뭘 해야 하는지를 대놓고 말한다.

잔뜩 모난 말투와 단어 선택.

자주 시비를 걸거나 따져 묻기를 좋아한다.
자기 상처를 감추고자 사소한 문제를 꼬투리 잡아 다른 사람을 거세게 몰아세운다.
고맙다는 말을 하거나 사의를 표하는 일이 거의 없다.

쉽게 공격성을 드러낸다.
누군가의 좋은 소식에 거짓된 미소를 지어 보이거나 흥분하는 척한다.
자기가 허그를 하거나 받을 때도 그렇고 다른 사람과 신체 접촉을 할 때 뻣뻣해진다.

폐쇄적인 몸가짐(가슴에 엇건 팔, 다른 사람과 늘 거리감을 두려는 태도 등).
날카롭거나 딱딱한 몸동작으로 화가 치밀지만 참고 있음을 넌지시 드러낸다.
몸과 마음의 긴장을 풀고 있지 못한다, 특히 자기에게 감정적인 아픔을 안긴 상대와 가까이 있을 경우.
불의를 보면 못 참는다(예를 들면 배임 행위와 연루된 누군가를 소셜 미디어 같은 데서 저격하고자 한다거나).
다른 사람의 단점과 결함을 곧잘 지적한다.
울분을 달래면서 과거를 떠올린다.
그럴 수 있는 능력이 있을 때도 도와주지 않는 쪽을 택한다(특히 부탁한 사람이 자기를 무시한다고 느껴질 경우).
재빨리 남에게 책임을 떠넘긴다.
뜻밖의 상황에서 분노 폭발.
양면성.
병에 잘 걸린다.

생체반응 INTERNAL SENSATIONS

흉부 압박감.

턱이 아픔.

두통 또는 몸살.

접촉에 대한 민감성.

심리 반응 MENTAL RESPONSES

누군가는 자기 상황에 대해 책임져야 한다고 믿는다.

이의 제기가 옳다고 여긴다.

다른 사람이 자기 문제에 개입해 처리했을 거라고 믿는다.

부정적인 결과에 대해 책임지기를 거부한다.

다른 사람에게도 자기 고통을 겪어보게 하고 싶다는 욕망.

도저히 너그러워질 수 없다.

성급하게 다른 사람을 재단한다.

극도로 사소한 일에 대해서조차 질투와 선망을 느낀다.

기분이 자주 뜨거워졌다 차가워졌다 한다.

이런 상태가 장기간 지속될 때 나타나는 징후

고립감.

순교자 코스프레를 함. 자기 상황에서 헤어나지를 못한다.

다른 사람과 간단한 대화조차 여의치 않아진다.

자기 삶 전반에 스며 있는 부정적 태도.

건강에 문제가 생긴다.

친구 관계 단절(자신의 부정적 태도나 독설로 점철된 관점 등으로 인해).

이런 상태가 억압될 때 나타나는 징후

수동적 공격 성향의 코멘트를 한다.
옮고 억제된 미소를 지어 보인다.
말은 긍정적이지만 행동은 부정적 태도를 드러낸다(예컨대, 축하한다는 말을 하면서도 분노에 차서 접시를 닦는다든가 맹렬하게 글씨를 휘갈겨 쓴다든가 등).
반어법으로 칭찬. "잘했어. 네가 그 일을 해낼 줄은 미처 몰랐네."
누가 좋은 소식을 전해오면 비아냥거리는 태도를 보인다.

다음의 감정으로 진전될 수도

분노 (276), 격노 (100), 불타는 복수욕 (260)

다음의 감정으로 물러날 수도

울분 (384), 짜증 (348), 실망 (324), 자기 연민 (424)

연관 파워 동사

질책하다, 배신하다, … 탓으로 돌리다, 속이 끓다, 발끈하다, 불신하다, 들춰내다, 곪아 터지다, 활활 타오르다, 욱해서 폭발하다, 억울하게 하다, 노려보다, 열 받다, 모욕하다, 짜증 나게 하다, 쿡쿡 찌르다, 재단하다, 투덜거리다, 지적하다, 푹 찌르다, 도발하다, 다투다, 분개하다, 부글부글거리다, 충격받다, 새카맣게 그을리다, 옥신각신하다, 내뱉다, 식식거리며 말하다, 분란을 일으키다, 부루퉁하다

Writer's Tip

독자의 개인사를 건들 만한 이야기로 감정 표현을 구성해보자. TV에 방영되는 미아 이야기처럼 비극적 상황은 모든 이를 뭉클하게 할 테지만, 만일 그 아이가 TV를 시청 중인 등장인물에게 특별한 대상이라면 그 뭉클함은 10배가 된다.

070 역정 내다 짜증 내다

IRRITATION

조급한 마음과 불쾌한 기분, 몹시 신경이 거슬리는 느낌

몸 짓 PHYSICAL SIGNALS

입술을 꼭 다물거나 얇게 오므린다.
잔뜩 굳은 얼굴.
눈을 가늘게 뜨고 찡그린다.
문제의 대상을 슬쩍 흘겨본다.
눈살을 찌푸린다.
굳은 미소.
혀를 옆으로 돌려 볼을 부풀리거나 숨을 길게 내쉰다.
코로 크게 숨을 내쉰다(다른 사람의 귀에 들릴 정도).
이를 악문다.
볼의 안쪽을 질겅질겅 깨문다.

목덜미를 문지른다.
팔짱을 낀다.
괜시리 옷을 잡아당기거나 끌어내린다.
뒤통수를 긁적거린다.
손가락을 비비 꼰다.
손가락을 꼼지락거린다.
손가락 마디에 핏기가 가실 정도로 손을 꽉 움켜쥔다.

공격적인 질문을 던진다.

억지웃음을 짓는다.

언성이 올라간다.

입만 달싹거리면서 뜸을 들인다.

상대방의 말허리를 자르고 끼어든다.

도발적인 억양으로 언쟁을 벌인다.

안절부절못한다.

발가락을 꼰다.

옷깃을 세워 얼굴을 가리려 한다.

습관적인 행동을 반복한다.

팔꿈치를 긁적거린다.

안경을 바로 쓴다.

다리를 가만히 두지 못한다.

갑자기 입을 다물고 대화에서 빠진다.

시간을 벌고자 잠시 다른 일에 관심이 끌리는 체한다.

생체반응 INTERNAL SENSATIONS

흉부 압박감.

근육수축.

민감해진 피부.

충동 조절 장애.

극단적으로 왔다 갔다 하는 기분.

체온 상승.

안면 근육과 턱의 경직으로 몸 상태가 불편해진다.

심리 반응 MENTAL RESPONSES

상대할 가치도 없다는 듯 문제의 대상을 무시한다.

불쾌한 생각을 머릿속에서 몰아내려고 노력한다.

현재 상황을 누군가와 상의해보고 싶다는 욕망.

상대방이 그만 입을 다물어줬으면 하고 바란다.

설령 이치에 맞지 않을지라도 자신의 신념대로 밀고 나가려든다.

흐릿해진 판단력.

성과나 기여도에 따라 다른 사람을 재단하려 한다.

이런 상태가 장기간 지속될 때 나타나는 징후

다른 사람의 논리나 견지에 대놓고 덤비려든다.

욕을 한다.

"지금 당신은 자기가 무슨 말을 하는지도 모르고 있어!"

빈정거린다.

중상 비방.

안면 경련.

혈압 상승.

툭툭 쏘아붙이면서 상대방을 공격하거나 관계에 손상이 갈 만한 말을 내뱉는다.

이런 상태가 억압될 때 나타나는 징후

문제의 대상을 회피.

두 얼굴을 가진 품행.

별것 아닌 일로 트집을 잡는다.

수동적이면서도 공격적인 논평.

억지로 문제의 대상을 모르는 척한다.

생각을 정리하기 위해 자리나 상황에서 벗어난다.

등 뒤에서 상대방의 험담을 퍼뜨린다.

다음의 감정 상태로 진전될 수도

원망 (384), 욕구불만 (480), 분노 (276)

다음의 감정 상태로 물러날 수도

짜증 (500), 무관심 (228), 안도감 (336)

연관 파워 동사

빽 내지르다, 외치다, 짜증 내다, 이를 악물다, 숨을 내쉬다, 얼굴을 찌푸리다, 노려보다, 더듬더듬 나아가다, 앙다물다, 툴툴거리다, 씩씩거리며 말하다, 함부로 판단하다, 구시렁거리다, 톡톡 쏘아 붙이다, 짜내다, 꼼지락거리다, 경직되다, 욕하다, 긴장하다, 씰룩거리다

Writer's Tip

등장인물마다 고유한 몸짓언어를 하나씩 창안해보자. 가령, 줄 서서 기다릴 때 그들은 발돋움하는 습관이 있는가? 생각에 깊이 잠겨 있을 동안에는 바지의 봉제선에 대고 그 선을 따라 손가락을 꼼지락거리는가? 감정이 표현된 행동 습관을 통해 그 등장인물이 원고지에서 튀어나와 생동할 수 있도록 그려보자.

071 열망하다 갈망하다

LONGING

손을 앞으로 내밀어 뭔가를 절절히 원함

Note: 등장인물의 열망 대상은 사람일 경우가 흔하긴 해도, 또한 그것은 사물일 수도 있고 심지어 만져질 수 없는 어떤 것일 수도 있다. 예를 들면, 지루한 직장에서 벗어나 지친 마음을 회복하고 싶어 한다거나 문화 체험 같은 것을 간절히 원할 수도 있다. 사람들과 연관 있는 열망의 자세한 정보를 위해서는 '욕망' 항목을 참조할 것.

몸 짓 PHYSICAL SIGNALS

얼굴

눈을 감는다.
아쉬운 듯 미소 짓는다.
입술이 벌어진다.
멍한 시선.
자기 열망과 관련 있는 화제가 나올 때는 표정이 밝아진다.

손짓

셔츠 깃 모서리를 따라 손가락을 놀린다.
손바닥으로 가슴을 문지른다.

목소리

자신이 열망하는 주제에 관해 부드러운 목소리로 말한다.
뭔가 아쉬워하는 어조에 실린 목소리.

무심코 팔찌나 반지 또는 그 밖의 손에 닿는 물건을 가지고 논다.
심호흡한다. 창밖을 내다본다.
자기 열망과 관련된 분야를 찾아다닌다(여행 사이트를 방문한다거나 학위 과정에 대해 찾아본다거나 관심사가 비슷한 사람이 모인 토론회에 들락거린다거나 등).
최종적인 자기실현을 하려면 어떤 코스를 밟는 게 좋을지 다른 사람과 얘기를 나눈다.

백일몽에 빠진다.
자기 안의 생각에 잠겨 오랜 기간 말이 없고 조용하다.
생각을 다른 쪽으로 돌리기 위해 취미나 일에 빠져든다.
자주 대화의 맥락을 놓친다.
자기 주변에서 무슨 일이 일어나는지 알아차리지 못한다.
평소 즐기곤 하던 관심사나 취미 생활에 대해 흥미가 시들해진다.
긴 시간을 혼자 보낸다.
모임에 적극적으로 동참하지는 않는다. 마음이 다른 데 가 있다.
자기가 열망하는 것을 획득하기 위한 계획을 세운다.
자기가 원하는 것에 관해 자주 털어놓는다.
열망하는 것과 연관된 기념품이나 영상, 사진을 들여다본다.

생체반응 INTERNAL SENSATIONS

가슴에 중압감.
무거운 팔다리.
심장에 통증.
지각 둔화.
욕망의 대상이 사정권에 들어왔다 싶을 때 신경이 온통 불타오른다.
불면증.

식욕부진(또는 먹는 걸 잊어버림).

심리 반응 MENTAL RESPONSES

목표에 집중하는 데 방해가 되는 것은 배제한다.
자기 욕구를 가로막는 장애물에 좌절감을 느낀다.
자기가 원하는 것에 대한 백일몽에 빠지거나 공상에 잠긴다.
자기 꿈이 끝내 실현되지 않을 것처럼 자포자기 상태가 된다.
시간이 매우 더디게 흐른다고 느낀다.
다른 일에는 집중하기가 어렵다.
자기가 원하는 것에 강박적으로 매달린다.
일부러 자기 욕망에 대한 생각을 차단하려 한다. 그에 관해 생각하지 않고자 애쓴다.

이런 상태가 장기간 지속될 때 나타나는 징후

고립감. 우울증.
체중의 과도한 감소나 증가.
그 대상을 계속 추구할 수 있도록 이사를 한다거나 학교를 그만둔다거나 하면서 생활에 큰 변화를 준다.
어떻게 그것을 성취할 수 있을지 구체적으로 고려하지도 않으면서 집요하게 욕망을 쫓아다닌다.
자신에게 허락된 것을 즐길 줄 모른다.
억하심정과 원망.
욕망이 경멸과 거부로 바뀐다.

이런 상태가 억압될 때 나타나는 징후

자신의 관심사를 부인.
욕망의 대상을 피한다.

다른 사람을 떨쳐버리기 위해 뭔가 다른 것에 관심 있는 척한다.
자신이 비밀스럽게 욕망하고 있는 것을 무시하거나 경멸한다.
억지로 웃음 짓는다.

다음의 감정으로 진전될 수도

의기소침 (176), 자포자기 (448), 억하심정 (344), 괴로움 (128), 흥분 (576), 강박 (488), 득의양양 (404), 충족 (212), 체념 (508)

다음의 감정으로 물러날 수도

무관심 (228), 호기심 (548), 감탄 (468)

연관 파워 동사

아프다, 갈망하다, 계산하다, 용케도 어떻게든 …하다, 탐내다, 간절히 청하다, 욕망하다, 사냥하다, 필요하다, 알아차리다, 애타게 그리다, 계획하다, 모의하다, 추구하다, 몰래 접근하다, 얻으려고 노력하다, 원하다, 바라보다, 구애하다, 동경하다

Writer's Tip

등장인물의 주의가 흐트러지면 자명한 것을 놓치게 되는데 이것은 이야기가 갈등과 파국으로 치닫는 완벽한 길을 열어준다. 어쩌다가 다른 사람의 행동에 주의하지 않고 넘어가는지, 주변 환경의 변화를 놓치는지, 잘 묘사해낸다면, 흥미로운 작품을 쓸 가능성이 높아진다. 또한 대화에서 놓치는 중요한 말 한마디는 차후에 복잡한 분란으로 이어질 수도 있다.

072 열의에 차다 자신감을 보이다 EAGERNESS

일을 제대로 해치우겠다는 정열과 의지

몸 짓 PHYSICAL SIGNALS

반짝반짝 빛나는 눈망울.

강렬한 시선 교환.

혀로 입술을 핥으며 미소 짓는다.

길게 숨을 내쉬고는 활짝 미소 지어 보인다.

눈을 부릅뜨고 주위를 두리번거린다.

고개를 꼿꼿이 쳐든다.

이상해 보일 정도로 눈썹을 씰룩거리다가도 이내 미소 짓는다.

손을 가만히 두지 못하고 물건을 만지작거린다.

자신의 양쪽 호주머니에 손을 찔러 넣고 다닌다.

손을 마주 대고 비빈다.

손을 꽉 맞잡는다.

허리춤에 손을 얹고 당당히 선다.

말투가 빠르다.

말할 때 억양이 잔뜩 들떠 있거나 소란스럽다.

화제를 부풀려 이야기한다.

자주 질문을 하고 이런저런 정보를 요구한다.

열정적인 억양으로 숨죽여 속닥거린다.
혼잣말로 기합을 넣는다.
선동적인 어휘를 구사한다.

상체가 앞으로 향해 있다.
상대방의 말에 열성적으로 주의를 기울이면서 고개를 끄덕인다.
앞쪽으로 발을 쭉 내민다.
동작에 생기가 있다.
발가락 끝을 까딱거린다.
활달하게 이리저리 움직인다.
걸음걸이가 평소보다 빠르다.
속보로 걷다 이내 뛰어다닌다.
탁자 앞으로 의자를 바짝 끌어당겨 앉는다.
의자 끝에 걸터앉는다.
서둘러 고개를 주억거린다.

그게 무엇이든 상관없이 어떤 제의를 받으면 선뜻 응한다.
호출을 받으면 바로 손을 들어 올린다.
손을 무릎에 올리고 상체를 앞으로 숙인다.
자신의 개인적인 공간에 다른 사람을 불러들인다.
곧게 펴진 어깨.
시선 교환을 주저하지 않는다.
상대방에게 먼저 눈짓을 보낸다.
행사나 모임이 있을 때는 단상 근처에 바짝 붙어 앉는다.
정시보다 일찍 도착한다.
누구와도 친숙하게 어울린다.
서두르라며 다른 사람을 재촉한다.

상황을 호전시키기 위해 자신의 시간을 기꺼이 낸다.
자신과 사고방식이 맞는 상대방에게는 적극적으로 다가선다(하지만 그렇지 않은 상대와는 거리를 둔다).
설명이나 가르침에 비상한 주의를 기울인다.

생체반응 INTERNAL SENSATIONS

가벼운 복통.
심장박동 급증. 가쁜 숨결.
가슴속에서 뭔가가 부풀어 오르는 느낌.
아드레날린이 각성 효과를 준다.

심리 반응 MENTAL RESPONSES

청각이 예민해진다.
자기 자신을 단단히 정비하며 준비 태세를 갖춘다.
관심사 이외의 다른 대상은 집중하기가 어려워진다.
다른 사람과 관심사를 공유하여 동참시키고 싶어 한다.
자기 억제력을 잃어버린다.
긍정적인 사고와 관점.
강한 책임감으로 다른 사람을 도와주거나 통솔하겠다는 각오.
자신의 행로에 완전히 전념코자 결단이 빠르다.

이런 상태가 장기간 지속될 때 나타나는 징후

일찌감치 준비한다. 더러는 하루 전에 서두르기도 한다.
세부 계획을 철저하게 세웠거나 그럴 수 있도록 집착한다.
완벽성을 추구한다.
원하는 상황이 앞당겨질 수 있도록 일 따위를 서둘러 추진한다.
미래에 어떤 체험이 기다리고 있을지 상상하거나 백일몽에 빠진다.

이런 상태가 억압될 때 나타나는 징후

머리를 무릎 사이에 파묻는다.

근육수축.

말할 때 느릿느릿한 어조를 유지한다.

또박또박한 발음을 내는 데 집중한다.

깊은숨을 계속해서 여러 번 내쉰다.

일에 몰두하거나 시간을 보내고자 따분한 일에 열중하기도 한다.

느슨하고 여유로운 자세를 매사에 태연자약한 사람인 척한다.

전략적으로 일부러 돌아가는 길을 택한다.

다음의 감정 상태로 진전될 수도

흥분 (576), 남의 괴로움을 고소해함 (136), 조급성 (464)

다음의 감정 상태로 물러날 수도

만족감 (212), 실망 (324)

연관 파워 동사

앞으로 나아가다, 동의하다, 활기를 불러일으키다, 접근하다, 왁자지껄하게 떠들어대다, 무리 짓다, 재촉하다, 도와주다, 함께하다, 펄쩍 뛰어오르다, 기울이다, 덤비다, 밀고 나가다, 달리다, 쇄도하다, 낚아채다, 설득하려 하다, 자진해서 하다, 소망하다

Writer's Tip

대화하는 대목에서 마찰을 이끌어내기 위해서는 주된 목표 지점을 상반되게 설정해 두는 게 좋다. 고조된 감정적 반응은 누군가가 필요로 하는 것을 얻지 못할 때 필연적으로 야기될 수 없는 결과이다.

073 영감 받다 탁월하다

INSPIRED

외부 자극을 받아 예술 작업이나 종교적 진언 등을 더 잘하고 언변이 유창해지는 상태

몸 짓 PHYSICAL SIGNALS

입을 벌리고 있다.

얼굴이 환해진다.

크게 뜬 눈.

머리를 뱅글뱅글 돌린다.

자주 미소 지어 보인다.

진지하거나 강렬한 표정을 짓는다.

평소보다 말씨가 빠르거나 큰 소리로 말한다.

구상에 몰두하고 있을 때는 아무 대답도 하지 않는다.

구상을 마무리 짓고자 혼잣말을 한다.

본인이 보기에는 중요성이 덜한 의무와 책임에서 벗어나고자 변명거리를 늘어놓는다.

다른 사람과 얘기할 때 바짝 다가간다.

단정치 못한 외모(셔츠에 주름이 잔뜩 져 있거나 버튼을 잘못 채웠거나 머릿결이 뻣뻣하거나 등).

도표나 삽화 또는 일정표를 그린다.

꽤 긴 기간 동안 어디에도 모습을 드러내지 않는다.

창조력을 극대화하려고 커피나 에너지 드링크 등을 자주 마신다.
먹거나 자는 것을 잊는다.
뭔가 구상하거나 그것을 말하는 동안 어정어정 돌아다닌다.
약속을 어긴다.

순간의 깨달음이 찾아와서 '아하!' 하며 갑자기 표정이나 몸가짐 따위가 정숙해진다.
한순간 사라지고 마는 착상을 붙잡고 내면 응시.
실행 단계에 돌입.
광기에 사로잡힌 듯한 활동 기간이 이어진다.
높은 생산성이나 창조력을 보인다.
아무에게나 자신의 착상이나 영감의 원천을 늘어놓는다.
방해받는 것을 못 견딘다.
작업하는 동안에는 주변을 잔뜩 어질러놓는다(청소하느라 작업을 중단하고 싶지 않아서).
자신의 구상을 다른 누군가와 토론하려고 달려나간다.
자신의 비전을 알아주지 않는 사람과는 잠시라도 같이 있고 싶지 않아 한다.

생체반응 INTERNAL SENSATIONS

에너지가 넘친다는 느낌.
신경이 날카로워졌다는 느낌(카페인 과다 복용, 또는 잠이 모자라서).
자신감이 넘치는 기분. 경박해지기 쉽다.
영감이 떠오르면 심장이 빠르게 뛴다.
호흡이 가빠진다.

심리 반응 MENTAL RESPONSES

명료한 정신.

초집중 상태.

의식이 내면으로 향한다(주의가 흐트러지지 않도록).

의식이 끊임없이 넘실거리며 착상을 중심으로 소용돌이친다.

자신의 착상을 풀어갈 만큼 충분히 빠르게 작업이 진척되지 않을 때는 좌절감에 빠진다.

시간관념 상실.

건망증.

개인적인 의무가 없어질 경우 안도감을 느낀다(예컨대, 배우자가 잠들어서 늦게까지 작업할 수 있을 경우).

이런 상태가 장기간 지속될 때 나타나는 징후

건강에 소홀.

심할 정도로 개인위생에도 소홀(손톱이 너무 길게 자란다거나 세탁할 시간이 없어서 같은 속옷을 계속 입고 다닌다거나 등).

햇볕을 충분히 쬐지 않아 피부가 누렇게 뜬다.

수면 부족으로 인한 충혈.

체중 감소.

어떻게 세계가 돌아가는지, 설령 극적인 사건이 발생해도 무관심.

이런 상태가 억압될 때 나타나는 징후

부자연스러워 보일 정도로 과묵한 표정과 몸가짐.

활기찬 눈(한군데를 오래 쏘아본다든가 자주 눈을 깜빡거린다거나 눈빛이 반짝거린다거나 등).

조바심이 극에 달한다.

자신의 착상을 작업에 옮기고자 귀가할 구실을 늘어놓는다.

다른 일에는 집중을 잘 못 한다(정신이 온통 영감의 원천에 팔렸을 때).
미소를 감추고자 씰룩거리는 입술.

다음의 감정으로 진전될 수도

희열 (584), 강박 (488)

다음의 감정으로 물러날 수도

실망감 (324), 가책 (568), 자기 연민 (424)

연관 파워 동사

해내다, 감탄하며 바라보다, 자극하다, 낳다, 짓다, 도전하다, 창조하다, 발전하다, 바치다, 이끌다, 모방하다, 활력을 불어넣다, 충격요법을 쓰다, 발생시키다, 선동하다, 기운 나게 하다, 불붙이다, 동기부여하다, 생산해내다, 촉발하다, 밀다, 뿌리내리다, 일깨우다, 불꽃이 튀다, 활성화시키다, 부추기다, 촉발하다, 감탄하다

Writer's Tip

어깨를 으쓱해 보이거나 눈살을 찌푸리는 등 평범한 몸동작 표현은 이해되기 쉽긴 하지만 만일 '마치 ~인 듯' 구문과 함께 자주 쓰인다면 윤기 잃은 묘사가 될 수도 있다. 이럴 때는 등장인물의 개별 특성(신체 특성, 습관, 좋아하는 공간이나 상황 등)을 고려하는 묘사가 중요하다. 그러한 묘사는 신선함과 생동감을 준다.

074 외롭다 쓸쓸하다 LONELINESS

혼자 동떨어져 있거나 다른 사람과 관계가 단절된 상태

몸 짓 PHYSICAL SIGNALS

뭔가를 열망하는 눈길.

사람을 흘금거린다.

웃음기라고는 전혀 찾아볼 수 없는 무표정한 얼굴.

눈 맞춤 회피.

무심코 바닥을 향하는 시선.

무거운 한숨.

자기 스스로 감싸 안는다.

자기 몸을 스스로 어루만진다.

인형이나 베개 등을 끌어안는다.

단조로운 목소리.

혼잣말을 웅얼거린다.

누군가와 대화할 때 지나치게 장광설을 늘어놓거나 수다스러워진다.

고립감을 떨치고자 모르는 사람에게 말을 건다.

호기심 때문이라기보다 그저 대화를 나누고 싶어서 질문한다.

다른 사람의 말을 엿듣거나 그들을 염탐한다.
야근이나 다른 업무까지 자원해 떠맡는다.
도피처로 책이나 인터넷 또는 TV 등을 택한다.
이목을 끌고 싶어서 알록달록하거나 튀는 옷을 입고 외출한다.
데이트 앱 같은 것을 시험 삼아 깔아본다.

자신의 외양에 무관심.
늘 똑같은 옷차림.
헝클어진 머리.
축 처진 어깨, 흐물흐물한 몸가짐.
행인이 활보하는 거리를 다닐 때는 시선을 늘 내리깐다.
시무룩한 태도.
비위를 맞춰주려고 다른 사람에게 호의적으로 군다.
다정한 사람들을 보면 표정이 일그러진다.
허세.
메일이 오면 기분이 한결 밝아진다(스팸메일이라 할지라도).
어떤 사람이나 어떤 물건을 점찍는다.
누군가와 이야기하거나 약속이 생기면 좋아한다.
반복되고 판에 박힌 일상에 고착되어 있다.
똑같은 음식을 먹는다.
늘 똑같은 공원만 산책한다.
아바타로 대리만족을 느낀다.
트위터나 페이스북에 열중한다든가 게임에 탐닉한다.
관심받고 싶다는 희망에서 자신의 외모를 세심히 가꾼다.
기분 전환을 위해 소소한 사치를 부리거나 자신에게 줄 선물을 산다.

생체반응 INTERNAL SENSATIONS

톡하면 목이 메면서 눈물이 쏟아질 것 같다.
혼자 있다는 감정이 고통이나 아픔으로 전이되어 나타난다.
불면증. 피로감.

심리 반응 MENTAL RESPONSES

군중이나 대규모 행사 또는 사교적인 활동 따위를 피하려 든다.
어딘가에 소속되거나 누군가가 자기를 원했으면 하는 욕망.
분노, 씁쓸함.
관계를 맺고 싶은 사람에 관한 백일몽을 꾼다.
모든 게 다 부질없다는 기분.

이런 상태가 장기간 지속될 때 나타나는 징후

자기 회의가 심해지면서 자신감을 잃는다.
체중 증가.
자신을 추하거나 무가치한 존재로 여긴다.
걷잡을 수 없는 울음이 터져 나온다.
이젠 상황을 뒤바꿀 수조차 없어졌다고 체념한다.
혈압 상승.
일중독 조짐을 보인다.
흥청망청하는 생활에 빠져든다(폭식, 폭음, 쇼핑, 도박 등).
애완동물을 입양한다.
자살 충동.

이런 상태가 억압될 때 나타나는 징후

자기에게 관심을 보이는 상대와 너무 빨리 친해지려 든다.
혼자 있는 쪽을 택하기로 한다.

누군가에게 너무 쉽게 친밀감을 드러낸다.
너무 쉽게 관계를 단념하기도 한다.
가족이나 친지에게 자주 전화한다.
외로운 사람끼리 모여 친목 모임을 이루고자 한다.
혹시라도 누가 찾아주지나 않을까 종일 현관만 바라본다.

다음의 감정 상태로 진전될 수도

체념 (508), 슬픔 (316), 상처 (300), 우울 증세 (400), 분노 (276)

다음의 감정 상태로 물러날 수도

불안정 (444), 무시당한다는 기분 (420), 소외감 (308)

연관 파워 동사

아프다, 피하다, 폭식하다, 집착하다, 대처하다, 울다, 모면하다, 기피하다, 홀딱 빠지다, 오랫동안 질질 끌다, 풀이 죽다, 엿듣다, 모방하다, 견디다, 날조하다, 공상에 잠기다, 숨다, 마음껏 하다, 시들해지다, 허송세월하다, 열망하다, 되비춰 보이다, 맥이 빠져 지내다, 무감각해지다, 터벅터벅 걷다, …인 척하다, 회피하다, 구부정하니 다니다, 축 늘어지다, 구부정하다, 눈물을 흘리다, 소망하다, 열망하다

Writer's Tip

등장인물의 움직임을 다룰 때 아무거나 되는 대로 고르는 것은 전혀 바람직하지 못한 태도이다. 등장인물의 일거수일투족은 그에 상응하는 각각의 의도에 맞춰 신중히 다뤄져야 한다. 예컨대, 어떤 일을 끝내기 위해서나 감정을 드러내기 위해서 또는 성격을 표현하기 위해서 등.

075 욕망하다 갈구하다

DESIRE

다른 사람과 관계 맺기를 시작하거나 강화하고자 하는 열망

Note: 욕망은 강력한 감정이다. 그게 다른 사람과 관계있을 때는 더욱 그렇다. 욕망은 주로 정으로 얽힌 관계와 관련되어 있으며, 예컨대 등장인물이 자녀·부모·형제자매 또는 친구와 더욱 돈독한 관계를 맺고자 원하는 마음으로 표출될 수 있다. 현상이나 비물질적인 것과 관련 있는 욕망은 '열망' 항목을 참조할 것.

몸 짓 PHYSICAL SIGNALS

확고한 눈 맞춤.
대상을 똑바로 마주 본다.
눈빛이 환히 타오르다 은밀해지기도 하고 어느새 부드럽게 변한다.
붉게 상기된 피부.
혀로 자주 입술을 핥는다.
애써 느긋한 미소를 지어 보인다.
상대에게 은밀한 시선을 보낸다.
입술을 벌린다.
혀를 슬그머니 내밀고 입술을 핥는다.

땀으로 축축해져 있는 손.
욕망의 대상을 대신해 자신의 손을 어루만진다.
손으로 자신의 얼굴과 입술을 자주 더듬거린다.
순간적으로 손을 움켜쥐었다가 이내 편다.

자신의 목울대를 손으로 더듬거나 어루만진다.

말할 때 점점 더 버벅거린다.
말할 때 언성을 낮춘다.

상체를 수그리거나 앞으로 기울인다.
상대방의 행동을 따라 한다.
몸을 떤다.
전화벨이 울리면 곧바로 받는다.
욕망하는 상대와 더 가까이 있으려 한다.
상대를 편하게 해주려는 마음에서 조심스럽게 행동한다.
자신의 목울대를 매만지거나 쓰다듬는다.
살짝 다리를 벌린다.

조금이라도 더 거리를 좁히려는 움직임.
자신의 몸가짐을 느슨히 한다.
다리에 맥이 풀린다.
욕망의 대상을 어루만지고 싶어 하거나 가까이 두려 한다.
무의식적으로 자신의 가슴을 앞으로 내민다.
대상과의 접촉을 유지하면서 그것을 속속들이 파악해두려 한다.
호흡을 억제한다.

생체반응 INTERNAL SENSATIONS

자신의 심장박동이 격해지는 것을 강하게 의식한다.
체온이 상승하고 있다는 것을 자각한다.
입안에 군침이 돈다.
팔과 목덜미에 소름이 돋는 듯한 기분을 느낀다.

손가락이 저리거나 얼얼해져 주무른다.

호흡이 가빠지거나 약해진다.

촉각이 극도로 예민해진다.

가슴이 뛰거나 가벼운 통증을 느끼기도 한다.

번덕이 심해진다.

말초신경이 곤두선다.

상대와 신체적으로 접촉하고 싶다는 열망에 휩싸인다.

심리 반응 MENTAL RESPONSES

거리를 완전히 좁히려는 욕망. 적극적으로 좀 더 가까이 다가갈 방도를 모색한다.

조바심.

자신의 존재감이 드러날 만한 기회를 엿보거나 만남을 시도한다.

챙겨주고 싶어 하고 상대가 원하는 것을 우선 앞세운다.

더욱 능동적으로 변해 거리낌이 없어진다.

자꾸 접촉하고 싶고 찾아보고 싶은 욕구.

그 사람의 체취에 관심을 보인다.

그 사람의 긍정적인 특질에 집중한다.

이런 상태가 장기간 지속될 때 나타나는 징후

어떤 고통이나 장애도 견뎌내겠다는 각오.

사고 강박에 빠진다.

그 사람과 함께하는 일에 자신의 모든 것을 쏟아부으려 한다.

친구, 가족, 업무 등을 등한시한다.

성취를 목표로 자기 계발이나 지식 함양 등에 전념한다.

대상의 눈높이에 부응하고자 자신의 결함을 고치려 발버둥 친다.

이런 상태가 억압될 때 나타나는 징후

한동안 다른 데로 시선을 돌린다.
다른 사람과 대화를 나누는 데 관심 있는 척한다.
대상에 저돌적으로 달려들기보다 한 걸음씩 다가가는 쪽을 택한다.
상대에게 접근하지도 않고 둘만 남게 되는 상황을 피하려 한다.
사람들 앞에서는 100% '오름세'인 척하다 혼자 있으면 밑으로 곤두박질친다.

다음의 감정 상태로 진전될 수도

흠모 (124), 사랑 (296), 욕정 (372), 결기 (516)

다음의 감정 상태로 물러날 수도

실망 (324), 공허감 (216), 욕구불만 (236)

연관 파워 동사

아프다, 열망하다, 불타오르다, 어루만지다, 따라다니다, 탐내다, 간절히 원하다, 쏟아붓다, 표현하다, 집중하다, 따르다, 동기부여하다, 필요로 하다, 집착하다, 추구하다, 다다르다, 찾다, 장악하다, 접촉하다, 원하다

Writer's Tip

감정이란 늘, 그게 좋은 쪽이든 나쁜 쪽이든, 어떤 결정을 내려야 하는 상황과 결부되기 마련이다. 그런 결정의 순간이 이야기를 끌고 나가는 동력을 발생시킨다.

076 욕정을 느끼다 욕구하다

강렬한 성적 갈망 또는 열망

Note: 욕정의 어떤 표현은 자연의 성별에 따른 남성이나 여성 그 너머가 대상일 수도 있다. 그러니만큼 등장인물의 개별적 특성과 성적 취향에 가장 부합하는 묘사 언어를 골라 쓰도록 하자.

몸 짓 PHYSICAL SIGNALS

깊고 그윽한 시선 교환.
뭔가 갈구하면서 암시하는 시선.
입술로 향해가는 눈길.

손등으로 자기 얼굴을 쓰다듬다 아래로 쓸어내린다.
손가락 끝으로 자기 유방 사이를 느리게 그어 올리거나 계속 눈 맞춤을 하며 옷 앞섶을 열어젖힌다.
손을 상대의 벨트에 대고 있다 손가락을 허리선 밑으로 슬슬 미끄러뜨린다.
버튼 사이로 손을 밀어 넣고 따뜻한 맨살을 만진다.
쓰다듬고 잡아당기는 손가락. 몸의 곡선을 따라 애무하고 움켜잡음.
버튼과 지퍼를 더듬어대는 손이 다급해져 파르르 떨린다.

입을 벌리고 숨을 헐떡거리거나 '헉' 하고 탄성을 내지른다.
소리를 낸다(가벼운 한숨, 신음, 속삭이며 건네는 지시나 제안 등).

가슴을 내밀고 목을 내보인다.
앉아 있는 동안 다리를 넓게 벌린다.
다른 사람에게 자기 몸을 바짝 밀착시키거나 다른 사람 몸을 자기에게 밀착한다.
상체를 앞으로 내밀면서 고개를 비스듬히 기울인다.
상대의 소매부터 거슬러 올라가서 팔뚝을 꽉 움켜잡는다.
딥키스를 한다(음미하다 몰아붙이면서 열을 내는 등 부드럽게 혀로 성적 흥분을 돋움).
단호하게 상대를 자기 쪽으로 끌어당겨서 자기가 뭘 원하고 어떻게 하고 싶은지를 전한다.
손과 발을 휘감는다.
입을 맞추고 목과 어깨를 핥는다. 축축한 타액의 흔적과 입술 자국이 남는다.
고개를 뒤로 젖힌다. 거추장스러운 옷을 잡아당겨 벗겨낸다.
민감한 부위를 집적거리는 입술(유두, 귓불, 팔뚝, 아랫배 등).
키스하는 동안 이로 상대의 아랫입술을 장난스럽게 잘근거린다.

등을 둥그렇게 만다.
자기 몸을 어루만지는 몸짓(느리게 넓적다리를 쓸어내린다거나 팔뚝을 애무한다거나 등).
귀에 조금 더 잘 들릴 만큼 점점 가빠져가는 숨결.
점점 더 강한 소유욕을 드러내며 강렬해지는 손아귀.
탱탱해지거나 굳은 피부.
몸이 상대방과 포개져 하나가 된다.

생체반응 INTERNAL SENSATIONS

뜨겁게 달아오르거나 몹시 흥분한다.
가슴과 아랫배에서 뭔가가 들썩거리는 느낌.
접촉과 수분에 몹시 민감해진다.
온몸을 감싸는 쾌락의 통증과 소름.
묵직하게 쿵쾅거리는 심장박동.
쾌락이나 욕망으로 인한 전율.
촉촉해지고(여성) 민감해져서 눌러주고 어루만져주기를 갈망한다.
손으로 구석구석 만지면서 훑어 내려가고 싶은 욕구로 안달이 난다.
성적인 몸의 떨림과 아픔.
축축함이 사타구니 바깥으로 퍼져나가 그 일대를 흥건히 적신다.
쾌락으로 몸서리를 치면서 끝에 다다르고 싶다는 욕구를 느낀다.

심리 반응 MENTAL RESPONSES

후각과 촉각이 극도로 민감해진다.
과거의 잠자리 상대를 떠올리거나 새로운 상대를 상상한다.
몸을 중심으로 한 쾌락에 집중한다.
함께 있고 싶고 한몸이 되고 싶다는 욕망에 압도당한다.
쾌감을 방출하는 순간 사라지고 싶다는 생각이 든다.
희열에 찬 만족감과 충일감.

이런 상태가 장기간 지속될 때 나타나는 징후

성적으로 정력적이다.
성적인 쾌락의 순간을 즐기는 것 이외에 다른 데는 집중할 수가 없다.
상대가 누구이고 시점이 어떠하며 장소가 어디인지 아랑곳하지 않고 자신의 충동을 만족시키려는 욕구.

이런 상태가 억압될 때 나타나는 징후

혼자 공상을 즐긴다.
앉은 자리에서 낑낑거리며 안절부절못한다.
집중력이 떨어지고 일을 계속하거나 잠드는 게 어려워진다.
알맞은 파트너의 매력적인 측면을 샅샅이 탐하는 눈길.
아무것도 아닌 일에 시비를 걸거나 화를 내면서 극단적인 과민성의 또 다른 징후를 드러낸다.

다음의 감정으로 진전될 수도

득의양양 (404), 사랑 (296), 욕구불만 (480), 실망감 (324), 질투 (496), 경멸 (224), 억하심정 (344), 수치심 (264)

다음의 감정으로 물러날 수도

만족감 (212), 욕망 (368)

연관 파워 동사

자극하다, 휩싸다, 스치다, 걷잡을 수 없이 흔들리다, 활활 타오르다, 쓰다듬다, 부드럽게 안다, 몸을 둥그렇게 말다, 떠다니다, 분출하다, 샅샅이 훑다, 홱 움직이다, 실룩거리다, 굵히게 하다, 움켜잡다, 핥다, 돌진하다, 주무르다, 욕구하다, 야금야금 갉아먹다, 꼬집다, 즐겁게 하다, 누르다, 활기가 넘치다, 떨리다, 흔들리다, 비비다, 잡다, 몸서리치다, 전율하다, 걷어내다, 누그러뜨리다, 나선형을 그리다, 짜내다, 쓰다듬다, 빨다, 쓸어내리다, 울리다, 밀치다, 기울이다, 오금이 저리다, 끌리다, 파르르 떨다, 몸을 꼬다, 데워지다, 속삭이다

Writer's Tip

심층을 드러낼 때 가장 훌륭한 매개 중 하나는 바로 대상 인물이 품고 있는 호기심이다. 등장인물마다 이끌리는 호기심이 무엇인지는 다를 수 있다. 그러니 그들의 개별적 특성과 관심 대상, 그리고 욕망에 대해 밝힐 수 있는 호기심의 활용은 매우 유용하다.

077 우려하다 불안하다 APPREHENSION

자신이 불운을 겪거나 역경에 처할까 봐 스트레스받는 상태

몸 짓 PHYSICAL SIGNALS

볼의 안쪽을 씹는다.

입술을 축이거나 깨문다.

한곳을 뚫어져라 바라보는 눈길.

입은 웃고 있는데 눈은 웃지 않는다.

일정한 간격으로 깊게 한숨을 내쉰다.

얼굴을 찡그리며 힘들어하는 표정을 내보인다.

두 손을 맞잡는다.

엄지와 검지 사이의 살갗을 반복해서 꼬집는다.

자주 얼굴에 손을 갖다 댄다(뺨을 긁적이든가 눈썹을 문지르든가 등).

꼼지락거리면서 물건을 만지작거림. 손을 가만히 내버려두지 못한다.

평소보다 훨씬 말수가 적어진다.

긴장한 목소리.

다른 사람에게 짜증을 낸다.

혼잣말로 중얼거린다.

시계나 문을 자꾸 쳐다본다(휴대폰 문자메시지를 확인한다든가 등).
멍한 눈길로 슬며시 몸을 흔들어댄다(자기 내부의 시선).
움직이기 전 걸음을 내딛는 게 어설프거나 머뭇거린다.
피부 각질을 자꾸 긁는다.
자기 넓적다리를 손가락으로 톡톡 두드리거나 입술을 느슨히 쥔 주먹으로 쥐어박는다.
자기 옷을 쓸어내린다.
오로지 주의를 다른 쪽으로 돌리려는 이유에서 업무에 착수한다.
자기의 걱정거리가 중심 화제가 안 되면 대화를 따라가기가 어렵다.
마치 팔이 시리다는 듯 자꾸 비벼댄다.
자신의 골칫거리 해결에 도움을 얻고자 사람들에게 정보를 캐묻는다.
예상 가능한 문젯거리와 장애물의 목록을 용지에 적어본다.

일어나서 움직이거나 뭔가 할 필요를 느낀다.
자주 옷을 갈아입는다(누군가에게 지적을 받을까 봐).
계획 짜기 모드에 들어간다(옵션에 대해 의논한다든가, 혼자 열심히 메모를 작성한다든가 등).
다른 사람과 대화하는 데 온전히 집중하지 못한다(마음가짐을 편히 한다든가 가볍게 담소를 나눈다든가 활동을 공유한다든가 등).
식욕부진으로 음식을 깨작거리거나 패스트푸드로 끼니를 때운다.
커피를 자주 마시고 흡연이 잦아지면서 평소보다 연기를 더 길게 내뿜는다든가 등.
기분 전환을 위해 다른 사람(낯선 사람일지라도)과 의논해보고 싶은 욕구를 느낀다.
다른 사람은 상황을 어떻게 보는지 물어본다.
이런 상황을 처리한 적이 있거나 그전에 경험한 사람에게 의지한다.

생체반응 INTERNAL SENSATIONS

가슴이 답답하고 얼얼하다.

침을 자주 삼킨 탓에 입이 마른다.

혼자 조용히 있는 동안 심장박동의 울림을 느낀다(혈압 상승).

어지럼증. 소화 장애.

평소보다 몸이 더 가렵다고 느낀다.

심리 반응 MENTAL RESPONSES

자기를 심란하게 하는 거라면 뭐든지 집착한다.

일이 잘못될 수도 있을 확률을 내심 계산해본다.

지금 자기 우려가 타당할 수밖에 없다는 경험상의 근거를 떠올려본다.

예상 가능한 골칫거리에 대처하고자 미리 대응책 마련에 부심한다.

긍정적이고 낙관적인 생각을 불어넣고자 자기 자신과 대화한다(그저 반쪽짜리 시도에 불과하지만).

크거나 색다른 소리에 민감. 끊이지 않고 계속되는 잡생각.

시간이 빨리 가기를 바란다.

잠드는 게 어렵거나 잠이 들었다가도 금세 깬다.

준비 과잉(공부할 때 많은 책을 챙기거나 서류를 거듭 체크하는 등).

이런 상태가 장기간 지속될 때 나타나는 징후

자신의 결정과 행동을 습관적으로 돌아보며 자책한다.

위험을 피하려다 보니 조심성이 과해진다.

비합리적인 미신이나 '후회보다는 조심'이라는 생각 때문에 선택을 뒤집는다.

무례하게 구는 등 다른 사람을 막 대한다.

사소한 일에도 극렬한 반응을 보인다.

이런 상태가 억압될 때 나타나는 징후

자신의 걱정거리를 남에게 에둘러 반문한다.
걱정거리를 떨쳐내기 위해 활달하게 지내고자 노력한다.
스스로 고개를 끄덕여 보이며 낙관적으로 말한다.
튀는 행실에 대해 사과하고 용서를 구한다.
다른 사람의 눈에 쉽게 띄도록 일부러 더 지치거나 지루한 척한다.
차갑게 번지거나 이내 표정에서 지워지는 미소.

다음의 감정 상태로 진전될 수도

두려움 (204), 공포 (148), 가책 (140)

다음의 감정 상태로 물러날 수도

여리고 상처받기 쉬움 (208), 안도 (336), 불안 (476)

연관 파워 동사

동요하다, 걸어 잠그다, 은폐하다, 고해성사하다, 가장하다, 몹시 무서워하다, 한시도 가만히 못 있고 꼼지락거리다, 호들갑을 떨다, 늘어나다, 기대다, 사로잡다, 과민 반응을 보이다, 어정거리다, 꼬집다, 묻다, 다시 하다, 노심초사하다, 다시 생각하다, 뒤집다, 움켜잡다, 변경하다, 깜짝 놀라게 하다, 안간힘을 쓰다, 뻣뻣해지다, 떨리다, 원점으로 돌리다, 불안하게 하다, 토로하다, 바라보다, 약해지다, 걱정하다

Writer's Tip

감정의 스펙트럼은 넓다. 그럼에도 우리는 그중에서 상투적이고 두드러지는 (묘사하기 쉽기에 자주 접하게 되므로) 감정만 알고 있을 뿐이다. 글은 독창성과 신선함이 중요하다. 특히 신인의 글일수록 그렇다. 그러니 지도에서 벗어나 보자. 다채로운 느낌들을 떠올리고 묘사해보자. 독자에게 더욱 풍요로운 체험을 선사할 수 있도록.

078 우울하다 침울하다

SOMBERNESS

어둡거나 깊이 가라앉은 상태

몸 짓 PHYSICAL SIGNALS

멍한 표정.
시선을 내리까는 경향.
생각에 잠긴 표정.
사색에 잠긴 표정 또는 초점 없는 응시.
말할 때는 사람과 눈을 마주치지 않고 허공만 바라본다.
언뜻 보기에는 잔잔한 모습이지만, 실은 아무런 표정도 없다.
미소도 짓지 않고 유머도 없다.
입가가 침울하게 뒤틀려 있다.
어둡거나 심각해 보이는 눈빛.
땅만 쳐다본다.
말하기보다 느린 고갯짓으로만 응답한다.
등 뒤로 손을 축 늘어뜨린 채 시선을 내리깐다.

무릎 위에 가지런히 모은 양손.
두 손으로 머리를 감싸 쥐고 있다.
손으로 턱을 괸다.
주머니에 손을 찔러 넣는다.
무의식적으로 손톱을 물어뜯는다.

팔로 턱을 괴고 있다 손가락으로 입을 덮는다.

감정이 실리지 않은 목소리.

말하기 전에 계속 머뭇거린다.

기어 들어가는 목소리

누가 자기 이름을 불러도 대답하지 않는다.

매우 느린 걸음걸이

칙칙하고 색깔 없는 옷만 골라 입는다.

시무룩하게 앉아 있다.

부자연스러워 보이는 침묵.

팔과 다리를 몸에 바짝 붙인다.

움직임 없이 딱 멈춰 있는 자세.

슬프거나 진지한 거동.

폐쇄적이고 고집스러워 보이는 태도.

모든 사태를 지나치게 어둡거나 무겁게 바라본다.

주변을 축 처지게 할 정도로 암울한 분위기.

연체동물처럼 늘어진 자세.

움직임이 기능적이고 세세하다.

외부 자극에도 별다른 반응을 보이지 않는다.

매사에 진중하고 차분한 태도를 보인다.

최소한으로만 몸을 움직이면서 몸놀림을 절제한다.

무겁게 한숨을 내쉰다.

이전에 즐겨 하던 일에도 이제는 흥이 덜하다(음식, 가장 좋아하는 스포츠 팀 등).

생체반응 INTERNAL SENSATIONS

피로감, 에너지 결핍.
팔다리나 근육이 무겁다.
뭔가에 잔뜩 짓눌린 기분.
호흡은 느리고 고른 편이다.

심리 반응 MENTAL RESPONSES

축 가라앉은 기질.
부정적인 관점.
혼자 있고 싶은 욕구.
다른 사람과 원활하게 대화를 나누기가 어렵다.
다른 사람에게 묻기보다는 자기 내부에서 답을 찾으려고 한다.
시간관념 상실.
혼자 생각에 빠져 주의를 집중하기가 힘들다.

이런 상태가 장기간 지속될 때 나타나는 징후

부정적인 관점이나 각성을 맹목적으로 수용한다.
취미 활동이나 유흥에도 관심이 없어진다.
비애감, 비관.
자기와 감정 상태가 다른 사람을 피한다.
다른 사람이 뭘 필요로 하는지 알아채지 못한다.
목표나 욕망, 곧 있을 행사 등에 무심해진다.

이런 상태가 억압될 때 나타나는 징후

억지웃음.
미소를 너무 자주 짓는다.
찰나의 미소.

경조사에 참석하겠다고 약속하지만 가지는 않는다.
미소를 지을 때도 눈은 웃지 않는다.
진지한 어조로 적확한 단어만 골라 쓴다.
액세서리에 집착하다.

다음의 감정 상태로 진전될 수도

우울 증세 (400), 절망감 (460), 체념 (508)

다음의 감정 상태로 물러날 수도

무관심 (228), 변덕 (88)

연관 파워 동사

피하다, 곱씹다, 위로를 전하다, 불평하다, 어두워지다, 패하다, 기가 꺾이다, 절망하다, 수그러들다, 일축하다, 되씹다, 서서히 사그라지다, 맥이 빠져 지내다, 말을 더듬거리다, 말이 없어지다, 으쓱하다, 한숨 쉬다, 늘어지다, 걱정하다

Writer's Tip

장면에 현재 상황과 맞닿아 있는 과거사를 더듬고자 과거 회상 장면이 포함되어야 할 때 감정적인 요소가 확실히 두드러지도록 할 것. 감정은 기억을 촉발하는 기폭제일 뿐 아니라 현재와 과거가 매끄럽게 연결되도록 도와주는 매개체로 작용할 수 있다.

079 울분을 느끼다 분개하다 RESENTMENT

무례나 부당한 대우 또는 불공정한 처사 등에서 솟아난 윤리적 분노

몸 짓 PHYSICAL SIGNALS

입술을 깨문다.
무표정한 시선, 가늘게 뜬 눈.
험상궂게 노려본다.
뾰로통한 표정(아이들).
입술을 삐죽거리며 씁쓸한 표정을 지어 보인다.
입술을 말아 올려 이를 드러낸다.
예리하고 다부져 보이는 턱선.
퉁명스러워 보이는 미소.
바라보는 게 아니라 무심히 스쳐 지나가는 시선.
굳은 표정.

가슴 위로 팔을 엇건다.
가슴을 친다.
팔을 앞으로 뻗어 굳게 주먹을 말아 쥔다.
주먹을 부르르 떤다.
주먹으로 책상 따위를 내리친다.
자신의 머리채를 움켜쥔다.

심술궂고 악의적인 언행.

욕설.

심하게 언성을 높인다.

말다툼.

한숨을 내쉬거나 욕설을 내뱉으며 투덜거린다.

누군가를 뒤에서 험담한다.

고개를 가로저어놓고는 정작 아무 말도 하지 않는다.

신랄한 어투.

상대방에게 쓴소리한다.

공간에서 뛰쳐나간다.

씩씩거리며 돌아서 버린다.

계단을 미친 듯 뛰어 올라간다.

필요 이상으로 강하게 문을 닫는다.

갈수록 다른 사람과 거리를 두려 한다.

불평불만.

거친 태도.

누군가의 친절이나 호의를 사양한다.

문제의 대상과 마주치려 하지 않는다.

잔뜩 경직된 태도.

상대방의 화해 시도를 의도적으로 무시한다.

누군가의 성과나 지위를 깎아내린다.

목과 어깨에 잔뜩 힘이 들어가 있다.

익울한 기분에서 누군가의 계획이나 활동을 방해한다.

생체반응 INTERNAL SENSATIONS

긴장성 두통.

아래턱이 아리다.

가슴이 답답해진다.

목이 꽉 막혀오는 기분.

속이 쓰리고 소화가 안 된다.

목덜미가 뻣뻣해진다.

심리 반응 MENTAL RESPONSES

표적을 향한 불편한 심기.

부당하거나 공정하지 못한 일 처리에서 오는 좌절감.

다른 사람이 몰락하는 상황을 머릿속으로 자주 그려본다.

매사에 예민하게 군다.

혼자 있고 싶어 한다.

다른 사람의 관계도 망가트리고 싶어 기회를 엿본다.

같은 처지의 사람을 끌어들여 단체로 규합하고 싶다는 욕망.

공정성에 집착한다(형평성에 어긋한 행태를 지적한다거나 늘 남들을 공평하게 대하려고 한다거나 등).

이런 상태가 장기간 지속될 때 나타나는 징후

체중 증가.

각종 질환.

불면증.

늦게 출근하거나 전화로 병 때문에 결근한다고 한다.

혈압 상승.

복수할 기회를 노린다.

이런 상태가 억압될 때 나타나는 징후

고립을 자초한다.

침묵을 지킨다.

욱하는 성깔이 튀어나오지 않을 만한 방향으로 화제를 돌린다.

억지로 미소 짓고 다닌다.

정의와 관련된 이야깃거리가 나올 듯하면 그만 일어나는 시늉을 한다.

다음의 감정 상태로 진전될 수도

억하심정 (344), 경멸 (112), 분노 (276), 증오 (492), 질투 (496), 반항심 (456), 불타는 복수심 (260)

다음의 감정 상태로 물러날 수도

수용 (312), 상처 (300), 결기 (516)

연관 파워 동사

비난하다, 공격하다, 방어하다, 훨씬 심해지다, 얼굴을 찌푸리다, 씩씩거리다, 험담하다, 투덜거리다, 잠복하다, 모욕하다, 뿌루퉁하다, 방해하다, 쏘아보다, 속을 태우다, 한순간에 폭발하다, 속을 끓이다, 샐쭉하다, 약화시키다, 분통을 터뜨리다

Writer's Tip

독자에게 장면이나 인물 또는 소품 등을 새로이 선보일 때는 다른 인물의 대화 내용을 활용해보는 방법도 꽤 유용할 수 있다. 그들이 언급하고 있는 이야깃거리와 그에 관하여 그들이 보이는 반응의 각도에서 새로 등장하게 되는 인물이나 그 밖의 요소를 이해할 단서를 줄 수 있기 때문이다.

080 위축되다 초라하다

HUMBLED

자신을 내세울 게 없는 위치라고 낮춰 인식하는 것

몸 짓 PHYSICAL SIGNALS

눈을 질끈 감는다.
고개를 뒤로 젖히고 울음을 참기 위해 눈을 빠르게 깜빡거린다.
콧날이 시큰해진다.
머리를 내저으며 코로 무겁게 숨을 내쉰다.
좌절감에서 입술을 일그러뜨린다.
턱 근육 경직.
이를 악물고 있다.
다른 사람과 눈을 마주치지 않는다.

손으로 눈을 가린다.
손으로 머리를 쓸어 넘기고는 돌아선다.
양팔을 엇걸고 있다.
단추나 동전 또는 귀걸이 등을 손에 쥐고 계속 꼼지락거리거나 만지작거린다.
곧게 편 손가락을 입가에 가져다 댄다.

평소보다 나지막한 목소리로 말한다.

고개를 숙인다.
느릿느릿 제자리를 맴돈다.
가슴까지 턱을 내려뜨린다.
뒤로 물러난다.
뒷짐 지거나 고개를 숙이고 선 자세.
마치 진상을 이제야 알아차렸다는 듯 천천히 고개를 주억거린다.

다른 사람 뒤에 서려 한다.
자기를 내세우지 않는다.
다른 사람이 각광을 받도록 함. 스스로는 주목받기를 사양한다.
매우 과묵하다.
다른 사람에게서 떨어져 뒤쪽에서 어정거린다.
몸을 움츠린다.
움찔하고 놀란다.

생체반응 INTERNAL SENSATIONS

가슴 압박감
아랫배가 축 처지는 느낌.
목구멍이 죄어옴.
눈이 시리다.
위장에서 쓴 물이 올라오며 욕지기를 느낀다.
근육긴장.

심리 반응 MENTAL RESPONSES

벌어진 일에 올바로 대처하려고 발버둥 치느라 정신이 사납다.
새로운 정보가 자신의 계획과 인식을 뒤바꾸게 되면서 머릿속이 하얘진다.

불신에 내몰린다.
자기 탓으로 돌리는 사고방식.
숨고 싶어 한다.
속으로 모욕적인 순간을 계속 떠올려본다.

이런 상태가 장기간 지속될 때 나타나는 징후

자신을 믿지 못한다.
고립을 자초한다(수치심이 주요 원인이라면).
모욕적인 상황이 생겨날 만한 장소를 피한다.
설령 본인이 열정을 바친 취미 생활이었다 해도 단번에 끊는다.
자신의 외양이 어떠하든 되는 대로 놔둔다.
위험 회피.
남에게 주목받는 것 기피.
스스로에게 지나치게 가혹해진다.
완벽주의(다시는 그 같은 모욕을 겪지 않도록).
그 지역에서 자신의 가치를 입증해줄 봉사 활동 같은 데 초집중.
의욕이 새로 생겨나고 살아가는 관점이 변화한다.

이런 상태가 억압될 때 나타나는 징후

실제 일어난 일의 진실을 부정.
겸손하게 구는 사람에 대해 증오와 분노를 나타낸다.
일어난 일에 대해 변명을 늘어놓는다.
마치 별일 아니라는 듯 일어나는 일에 대해 껄껄 웃어넘기려 한다.
과잉 보상.
다른 사람에게 자신의 가치를 반복해서 입증하려 발버둥 친다.
자만심에 찬 태도를 유지.

다음의 감정으로 진전될 수도

원망 (384), 방어 (252), 부인 (272), 수치심 (504), 망연자실 (216), 회한 (392), 부끄러움 (264), 자기혐오 (428)

다음의 감정으로 물러날 수도

체념 (508), 감사 (132), 결연함 (516)

연관 파워 동사

저자세가 되다, 아는 체하다, 인정하다, 사과하다, 큰 충격을 주다, 단언하다, 경외심을 품게 하다, 실수하다, 망치다, 서투르게 처리하다, 잘못을 깨닫게 하다, 수긍하다, 주장하다, 축하하다, 오므라들다, 미치지 못하다, 털썩 주저앉다, 망치다, 더듬거리다, 깜빡하다, 실족하다, 자백하다, 철회하다, 인식하다, 엉망으로 만들다, 미끄러지다, 구부정하게 서다, 뒹굴다

Writer's Tip

여러분의 등장인물에게는, 자기감정을 다른 사람에게 숨기고자 할 때 나타나는 악습이나 습관적 행동 또는 틱 같은 게 있는가? 그렇다면 그들이 진짜 기분을 억누르고자 일거리에 한창 매달려 있을 때는 어떤 미세한 반응을 보이는지도 고민해보자.

081 유감스럽다 애석하다

REGRET

자신의 힘으로는 통제할 수 없거나 돌이킬 수 없는 정황을 안타까워하는 상태

몸 짓 PHYSICAL SIGNALS

무거운 한숨.
벌어진 입.
눈을 감고 콧날을 꼬집는다.
미간을 잔뜩 찌푸린다.
앞머리를 내려뜨려 되도록 모습을 감추고 싶어 한다.

손을 얼굴에 대고 비빈다.
손을 가슴뼈 위에 얹는다.
팔꿈치를 모은다.
눈을 감고 눈자위를 꾹꾹 누른다.
손을 들어 올렸다 힘없이 떨어뜨린다.
손을 떤다.

합리화하거나 설명하려고 든다.
자주 대화의 맥락을 잃고 헤맨다.
하다 만 듯한 의사 표현
기어 들어가는 목소리로 말한다.
"그 여자는 어떻게 지내는 것 같아?"

스스로 비하한다.

자신의 발 쪽으로 시선을 내려뜨린다.
몹시 쑤신다는 듯 가슴을 문지른다.
구부정한 자세.
팔이 무겁고 어깨가 축 처져 있다.

자신의 허물을 뉘우친다.
고통스러운 표정.
희생자를 피한다.
화해할 길을 찾아본다.
자신이 예전에 했던 행위나 선택을 질책한다.
이미 벌어진 일을 돌이키고자 발버둥 친다.
다른 사람과 점점 더 거리를 두며 지낸다.
사교 모임에서도 자신의 존재감을 지우려고 노력한다.
아랫배에 대고 양팔을 엇건다.

생체반응 INTERNAL SENSATIONS

명치에 뭔가가 걸려서 안 내려가는 것 같다.
불면증.
숨이 차다.
신경성 위장 장애.
식욕 저하.
가슴이 답답하고 뭔가가 얹혀 있는 듯한 느낌.

심리 반응 MENTAL RESPONSES

자기혐오.
모든 상황을 회한과 결부 짓는 강박에 시달린다.
과거 상황을 자꾸만 되돌아본다.
생각이 집요하게 자신의 내부로만 침잠해 들어간다.
어떻게 해서든 순간을 잊어보려고 노력한다.
남의 눈에 띄지 않고 싶다는 욕구.
심란하다.
자기가 무능하다는 기분.

이런 상태가 장기간 지속될 때 나타나는 징후.

자신의 건강을 돌보지 않는다.
사회생활에서 유리된다.
취미 활동이나 일상에서 즐거움을 찾기 어려워진다.
다른 관계에서 과잉 보상을 기대한다.
흐느껴 운다.
약물과 알코올에 빠져든다.
폭력적인 인간관계를 맺게 된다.
인간관계의 끈이 완전히 끊어진다.
궤양을 앓게 된다.
다른 사람과 친밀한 교류를 나눌 수 없게 된다.
자기 자신을 용납할 수 없다.

이런 상태가 억압될 때 나타나는 징후

절박한 마음으로 새로운 인간관계를 찾아 나선다.
그동안 자신이 이룬 성과를 과장해 늘어놓는다.
지금까지의 삶에서 벗어나 다른 길을 선택한다.

직종을 바꾼다.
이사한다.
어떤 단체에 철저히 얽매여 있는 것처럼 행동한다.
애써 행복한 표정을 지어 보인다.

다음의 감정 상태로 진전될 수도

수치심 (264), 좌절감 (480), 우울 증세 (400), 자기 연민 (424),
자기혐오 (428)

다음의 감정 상태로 물러날 수도

슬픔 (316), 심적 부담감 (192)

연관 파워 동사

외면하다, 울다, 부인하다, 대단치 않게 여기다, 빠져나가다, 회피하다, 움찔하다, 숨기다, 떨어지다, 최소화하다, 웅얼거리다, 일탈하다, 뒹굴다, 헤매다, 흠칫 하다

Writer's Tip

묘사할 때 지나치게 의존해온 표현에는 무엇이 있는지 살펴보자. 하늘을 나타내는 대목마다 '푸른색'을 남용해오지는 않았는가? 여러 장면에서 소리를 감각적으로 표현한 구절(바스락거리는 나무숲 사이로 스쳐 지나가는 바람 등)이 나오고 있지는 않은가? 지나친 반복 사용을 피할 수 있도록 이와 같은 세부 사항을 하나하나씩 꼼꼼히 점검해보자.

082 유대감 소속감 CONNECTEDNESS

다른 사람이나 세상 또는 경험 세계 그 자체와 의미 있는 접속을 체험하는 감정 상태

몸 짓 PHYSICAL SIGNALS

환한 눈망울.
모든 긴장감이 가신 듯 부드러워진 얼굴.
진심 어린 미소(눈가에도 미소가 어려 있다거나 길게 이어진다거나 억지로 짓는 것처럼 보이지 않는다거나 등).
웃음이 늘어난다.

함께 이어져 있음을 느낀 상대에게 손을 내밀거나 그 손을 꽉 맞잡는다.
상대의 얼굴을 어루만진다(뺨을 쓰다듬는다거나 서로 함께 이마를 맞댄다거나 등).

선의의 호기심과 관심에서 이것저것 물어본다.
깊고 고르게 호흡한다.
콧노래를 흥얼거리거나 노래를 부른다(그러기 쉬운 성향이라면).
사적인 이야기를 잘 털어놓는다.

길게 지속되는 허그.
동류의식을 느끼는 사람에게 가까이 다가간다(거리감을 지우고).

다리를 꼬고 앉아 상체를 뒤로 젖히고 두 팔로 받친다.
얼굴을 위로 향한다.
더욱 활달해진 움직임과 걸음걸이.
다른 사람을 향해 몸을 기울인다.
유쾌한 농담 또는 친분 있는 사람과 가벼운 장난질.
완전히 안전하다고 느끼므로 신체를 무방비 상태로 노출한다(잔디밭에서 뒹군다든가 야생동물에게 다가간다든가 두 팔을 활짝 벌리고 서 있다든가 등).
친밀감을 높이려는 신체 접촉(손을 상대방의 팔이나 어깨에 얹음).

눈을 감고 내쉬기 전에 숨을 깊이 들이마신다.
개방적이고 포용력 있어 보이는 몸가짐(사람들과 똑바로 마주한다거나 편한 자세로 서 있는다거나 먼저 손을 내민다거나 등).
자연을 관찰하고 감상하며 그것과 상호작용하는 데 더 많은 시간을 할애한다.
그러는 것을 자연스럽고 편한 일로 느낀다는 듯, 속마음이나 걱정거리 또는 두려움을 타인과 공유한다.
대화할 때 솔직하고 투명한 태도.
경박함 또는 장난기.
질문을 환영하고 뒤로 물러나거나 자의식을 느끼지 않고 스스럼없이 응답한다.
주변 환경과의 즉각적인 상호작용(머리맡 베갯잇을 손가락으로 쓸어본다든가 기분 좋은 향내를 맡는다든가 등).
기꺼이 도우려는 의향(발 벗고 나서서 남을 돕는다든가 뭔가 주어야 하고 어떻게 해야 하는지를 찾아낸다든가 등).
의무에서가 아니라 친절한 마음으로 대한다(사려 깊은 태도를 보인다든가 선물을 가져온다든가 등).

생체반응 INTERNAL SENSATIONS

소름(높아진 촉각의 감도로 인해).
피부가 기분 좋게 찌릿찌릿하다(온기와 접촉에 대한 민감성).
상반신이 편하게 이완되면서 어깨 풀림 현상.
깊고 안정된 호흡으로 인해 비강이 기분 좋게 얼얼해진다.
가슴 팽만감.

심리 반응 MENTAL RESPONSES

다른 사람을 선불리 재단하려는 욕망이나 판단하려는 태도가 없다.
범사에 깊은 감사를 느낀다.
물적 소유에 집착이 덜하다.
다른 사람을 소중히 대하고 그 순간에 몰입한다.
이 세상과 자신의 자리에 대하여 깊은 묵상이나 기도를 한다.
자신의 단점을 돌아보며 어떻게 해야 나아질지(성장하고 싶다는 욕망) 생각한다.
자의식 결여.

이런 상태가 장기간 지속될 때 나타나는 징후

자신에게 충일감을 느끼게 하는 사람들과 함께 있고 싶은 욕구.
깊고 내밀한 속마음과 자기 정체성의 핵심 일부를 이루는 견해 공유.
자신감 상승. 뭐든 할 수 있다는 느낌.
더 넓은 세계를 누리고자 도전과 더 큰 모험을 감수.
심오한 사색가가 된다.
자연이나 다른 사람과 함께하는 데 대부분 시간을 할애(본인이 어느 쪽에 더 결속되어 있느냐에 따라).

이런 상태가 억압될 때 나타나는 징후

접촉을 피하기 위해 호주머니나 등 뒤로 자기 손을 감춘다.
동질감이 느껴지는 사람들과 시선 교환을 회피.
다른 데 정신이 팔려 있거나 집중하는 것처럼 보일 만한 일거리를 찾아 매달린다.
대화 회피(말하다 마음이 흐트러질 것을 피하고자).
유대감이 느껴질 만한 자리에서 벗어남으로써 그 모임의 중요성을 (자신에게나 타인에게) 깎아내린다.
다른 사람과 함께 있기보다는 혼자서 더 많은 시간을 보낸다.

다음의 감정으로 진전될 수도

행복감 (532), 충족 (212), 경외심 (120), 방랑벽 (248)

다음의 감정으로 물러날 수도

평안 (528), 귀히 여김 (472), 행복감 (532), 자신감 (440), 감상적 (188)

연관 파워 동사

받아들이다, 영향을 미치다, 인정하다, 마음을 두다, 속하다, 결속시키다, 털어내다, 연연하다, 아끼다, 간격을 좁히다, 붙잡다, 감싸 안다, 함께하다, 잇다, 고정되다, 어울리다, 섞이다, 맞물리다, 동기를 부여하다, 필요하다, 보살피다, 숭배하다, 확정 짓다, 감지하다, 제공하다, 조화를 이루다, 접촉하다, 초월하다, 얼어붙게 하다, 결부시키다, 원하다, 결혼하다, 맞아들이다

Writer's Tip

독자에게 등장인물의 감정 상태를 잘 전할 수 있는 또 하나의 방법은 등장인물의 감정을 보편적인 경험과 결부 짓는 것이다. 예를 들어, 중요한 전화 통화를 해야 하는데 자꾸 번호가 잘못 눌리는 꿈을 매일 밤 반복해서 꾼다고 가정해보자. 독자는 억눌린 듯한 이런 상황에 쉽게 동화될 것이다.

083 의기소침하다 우울하다 DEPRESSED

자기 안으로 깊숙이 움츠러드는 감정, 슬픔이 심해 의욕이 없는 상태

몸 짓 PHYSICAL SIGNALS

눈을 자주 깜빡이지 않는다.
촉촉이 젖어 있거나 붉게 충혈된 눈.
자기 손을 향해 내리뜬 시선.
헝클어진 머리.
입꼬리가 밑으로 처져 있는 입.
늘어난 얼굴 주름, 맥 빠진 표정.
눈 밑의 다크 서클.
폭삭 늙은 얼굴.
자글자글한 주름, 축 처진 눈시울, 흰 머리.
멍한 눈길.

굼뜬 손놀림.
아무렇게나 자란 손톱.
손으로 턱을 괸다.

변명거리를 찾는다.
생기나 활력이 전혀 느껴지지 않는 억양.
다른 사람의 말에 전혀 응답하지 않는다.

남과 대화할 줄 모른다.
자기 행복 따위야 아랑곳하지 않는다는 말을 대놓고 함.

매일 똑같은 옷을 입고 다닌다.
발을 질질 끌고 다닌다.
걸려온 전화나 방문객을 무시한다.
잘 먹지 못한다.
업무 약속, 대화 내용, 모임 일정 등을 깜빡한다.
음식물을 깨작거리거나 맛을 느끼지 못한다.
맡은 일거리(업무, 학교 과제, 살림 등)에 도무지 집중할 수 없다.

수척한 몰골.
현저한 체중 감소 또는 증가.
일어나야 할 이유를 찾지 못해 마냥 침대에 까라져 있다.
축 처진 몸가짐, 푹 꺾인 목선.
상실감을 더욱 자극하는 장신구 등 사물에 집착.
수면 장애. 수면 과다.
지저분한 집과 방 또는 사무 공간.
각종 질환.
흥미를 보이는 취미 활동이 전혀 없다.
학교를 마치지 못하거나 직장 생활에도 실패한다.
고립을 자초.
사회 활동에서 물러나거나 친구들을 멀리한다.
자기 몸보다 큰 옷을 입거나 극히 몰취미한 의상 선택.

생체반응 INTERNAL SENSATIONS

가슴 안쪽이 움푹 파인 것처럼 느껴진다.

심장박동이 둔화한다.

심신의 통증.

얕게만 호흡한다.

심한 피로감.

심리 반응 MENTAL RESPONSES

의욕 상실.

자기 비하적인 사고방식을 고치고자 몸부림친다.

과거나 그리워하며 살거나 혼자 있고 싶다는 욕망.

요령 있게 자기 의견을 꺼내놓지 못한다.

강박적인 사고(부정적인 쪽으로만 집중한다거나 나쁜 일이 일어날 것을 예상한다거나 등).

대체로 부정적인 전망. 눈에 비친 세계와 사람들은 모두 암울하다.

시간개념 상실.

자해 충동.

소음과 사람 많은 곳 그리고 스트레스를 유발할 만한 상황을 진저리 치도록 싫어함.

이런 상태가 장기간 지속될 때 나타나는 징후

음식물을 섭취하는 데 장애가 온다.

병적인 행동.

머리카락을 잡아당긴다.

강박 장애.

편집증 증세.

약물중독.

이런저런 것을 비축해두는 데 극도로 집착.
인생이 그만 끝났으면 좋겠다는 소망. 자살을 고려하거나 시도한다.
위험한 일이나 모험에 뛰어든다.

이런 상태가 억압될 때 나타나는 징후

반응하기 전에 잠시 멈칫거린다.
억지스럽거나 거짓된 감정만 표출한다.
심한 자기 성찰이나 과음.
과장되게 밝은 미소를 지어 보이는 등 가면을 쓴다.
사회생활과 사람과의 교류를 피하고자 아픈 척한다.
거짓말.

다음의 감정 상태로 진전될 수도

자기혐오 (428), 자존감 상실 (328), 향수병 (540), 회한 (392)

다음의 감정 상태로 물러날 수도

고독감 (364), 좌충우돌 (76), 마음이 여려 상처받기 쉬움 (208),
희망에 찬 기대 (580)

연관 파워 동사

아프다, 무너지다, 자르다, 심화하다, 의심하다, 견디다, 사로잡다, 포기하다, 상처 주다, 극복하다, 압도하다, 가라앉다, 느리다, 분투하다, 굴복하다, 괴로워하다, 눈물을 흘리다, 악화되다

Writer's Tip

그저 감정을 묘사해 보이는 것만으로는 충분치 않다. 작가는 독자가 그것을 느끼게 할 수 있어야 한다. 그러려면 강한 감정이 느껴질 때 여러분이 체험하게 되는 신체 내부의 지각 현상을 곰곰이 되돌아보자. 그리고 만일 그게 타당해 보인다면, 독자에게 그와 유사한 체험을 전할 수 있도록 그 순간의 지각을 생생히 그려보자.

084 의기양양하다 신이 난다

ELATION

고무된 정신 상태로 행복감을 느끼거나 잔뜩 들뜬 상태

몸 짓 PHYSICAL SIGNALS

붉은 혈색.

상기된 외관.

억누를 수 없는 미소 또는 함박웃음.

너털웃음.

머리를 뒤로 젖혀 하늘을 우러러본다.

광채가 나는 얼굴.

강건하고 윤기가 흐르는 안색.

반짝거리는 눈을 크게 뜬다.

행복의 눈물, 반짝반짝 빛나는 뺨.

더 크게 보이는 광대뼈.

두 팔을 들어 올려 승리의 V자를 그린다.

두 손으로 머리를 움켜잡으며 감탄한다.

작게 혹은 크게 손뼉을 친다.

제자리를 맴돌면서 두 팔을 벌린다.

고막이 울릴 정도로 요란한 환성, 함성, 괴성.

다른 누군가에게 왁자지껄하게 떠벌인다.

"와!" "이게 꿈이야, 생시야" 같은 말을 반복한다.
콧노래로 즐거운 기분을 드러낸다.
말이 많아지고 표정이 풍부해진다.

쉬지 않고 달린다.
무릎을 꿇는다.
팔짝팔짝 뛰어다닌다.
그 자리에서 덩실덩실 춤을 춘다.
요란스럽게 환성을 지른다.
팔과 다리를 힘껏 내지르며 너른 보폭으로 걸어 다닌다.
가슴을 앞으로 내민다.
허공을 향해 뭔가를 던져 올린다.
하늘을 향해 두 팔을 들어 올린다.
자신의 개인 공간에 다른 사람을 기꺼이 맞아들인다(두 팔 벌려 환영한다는 자세 등).
주먹으로 가슴을 치면서 관련된 상대방에게 앞으로 내민다(팀 동료 등).

승리에 도취한 태도로 트랙을 한 바퀴 돈다.
다른 사람을 얼싸안는다.
다른 사람이 어떻게 생각하든 개의치 않는다.
무아지경.
행복감을 나누는 것으로 자신이 이 공동체의 일원임을 느낀다.
원기 충만.
어딜 가든 날아다닐 듯 걷거나 뛰어다닌다.
팔짝팔짝 좋아 죽는다.
땀을 많이 흘린다.
깊이 숨을 들이마신다.

생체반응 INTERNAL SENSATIONS

몸 전체에 열기가 오른다.

가슴이 쿵쾅거리면서 심장박동이 빨라진다.

머리가 극히 맑아진다.

아드레날린 상승으로 활력이 돈다.

가슴을 두드린다.

심리 반응 MENTAL RESPONSES

사고가 흩어진다.

너무 흥분한 탓에 생각을 똑바로 이어가기가 어렵다.

가족과 친지에게 둘러싸이고 싶다는 욕구.

그동안의 활동이나 희생 또는 노고가 제대로 보상받았다는 느낌.

이 순간에 이르기까지 겪어야 했던 역경을 되돌아본다.

이런 결실이 가능해지도록 자신을 도와준 모든 이에게 고마워한다.

이 순간이 있게 도와준 사람에게 감사하다며 인사하고 싶은 욕망.

이 순간과 관련 있는 상징물을 만지고자 하는 욕구(트로피나 승리를 거둔 장소의 잔디 등).

이런 상태가 장기간 지속될 때 나타나는 징후

걷잡을 수 없이 쏟아지는 눈물.

자기통제 기능 상실.

근육 경련.

탈진한 나머지 땅에 엎어진다.

호흡곤란.

환성을 지르거나 소리를 지르고 싶어도 목소리가 안 나온다.

말을 할 수가 없다.

이런 상태가 억압될 때 나타나는 징후

아무리 힘든 일을 하고 있어도 안색이 마냥 밝다.
평정심을 유지하고자 호흡을 가다듬는다.
이 느낌을 계속 간직하고자 자신을 북돋는다.
눈을 감고 입을 가린다.
자신을 다스리려는 노력으로 몸이 떨린다.
함박웃음을 숨기기 위해 고개 숙인다.

다음의 감정 상태로 진전될 수도

희열감 (584), 자부심 (436), 남의 실패를 고소해함 (136), 감사 (132)

다음의 감정 상태로 물러날 수도

만족감 (212), 행복 (532), 평안 (528)

연관 파워 동사

활짝 웃다, 뽐내다, 힘내다, 움켜쥐다, 환성을 올리다, 울다, 춤추다, 눈부시게 하다, 터뜨리다, 표현하다, 휩싸이다, 환하게 웃다, 움켜잡다, 부풀어 오르다, 열광시키다, 웃다, 완전 넋을 빼놓다, 솟구치다, 기뻐하다, 소리 지르다, 날아오르다, 밀려들다, 부풀어 오르다, 감사하다, 전율하다, 뛰어넘다, 손발을 흔들다, 함성을 내지르다

Writer's Tip

감정을 표현할 때 여러분이 염두에 두는 신체 반응의 목록을 작성해보자. 아직 주목하지 못한 부분이 있지는 않은가? 이 빠진 부분 가운데서 하나를 활용해보는 것으로 또 하나의 독자적인 징후를 포착하려면 여러분 자신의 반응을 되돌아보는 게 가장 좋은 방법이다. 그리고 새롭게 포착해낸 신체 반응이 있다면, 그동안 너무 많이 사용되어 빤해진 동작 한 가지를 그것으로 대체해보도록 하자.

085 의심하다 자신이 없다

DOUBT

어떤 것에 의구심을 품거나 스스로 믿지 못하는 상태

몸 짓 PHYSICAL SIGNALS

미간을 찌푸리고 있다.

심각한 표정.

시선이 아래로 향하거나 먼 데를 본다.

눈 맞춤 기피.

입술을 꾹 다문다.

걱정스러운 표정을 짓는다.

부자연스러워 보이는 미소.

마지못한 듯 고개를 끄덕거린다.

목을 길게 뽑고 눈썹도 추켜세운다.

평소보다 침을 훨씬 자주 삼킨다.

깊고 무거운 한숨.

입술을 오므린다.

고개를 절레절레 흔든다.

숨을 깊이 들이마셨다가 세게 내뿜는다.

두 손을 양쪽 주머니에 찔러 넣고 다닌다.

자신의 뺨을 때린다.

손으로 머리를 쓸어 넘긴다.

손가락 장단을 맞춘다.
슬며시 주먹을 움켜쥔다.
목덜미를 문지른다.
귀를 손가락으로 후빈다.

목청을 가다듬는다.
"음" 하며 막간을 두거나 이런저런 잡담으로 시간을 끌려 한다.
확실하냐, 분명하냐고 되묻는다.
언쟁을 벌이겠다는 투로 질문한다.
좀 더 생각이 필요하다는 것을 넌지시 내비치기 위해 딱히 답도 없는 질문을 던진다.

발을 이리저리 달싹거린다.
슬며시 뒷걸음쳐 자리에서 빠져나간다.
옷을 거칠게 벗어젖힌다.
어깨를 으쓱한다.
눈 맞춤을 피하려고 전화기를 만지작거린다.
얼굴 위로 손을 가져다 대며 눈을 감는다.
팔짱을 끼거나 다리를 꼭 앉는다.

자신의 외관을 점검하고 또 점검한다.
지연전술을 쓴다.
조건을 다시 훑어보자고 제의한다.
모임이나 행사가 있을 때는 한쪽 귀퉁이에 머문다.
도와주겠다는 제의를 사양한다.
엉뚱한 행동을 하고는 그럴싸한 이유를 둘러댄다.
머리를 두드려대면서 어떤 판단이 좋을지 가늠해보려 한다.

예상 가능한 파급효과를 들먹인다.
약삭빠르게 다른 제안을 내놓는다.
매사에 이럴까 저럴까 주저한다(광고 전단을 받을까 말까 등).
누군가의 결정을 흔들어보려는 속셈에서 제3자의 개입을 요청한다.

생체반응 INTERNAL SENSATIONS

몸에 생기가 사라진다.
부쩍 살이 빠진다.
식욕이 떨어진다.
살짝 가슴이 답답하다.

심리 반응 MENTAL RESPONSES

작금의 상황과 추이를 걱정한다.
발생할지도 모를 2차 손실을 미리 내다본다.
어떻게 해야 상황을 모면할 수 있을지 궁리한다.
상황을 뒤집을 확실한 증거가 없을지 떠올려보려 한다.
일이 잘 풀리기를 기원한다.
앞선 결정을 나중에 돌아보며 후회한다(누군가를 고용한 일이라든가 어떤 생각을 지지하고 나선 일이라든가 등).

이런 상태가 장기간 지속될 때 나타나는 징후

단정적인 의사 표현이나 허심탄회한 동의 등을 피한다.
자신을 두둔할 만한 사람과 관점을 공유하려 든다.
자신이 내놓은 해결책이 조롱당할까 봐 전전긍긍한다.
어떻게 하면 그 상황에서 거리를 둘 수 있을까 궁리한다.
공포감 조장. "진짜 이런 식으로 하면 일이 정말 커질 수도 있어. 너, 지난번에 준표가 어떻게 해고당했는지 기억 안 나?"

이런 상태가 억압될 때 나타나는 징후

누군가의 의견에 동조할 때는 헛기침을 한다.
자신감이 넘치는 척한다.
곧은 자세를 취하거나 왕왕 울리는 목소리로 말한다.
다른 사람을 거짓말로 호도한다.
곧바로 동의해주지 않을 때는 이런저런 핑계를 대려 한다.
측근에게 과잉 친절을 보인다.
자기가 대신 나서서 문제를 바로잡겠다고 한다.

다음의 감정 상태로 진전될 수도

걱정 (92), 불신 (284), 동요 (476), 의혹 (412), 불안정 (444)

다음의 감정 상태로 물러날 수도

회의 (564), 좌충우돌 (76), 호기심 (548)

연관 파워 동사

뒷걸음치다, 도전하다, 반박하다, 끌다, 신뢰를 저버리다, 묵살하다, 언쟁하다, 줄어들다, 퇴장하다, 시들다, 흔들리다, 한시도 가만 못 있다, 허둥대다, 망설이다, 주저하다, 질질 끌다, 질문하다, 아쉬워하다, 거절하다, 조사하다, 조롱하다, 발을 헛디디다, 말을 더듬거리다, 완전히 망치다, 사라지다, 장황하게 주절거리다, 약해지다

Writer's Tip

감정의 성장을 표현하는 방향으로 할애해둔 장면에서 등장인물을 다룰 때는 그가 여전히 미숙하게 남아 있을 가능성도 함께 염두에 둬야 한다. 명철한 도야의 길은 누구에게나 쉽게 열리지 않는 법이다. 이것은 등장인물도 마찬가지이다.

086 의혹을 품다 수상하게 여기다 SUSPICION

뭔가 심상치 않다고 직관적으로 수상쩍어 함

몸 짓 PHYSICAL SIGNALS

눈을 가늘게 뜨고 콧등을 찡그린다.
미간을 찌푸린다.
붉게 달아오른 피부.
의심스러운 대상을 쏘아본다.
직접적인 눈 맞춤을 피한다.
거짓 미소.
이를 악문다.
입술의 안쪽을 깨문다.

주머니에 손을 찔러 넣고 있다.
팔을 몸에 바짝 붙인다.
팔짱을 낀다.
손가락으로 책상을 톡톡 두드린다.

언성을 높인다.
"여기서 뭐하는 거지?"
"도대체 어쩌려는 거야?"
말하는 동안 팔을 휘휘 젓는다.

의심 대상과 말다툼을 벌인다.
"그러니까 내 차에 펑크가 났을 때 하필 당신이 그 옆에 있었던 거로구먼, 앙?"
정보를 취합하고자 다른 사람에게 궁금점을 질문한다.
이미 답을 알고 있으면서도 질문한다.

염탐한다.
엿듣는다.
의심스러운 사람을 미행한다.
상대의 습성과 외관을 주도면밀하게 살펴본다.
표 나지 않게 조금 더 밀착할 수 있도록 상체를 앞으로 기울인다.
의심 대상의 활동과 행적을 기록해둔다(메모나 사진 등).
다리를 넓게 짚고 선다.
다급한 걸음걸이.
특별한 구간을 피해 다른 길로 다닌다.

미심쩍어 하는 기분에서 몸을 비스듬히 한다.
뭔가를 곰곰이 되짚어보거나 주시하려고 일부러 고개를 낮춘다.
상대가 눈치채지 못하도록 태연하게 행동하려 애쓴다.
머릿속으로 확실한 증거를 따져보며 고개를 갸웃거린다.
의심 대상과 마주 서 있는 동안 손가락으로 뭔가를 가리킨다.
숨김없이 그대로 불신을 드러낸다.
다른 사람도 의심 대상의 유죄를 믿도록 설득한다.
이쪽이냐 저쪽이냐를 놓고 갈팡질팡한다.

생체반응 INTERNAL SENSATIONS

호흡이 가쁘다.

아드레날린 폭주.
심장박동이 강해진다.

심리 반응 MENTAL RESPONSES

의심 대상의 거짓말을 까발리기 위하여 열심히 엿듣는다.
머릿속으로 그 상황과 관련 있는 모든 것을 샅샅이 훑어본다.
용의자에게서 자신과 다른 사람을 보호하고 싶어 한다.
자신이 의심받을까 봐 두려워한다.
조심스럽게 혐의를 증명할 논거를 준비한다.
상황의 위험수위를 가늠해본다.
투쟁하거나 도주하고 싶어진다.
현장을 덮쳐 의심 대상의 실체를 드러내고 싶어진다.

이런 상태가 장기간 지속될 때 나타나는 징후

의심 대상에 집착한다.
스토킹.
의심 대상의 자백을 기대하며 그를 다독여본다.
숨김없이 불신을 드러내거나 의심 대상을 따돌리려 한다.
관계 기관에 신고한다.
의심 대상의 실체가 드러나게 될 순간을 머릿속으로 그려본다.
예상 가능한 위험을 피해 다른 장소로 옮겨볼까 궁리한다.

이런 상태가 억압될 때 나타나는 징후

가볍게 고개를 끄덕임.
확실한 동의를 유보하고자 "음" 하며 시간을 끈다.
단조로운 억양의 목소리.
확실한 의견을 밝히지 않고 대답을 얼버무린다.

의심 대상을 피한다.

성급하고 요란스럽게 동의한다.

“나는 100% 자네 편이야.”

“완전히 동감이야.”

신경증적인 동작.

손톱을 깨문다.

셔츠 버튼을 비튼다.

목을 문지른다.

의심 대상이 속한 무리에 끼지 않으려 한다.

다음의 감정 상태로 진전될 수도

동요 (476), 두려움 (148), 심란함 (572), 분노 (276), 편집증 (524)

다음의 감정 상태로 물러날 수도

수용 (312), 우유부단 (244), 의심 (408), 경계심 (108)

연관 파워 동사

따져 묻다, 미끼를 놓다, 잡다, 맞서다, 살금살금 다가가다, 비난하다, 틀렸음을 입증하다, 엿듣다, 검사하다, 따르다, 찡그리다, 도사리다, 찌푸리다, 유심히 살피다, 심다, 의문을 제기하다, …인 척하다, 질문하다, 자세히 조사하다, 살금살금 움직이다, 염탐하다, 공작 활동을 하다, 눈을 가늘게 뜨고 보다, 몰래 따라붙다, 공부하다, 끌리다, 함정에 빠뜨리다, 속임수를 쓰다, 약화시키다, 바라보다

Writer's Tip

등장인물이 자신의 감정을 대화에서 숨김없이 그대로 토로하면, 독자에게는 적신호가 켜진다. 여러분이 실제 현실에서 그런 식으로 감정 표현을 하지 않는다면, 등장인물에게도 그러라고 강요하지 말자.

087 인정받다 적합하다 VALIDATED

자신의 사고나 의견이 다른 사람에게 가치 있는 것으로 받아들여지거나 존중받는 기분

몸 짓 PHYSICAL SIGNALS

만면에 가득한 미소.
밝은 안색.
소음이 있어도 말하는 사람에게 집중하려고 이맛살을 찌푸린다.
어떤 정보를 떠올릴 때는 쏘아보는 시선으로 위쪽을 응시한다.
의도적으로 다른 사람에게 집중하는 눈길.

탁자 앞에 앉아 있는 동안에는 팔꿈치를 괴고 두 손을 맞잡는다.

말씨가 빠른 편이다.
자신감 넘치는 목소리로 자분자분 말한다.
열정적이거나 흥분으로 고조된 어조.
대답할 때는 솔직하고 성실하게.
다른 사람과 논쟁하거나 그들 견해에 동의하지 않을 용의도 있다.
다른 사람에게 인정받은 순간을 머릿속으로 재생하거나 다른 사람과 대화할 때 자기가 한 말을 떠올려본다.
뭔가 덧붙일 말이 있을 때는 불쑥 대화에 끼어든다.

힘차게 고개를 끄덕거린다.
턱과 어깨를 추어올린다.
가슴이 튀어나온다.
꼿꼿한 자세로 바로 섬.
담소 나눌 때는 상체를 앞으로 향한다.
다른 사람이 말할 때는 앉아서 몸가짐을 여유롭게 하거나 상체를 뒤로 젖힌다.
손짓을 써가며 활기찬 몸짓을 보인다.
신경이 곤두서 보일 수도 있을 몸짓을 멈춘다.
묵묵한 몸가짐으로 보이도록 양손을 맞잡거나 뒷짐을 진다.

한결 평온해지고 깊어진 호흡.
채택된 자기 구상을 부연하고자 한결 세세한 사항으로 넘어간다.
남의 말에 열심히 귀 기울인다.
기꺼이 자기 착상을 남과 나눈다.
눈을 맞춰가며 사람들을 바라본다.
다른 사람에게 말할 때는 그들을 똑바로 마주한다.
방금 들어와 자리한 게 주변의 이목을 끌지 않도록 조용조용 처신한다.
안전운행한다.
한결 너그러워진다(사람들을 생각한다거나 친절한 몸짓을 보인다거나 호의를 베푼다거나 등).
남과 동등하게 융화하는 태도로 모임에 참가한다(뒤쪽으로 물러나 서성거리거나 주변으로 사라져 모습을 감추기보다).
흥분했다는 낌새를 숨기고자 애쓰면서 쿨하게 행동한다.
한잔하러 가거나 고기 좀 뜯을 수 있을 정도로는 충분히 여유 있게 지낸다.

생체반응 INTERNAL SENSATIONS

흥분으로 들떠 있는 기분.
아드레날린이 몸 전체를 관통한다.
극도로 예민해져 있는 지각 상태.
결국엔 인정을 받았다며 순간 휩싸이는 안도감.
가슴이 팽창하는 느낌.

심리 반응 MENTAL RESPONSES

대화에 자기 지식을 끼워 넣을 기회가 있기를 기대한다.
머릿속으로 인정받은 순간을 재생해본다.
자기가 했을 수도 있는 다른 일에 대해 생각한다.
자신의 이점을 최대한 활용할 가능성이 있지 않을까 살핀다(대화에서 조금 더 자극적인 방향으로 화제를 유도한다거나 지식 과시용 이야깃거리를 찾아본다거나 등).
자기가 다음에 무슨 이야기를 꺼낼 수 있을까 생각하면서 다른 문제에 집중하는 것처럼 보인다.
자신의 가치를 인정해준 사람에게 친근감과 충성심을 느낀다.
과거에 자기를 무시한 적 있는 사람에게는 적대감을 느낀다.

이런 상태가 장기간 지속될 때 나타나는 징후

자신감이 지나치게 넘친다.
생각 없이 아무 말이나 해서 자신의 신뢰도를 떨어뜨린다.
새로운 지식을 추구하지 않는다(자신은 이미 '어떤 경지에 다다랐으므로').
견해나 생각이 자신보다 미치지 못하는 사람들에게 우월감을 느낀다.
경험을 쌓을 수 있도록 더 배우고 성장해야겠다는 동기를 부여받는다.

이런 상태가 억압될 때 나타나는 징후

자기 실제 기분보다 좀 더 여유 있어 보이려고 호주머니에 두 손을 찔러 넣고 다닌다.

속으로 어떤 순간을 곱씹느라 주의가 흐트러져 있다.

사람들과 함께하는 데 소극적인 태도(바보 같은 말이나 떠들어대고 앞선 성공의 실적을 무효로 돌리고 싶지 않아서).

질문을 던진다(다른 사람을 눈여겨 봐오는 동안 쌓인 말을 하고자).

다음의 감정으로 진전될 수도

안도감 (336), 만족감 (212), 존중받는다는 느낌 (472), 자부심 (436), 잘난 체 (432)

다음의 감정으로 물러날 수도

우유부단 (244), 신경과민 (320), 동요 (444)

연관 파워 동사

보태다, 따지다, 주장하다, 자랑하다, 수다 떨다, 이야기를 늘어놓다, 참여하다, 몸짓으로 가리키다, 몸짓하다, 도와주다, 많이 어울리다, 섞이다, 제공하다, 우쭐하다, 밀고 나가다, 뽐내며 걷다, 담소 나누다, 파란을 일으키다

Writer's Tip

긴장된 상황인 데에도 여러분의 등장인물이 내내 무덤덤하게만 있으면, 생생한 현실감이 전해지지 않는다는 이유에서 독자의 이탈을 초래할 우려가 있다. 뭔가 느낀 것을 보여줄 수 있도록 등장인물은 반드시 반응해야 한다는 사실에 유의하자. 만약, 등장인물이 반응하지 않는다면 그럴 만한 개연성이 있어야 한다. 아마도 그 개연성은 독자의 흥미를 더 잡아끌 테지만 말이다.

088 인정받지 못하다 과소평가되다 UNAPPRECIATED

다른 사람이 보지 못하거나 아는 체하지 않아 자신의 가치나 기여도가 평가절하되는 기분

몸 짓 PHYSICAL SIGNALS

뾰로통하고 샐쭉하다.
화가 나면 입술을 꾹 다물고 턱이 파르르 떨린다.
남의 관심을 사고 싶어서 외모에 신경을 많이 쓴다.

오로지 누군가가 말을 붙여올 경우에만 말한다.
부드러운 어조로 말한다.
비난조로 자기가 얼마나 힘들게 일해왔는지 또는 무엇에 기여했는지 반복해서 강조한다.
누군가에게 무시당했을 때는 자신을 무시한 사람을 험담하고 다닌다.
혼자 구시렁거린다.

신경질적으로 공연히 자신의 머리나 소맷부리 또는 지퍼 고리를 만지작거린다.
소리 죽여 걸어 다닌다.
걸어 다닐 때 시선을 내리깔고 턱을 내려뜨린다.
자기 방임적 행동. 의도적으로 일을 망친다.
앉아 있을 때 최대한 몸을 오므린다(다리를 꼰다거나 양손을 무릎 위에 올려둔다거나 등).

축 늘어진 어깨를 하고 서 있다.

늘 배경에 머문다.
구석이나 벽에 자리한다.
모임에서 다른 사람 뒤에 서 있다.
아무도 아는 척하며 다가오지 않을 때 누군가 말 걸어줬으면 하고 기대하는 눈치를 보이지만 이내 시무룩해진다.
자기 생각이나 의견을 다른 사람에게 털어놓지 않는다.
팔과 다리가 한쪽 벽에 닿을 만큼 가장자리만 고집한다.
다른 사람의 주목을 받으면 불편해진다.
칭찬을 받고 싶어 안달한다.
자신의 능력을 과시하고 싶어서 남이 얻기 어려운 직업을 택한다.
서로 도와가며 같이 뭔가 하기를 거부한다.
자기 작업을 인정해주는 데 인색한 사람에 대해서는 은밀히 복수를 계획한다.
굴종적인 인간이 된다. 자기 본연의 모습을 잃어버린다.
순교자 콤플렉스를 발전시킨다.
욱해서 누군가에게 달려들었다가도 이내 후회한다.
칭찬이나 인정에 매달린다.
다른 사람에게 죄책감을 느끼게 하려 한다. “나는 늘 이 모임의 뒤치다꺼리를 하고 있어. 예상대로 넌 앉아만 있는구나.”
자신의 한계를 들먹이며 정작 필요로 할 때는 도와주기를 거부한다.
주변을 서성거리며 감사 인사를 전할 누군가가 나타나기를 기다린다.
다른 사람에게 감사의 뜻을 드러내는 데 엄청나게 공을 들인다.

생체반응 INTERNAL SENSATIONS

하복부가 내려앉는 느낌.
자신이 무시당할 때마다 안으로 쪼그라드는 느낌.
자신을 투명인간 취급하는 인간이 나타나면 속이 울렁거린다.
손가락이 까딱거리면서 욕지기가 올라온다.

심리 반응 MENTAL RESPONSES

자신의 행위가 인정받을 만한 가치가 없다고 여긴다.
스스로 못마땅하다고 느낀다(부정적인 자기 인식).
존재감의 서열에서 자신의 위치를 남보다 낮게 매긴다.
자기가 박해받는다고 생각한다.

이런 상태가 장기간 지속될 때 나타나는 징후

분노하거나 억하심정을 품게 된다.
직장이나 가정 또는 학교 등지에서 융화되지 못한다.
조직 내 못된 무리에게 좋은 먹잇감이 된다.
일이나 프로젝트에서 적극적이지 못한다.
범죄자(보스, 배우자 등)의 비밀을 지켜주면서 그것을 속으로 정당화한다.
익명성을 보장받기 위해 다른 사람이 기피하는 직업을 택한다.
자기 능력보다 못한 성과를 낸다.
다른 사람의 의지에 자기를 예속시킨다.
혼자 노는 사람이 된다.
필사적으로 남의 눈에 띄려고 애쓴다(행동이나 의복 선택 등으로).
다른 사람을 인정하지 않는다.

이런 상태가 억압될 때 나타나는 징후

어쨌든 상관없다는 듯 인사도 나누지 않는다(감사하다는 말조차).
어차피 인정받지 못할 것이므로 누구에게도, 아무 일도 해주지 않는다.
자기에게 감탄하는 사람에 집착한다.
인정한다는 것을 드러내지 않는 인간에게 상처 또는 억하심정의 억눌린 징후를 내보인다(입을 꾹 다물어버린다거나 다 들으라는 듯 코로 숨을 내뿜는다거나 눈을 동그랗게 뜬다거나 등).

다음의 감정으로 진전될 수도

배신감 (256), 분노 (276), 억하심정 (344), 저항감 (456), 동요 (444), 자존감 상실 (328)

다음의 감정으로 물러날 수도

우유부단 (244), 고마움 (132), 안도감 (336)

연관 파워 동사

복수하다, 외면하다, 시기하다, 조작하다, 험담하다, 투덜거리다, 숨다, 비난하다, 맥이 빠져 지내다, 말을 더듬거리다, 투덜거리다, 뿌루퉁하다, 원망하다, 물러서다, 쏘아보다, 더듬거리다, 샐쭉하다

Writer's Tip

감정적인 면에서 자연스러운 반작용은 자제심을 유지하고자 노력하는 것이다. 여러분이 등장인물의 자제심을 어느 정도의 극단까지 몰고 갈 수 있는지를 시험해보라. 그러고는 중요한 대목에서 한꺼번에 폭발시켜보자.

089 자기 연민 가련하다

SELF-PITY

자신의 골칫거리나 불평불만에만 사로잡혀 스스로 측은하게 여기는 마음 상태

몸 짓 PHYSICAL SIGNALS

얼굴을 찌푸린다.

탄력 없이 풀어진 근육.

전반적으로 풀 죽은 안색.

생기나 광채라곤 찾아볼 수 없는 눈빛.

의자에 풀 죽은 자세로 앉아 손으로 머리를 받친다.

단조롭고 감정 없는 목소리. 자신의 상황에 대해 불평한다.

남의 생각을 앞질러 가서 넘겨짚는다. "아, 거기 별로지? 난 언제든 너랑 자리 바꿀 용의가 있어."

나아갈 방향과 자기 처지를 타개할 방법에 집중하는 대신, 계속 예전의 찬란했던 시절(모든 게 다 흘러가기 전)에 관해 늘어놓는다.

질질 끄는 걸음걸이.

터덜터덜 맥 빠진 발걸음.

자신의 처지에 울음을 터뜨린다.

술을 과도하게 마시거나 약물을 남용하는 등 자기 파괴적 행동 양태를 보인다.
종이에 뭔가를 끄적거리거나 책상 위에 뭔가 그리는 시늉을 한다.

축 처져 둥그런 어깨선. 늘어진 자세.
자신의 문제를 털어놓을 때는 보다 활기가 돈다.
자기에 대해 놀리는 것을 참지 못함. 너무 심각하게 대응한다.
칭찬에 목을 맨다.
공감과 관심을 불러일으키고자 소셜 미디어에 알쏭달쏭한 내용의 포스트를 올린다.
자기 외모를 꾸미는 데 법석을 떨지 않는다.
다른 사람에게서 물러난다.
다른 사람에게서 존중받길 원한다.
상황에 대해 멜로드라마 같은 반응.
다른 사람과 그들의 문제에 대한 무관심.
남을 자기 드라마 속에 끌어넣고자 한다.
자주 친구에게 연락해서 어려운 처지를 호소하며 '도와달라'고 한다.
자기의 불운을 남 탓으로 돌림. 자신이 한 일에 대해서는 책임지려 하지 않는다.
늘 자기 문제로 화제를 돌린다.
적으로 인식한 상대에 대해서는 마음 깊이 앙심을 품는다(특정인 누구이거나 모임이거나 신이거나 등).
과민 반응을 나타내거나 어떤 사태에 너무 주관적으로 접근하는 경향이 있다(가령, 어쩌다 무시당한 것을 심한 공격으로 간주한다거나).
자기 기분을 북돋우는 데는 지나칠 정도로 관대하다(기분 전환용 쇼핑을 한다거나 남이 한턱내는 것을 챙겨 먹는다거나 등).

생체반응 INTERNAL SENSATIONS

무겁게 가라앉은 기분이 살아나지 않는다(감정적 고통의 신체 전이).
자신의 불운을 늘어놓을 때는 활력이 도는 느낌(아드레날린 분비).
울거나 울음을 참고자 할 경우 목구멍 통증. 깊은 한숨.
잠을 너무 많이 자거나 조금 잔다.

심리 반응 MENTAL RESPONSES

남과 교감하기가 어렵다.
자신의 처지를 다른 사람과 비교한다.
어떤 면에서는 자기가 박해받고 있거나 표적이 되고 있다고 여긴다.
절망감. 지금보다 더 나아질 여지가 없다고 믿는다.
과장하기 쉬운 성벽 탓에 자신의 현실을 있는 그대로 직시하지 못한다. 스스로에 대해 터무니없는 생각을 실제로 믿음(완전히 무능력하다거나 희생양이라거나 반편이라거나 등).
지금보다 행복한 길이 열리기를 소망하지만, 그 길을 추구하는 것은 두려워한다(실패에 따른 상처의 두려움 때문).

이런 상태가 장기간 지속될 때 나타나는 징후

고립된다. 자신에게 공감과 지지를 보내는 사람에게 예속된다.
고의로 또는 무의식중에 부정적인 결과가 나올 선택을 한다(측은한 느낌을 계속 유지할 수 있도록 그리고 남에게 동정을 사기 위해).
억하심정과 원망. 우울 증세를 보인다.
늘 한결같은 부정적 태도에 친구도 진이 빠져 다 떨어져 나간다.
자신으로서는 도저히 거기까지 다다를 수 없다 여기고 오랜 기간 품어온 꿈이나 목표를 포기한다.
자신을 혐오한다(남들에게 인정받고자 하는 욕구가 별로 건강하지 않아도 쉽게 바꿀 수 없다는 것을 본인이 깨닫는다면).

모욕과 부당하게 당한 기억에 갇혀 전향적 태도를 취하지 못한다.

이런 상태가 억압될 때 나타나는 징후

다른 사람의 문젯거리에 관해 캐물으면서 일부러 관심 있는 척한다.
억지로 다른 사람과 맺는 사회생활에 적응하려고 노력.
속내를 털어놓지 않는다(자기 문제로 관심 끄는 것을 기피).
많이 웃고 다닌다.
밝고 행복한 목소리로 말한다.
일부러 움직임과 몸동작이 활력 있어 보이고자 한다.
자기 문제를 언급하지는 않지만 다른 일에 대해서는 부정적 태도.

다음의 감정으로 진전될 수도

자존감 상실 (328), 좌절 (520), 우울 증세 (400), 자기혐오 (428)

다음의 감정으로 물러날 수도

불안정 (444), 무력감 (240)

연관 파워 동사

탓하다, 곱씹다, 집착하다, 불평하다, 익사하다, 변명하다, 머뭇거리다, 박탈당하다, 비통해하다, 투덜거리다, 불평해대다, 정당화하다, 비탄에 젖다, 맥이 빠져 지내다, 애석하다, 뿌루퉁하다, 애태우다, 뾰로통하다, …에 빠지다, 징징거리다

Writer's Tip

독자에게 감정적인 반향을 자아내고자 한다면, 묘사에 동원하는 단어를 세심하게 골라 쓸 것. 언어 선택은 작중의 분위기를 물들여 독자가 읽는 대로 느끼도록 영향을 끼치게 된다.

090 자기혐오 자기경멸 SELF-LOATHING

증오할 정도로 심지어 자기 자신을 맹렬히 싫어함

Note: 자기혐오는 외관상 모순되게 표출될 수도 있다. 어떤 등장인물은 죄의식에 사로잡혀 자기가 고통받을 만한 인간이라 여기는 것처럼 보이기도 한다. 하지만 다른 한편으로는 자신의 자기혐오와 낮은 자존감을 감추고자 공격적으로 행동하는 경우도 있다.

몸 짓 PHYSICAL SIGNALS

울음을 터뜨리거나 수시로 눈가에 눈물이 맺혀 있다.
얼굴에 아무 표정이 없다.
조금의 웃음기도 없다.

실패나 실수에 대해 사과한다.
묵묵부답 또는 너무 말을 적게 한다.
자기 결함을 말로 꺼내놓는다. "내가 손만 대면 다 망가져." 또는 "내가 머리를 잘 빗어 넘기려고 하면 오히려 더 흐트러지기만 하더라."
다른 사람에게 상처를 줘서 그들이 떠나버리도록 비아냥거리는 말투를 쓴다.

고개를 푹 숙이고 걷는다.
슬쩍슬쩍 자해를 한다(팔을 심하게 긁는다거나 꼬집는다거나 머리를 쥐어뜯는다거나 등).
남을 기쁘게 해주고자 무지 애쓴다.

양팔을 딱 붙이고 서서 되도록 공간을 많이 차지하지 않으려 한다.
축 늘어진 자세.

다짐받는 투로 상대방을 바라본다. “이거 맞지?” 또는 “이렇게 해야 하는 거지?”
자신에게 뭘 기대한다는 게 불가능하다.
아무 질문도 하지 않고 벌을 달게 받는다.
결점을 후벼 판다(자기가 뚱뚱해서 아무 존재감도 없는 걸까 고민한다거나 다 여드름 때문에 이 모양이라고 여긴다거나 등).
남의 모진 말이 진짜라고 믿는다.
즐거운 일을 겪거나 어떤 순간이 행복하면 죄책감을 느낀다.
자기 방치(너무 많은 말을 쏟아내면서 멈출 줄 모른다거나 아무도 믿지 않을 거짓말을 늘어놓는다거나 등).
특별한 상황을 피한다.
개인 영역에는 누구도 접근하지 못하도록 장벽을 쌓아둔다.
특정한 행동 패턴을 고수한다.
칭찬을 받아들이려고 하지 않는다. “다른 사람은 이거보다 훨씬 더 잘할 텐데 뭐.” 또는 “장난하니? 내가 다 망쳤잖아!”
부정적인 관심거리를 찾는다(과음한다든가).
어울리지 않거나 이상한 쪽으로 오해 살 만한 옷을 입고 다닌다.
몸동작에 기력이 없다(어떤 대상을 향한다기보다 그냥 아무렇게나 되는 대로 고개를 끄덕여 보인다거나).
잡히면 처벌받을 수 있을 것이라며 무모한 모험에 뛰어든다.
약물 과용이나 담배 또는 알코올 같은 자기 파괴적인 취미에 탐닉.
(주변의 평판이 안 좋거나 약자를 괴롭히는 취미가 있는 등) 부정적인 사람과 친구 관계를 맺는다.
친분 형성 기피.

생체반응 INTERNAL SENSATIONS

몸이 무겁고 아프다.

피로감.

속이 울렁거린다.

일반적인 통증쯤은 무시(자신은 통증을 달고 살 만한 인간이라 여김).

심리 반응 MENTAL RESPONSES

부정적인 사고방식. "나는 너무 바보 같아."

남을 부러워하면서 그들이 가진 것을 탐하는 데에 죄책감을 느낀다.

끊임없는 자기 비하. "이 셔츠는 못 입어. 뼈만 앙상한 팔뚝 좀 봐!"

관계 맺기를 원하지만 그럴 만한 자격이 없다 느낀다. "지금 내가 무슨 생각을 하는 거야? 어차피 걔는 나를 쳐다보지도 않을 텐데."

삶에 동기부여가 약하다.

감정적이거나 심리적인 자신의 아픔에만 강렬하게 집중한다.

달아나거나 사라지고 싶다는 욕망.

이런 상태가 장기간 지속될 때 나타나는 징후

식이 장애 악화.

칼로 베기 같은 자기 신체 훼손.

자살 충동. 자살 시도.

약물 과용 또는 알코올 중독.

자신의 가치를 망가뜨리는 생활 방식의 덫에 빠진다(매춘 산업에 뛰어든다거나 누군가의 성적인 학대 대상으로 지낸다거나 등).

이런 상태가 억압될 때 나타나는 징후

강한 성취욕을 발휘한다(목표를 높게 잡긴 하지만 그것을 이루는 데 아무런 보람도 느끼지 못함).

일종의 징벌처럼 자신을 극한까지 몰아붙인다.
다른 사람과 관계 맺기를 기피한다.
품행에 유의한다.

다음의 감정으로 진전될 수도

우울 증세 (400), 절망 (460)

다음의 감정으로 물러날 수도

자존감 상실 (328), 불안정 (444), 좌충우돌 (76), 희망에 찬 기대 (580)

연관 파워 동사

난폭하게 대하다, 하찮게 만들다, 탓하다, 학대하다, 악담을 퍼붓다, 비하하다, 경멸하다, 신뢰를 떨어뜨리다, 증오하다, 모욕 주다, 조롱하다, 징벌하다, 조소하다, 태만하다, 비웃다, 부끄러워하다, 야유하다

Writer's Tip

후회는 까다로운 감정이다. 한순간에 그칠 수도 있고 장기간 지속될 수도 있다. 묵은 후회는 여러분의 등장인물에 어떤 영향력을 발휘하여 행동과 선택을 좌우하게 될까? 어떻게 해야 여러분의 등장인물이 후회의 감정에서 헤어나는 대목을 이야기의 일부로 끼워 넣을 수 있을지 고민해보자.

091 자만하다 우쭐하다

SMUGNESS

자기 자신을 확신하며 스스로 만족감을 느끼는 상태

몸 짓 PHYSICAL SIGNALS

턱을 치켜들고 있다.
일부러 추켜세운 눈썹.
뭔가를 묻듯 직선적인 눈 맞춤.
살짝 찡그리는 듯하면서 굳은 미소.
너 잘났다는 투로 고개를 끄덕여 보이거나 힐끔거린다.
눈알을 굴린다.
머리를 뒤로 쓸어 넘기며 고개를 가로저어 보인다.

팔짱을 끼고 있다.
손사래를 쳐서 일축해버린다.
사람의 이목이 쏠리도록 자신의 장신구를 계속 만지작거린다.

이죽거리거나 조롱한다.
다른 사람의 등 뒤에서 비열한 험담을 일삼는다.
너무 한심하다는 듯 내쉬는 한숨(씩씩거린다).
왁자지껄하게 자기 자랑을 떠벌린다.
즉흥적인 말을 내뱉어 상황을 악화시킨다.
"뭐든지 해보시든가."

"확실하다니까 그래 보든가."
"그렇게 말한다면야 할 수 없지!"
집요하게 빈정거린다.
비난과 조소.
다른 사람과 얘기를 나눌 때는 대화를 항상 주도하려 든다.
좋아하는 사람에겐 요란한 찬사를 아끼지 않는다.
자신의 지인이라도 된다는 듯 유명한 사람의 이름을 들먹거린다.
"그러게 내가 뭐랬어!"

머리를 쭉 뽑아 올리거나 비스듬히 기울이고 있다.
한번 해보자는 듯이 공격적으로 상체를 앞으로 기울인다.
발뒤축에 무게중심을 싣고 다닌다.
거드름을 피운다.
우쭐댄다.
개인적인 공간에 함부로 침범한다.
다른 사람이 자리를 파하기도 전에 먼저 일어나 나가버린다.
의도적으로 다리를 꼬고 앉거나 손을 맞잡는다.
누군가의 어깨를 탁 치면서 가까운 사이라는 것을 과장한다.

앞으로 내민 가슴.
자기 분수나 알라는 듯이 사람을 공격적이고 악의적으로 대한다.
우월감으로 충만한 눈길.
당당한 몸가짐, 딱 벌어진 어깨, 훤히 들러낸 목선.
이목을 모으고자 활력 넘치는 몸놀림을 과시한다.
다른 사람을 굽어보려 한다.
남에게 군림하려는 듯한 거동.
시건방져 보이는 웃음.

외모에서도 돋보이고 싶어 한다.
옷치장에 법석을 떤다.
오랫동안 거울 앞에서 자신의 모습을 점검한다.
번쩍거리거나 과장된 옷차림.
뭔가 골똘히 생각하는 시늉을 한다.
깊은 사색에 잠긴 양 한 손으로 턱을 괸다.
의자에 앉기만 하면 까라진 자세를 취한다.
늘 남의 이목을 의식하는 듯한 몸놀림.

생체반응 INTERNAL SENSATIONS

몸 전체에 온기가 돈다.
자기가 제일 잘났다는 기분.
가슴이 저릿하다.
아드레날린 쇄도로 인해 심장박동 급증.

심리 반응 MENTAL RESPONSES

자신의 올바름과 우월감을 확신한다.
무능력한 사람을 냉대한다.
자기 과신.
무능력자를 마음껏 조롱해 자신의 성과를 과시하고 싶은 욕구.
다른 인간보다 잘났다는 사실에 감사.
실패한 인간은 응분의 책임을 져야 한다는 믿음.

이런 상태가 장기간 지속될 때 나타나는 징후

자신의 외모와 소유 자산을 뿌듯해하는 자부심이 극에 달한다.
마치 연예인이라도 된 것처럼 매사에 신중한 척한다.
예전 실수를 자꾸만 들먹여 상대방의 비위를 긁는다.

자신의 성공 요인을 되돌아보는 데 많은 시간을 할애한다.
자신의 힘을 과시하는 듯한 너그러움을 베푼다(자선 활동 등).
자신은 법 위에 있는 존재라는 듯이 군다.

이런 상태가 억압될 때 나타나는 징후

제 몫을 훌륭히 수행해낸 사람에게 감사 표시를 하려 한다.
운이 좋았던 것만은 아니라는 말을 자주 들먹인다.
"내가 한 대로만 해봐. 그러면 당신도 성공할 거야."

다음의 감정 상태로 진전될 수도

경멸 (112), 멸시 (224)

다음의 감정 상태로 물러날 수도

실망 (324), 의심 (408), 불안정 (444)

연관 파워 동사

누리다, 하찮게 만들다, 뽐내다, 자랑하다, 거들먹거리다, 자기 격에는 맞지 않지만 그래도 해준다는 듯이 굴다, 위신을 떨어뜨리다, 일축하다, 진열하다, 지배하다, 과시하다, 흡족해하다, 무시하다, 고집하다, 야유하다, 곧 닥칠 것처럼 보이다, 으스대다, 아랫사람 대하듯 하다, 우쭐하다, 흥청대다, 자랑하다, 피하다, 멍청하게 웃다, 히죽히죽 웃다, 비웃다, 돈을 물 쓰듯 하다, 뽐내며 걷다, 으스대며 활보하다, 놀리다, 집적거리다, 우뚝 솟다

Writer's Tip

인물의 느낌을 묘사할 때, '~느꼈다'라는 언어 표현은 절대 금물이다. 이 술어는 감정을 설명하고 있을 뿐 보여주는 것과 거리가 멀다. 이 상태를 보여줄 수 있는 언어 표현으로 무엇이 적당할지 찾아보고 여러분 나름의 방식으로 그 말의 활용에 도전해보자.

092 자부심을 느끼다 고양되다

PRIDE

어떤 일에서 괄목할 만한 성공을 이뤘을 때 느끼는 만족감

몸 짓 PHYSICAL SIGNALS

의기양양하게 치켜든 턱.
눈빛이 밝게 반짝거린다.
다 안다는 듯한 함박웃음.
상대방의 반응을 알아보고자 빤히 들여다본다.
직접적이거나 강렬한 눈 맞춤.
만족스러워하는 미소.
깊이 숨을 들이마신다.
호탕한 너털웃음.
하얗게 드러나는 치아.
치아가 다 드러나도록 만면에 그득한 미소.

팔을 겨드랑이 낀 자세로 엄지손가락을 치켜든다.
이마가 훤히 드러나도록 앞머리를 쓸어올린다.
손깍지를 끼고 지그시 힘을 준다.

수다스러워진다.
여기까지 올라오는 동안 굴곡이 많았다고 사연을 늘어놓는다.
친구에게 자신의 성취를 자랑스레 떠벌린다.

대화를 주도하려 한다.
강조해야겠다 싶은 대목이 나오면 언성을 높인다.
목소리에 힘이 들어간다.
평소보다 발음이 분명해진다.
다른 사람을 격려하려고 자신의 성공담을 들려준다. “내가 할 수 있다면, 자네도 할 수 있는 거야.”
칭찬에 후하다.

다리를 넓게 짚고 서서 곧은 자세를 유지한다.
엄지손가락으로 허리춤을 짚고 골반을 쭉 내민 자세로 선다.
거울을 자주 본다.
섹시한 포즈를 지어 보인다.
말을 앞세우고 생각은 나중에 한다.

쫙 편 어깨.
앞으로 쭉 내민 가슴.
완벽주의 성향.
어금니를 꽉 다문다.
자기 말에 귀 기울이려는 사람이 몰려오면 더욱 활기를 띤다.
뭔가를 내밀히 공유하고 싶어 하는 함박웃음.
어떤 행사나 토론의 자리가 벌어지면 한가운데로 치고 들어간다.
자부심에 흠집을 낼 만한 요소는 모른 척하거나 못 본 체한다.
자신의 외모를 가꾸는 데 관심이 많다.
자신의 가장 뛰어난 특성으로 사람의 이목을 모으려 한다.
다른 사람이 어떻게 여기든 개의치 않겠다는 것처럼 보인다.
마당발.

생체반응 INTERNAL SENSATIONS

키가 자라거나 몸집이 커지고 강건해진 느낌.

세상을 품에 안은 듯한 부드러운 호흡.

심리 반응 MENTAL RESPONSES

스스로 긍정적인 사고.

자신의 성취나 성공에 집착.

세계를 정복할 수 있을 것만 같은 느낌.

자신을 사랑하고 성원하는 사람으로 둘러싸이고 싶어 한다.

다른 사람과 성과를 공유하고 싶다는 욕망.

개인적인 잣대에 따라 사람을 재단하는 경향.

자신의 능력을 과대평가한다.

다른 사람을 평가절하.

선민의식.

특권을 노리고 추구한다.

실패를 끔찍이 두려워한다(본인이 계속 성공 가도만 달려왔다면).

어떻게 하면 남의 기대치를 뛰어넘을까 궁리한다.

이런 상태가 장기간 지속될 때 나타나는 징후

다른 사람이 잘해내지 못하면 쾌감을 느낀다.

늘 자기의 장점을 떠벌린다.

강박적으로 자신이 이룬 성취나 경제적 성공을 이야기하려 든다.

자신의 명성이 의심받으면 불같이 화를 내거나 질투한다.

미래의 목표 지점을 확고하게 단언하거나 성취를 장담한다.

자신이 성취를 이룬 장소를 다시 찾거나 관련 자료를 뒤적거린다.

이런 상태가 억압될 때 나타나는 징후

칭찬에 인색해진다.
다른 누군가에게 신뢰를 보낸다.
자기 자신에서 다른 쪽으로 주의를 돌린다.
다른 사람의 의견을 구해 반드시 확인 절차를 거친다.
겸손한 척한다.

다음의 감정 상태로 진전될 수도

잘난 체 (432), 멸시 (112), 자신감 (440)

다음의 감정 상태로 물러날 수도

즐거움 (168), 우유부단 (244), 불안정 (444)

연관 파워 동사

쪼이다, 뽐내다, 자랑하다, 흉금을 털어놓다, 대립하다, 방어하다, 강연하다, 업신여기다, 묵살하다, 과시하다, 웃다, 우쭐하다, 부어오르다, 융숭하게 대접하다, 느물느물하게 웃다, 비웃다, 으스대다, 뻐기며 활보하다, 부풀어 오르다

Writer's Tip

모든 감정의 진폭을 경험하는 동안 여러분의 등장인물은 얼마나 편한 마음 상태를 유지하게 될까? 드러내기를 꺼리는 기분에는 어떤 것이 있을까? 등장인물의 감정적 반응에 뉘앙스를 더할 수 있도록 숨겨진 기분을 묘사해낼 방법을 탐구해보자.

093 자신감을 보이다 신뢰하다 CONFIDENCE

자신의 영향력이나 능력을 굳건하게 믿는 상태

몸 짓 PHYSICAL SIGNALS

내면의 빛을 발산하듯 환한 눈망울의 광채.
여유로운 미소.
장난기 그득한 함박웃음.
누군가에게 가벼운 고갯짓과 함께 살짝 윙크를 해 보인다.
다른 사람의 눈을 똑바로 응시한다.
호쾌한 너털웃음.
머리를 뒤쪽으로 살짝 젖히고 앉는다.

손가락 장난.
뭔가를 톡톡 두드리거나 뾰족하게 세워본다.
양쪽 주머니에 두 손을 찔러 넣고 걷는다.
악수할 때는 강하게.
뒷짐 자세.
자신의 머릿결을 쓸어 넘기거나 뒷머리를 매만진다.
손가락으로 북을 치듯 리듬에 맞춰 두드린다.

활달하고 거침없는 의사 표현.
재치 있는 논평을 자주 날린다.

시시덕거리기.
농담을 즐기고 좌중의 화제를 이끌어가려 한다.
대화를 나눌 때는 상대방 쪽으로 상체를 기울인다.
가볍게 짓궂은 장난기 표출.
콧노래를 흥얼거린다.

쫙 편 어깨, 앞으로 내민 가슴, 높이 치켜든 턱.
보폭이 큰 걸음걸이.
어떤 장소를 널찍하게 차지하려 한다.
다리를 넓게 벌리고 앉거나 양옆으로 팔을 쫙 편다.
팔을 휘휘 저어가며 걷는다.
앉을 때 상체를 뒤로 젖히고 두 손을 목 뒤로 넘겨 깍지를 낀다.
전반적으로 느긋한 거동.

개인위생이 철저하다.
깔끔한 몸치장.
여유만만해 보이는 외양.
사람에게 쉽게 다가간다.
어디서나 가운데 자리를 고른다.
사람의 주의를 끌고자 과장된 동작을 즐겨 취한다.
다 알지 않느냐는 듯 어깨를 으쓱하거나 환한 웃음을 던진다.
다른 사람과 근접한 거리에 자리하는 것을 편히 여긴다.
다른 사람에게 먼저 연락을 한다.
행사를 주도한다.
적극 나서서 사람을 규합한다.
열려 있는 태도로 사람을 대한다.
다른 사람의 이목을 신경 쓴다.

다른 사람과 신체 접촉하는 데 별로 개의치 않는다.
자신감 있는 포즈를 궁리하고 결정한다.
따라가느니 앞장선다.
궁금한 것은 못 참고 질문한다. 자신의 에고를 내세우지 않는다.

생체반응 INTERNAL SENSATIONS

근육 이완.
편한 호흡.
쫙 벌어진 가슴.

심리 반응 MENTAL RESPONSES

안정되고 편한 기분.
긍정적인 사고.
모든 일에 흥미를 보인다.
상황을 타개하거나 모자란 것을 메우기 위해 자신의 솜씨를 발휘해 도우려는 욕망.
전력을 다할 수 있을 만큼 보다 원대한 목표를 향해 나아간다.

이런 상태가 장기간 지속될 때 나타나는 징후

아무런 거리낌도 없이 사회적 규범에 어긋나는 언행을 보인다.
강박적으로 돈과 성공을 화제에 올린다.
자신의 평판이 의심받으면 불같이 화를 낸다.
떠벌리고 과시하려는 성향이 심해진다.
기꺼이 새로운 시도에 나서고 도전을 마다하지 않는다.
적응력이 뛰어나 필요하다 싶을 경우 새로운 역할을 떠맡는다.

이런 상태가 억압될 때 나타나는 징후

칭찬을 아낀다.

겸양.

관심의 초점이 다른 이에게 쏠리면 화제를 바꾸려 든다.

다른 사람의 성공을 부러워하며 자신을 비하한다.

의견이나 조언을 구하려고 돌아다닌다.

다른 사람과 칭찬을 나누려 한다. “그들의 도움이 없었다면 아마 나는 그 일을 해내지 못했을 거야.” 혹은 “우리는 한 몸이야.”

다음의 감정 상태로 진전될 수도

만족감 (212), 자부심 (436), 잘난 체함 (432), 무시 (112)

다음의 감정 상태로 물러날 수도

의심 (408), 반항심 (180), 후회 (392), 우유부단 (244)

연관 파워 동사

나서서 뭔가 하다, 주장하다, 돕다, 공언하다, 활짝 웃다, 믿다, 과시하다, 북돋우다, 형성하다, 지시하다, 약속하다, 위임하다, 권한을 주다, 힘을 북돋우다, 물씬 풍기다, 용기를 불어넣다, 도와주다, 영향을 끼치다, 영감을 주다, 이끌다, 동기부여하다, 설득하다, 저항하다, 복원하다, 빚어내다, 몰아가다, 신임하다, 윙크하다

Writer's Tip

다른 사람이 앞에 있을 때 자신의 진솔한 감정선을 억제하거나 감추려 드는 것은 퍽 자연스러운 노릇이다. 갈등에 휩싸인 주인공이라면, 행위로 작중의 여타 인물에게 주인공이 전하고 싶어 하는 감정을 드러내면서 동시에 독자에게 그의 진솔한 느낌을 전달하는 것이 꽤 중요하다.

094 자신이 없다 불안정하다 INSECURITY

스스로 확신하지 못하는 느낌 또는 자신감이 턱없이 부족한 상태

몸 짓 PHYSICAL SIGNALS

얼굴

자조적인 웃음.
눈 맞춤을 피하면서 어깨를 으쓱해 보인다.
호흡을 고르게 하려고 신경 쓴다.
눈에 띌 정도로 얼굴이 붉어진다.
아랫입술을 혀로 핥거나 깨문다.
시선을 내리깔고 다닌다.
미소 짓지 않거나 설령 짓는다 해도 이내 거둬들인다.
입술을 문지른다.
화장을 짙게 한다.

손짓

옷을 부드럽게 쓸어내린다.
손을 주머니에 찔러 넣는다.
자신의 머릿결을 어루만지거나 쓰다듬는다.
손으로 팔꿈치를 받친다.
팔목을 비튼다.
앞이마를 자주 문지른다.
말하는 동안 손으로 입을 가린다.

누군가에게 조언이나 지시를 부탁한다.
시도 때도 없이 크게 너털웃음을 터뜨린다.
의사 표현이나 의견 제시 등을 꺼린다.

안절부절못한다.
가슴에 소지품을 꼭 품는다(책, 바인더, 지갑 등).
손톱을 씹거나 옷에 묻은 보풀을 입에 넣는다.
멀찍이 떨어져 앉는다.

옷 따위로 몸을 감싸려 한다.
서투르게 다른 사람의 행동을 따라 한다.
정말 확실한지 계속 확인하려 든다.
다른 사람의 칭찬을 무시하고 자기 자신을 비하한다.
구석 자리만 찾아다니며 내내 거기에 머무르려 한다.
현저하게 근육이 긴장되어 있다.
매사에 다급하게 서두른다.
불편한 순간에는 땀을 엄청나게 많이 쏟는다.
지나치게 낮은 목소리로 말한다.

생체반응 INTERNAL SENSATIONS

누군가와 마주할 때면 심장박동이 빨라진다.
위가 꼬이는 것 같다.
자기도 모르는 사이 몸에 붉은 열꽃이 피어오른다.
불편하다 싶으면 목구멍이 타들어 간다.

심리 반응 MENTAL RESPONSES

결정을 내리기가 어렵다.
자신의 결함이나 약점을 두고두고 곱씹는다.
오로지 대면을 피하려는 목적에서 동의해주는 척한다.
다른 사람의 재능이나 강점 등에 집착한다.
다른 사람과 비교하면서 자기에게 없는 것만 떠올린다.

이런 상태가 장기간 지속될 때 나타나는 징후

안정감을 줄 듯한 물건에 집착한다.
등이 구부정해진다.
누군가에게 어떤 말을 들으면 얼굴이 붉게 달아오른다.
사회적 관계를 피한다.
다른 사람과 같이 있는 동안 잔뜩 주눅이 든 것처럼 군다.
곤혹스러운 상황이 발생하면 공황 발작의 증세를 보인다.
눈에 띄지 않도록 무난한 옷만 골라 입는다.
친구를 사귀지 못한다.
행사에 가면 멀찍이 떨어져 구석에 앉는다.
사람과 직접 만나는 것보다 온라인에서의 소통을 더 좋아한다.

이런 상태가 억압될 때 나타나는 징후

머리를 마구 헝클어뜨린다.
어깨를 당당히 펴는 등 곧은 자세를 유지하려 한다.
억지로라도 다른 사람과 눈 맞춤을 한다.
질문거리나 관심사의 방향을 바꾼다.
자신의 단호함을 입증해 보이고자 신속하게 결정을 내린다.
위험을 무릅쓴다.
일부러 다른 사람과 나누는 대화에 자주 끼어든다.

다음의 감정 상태로 진전될 수도

동요 (476), 경계심 (108), 방어 본능 (252), 걱정 (92), 의심 (408), 겁 (96), 심적 부담감 (192), 외로움 (364), 편집증세 (524)

다음의 감정 상태로 물러날 수도

우유부단 (244), 신경과민 (320), 무시당한다는 기분 (420)

연관 파워 동사

섞여들다, 벌겋게 물들다, 순응하다, 의심하다, 불안정해지다, 한시도 가만있지 못하다, 조바심치다, 야단법석을 떨다, 주저하다, 과잉 보상하다, 나중에 후회하다, 발을 끌며 걷다, 말을 더듬거리다, 실족하다, 더듬더듬 말하다, 장황하게 말을 늘어놓다, 흔들리다, 물러나다, 걱정하다

Writer's Tip

장면은 절대 이야기의 전후 사정과 외떨어진 진공상태에서 펼쳐질 수 없다. 어떤 장면에는 늘 시간의 흐름을 암시하는 구체적 단서나 공간적 배경 등이 포함되어야 한다는 것을 잊지 말 것.

095 자포자기 절박하다 DESPERATION

무모한 처신으로 말미암아 희망이 모두 사라진 상태

몸 짓 PHYSICAL SIGNALS

원망으로 활활 타오르는 눈망울.
어딘가에 고정된 시선.
촉촉이 젖어 있는 눈가.
아랫입술을 지그시 깨문다.

손가락을 자꾸 꼰다.
머리채를 한 움큼 잡아당긴다.
손을 머리 뒤로 돌려 깍지를 낀다.
손목을 비튼다.
뺨 위로 손톱을 긁어내린다.
팔다리가 간헐적으로 저려온다.
퍼덕거리는 손놀림.
팔을 엇걸고는 자신의 팔뚝을 주물럭거린다.

수심 어린 혼잣말.
입 밖으로 말이 튀어나오지 않는다.
기어 들어가는 목소리.
떨리는 목소리.

욕지거리를 내뱉으며 점점 더 언성을 높인다.

지그재그로 걷기.
다급한 걸음걸이.
한 장소에서 서성거린다.
부정의 몸짓으로 머리를 강하게 가로젓는다.
자신의 양팔로 어깨를 감싸 안기도 하고 턱을 괴기도 한다.

바삐 서두르는 움직임.
불면증 또는 식욕부진.
도움을 얻고자 여기저기 알아보고 접촉을 시도한다.
앞에 닥쳐 있는 위험성을 직시.
인내할 수 있는 한계를 뛰어넘고야 말겠다는 식으로 행동.
투덜거림.
흔들림, 떨림.
뻣뻣해진 목, 근육이 잔뜩 뭉쳐 있는 팔뚝.
잔뜩 굽은 어깨와 척추.
방어적인 몸가짐.
가슴에 턱을 파묻는다.
어정거린다.
상대방이 냉담하거나 화나 있는 낌새이지만 모른 척하고 그대로 협상을 시도한다.

생체반응 INTERNAL SENSATIONS

격해지는 심장박동.
바짝 타들어 가는 입.
울부짖고 애원하는 바람에 쉬어버린 목청.

통증이 더욱 심해진다.
가슴이 먹먹해진다.
과도하게 넘쳐 나는 에너지.

심리 반응 MENTAL RESPONSES

쉬지 않고 이런저런 계획에 몰두하고 집착한다.
상식에 어긋한 사고 과정, 빈약해진 판단력.
무슨 일이든 해야겠다는 각오.
법 또는 사회적 관습의 무시도 불사.
윤리적 가치관과 건전한 재단의 기준 외면.
필요하다면 다른 사람을 희생시킬 수 있다는 다짐.
목표와 욕구도 얼마든지 하향 조정할 수 있다는 의지.
다른 사람과 빚는 갈등도 불사하겠다는 태도.

이런 상태가 장기간 지속될 때 나타나는 징후

흐느껴 울거나 통절하게 오열한다.
주먹을 휘두르고 싶어 한다.
저자세로 변해 애원한다.
자기 자신의 가치와 자존심을 비하한다.
엄청난 위험부담을 기꺼이 감수한다.
"대신 나를 써줘."
"내가 갈 테니 넌 여기 있어."
자신의 한계 이상으로 무리해가며 밀어붙인다.
누구의 말에도 수긍하려 들지 않는다.

이런 상태가 억압될 때 나타나는 징후

자기 억제.

희망을 줄 수 있다면 거짓말이라도 믿고 싶어 한다.

내면에 틀어박혀 외부 세계와의 상호작용을 차단.

계속 시계를 바라본다.

다른 사람을 안심시키려 든다.

타인의 시선을 의식해 두발 상태와 의상에 신경 쓴다.

게임이나 TV 등에 몰두한다.

주먹을 꽉 쥐고 수시로 손목을 비틀어본다.

다음의 감정 상태로 진전될 수도

고뇌 (128), 무서움 (204), 분노 (276), 결기 (516)

다음의 감정 상태로 물러날 수도

주눅 듦 (340), 희망에 찬 기대 (580), 고마움 (132)

연관 파워 동사

간청하다, 배신하다, 집착하다, 붙잡다, 구석으로 몰다, 울다, 감히 …하다, 부인하다, 이끌다, 싸우다, 회피하다, 강제하다, 도박하다, 잡아채려고 하다, 파악하다, 더듬다, 희롱하다, 애원하다, 탄원하다, 급락하다, 기도하다, 약속하다, 기대다, 무릅쓰다, 허둥지둥 해내다, 찾다, 훔치다, 억제하다, 분투하다, 취하다, 위협하다, 울부짖다

Writer's Tip

의상 선택은 등장인물에 따라 개별적으로 이뤄져야 한다. 그것은 한 사람의 기질이나 품성을 겉으로 드러낼 수 있는 이미지의 기획과 관련이 있다. 감정을 전해줄 수 있는 몸짓언어를 독창적으로 창출하고자 할 때는 등장인물의 의상이 어떻게 활용될 수 있는지 헤아려보는 게 좋다. 거기서 불안감이나 허영심이 드러나 보일 수도 있을 뿐 아니라 존재감 등도 나타날 수 있기 때문이다.

096 재미있다 유쾌하다 AMUSEMENT

웃음을 불러일으키는 상태, 상대방에게 즐거움을 주는 상태

몸 짓 PHYSICAL SIGNALS

표정이 갑자기 밝아진다.

눈썹을 추켜세우거나 씰룩거린다.

빙그레 미소 짓거나 키득거린다.

다른 사람과 눈빛을 교환해 상황을 공감하고자 한다.

장난기 있는 표정을 짓는다.

히죽거리거나 어리벙벙한 표정을 짓는다.

눈물까지 찔끔거리며 폭소한다.

너무 웃어 얼굴이 발갛게 달아오른다.

콧물을 훌쩍인다.

함박웃음.

너털웃음

손바닥으로 무릎이나 넓적다리를 때린다.

옆구리를 움켜쥔다.

웃음으로 몸이 달아올라 옷의 단추를 푼다.

손뼉을 치며 발을 구른다.

옆 사람과 하이파이브를 한다.

목소리가 고조된다.
재치 있게 부연 설명하려고 한다.
웃긴 지점을 자꾸 말로 반복한다.
목에서 "꺼, 끄윽" 하는 이상한 소리가 난다.

몸을 가누고자 옆 사람에게 의지한다.
거칠게 숨을 몰아쉰다.
옆에 있는 사람과 어깨동무를 하거나 가볍게 친다.
입안의 음식물을 내뿜는다.
바닥에 쓰러져 데굴데굴 구른다.
몸을 지탱하려고 의자나 벽에 기댄다.

장난스럽게 비꼬거나 핀잔을 준다.
바닥에 발을 구른다.
몸을 똑바로 가누지 못한다.
주의력과 집중력이 떨어진다.
더 큰 웃음거리를 찾는다.
허리를 숙이고 무릎을 움켜쥔다.
너무 웃겨서 못 참겠다는 몸짓을 하거나 재미난 표정을 짓는다.

생체반응 INTERNAL SENSATIONS

갈비뼈나 배가 아프다.
호흡이 거칠어진다.
눈에 핏줄이 선다.
팔다리가 흐느적거린다.
무릎에 힘이 빠진다.

심리 반응 MENTAL RESPONSES

일단 앉을 자리를 찾는다.
다른 사람과 즐거움을 나누고 싶은 욕구를 느낀다.
걱정거리가 일순간 사라진다.
계속 웃음이 터져 나올 듯한 기분. 한순간이나마 걱정거리나 시름을 던다.

이런 상태가 장기간 지속될 때 나타나는 징후

시시때때로 걷잡을 수 없이 터져 나오는 웃음.
참기 어려운 웃음보.
몸이 떨린다.
머리가 심하게 흔들린다.
몸을 통제하지 못한다.
힘이 빠져 똑바로 서 있기 어려워진다.
웃음을 멈추게 해달라고 애원한다.
말에 조리가 없어진다.
눈에 자꾸 눈물이 고인다.
얼빠진 사람처럼 보인다.
자주 오줌이 마려운 듯한 느낌.
장소를 옮기고 싶다는 생각.

이런 상태가 억압될 때 나타나는 징후

입을 꾹 다문다.
"이제 그만" 하고 외치는 것처럼 한 손을 들어 올린다.
머리를 좌우로 흔든다.
웃음을 삼킨다.
입술을 자주 훔친다.

배시시 새어 나오는 미소를 손으로 가린다.
얼굴이 달아오른다.
마음을 가라앉히고자 자주 뒤돌아선다.
웃음을 참으려고 어금니를 꽉 깨문다.
다른 사람과 시선 교환을 피한다.

다음의 감정 상태로 진전될 수도

행복감 (532), 만족감 (212), 득의양양 (404), 감동 (84)

다음의 감정 상태로 물러날 수도

경탄 (468), 유대감 (396)

연관 파워 동사

농담을 주고받다, 활짝 웃다, 낄낄거리다, 시시덕거리다, 싱긋 웃다, 손뼉을 치다, 춤추다, 즐겁게 하다, 킥킥거리다, 환하게 웃다, 야유를 퍼붓다, 소리 지르다, 폭소를 터뜨리다, 야단법석을 떨다, 깊은 인상을 주다, 농담하다, 놀리다, 웃다, 흉내 내다, 시늉하다, 팔꿈치로 쿡 찌르다, 밀치다, 장난치다, 미소 짓다, 히죽히죽 웃다, 키득거리다, 코웃음 치다, 놀리다, 간지럼 태우다, 흥분시키다, 킥킥거리다, 쌕쌕거리다

Writer's Tip

어떤 장면에 긴장감을 더하기 위해서는, 여러분의 등장인물에게 감정적으로 묵직한 것을 던져줄 누군가의 등장이 필요하다. 등장인물을 공포에 떨게 하거나 불안하게 하거나 요동치게 할 만한 인물은 누구인가?

097 저항하다 반항하다

DEFIANT

심지어 패배할 것이 뻔한데도 상대편의 힘에 굴하지 않고 맞서는 상태

몸 짓 PHYSICAL SIGNALS

말려 올라간 입술로 히죽거린다.
한껏 들어 올려 예리한 턱선을 과시한다.
도발적이고 잔뜩 노기에 차 있는 눈매 혹은 응시.
누군가와 시선이 마주쳤을 때 먼저 눈을 피하지 않으려 한다.

양팔을 엇걸고 있다.
손가락을 풀고는 주먹을 말아쥔다.

건방지고 무례해서 말싸움을 자주 벌인다.
효과적으로 비아냥거릴 줄 안다(어조, 단어 선택, 미소 등으로).
고함과 욕설로까지 치달을 만큼 격한 언쟁을 벌인다.
자신의 신념이 굳건하다거나 절대적인 관점을 취하고 있다는 말을 한다. "나는 결단코 물러서지 않아."

몸을 꼿꼿이 세우고 섬(똑바른 자세, 팽팽한 근육 등).
머리 움직임이 예리하다(고개를 '홱 젖힘').
손을 엉덩이에 댄다.
상대편을 자극하기 위해 의도된 행동(선물을 거절한다든가 지시를 무시한다든가 등).
조금 더 널찍한 공간을 차지함으로써 다른 사람 눈에 더 크게 보이고자 시도한다. 예컨대, 양발을 넓게 짚고 선다든가.
라이벌의 입장이나 언행을 공격하기 위해 신상 정보를 활용한다.
거친 움직임(문을 쾅 닫는다든가 필요 이상으로 강하게 의자를 밀친다든가 물건을 던진다든가 등등)으로 분노 표출.
얌전히 앉아 있거나 잠자코 남아 있는 법이 없다.

딱 벌어진 어깨와 앞으로 내민 가슴.
복종 거부(또는 자기에게 요구되는 방식과는 정반대로 행동).
숨을 길게 내쉬면서 콧구멍을 벌름거린다.
다른 사람의 개인 공간에 발을 들여놓는다.
현저한 턱과 목의 긴장감.
사과 거부.
설득되거나 화해하기도 거부.
떠날 때는 가차 없다.

생체반응 INTERNAL SENSATIONS

가슴이나 목구멍이 벌렁거린다(혈압 상승으로 더 빨라진 심장박동).
흉부에 자신도 모르게 힘을 많이 주어, 점차 숨 쉬는 것이 불편해진다.
얼굴과 목이 붉어진다.
근육긴장.
좁은 시야.

심리 반응 MENTAL RESPONSES

욕구불만과 분노로 찌든 머릿속.
생각하기 전에 일단 반응부터 하고 그럼으로써 상황을 더 악화시킨다.

투쟁하는 데 온 정력과 집중력을 다 쏟아부음, 또는 정신의 기어를 다른 쪽으로 돌린다.

사태를 다른 사람의 관점으로 보지 못하거나 그럴 의향이 전혀 없다.

상대편의 약점을 분석해 물고 늘어진다.

자신의 핵심적인 요구 사항이 관철되지 않는 한 협상 거부.

규칙을 어기거나 나쁜 결과를 빚어낸 행동을 속으로 정당화.

늘 분노에 사로잡혀 용납할 줄 모른다.

결정적 발언을 하고자 하는 욕구.

공포나 우유부단한 태도를 감추는 데 분노를 악용.

이런 상태가 장기간 지속될 때 나타나는 징후

늘 적의에 찬 어조로 말한다.

협박을 일삼는다.

동의하지 않는 편을 곁에 남겨두고 싶어 하지 않는다(상대편의 기반을 약화시킨다든가 짓누르는 데 혈안이 된다든가 반목에 빠진다든가 보복할 기회를 노린다든가 등).

나중에 어떻게 될지는 고려하지도 않고 불온한 말을 아무렇게나 지껄여댄다.

분노를 폭력으로 표출한다.

동의하지 않는 사람과는 관계를 끊는다. "나와 함께하든지, 아니면 맞서든지 둘 중 하나를 택해."

누군가에게 달려든다.

모욕적인 말을 던지거나 동작을 취해 보인다(누군가에게 가운데 손가락질을 한다든가 엉덩이를 까 보인다든가 등).

이런 상태가 억압될 때 나타나는 징후

신체 긴장(근육이 뻣뻣해진다든가 자세가 딱딱하다든가 등).
턱을 앙다문다.
굳게 다물어진 입술이 냉담하고 단호하다는 인상을 풍긴다.
고르지 못한 목소리로 말하고 말은 억지로 쥐어짠 것처럼 들린다.
체제 전복을 조용히 실행(적에게 치명상을 입히거나 그 지반이 약해질 수 있도록 자잘한 일을 실천에 옮김).

다음의 감정으로 진전될 수도

분노 (276), 격노 (100), 남의 불행을 즐김 (136), 물불 안 가림 (196)

다음의 감정으로 물러날 수도

아무에게도 인정받지 못함 (420), 좌충우돌 (76), 혼란 (552), 한탄 (392)

연관 파워 동사

몸을 둥그렇게 구부리다, 따지다, 맹공을 퍼붓다, 휘두르다, 발끈하다, 선언하다, 도발하다, 정면대응하다, 비난하다, 감히 …할 엄두를 내다, 거역하다, 요구하다, 언쟁하다, 당황하게 하다, 싸우다, 과시하다, 내던지다, 빤히 바라보다, 때리다, 토해내다, 무시하다, 홱 틀어버리다, 튀어나오다, 달려들다, 조롱하다, 불쾌하게 하다, 반대하다, 화나게 하다, 자책하다, 밀어붙이다, 반항하다, 거절하다, 대항하다, 난리법석을 떨다, 소리 지르다, 악쓰며 말하다, 맹비난하다, 으르렁거리다, 내뱉다, 응시하다, 전복하다, 시험하다, 협박하다, 기반을 약화시키다

Writer's Tip

초고 쓸 때 감정을 어떻게 보여줘야 할지가 막막하다면 '그녀는 어둠 속에서 사시나무처럼 떨었다' 같은 연습 문장을 써두고 활용해보자. 그것을 수정하고 지워가면서 상황에 걸맞을 감정을 찾아본 후 그 감정을 드러낼 수 있도록 뭔가 신선한 것을 써보자. 이런 식으로 하면 여러분은 계속 창조적인 흐름을 이어가게 될 것이다.

098 절망하다 자포자기하다

DESPAIR

모든 희망을 잃고 실의에 빠져 있는 상태

몸 짓 PHYSICAL SIGNALS

멍한 표정

잔뜩 찌푸린 눈살.

힘들어하는 표정.

얼굴을 가릴 정도로 덥수룩한 머리숱.

충혈된 눈.

흘러내리는 눈물을 훔칠 생각도 하지 않는다.

눈을 감고 느릿느릿 고개를 내젓는다.

씰룩거리거나 일그러져 있는 입술.

힘없이 손을 터는 동작.

손을 느슨히 무릎 사이에 끼운다.

두 손으로 얼굴을 감싼다.

고통을 달래고자 손바닥으로 가슴을 문지른다.

두 팔에 머리를 파묻는다(탁자 같은 데서).

팔자 좋아 보이는 누군가를 향해 힘없이 팔을 내두른다.

머리를 감싸 쥐었던 손으로 갑자기 머리카락을 한 움큼 움켜쥔다.

벌어져 있는 입에서는 아무 말도 안 튀어나온다.
귀에 들릴 만큼 큰 소리로 숨을 몰아쉬며 꼴깍거린다.
한숨을 처절하게 내쉬며 눈을 감는다.
자기도 모르게 울음이나 신음이 새어나온다.
"아, 세상에." 또는 "아니야, 이럴 수는 없어." 같은 말을 웅얼거린다.
안에서 거르지 않고 아무 말이나 하면서 누가 듣건 신경 안 쓴다.
"우리는 모두 저주받았어."

앉으나 서나 풀어진 자세.
두 손으로 허벅지를 문지르며 구부정한 자세.
풀어진 자세로 자리에 앉아 양팔을 길게 늘어뜨린다.
고개를 들어 멀거니 허공을 올려 보다 고개를 앞으로 떨어뜨린다.
발을 헛디딤. 한 발을 앞으로 내딛으려다 다른 발에 걸린다.
무릎 연골이 약해져서 (서 있을 때) 붙잡고 있다.
가슴을 움켜잡거나 흐느껴 운다.

어깨는 아래로 축 처져 있고 팔도 긴장감 없이 늘어져 있다.
가슴이 오므라든다.
아래로 늘어뜨린 고개.
몸이 오그라든 것처럼 보인다.
자기 내부로 빠져 든다(질문에 아무런 응답을 하지 않는다거나 접촉이 있어도 아무 반응을 보이지 않는다거나 등).
서 있을 근력조차 없어서 어딘가에 몸을 지탱해야 한다(시트에 털썩 쓰러진다든가 탁자나 벽에 몸을 기대고 있다든가 등).

생체반응 INTERNAL SENSATIONS

급작스런 통증과 무감각 상태.
현기증.
지끈거리는 머리통.
가슴 통증.
피로로 저릿저릿한 손발.
목구멍 안에 뭔가 걸쭉한 게 걸려 있는 이물감.
목구멍에서 심장박동을 느낀다.
눈이 축축하게 젖어 시야가 흐리다.
과도한 침샘 분비로 눅진하게 느껴지는 입안.

심리 반응 MENTAL RESPONSES

시간관념 상실.
암울한 생각을 하고 또 한다. "끝났어. 그녀는 떠났어. 난 이제 혼자야. 그녀가 없으니 아무것도 할 수 없어."
일이 너무 빨리 흘러 어떻든 손을 쓸 수 없는 것처럼 느껴진다.
감정 마비. 다른 사람의 시선에 더는 신경을 안 쓰게 된다.
인지 감각 이상(움직임에 느리게 반응한다든가 다른 사람이 하는 말을 제대로 알아듣지 못한다든가 누군지 바로 알아보지 못한다든가 등).
자폐 증세에 빠진다.

이런 상태가 장기간 지속될 때 나타나는 징후

우울 증세에 빠지고 만다.
불안감을 견디지 못하고 알코올이나 마약에 탐닉.
자살 충동이나 시도.
공감 능력 상실.
남에게 심한 상처가 될 만한 말을 하고도 신경 쓰지 않는다.

이런 상태가 억압될 때 나타나는 징후

밝은 표정을 지어 보려고 시도(미소를 지으려 입술을 씰룩거려보지만 이내 사라진다든가 일부러 열의가 넘치는 척한다든가 등).
닥친 일에 신경 쓰려고 애써 일거리에 몰입한다.
다른 사람이 희망을 간직하도록 비밀 유지.
다른 사람을 속인다. 그들이 없는 동안 일이 아주 잘 풀렸다는 식으로.

다음의 감정으로 진전될 수도

억하심정 (344), 황폐함 (216), 비탄 (292), 우울 증세 (400), 패배감 (520)

다음의 감정으로 물러날 수도

무력감 (240), 슬픔 (316), 마음이 여려짐 (208), 희망 찬 기대 (580)

연관 파워 동사

함몰되다, 허물어지다, 울부짖다, 마음을 아프게 하다, 패배하다, 의기소침하게 하다, 진이 빠지다, 몹시 무서워하다, 기가 꺾이다, 떨어지다, 상실하다, 망연자실하다, 고통스러워하다, 격분하다, 축처지다, 오그라지다, 풀어지다, 실족하다, 굴복하다, 약해지다

Writer's Tip

본능에 따른 감각은 강력하긴 하지만 사용 빈도가 너무 잦으면 위력을 잃어버릴 수도 있다. 여러분이 진정으로 어느 한 장면에 큰 감정적 반향을 자아내고 싶어질 때를 노려 아껴두자.

099 조급하다 안달 나다

IMPATIENCE

여유가 없이 당장 뭔가를 이루거나 하고 싶은 욕심에 발을 동동 구르는 상태

몸 짓 PHYSICAL SIGNALS

눈썹을 추켜세운다.
노려본다.
머리를 뒤로 젖혀 위를 올려다본다.
입술을 오므린다.
눈을 가늘게 뜨고 뭔가를 강렬하게 응시한다.
눈살을 찌푸린다.
콧잔등을 꼬집고 눈자위를 꾹꾹 누른다.
문을 뚫어지라 쳐다본다.
씩씩거리는 숨결을 가라앉히려 하지 않는다.

손을 맞대고 비빈다.
커프스 단추나 장신구를 만지작거린다.
탁자에 대고 손톱을 톡톡 두드린다.
몹시 지쳤다는 듯 관자놀이를 주무른다.
주위 물건을 노리개 삼는다.
컵을 빙글빙글 돌리다.
서류 집게를 망가뜨린다.
반복해서 손으로 머릿결을 쓸어 넘긴다.

중간에 말을 뚝 끊고는 다른 사람과 이야기한다.
다른 사람이 말하는 동안 입술을 굳게 다문다.
날카로운 어투.
"이 친구 어디 있는 거야?"
"정말 오래도 걸리는구먼!"
씩씩거리며 투덜거린다.
뭐라고 혼자 웅얼거리면서 고개를 가로젓는다.
은근히 짜증을 내거나 이죽거린다.

양손을 엉덩이에 가져다 댄다.
팔짱을 낀다.
서 있거나 경직된 자세로 앉아 있다.
발을 동동 구른다.
시계를 계속 쳐다본다.
조급한 걸음걸이.
이리저리 서성대며 어쩔 바 몰라 한다.
정신 사납게 군다.
자꾸 앉았다 일어서기를 반복한다.
이 의자에 앉았다가 저 의자로 바꿔 앉는다.
머리를 천장 쪽으로 잔뜩 젖히고는 크게 한숨을 내쉰다.
다리를 꼬았다 풀었다 한다.

굳은 턱선, 돌출된 아래턱뼈.
경련 발작이 엄습할까 봐 불안해한다.
호흡이 거칠어진다.
연필을 부러뜨린다.
소리나 움직임에 주의를 곤두세운다.

징징거리면서 보채거나 입술을 삐죽거린다.
얼굴과 목 그리고 어깨 등에 잔뜩 힘이 들어가 있다.
사람을 거칠게 밀치며 걷는다.
소맷부리를 걷어붙이거나 끌어당겨 내린다(동작 반복).

생체반응 INTERNAL SENSATIONS

호흡이 점점 거칠어지고 가빠온다.
체온 상승.
몸이 탈진한 것 같거나 한계에 다다랐다는 기분이 든다.
두통.

심리 반응 MENTAL RESPONSES

시간 낭비에 엄한 태도를 보인다.
시간이 빨리 흘러갔으면 좋겠다고 생각한다.
더욱 신속하고 효율적인 일 처리에 매달린다.
한눈을 팔기도 한다.
불의의 사고를 미리 방지할 수 있도록 정신 무장을 강조한다.

이런 상태가 장기간 지속될 때 나타나는 징후

탁자에 대고 손을 두드린다.
다른 사람에게 고함을 지른다.
인간관계가 단절된다.
프로젝트나 업무 등을 가로챈다.
말하는 사람에게 사설 빼고 요점만 제시하라고 다그친다.
일이 더욱 원활히 돌아가도록 초점의 방향을 재설정한다.
마감 시간을 정해놓는다.
남을 독촉하고 압박한다.

몸싸움을 자주 한다.
밀치고 들어간다.

이런 상태가 억압될 때 나타나는 징후

얼어붙은 미소.
업무 중독.
늘 일에 쫓겨 다닌다.
분위기를 바꾸고자 여가 활동을 시도한다.
전화기와 이메일을 확인하고 또 확인한다.
외양에 신경을 많이 쓴다.
옷에 묻은 보풀을 꼼꼼히 쓸어낸다.
손톱 길이가 어떤지 유심히 본다.

다음의 감정 상태로 진전될 수도

짜증 (348), 욕구불만 (480), 분노 (276), 경멸 (224)

다음의 감정 상태로 물러날 수도

체념 (508), 수용 (312), 만족 (212)

연관 파워 동사

한탄하다, 불평하다, 집중하지 못하다, 만지작거리다, 한시도 가만 못 있다, 조바심치다, 투덜대다, 툴툴거리다, 맴돌다, 방해하다, 까불다, 조작하다, 말을 더듬더듬하다, 어정거리다, 한숨 쉬다, 시작하다, 떠맡다, 움찔하고 놀라다

Writer's Tip

독자가 창작 과정을 엿볼 수 있으면 절대 안 된다. 따라서 은유, 직유, 서술적인 문단의 과용을 조심할 것. 그리고 빤한 몸짓언어의 반복은 독자의 관심을 이야기 바깥으로 끌어낼 수도 있으니 이 점에도 유의할 것.

100 존경하다 감탄하다 ADMIRATION

누군가를 높이 평가하고 열렬히 긍정하는 느낌

몸 짓 PHYSICAL SIGNALS

눈가에 걸린 미소(윤기가 흐른다 싶을 만큼 밝게).
길게 이어지는 눈 맞춤.
내내 치켜 올라가 있는 눈썹.
살짝 한쪽으로 기울어진 고개.
환하게 웃으며 살며시 고개를 주억거린다.
눈에 띄도록 뺨 위에 번진 홍조.
가볍게 고개를 내저으며 누군가에 대한 생각으로 미소 짓는다.
적극적으로 귀 기울인다(상대가 말하는 동안 고개를 끄덕끄덕).
평소보다 자주 웃는다.

상대의 등이나 어깨에 손을 얹는다.
등 뒤로 양손에 깍지를 낀다.
무장해제 된 두 팔.
악수 끝에 상대의 손을 꽉 잡음.

존경하는 상대의 신체 언어를 그대로 따라 한다.
칭찬을 늘어놓는다.
질문을 던지고 의견을 다시 물음.

상대의 방송 분량을 조금 더 늘리려는 저의에서 더 세세하게 말해달라고 요청한다.
챙겨준다. "뭐 마실 거라도 가져다 드릴까요?"
찬사의 말을 늘어놓는다. "정말 대단해요. 타고난 연설가시네요!"
열띤 어조.
평소보다 수다스러워진다.

상체를 앞으로 내민다.
존경하는 상대에게 가까이 다가간다.
짧게 고개를 숙인다.
열렬하고 격정적인 인사.
존경하는 상대를 향하여 몸의 중심을 이동시킨다.
좋은 인상을 자아낼 수 있도록 옷매무시를 가다듬는다(어떤 부분을 반듯하게 바로잡거나 손으로 펴거나 등).
중단할 줄 모른다.
무리가 따르더라도 자기 방식대로 밀어붙인다(늦게까지 자리에 남는다든가 바쁜 중에도 그 상대와 함께하고자 시간을 낸다든가 등).
존경하는 상대의 시간을 존중한다. "선생님을 만나 뵈러 온 사람이 많으니 저는 이만 물러날게요."
대화나 모임을 서둘러 마쳐야 하는 상황에서도 조금 더 이해심이 많아지고 너그러워진다.

자기의 개인 공간에 상대방을 초대한다.
열려 있는 몸가짐(상대를 향해 반갑다는 자세를 취해 보인다든가).
선뜻 동의한다.
호의.
존경하는 상대에게 가까이 다가간다.

생체반응 INTERNAL SENSATIONS

살짝 강해진 심장박동.
속이 울렁거림.
체온 상승.
전반적인 근육 이완.

심리 반응 MENTAL RESPONSES

존경하는 사람의 의견과 활동에 강한 의미 부여.
마음을 열고 신뢰한다.
개인적으로 사사로운 일상사나 의견까지도 공유하려 들거나 알아두고자 하는 욕망.
존경하는 상대가 앞에 있다는 사실만으로도 행복해진 느낌.
함께 시간을 보낼 기회가 주어졌다는 데 감사한다.

이런 상태가 장기간 지속될 때 나타나는 징후

주먹을 위아래로 흔들어대며 박수치고 환호한다.
두 손을 맞잡은 악수.
선의의 경쟁 상대 설정. "언젠가는 저도 그 자리에 오르기를 소망합니다만 오, 정말 선생님은 출중하시네요. 제가 곁을 지킬 수만 있다면 아마도 선생님의 솜씨를 뒤따르게 될 텐데 말이죠!"
친밀하게 지내자는 의중을 내비친다. "시간 괜찮으실 때 저녁 초대를 하고 싶습니다만."
매사에 그 상대를 우선시하고 관련 사안에 시간을 낸다.
다른 사람과 대화할 때 존경하는 인물을 화젯거리로 올리고는 그에 관한 칭송을 노래하다시피 한다.

이런 상태가 억압될 때 나타나는 징후

이내 눈길을 돌려 시선을 피한다.
다른 사람의 눈에 뜨이지 않도록 혼자 바쁜 척한다.
모임의 주변부에 남아 있긴 하지만 굳이 대화에 동참해 화제를 주도하지는 않는다.
심장박동을 늦추고자 심호흡을 한다.
존경하는 사람에 관한 이야기가 나오면 귀 기울이긴 해도 직접 대화에 끼어들지는 않는다.
대화에 동참하거나 자기소개를 하기 전에 머뭇거린다.

다음의 감정 상태로 진전될 수도

일념 (356), 숭배 (124), 영향 받음 (360), 선망 (268)

다음의 감정 상태로 물러날 수도

소중히 여김 (472), 반가움 (168), 호기심 (548), 충족 (212)

연관 파워 동사

흠모하다, 박수갈채를 보내다, 열망하다, 부여하다, 자랑하다, 쌓아 올리다, 박수 치다, 칭찬하다, 축하하다, 선망하다, 아첨하다, 응시하다, 맞아들이다, 예우하다, 모방하다, 오랜 시간을 보내다, 경탄하다, 칭송하다, 공언하다, 인정하다, 추천하다, 존중하다, 경의를 표하다, 감사하다, 보증하다, 바라보다, 환영하다

Writer's Tip

등장인물이 포기하고자 한다면, 계속 가야만 하는 이유가 반대로 등장해주어야 한다. 신념에 근거한 행동일수록 그것을 포기할 때 찾아오는 후폭풍은 강도가 세지는 법이다. 등장인물을 견디기 어려운 상태로 몰아갈 때, 이 방법은 매우 유용하다.

101 존중받다 소중히 여겨지다 VALUED

소중히 여겨지고 그럴 만한 자격이 충분히 있는 것으로 존중받는 느낌

몸 짓 PHYSICAL SIGNALS

자주 관대하게 미소 짓는다.
유대감이 넘치는 시선을 교환한다.
자주 웃는다.
다른 사람이 얘기하면 고개를 끄덕이며 미소 지어 보인다.
누군가가 자기 이름을 부르면 미소로 화답한다.

다른 사람과 대화하기를 즐긴다.
대화를 주도해간다.
험담에 끼어들지 않는다.

결단력 있게 성큼성큼 내딛는 발걸음.
조금 더 개인적으로 친밀해지기 위해 다른 사람과 신체 접촉을 한다(감싸 안거나 어깨를 토닥거려주거나 손을 잡거나 등).
친밀한 신체 접촉을 주고받으며 위안을 나눈다.

고개를 꼿꼿이 세우고 굳건히 버티고 선다.
자신을 중심에 두고 순간을 즐기기 위해 심호흡을 한다.
새로운 것을 시도한다(두려움이나 의심 때문에 뒤로 물러나는 일이 없음).

예의 바르다(서슴지 않고 감사하다는 인사를 한다거나 결코 다른 사람 말을 끊으려 하지 않는다거나 등).
다른 사람을 위해 시간을 낸다.
긍정적이고 낙관적이다.
공간을 넉넉하게 활용한다(바닥에 굳게 발을 딛거나 엉덩이에 한 손을 대고 여유로운 몸짓을 취해 보이거나 몸짓을 많이 하거나 등).
느긋하고 여유 있는 몸가짐.
사람이 투명하다(비밀을 간직한다거나 뒤로 뭘 꾸민다거나 하지 않음).
다른 사람의 힘을 북돋아준다.
사람을 살갑게 대한다.
자기가 기꺼이 내줄 수 있는 것보다 더 많은 것을 상대에게 요구하지 않는다.
사려 깊다(칭찬해준다거나 선물을 준다거나 자신의 시간을 기꺼이 할애한다거나 등).
일에 집중하면서 스스로 동기부여를 함. 일을 미루거나 질질 끌지 않는다.
헌신적이고 활기차게 자신의 직장과 가정에 집중한다(직장에 늦게까지 남아 있다거나 시간을 짜임새 있게 활용한다거나 등).
주저하지 않고 규칙에 따른다.
다른 사람이 말하면 귀를 쫑긋 세우고 경청한다.
자신의 외모에 자부심이 있다(옷을 맵시 있게 입는다거나 깔끔한 위생 상태를 유지한다거나 등).
심심치 않게 남을 도와준다(업무 추가분을 떠맡는다거나 심부름하러 뛰어다닌다거나 누군가의 보증을 서준다거나 등).
다른 저의를 품고 누군가에게 호의를 베풀지 않는다.
너그럽다.
자립심이 강함.

생체반응 INTERNAL SENSATIONS

이완된 근육.

편한 호흡.

가슴이 부풀어 오르는 느낌(몸이 가볍고 흥이 남).

심리 반응 MENTAL RESPONSES

본인의 회사나 모임 또는 국가 등 공동체의 안위를 걱정하며 좋은 유대 관계 형성.

살면서 이곳까지 오게 된 과정과 그 안에서 만난 사람을 축복이라 느낀다.

받은 대로 되돌려주면서 그게 가치 있는 일임을 입증하고 싶어한다.

새로운 기술을 익히고 연마하며 자기 계발을 열망한다.

그럴 만한 자격이 있다 싶을 때 그들이 원하는 것을 주길 원한다.

다른 사람이 자기를 받쳐주고 있으므로 기꺼이 위험을 감수할 각오가 되어 있다.

이런 상태가 장기간 지속될 때 나타나는 징후

업무에 매우 충실하다. 한층 더 노력한다.

자기가 모시는 사람에게 충성을 바친다.

행복하고 만족스러운 기분.

자신의 구상과 의견을 남과 나누는 데 개방적.

사람과 가까이 지내면서 개인적인 친분을 형성하고자 하는 욕망.

그 기분을 남에게 전해주고 싶어한다(그들도 실은 남에게 존중받고 인정받는 존재라는 것을 알 수 있도록).

이런 상태가 억압될 때 나타나는 징후

안심하기 전까지 확인받거나 보완하려는 욕구. "나랑 같이 일해서 행복하니?"
자기가 좋게 평가될 경우 칭찬받게 될 상황을 조성한다.
본인의 발전을 위해 피드백해주기를 요청. "다음에는 제가 어떻게 해야 더 잘할 수 있을까요?" 또는 "어떻게 하면 내가 널 도울 수 있겠니?"
인정받기 위해 분투한다.

다음의 감정으로 진전될 수도

만족감 (212), 자부심 (436), 자신감 (440), 행복감 (532), 잘난 체함 (432)

다음의 감정으로 물러날 수도

우유부단 (244), 불안정 (444), 상처 (300), 멸시 (224)

연관 파워 동사

조언하다, 활짝 웃다, 형성하다, 돌보다, 협력하다, 축하하다, 헌신하다, 자율권을 부여하다, 교환하다, 표현하다, 모으다, 도와주다, 향상시키다, 포함하다, 농담하다, 웃다, 귀 기울이다, 유경험자로서 조언을 해주다, 열다, 토닥거려주다, 즐겁게 하다, 나누다, 미소 짓다, 사회화하다, 지원하다, 접촉하다, 믿다, 인정하다

Writer's Tip

독자의 감정을 사로잡기 위해서는 독자가 감정이입을 쉽게 할 수 있는 실제 세계의 시나리오 속에 등장인물을 배치해보자. 예를 들면, 형제 사이의 경쟁 심리라든가, 사실을 말하고 있지만 아무도 믿지 않는 경우라든가, 돌이킬 수 없는 애정 문제라든가 등.

102 좌불안석 걱정스럽다

UNEASE

몸이나 마음이 안절부절못하는 상태

몸 짓 PHYSICAL SIGNALS

이쪽저쪽으로 곁눈질한다.

입술을 일자로 오므리고 아랫입술을 잘근잘근 깨문다.

엄청나게 침을 자주 삼킨다.

부자연스러워 보일 정도로 입을 다물고만 있다.

입술을 핥는다.

눈살을 찌푸린다.

동요의 원인에게 흘낏 한 번 눈길을 주고는 외면한다.

옷자락을 비비 꼬거나 잡아당긴다.

손을 주머니에 쑤셔 넣는다.

주먹을 말아쥐었다가 이내 푼다.

두 손을 가만두지 못한다.

땀으로 젖은 두 손을 자신의 바지 앞섶에 대고 문지른다.

혀를 끌끌거리거나 목울대에서 이상한 소리를 낸다.

목소리가 떨린다. 목청을 가다듬는다.

갑작스럽게 대화를 중단한다.

한숨을 내쉴 때마다 콧노래를 흥얼거린다.

팔 또는 다리를 꼬았다 풀었다 한다.
의자를 옮긴다.
손톱을 씹거나 거스러미를 떼어낸다.
옷깃을 바짝 저미며 재킷의 지퍼를 올려 입는다.
머리를 헝클어뜨리거나 손가락으로 두피를 긁적거린다.
빨리 자리에서 벗어나려고 입에다 음식을 급히 처넣는다.
잡지를 펼쳐놓지만 읽지는 않고 그저 뒤적거리기만 한다.
소파나 의자에 축 처진 자세로 앉는다.
뒤축을 바닥에 구른다.
가방 등을 방패 삼아 가슴에 감싸 안는다.
다리를 심하게 떤다.
다리를 꼬았다 풀었다 한다.

손톱 따위에 집착한다.
신경질적인 습관.
문제의 대상에게서 몸을 뒤로 뺀다.
뒤쪽으로 물러나며 되도록 자기 모습을 작게 보이려 한다.
소리에 민감해져 갑자기 하던 일을 멈춘다.
음식에 까다롭게 군다.
되도록 다른 사람의 눈에 띄지 않으려고 한다.
의자에 털썩 주저앉는다.
대화에서 빠지려 한다.
느리게, 마지못해서 다른 사람 쪽으로 몸을 돌린다.
마지못한 듯 입을 열거나 다른 사람에게 다가간다.
누군가를 기다릴 때는 어느 장소가 안전할지부터 고려한다.
의식적으로 자신의 팔다리를 풀어주려고 한다.

생체반응 INTERNAL SENSATIONS

가벼운 오한과 전율.

목덜미 위로 돋아난 소름.

두피 가려움증.

위장 경련.

심리 반응 MENTAL RESPONSES

누군가 자신을 감시하고 있는 것만 같은 기분.

"잘못된 건 전혀 없어."

"네가 지금 과민 반응을 보이는 거야."

현재 상황을 부정한다.

시간이 너무 느리게 흘러가는 것만 같다.

극도로 주변 상황에 촉각을 곤두세운다.

이런 상태가 장기간 지속될 때 나타나는 징후

한순간도 잠자코 있질 못하고 부산스럽게 계속 몸을 움직인다.

틀림없이 뭔가가 잘못되었다고 확신한다.

갈피를 못 잡고 흔들린다.

신체적으로 어딘가 아픈 것 같다.

그만두고 싶지만 이유를 납득하지 못한다.

이런 상태가 억압될 때 나타나는 징후

자신의 호흡을 느리게 조절하려고 노력한다.

어깨를 풀어주면서 마음가짐을 느슨히 해보려고 시도한다.

정신적인 안정을 회복하려고 애쓰는 동안에는 시선이 멍해진다.

평정을 찾으려는 노력의 하나로 사람을 멀리해본다.

눈을 크게 뜬다.

짓다 마는 거짓 미소.
의도적으로 문제의 근원으로 눈길이 향하지 않도록 조심한다.
그 무엇과도 일정한 거리를 유지하려 한다.
말투가 너무 빠르다.
소란스러운 분란이나 불편한 상황에 대해 알아차리지 못한 척한다.

다음의 감정 상태로 진전될 수도

신경과민 (320), 걱정 (92), 두려움 (148), 불안 (288), 겁 (204)

다음의 감정 상태로 물러날 수도

체념 (508), 수용 (312), 안도 (336)

연관 파워 동사

짜증 내다, 한시도 가만있지 못하다, 주저하다, 어정거리다, 달래다, 누그러뜨리다, 문지르다, 긁다, 감지하다, 변경하다, 몹시 민망해하다, 휘젓다, 말을 더듬다, 톡톡 두드리다, 접촉하다, 비틀다, 말로 표명하다, 걱정하다, 꼼지락거리다

Writer's Tip

감정 표현과 관련해 독자의 반응을 더욱 강력하게 이끌어내려면 잊지 말고 느낌을 자극하는 게 무엇인지 구체적으로 보여주는 데 초점을 맞춰야 한다. 단순히 등장인물의 반응만 드러내는 데 그쳐서는 곤란하다.

103 좌절하다 방해받다 FRUSTRATION

문제가 해결되지 않고 욕구가 충족되지 않은 상태, 저지당한 느낌

몸 짓 PHYSICAL SIGNALS

입술을 짓씹는다.
고개를 가로젓는다.
숨을 크게 들이마시고 말하기 전에 일단 한숨부터 내쉰다.
이를 간다.
얼굴을 잔뜩 찡그렸다가 풀기를 반복하며 평정심을 찾고자 한다.
턱을 높이 치켜든다.
무거운 한숨.

손을 등 뒤로 돌려 손목을 비튼다.
검지로 꼭 짚어 가리킨다.
머릿결을 쓸어 넘긴다.
주먹을 꽉 쥔다. 손톱으로 손바닥을 긁는다.
주먹으로 탁자 끝을 내리친다.

말투가 다급하다.
자신을 억제하려는 것처럼 말을 이 사이로 내뱉는다.
"포기했어."
딱딱한 의사 표현.

과장해서 끙끙거린다.
못 견디겠다는 듯 코웃음 치며 조롱한다.
뒷소리로 뭐라고 구시렁거린다.
목소리에 긴장감.

목덜미를 긁적거리거나 문지른다.
행동이 조급하고 변덕스럽다.
손짓 발짓을 써가며 이야기한다.
중간쯤 가다 갑자기 발길을 돌린다.
좁은 보폭으로 걸음을 서두른다.
문을 쾅 닫는다.
팔을 양쪽으로 크게 벌리고 천천히 풀어준다.
탁자 모서리에 머리를 댄다.

욕설이나 인신 비방으로 다른 사람에게 상처를 주고자 한다.
생각 없이 불쑥 말해놓고 자주 후회한다.
경직된 자세, 굳은 근육, 잔뜩 뭉쳐 있는 목.
매사에 어찌할 바를 몰라 한다.
가슴 위로 팔을 엇건다.
조급함 때문에 실수를 자주 저지른다.
커피를 쏟는다거나 물건을 깨뜨린다.
매사에 여유가 없고 안절부절못한다.

생체반응 INTERNAL SENSATIONS

목구멍이 꽉 막힌 기분.
위장이 경화되어가는 느낌.
흉부 압박감.

혈압 상승.
두통 또는 턱의 통증.

심리 반응 MENTAL RESPONSES

문제 해결에만 극도의 주의력을 기울인다.
어떤 장면이나 상황을 반복해서 떠올리며 그 일에 집착한다.
마음을 가라앉히고자 혼잣말을 웅얼거린다.
빤한 질문으로 낡은 정보를 계속 우려먹고 싶어 하는 욕구.
관계를 깨기 전 자신의 감정을 다스리려 한다.

이런 상태가 장기간 지속될 때 나타나는 징후

고함을 내지르거나 울부짖고 원성을 쏟아낸다.
"제발 그만 좀 해!"
방 바깥으로 뛰쳐나간다.
불면에 시달리거나 좀처럼 심신을 가라앉히지 못한다.
땀을 엄청나게 많이 흘린다.
쓸데없이 일에 힘을 많이 소모한다.
발을 쾅쾅 구르며 걷는다.
물건을 놓을 때 내팽개친다.
폭력적인 성향을 드러낸다.
발로 차고 멱살을 움켜잡고 다른 사람의 몸을 흔든다.
새로 산 물건을 상자에서 꺼내자마자 박살 낸다.
소리를 지른다.
바닥에 데굴데굴 구른다.

이런 상태가 억압될 때 나타나는 징후

눈물을 훔치고 자기가 울었다는 사실을 감춘다.

침묵 또는 최소한의 응답.
잠시 눈을 감는다.
마치 어떤 감정을 씻어내듯 손으로 얼굴을 쓸어내린다.
자기 정당화로 문제를 회피하려 한다.
자주 어깨를 풀어주는 것으로 긴장감을 없애고자 한다.

다음의 감정 상태로 진전될 수도

경멸 (112), 분노 (276), 성마름 (464)

다음의 감정 상태로 물러날 수도

짜증 (500), 좌충우돌 (76), 후회 (392), 무관심 (228)

연관 파워 동사

묻어두다, 터뜨리다, 달려들다, 꽉 잡다, 이를 악물다, 으르렁거리다, 자극하다, 극도로 화를 돋우다, 억제하다, 투덜거리다, 어정거리다, 밀어붙이다, 흔들다, 부글부글 끓다, 열 받다, 마음 졸이다, 숨이 막히다, 고통받다, 씰룩거리다, 촉발시키다, 분통을 터뜨리다

Writer's Tip

독자가 장면에 더욱 몰입하도록 하려면 등장인물의 직관을 활용해보도록 하자. 등장인물의 직관이 명료하게 암시되면, 독자의 직감도 그에 따라 활발해지면서 더 큰 주의를 기울이게 될 것이다. 등장인물의 직관이 독자에게 섬광을 터뜨리는 순간은 나중에 어떤 사건 상황이 그와 주도면밀하게 결부될 때이다.

104 죄책감에 빠지다 자책하다

GUILT

잘못한 일로 크게 낙담하고 실망하며 자책하는 상태

몸 짓 PHYSICAL SIGNALS

시선을 피하거나 내리깐다.
깊이 턱을 파묻고 늘어진 자세를 자주 취한다.
침을 반복해서 삼킨다.
얼굴을 찡그린다.
입술을 잘근잘근 깨문다.
턱이 덜덜 떨린다.
얼굴을 붉힌다.

콧잔등이나 귓불을 문지른다.
어깨를 세우고 팔꿈치를 옆구리에 낀다.
주머니에 찔러 넣은 손을 말아쥐거나 비튼다.
손을 배에 대고 살살 문지른다.
손바닥을 감춘다.
손을 호주머니에 찔러 넣거나 뒷짐을 진다.

말을 너무 많이 하거나 너무 빨리한다.
말을 더듬고 점점 더 허둥지둥한다.
분위기를 가볍게 하려고 농담을 지껄인다.

다른 사람이 진실을 알지 못하도록 시끄럽게 방해한다.
어색해 보이는 태도로 침묵을 지킨다.

등지고 선다.
위장약을 복용한다.
자신의 소유물을 파괴한다.
종종거리며 바닥만 바라본다.
심호흡한다.
고통스럽게 숨을 내뱉은 후 눈을 감는다.

반대되는 방향으로 뜻을 바꾼다.
매사에 자기방어적인 반응을 보인다.
성마른 기질.
땀을 삐질삐질 흘린다.
사람을 만나거나 어떤 장소에 가는 것을 피한다.
모든 것에 거리를 두려 한다.
울먹이며 혼잣말을 주절거린다.
손으로 머리를 긁적거린다.
조급하게 걷는다.
자신이 잘못을 저지른 사람에게 눈을 떼지 못한다.
모든 걸 다 털어놓자고 스스로 설득한다.
속죄의 몸짓으로 자신을 자꾸만 괴롭힌다.
모임이나 친구와의 관계를 유지하기 어려워진다.
어찌할 바 몰라 하거나 겁에 질린 안색.
직장이나 학교에도 나가지 않고 거기서 낙오되는 것을 감수한다.
얼굴을 긁적거린다.
자신이 뭔가 잘못을 저질렀다 여겨 사람을 기피한다.

남들 앞에서 자기 자신을 마구 깎아내린다. 가장 흉포한 자기 비하.

생체반응 INTERNAL SENSATIONS

아랫배가 뒤집히는 것 같다.
목구멍 안쪽에서 통증이 느껴진다.
피부가 민감해진다. 평소보다 가려움을 더 많이 느낀다.
속이 뒤집혀 식욕 상실.

심리 반응 MENTAL RESPONSES

일어난 일을 곱씹는다.
자기혐오에 시달린다.
시간을 되돌려 일어난 일을 변화시키고 싶다는 욕구.
이미 일어난 일을 반추하고 내부로 침잠한다.
사회적 관계가 단절된다.
모든 사람이 자신을 비웃는다고 생각한다.
다른 일에는 집중하기가 어려워진다.

이런 상태가 장기간 지속될 때 나타나는 징후

자신의 외관이나 옷차림을 가꾸는 데 관심이 없어진다.
다 잊어버리고 싶어 술에 의존한다.
불면증, 우울증, 탈진, 악몽.
흐느껴 울고 숨쉬기가 곤란해진다.
어디론가 도망치고 싶어 한다.
점점 더 은둔적 성향이 강해진다.
다른 사람과의 관계 단절.
자해, 자기혐오.
탈출의 한 방식으로 자살 기도.

이런 상태가 억압될 때 나타나는 징후

잘못을 만회한다는 뜻에서 열성적으로 누군가를 돕는다.
정서 불안 상태로 안절부절못한다.
손으로 자신의 입을 가린다.
관심거리를 바꾸려 한다.
사건과 연루되었을 가능성을 일절 부인한다.

다음의 감정 상태로 진전될 수도

좌충우돌 (76), 후회 (392), 수치심 (264), 회한 (568)

다음의 감정 상태로 물러날 수도

의심 (408), 꺼림칙 (180), 후회 (392), 우유부단 (244)

연관 파워 동사

용서하다, 자백하다, 부담을 지우다, 은폐하다, 주장하다, 부인하다, 달아나다, 심란해하다, 넌지시 내비치다, 줄이다, 기획하다, 입증하다, 자책하다, 몰아내다, 벌집같이 만들다, 괴로워하다, 가미하다, 고통스러워하다, 고문하다

Writer's Tip

등장인물의 신상 명세를 따로 정리해두면, 여러분이 등장인물의 헤어스타일과 의상 선택, 눈빛 등을 처음부터 끝까지 일관성 있게 표현하는 데 큰 도움이 된다.

105 중독되다 집착하다 OBSESSED

어떤 사람이나 어떤 것에 과도하게 관심을 두거나 연연해하는 현상

Note: 등장인물의 중독 대상은 주로 사람이나 모임뿐 아니라 목표, 취미, 그 밖에 오랜 기간에 걸쳐 관심을 붙잡아두고 있는 것이라면 뭐든 해당할 수 있다.

몸 짓 PHYSICAL SIGNALS

눈이 지나치게 반짝거리다 못해 광기 어린 빛이 어른거린다.
레이저 빔을 쏘아 보내는 눈길.
헝클어진 외관(부스스한 머리, 주름진 옷, 눈가의 다크 서클 등).
자신의 중독 대상을 열렬히 응시한다.

목소리가 올라간다.
중독 대상에 관해 얘기할 때는 언변에 두서가 없어진다.
활기 넘치게 말한다(손뼉을 친다거나 발뒤축을 들썩인다거나 손가락을 벌벌 떤다거나 등).
대화할 때 거의 혼자 떠들어댄다. 자기주장만을 내세워 다른 사람에 대해 이러쿵저러쿵한다.
들어줄 만한 사람이 생기면 그가 누구이든지 중독 대상에 관한 얘기를 늘어놓는다.

군중 사이로 자신의 중독 대상을 보려고 발돋움을 하거나 바짝 다가간다.
완전히 넋이 나가서 귀 기울인다(몸을 앞으로 기울인다거나 눈을 크게 뜬다거나 격하게 고개를 주억거린다거나 등).
다양한 형태의 오브제를 모은다(단추, 버블헤드 인형, 카드 등 관련 있는 거라면 뭐든).
팬클럽에 가입한다.
중독 대상이 함께해서 영광스러운 행사, 북 사인회 등과 같은 이벤트에 참석한다.
자신의 호기심을 풀어줄 수 있을 만한 장소로 옮겨 다닌다.
중독 대상을 스토킹한다.

호흡이 가빠진다.
중독 대상과 관련 있는 옷을 입고 장신구나 보석을 걸친다.
자신이 집중하고 있는 사람을 모방하고자 또는 그 대상의 눈에 쉽게 띌 수 있도록 그와 비슷한 옷과 헤어스타일을 택한다.
자기 같은 중독을 공유할 만한 다른 사람을 찾아다닌다.
남이 자기 중독 대상을 하찮게 여길 때는 화가 난다.
대화를 받아들여 기분 전환에 집중.
중독 대상의 모든 것을 알고자 한다.
중독 대상을 위해 친구나 가족과도 관계를 단절한다.
추구하는 바가 윤리적인 한계선을 넘어선다.
거부당하거나 실패해도 계속 사람 또는 목표를 쫓는다.
중독 대상과 가까워지기 위한 활동에 어마어마한 돈이나 시간 또는 정력을 쏟는다.
중독 대상과 관련 있다면 사소한 물건에도 집착한다.

생체반응 INTERNAL SENSATIONS

중독 대상이 나타나거나 언급되기만 해도 아드레날린 충만.
중독 대상을 뒤쫓을 수 없을 때는 아랫배가 팽팽해지는 느낌.
중독 대상의 모습이 보이기만 해도 심장이 미칠 듯이 쿵쾅거린다.

심리 반응 MENTAL RESPONSES

외곬처럼 하나에만 집중한다.
욕망의 대상을 소유하거나 계속 뒤쫓아야 한다는 강박적 욕구.
정신이 끊임없이 중독 대상으로 되돌아온다.
머릿속으로 같은 사건을 반복하고 또 반복해서 재생한다.
중독 대상에 대한 공상에 잠긴다.
욕망의 대상이 없다면 자기 인생은 온전히 채워질 수 없다고 여긴다.
혼자 성공이나 실패로 단정하는 결과에 휘둘려 들쑥날쑥하는 기분.

이런 상태가 장기간 지속될 때 나타나는 징후

지친다.
혈압 상승.
자신이 상대와 가까이 있지 못하거나 뒤쫓을 수 없을 때는 심한 무력감에 빠진다.
근육 경련.
산소 결핍과 건강 악화.
사람들과 멀리하는 기간이 길어져 외톨이가 된다.
강박적이고 편집적인 행동 양태.
중독 대상에 대한 관심을 다른 욕구보다 우선하다 보니 자아 상실.
여러 다른 감정을 소홀히 한 끝에 결국 감정이 무뎌진다.
자기가 건강하지 못한 중독에 빠졌다는 의견과 대립할 때는 화가 나고 방어적이 된다.

이런 상태가 억압될 때 나타나는 징후

남이 주변에 있을 때는 의연해 보이고자 한다.
남과 말 섞지 않으려는 저의에서 중독 대상에 관한 언급을 피한다.
욕망의 대상에 대해 어떠한 관심도 없다는 식으로 부인한다.
부주의하게 중독 증세가 삐져나온다. 주의하려고 노력하지만 늘 그럴 수 있는 것은 아니다.
모임에 끼거나 친구들과 함께 어울리긴 하지만 진짜로 마음이 거기 있는 것은 아니다.
다른 사람한테 들킨다면 그들이 어떻게 여길지 걱정이 커진다.
중독 대상이 폄하될 경우 불쾌감을 숨기고자 애쓴다(입술을 꾹 다문다거나 팔짱을 낀다거나 돌아서서 나가버린다거나 등).

다음의 감정으로 진전될 수도

배신감 (256), 절망 (460)

다음의 감정으로 물러날 수도

무관심 (228), 흠모 (124), 경외 (120), 욕망 (368), 열의 (356), 흥분 (576)

연관 파워 동사

사로잡히다, 몰두하게 하다, 마음을 사로잡다, 붙들어 매다, 집중하다 움켜잡다, 홀리다, 뇌리를 사로잡다, 쫓아다니다, 집요하게 따라다니다, 분투하다, 겨냥하다, 괴롭히다

Writer's Tip

감정을 다루고자 할 때 유머는 여러모로 쓸모가 많다. 어떤 경우, 그것은 순수하게 낙관적인 분위기를 전해주고 싶을 때 이용할 수 있다. 다른 경우에는 상황의 흐름을 바꾸거나 잠시 숨을 고르는 용도로 쓰이기도 한다. 여러분의 작품에서는 어떤 목적으로 등장인물이 유머를 구사하게 될까?

106 증오하다 저주하다 HATRED

뭔가에 큰 적개심을 품고 극도로 미워하거나 싫어하는 상태

몸 짓 PHYSICAL SIGNALS

강렬하고 열띤 응시.

턱을 가슴에 파묻고 이를 부드득 간다.

경직되고 단호해 보이는 앞이마.

어금니를 악문다.

붉게 달아오른 얼굴과 목.

목에 힘줄이 잔뜩 불거져 있다.

얼굴이 무섭게 굳어 있어 금세라도 으르렁거릴 것만 같다.

콧구멍을 벌름거린다.

불만에 차서 삐죽거리거나 조소를 띠는 입가.

부르르 떨리는 주먹.

손가락을 오므리고 손톱을 예리하게 가다듬는다.

뭔가를 움켜쥘 때 자기도 모르게 그것을 망가뜨리거나 깨뜨린다.

연필을 부러뜨린다.

옷이나 종이를 찢는다.

섬뜩하고 공격적이며 도발적인 언사.

버럭버럭 고함을 질러대면서 욕설을 내뱉는다.

실제로 목울대에서 으르렁거리는 소리를 낸다.
이를 갈며 말을 뱉는다.
악담과 욕설을 퍼붓는다.
준열한 어조. 떨리는 목소리.

목을 조르거나 고통을 주려고 팔을 내뻗는다.
떠나지 못하도록 적의 팔을 확 비튼다.
경고를 보내는 의미에서 폭력적인 행동도 불사한다.
의자를 집어 던진다. 개인 기물을 파손한다.
적을 향하여 달려든다.

경직된 자세, 떡 벌어진 어깨, 휘청거리는 걸음걸이.
땀을 많이 흘린다.
눈에 보일 정도로 혈관이 씰룩거린다.
다른 사람이 옆에 있으면 서둘러 자리를 피한다.
적과 마주치는 것을 피하려고 일정이나 장소를 변경한다.
용수철 끝에라도 매달린 듯 잔뜩 수축한 몸 상태.
누군가를 괴롭히는 데서 쾌감을 느낀다.
인터넷에 악성 댓글을 달아 사람을 낚으려 한다.
어떤 사람이나 그가 하려는 일에 심한 야유를 퍼붓는다.
분노의 눈물.
적을 파멸시키거나 따돌릴 수 있도록 친구를 이용한다.
적을 중상 비방한다.
누명을 뒤집어씌운다. 유언비어를 퍼뜨린다.
사건이나 상황에서 벗어난다. 다른 사람이 도착하면 같은 장소에 있고 싶어 하지 않는다.
가슴이 무겁다.

생체반응 INTERNAL SENSATIONS

이를 꽉 물고 있거나 자꾸 가는 바람에 턱에 통증이 온다.

심장박동이 격해진다.

두통. 체온 상승.

근육수축으로 근육통을 앓는다.

이명 현상에 시달린다.

귓가에 자기 숨소리가 메아리친다.

심리 반응 MENTAL RESPONSES

섣불리 다가갈 엄두도 못낼 만큼 어두운 분위기.

무모한 결정을 내리는 등 판단력에 장애가 있다.

해치워버릴 수만 있다면 어떤 위험도 감수하겠다는 태도.

복수를 실현하고 싶다는 욕망.

공공 기물 파손이나 절도 행위.

어떻게 하면 다른 사람을 파멸시킬 수 있을까 골몰한다.

자신의 모든 굴욕에 적이 개입해 있다는 망상.

뭔가를 깨부수거나 박살 내거나 파괴하고 싶은 욕망.

이런 상태가 장기간 지속될 때 나타나는 징후

긍정적인 일들이나 행복감을 곧이곧대로 즐기지 못한다.

식욕부진과 수면 장애.

고립.

스토킹도 주저하지 않는다.

폭행 또는 살인.

자신과 비슷하게 느끼는 사람이나 모임을 찾아다닌다.

적을 훼방 놓거나 다른 사람에게 그들의 비행에 관해 폭로할 계획을 세운다.

적과 관련해서 폭력적인 공상에 잠기는 데서 즐거움을 찾는다.

이런 상태가 억압될 때 나타나는 징후

거친 말을 내뱉지 않도록 어금니를 꽉 물고 참는다.
자신의 감정을 다스리기 위해 심호흡을 한다.
관심이 다른 데로 쏠릴 만한 소일거리나 여가 활동을 찾는다.
도움이 될 만한 친구를 곁에 많이 두려 한다.

다음의 감정 상태로 진전될 수도

편집증 (524), 격노 (100), 집착 (488), 불타는 복수심 (260)

다음의 감정 상태로 물러날 수도

억하심정 (344), 원망 (384), 경멸 (224), 질투 (496)

연관 파워 동사

공격하다, 거세게 비난하다, 물어뜯다, 명예를 실추시키다, 이글이글 불타오르다, 소진하다, 경멸하다, 공상에 잠기다, 부채질하다, 노려보다, 잠복하다, 자극하다, 혐오하다, 집착하다, 고함치다, 유린하다, 방해하다, 고사시키다, 비명을 지르다, 속을 끓이다, 박살내다, 소리 지르다, 부글부글 끓다, 중상비방하다, 충돌하다, 욕하다, 눈물 흘리다, 위협하다, 가하다

Writer's Tip

강도 높은 감정 상태를 빚어낼 방법 한 가지는 등장인물의 행동 뒤에 몰려올 파장을 떠올려보는 일이다. 그 파장은 인물에게 어느 정도의 절박감을 가중할 수 있다. 이로써 독자는 감정이입이 되면서 이야기에 더욱 몰입하게 된다.

107 질투하다 시기하다 JEALOUSY

라이벌이나 부러운 대상을 향해 치솟는 악감정, 사랑이나 성공도 대상이 됨

Note: 부러운 대상은 사람일 수도 있고 사물일 수도 있고 또는 비물질적인 것일 수도 있다(사랑, 성공 등).

몸 짓 PHYSICAL SIGNALS

얼굴

아무렇게나 눈을 흘긴다.
뚱한 시선.
입술을 꽉 오므린다.
이를 악문다.
흐느껴 운다.
일그러진 웃음.
눈에 띄게 볼이 빨개진다.
험상궂은 표정.

손짓

가슴에 대고 팔을 엇건다.
주먹을 움켜쥐고 바짝 다가간다.
자기도 모르게 손을 부르르 떤다.

목소리

목울대에서 으르렁거리는 소리를 낸다.
숨을 내쉬며 뭐라고 투덜거린다.

욕을 주절거린다.
욕설을 내뱉는다.

날렵하고 기민한 움직임.
뺨으로 흘러내리는 눈물을 훔친다.
눈이 보이지 않도록 앞머리를 쓸어내린다.
주변 사물을 발로 걷어찬다.
나쁜 소문을 퍼뜨리고 악에 받친 듯 행동한다.

다른 사람이 라이벌을 어떻게 대하는지 보면서 씁쓸해한다.
상대방의 약점을 찾아 들쑤신다.
근육수축.
라이벌의 행동을 따라 한다.
상대보다 한 걸음 앞서 가려고 노력한다.
위험을 무릅쓰고 라이벌에게 도전장을 내민다.
무엇이든 비난부터 하고 본다.
라이벌의 행보에 침을 뱉는다.
자기 자랑을 늘어놓으며 으스댄다.
이목을 끌고자 장기 자랑을 하려고 든다.
오만방자한 태도를 보이며 비열한 말도 서슴지 않는다.
무모한 행실.
라이벌이 흔들리거나 약점을 내보이면 고소해한다.

생체반응 INTERNAL SENSATIONS

가슴이나 위장에 뭔가가 불타오르는 느낌.
위장이 더부룩해온다.
호흡이 굵고 가빠진다.

눈앞에 섬광 따위가 아른거린다.
이를 악무는 습관에서 비롯된 턱의 통증.
숨결이 점점 더 가쁘고 거칠어진다.

심리 반응 MENTAL RESPONSES

다른 사람에게 라이벌이 무가치한 놈이라며 소리치고 싶은 욕망.
무분별한 결행.
팀을 떠난다.
몸담았던 조직에서 무단이탈.
라이벌의 능력을 음해하거나 그것을 약화시키고 싶다는 욕망.
누군가의 입에서 라이벌이 언급될 때마다 분노가 치솟는다.
상처 입히고 싶은 욕구.
온통 마음이 부정적인 느낌으로만 그득해서 혼란스럽다.
오로지 라이벌의 부정적인 특성만 겨냥한다.
라이벌과 견줘 남은 자기를 어떻게 볼지 상상한다.

이런 상태가 장기간 지속될 때 나타나는 징후

결투 신청.
라이벌의 일거수일투족에 병적으로 집착.
소심하게 보복한다.
일종의 감정 해소책으로 자해 행위에 빠져든다.
자신의 다른 생활 영역에도 나쁜 일이 생긴다.
자기 회의, 자신감 상실.
오랫동안 두 얼굴로 처신해왔다는 느낌에 사로잡힌다.
자신과 타인에게 정직한 마음가짐으로 대하지 못한다.
라이벌의 평판이 나빠지도록 상황을 뒤집으려는 시도 반복.

이런 상태가 억압될 때 나타나는 징후

남몰래 슬그머니 라이벌을 주시한다.
맡은 일이 무엇이든 잘해내지 못한 사람과 비교하려 한다.
인맥을 통해서라도 사람에게 인정받고자 매달린다.
라이벌에게 관심을 집중하지 않으려고 노력한다.
라이벌에 관해 긍정적으로 사고해보려고 시도한다.

다음의 감정 상태로 진전될 수도

시샘 (268), 결의 (516), 멸시 (112), 자포자기 (448), 분노 (276),
불타는 복수심 (260), 증오 (492)

다음의 감정 상태로 물러날 수도

불만 (280), 자기 연민 (424), 체념 (508), 회한 (568), 수치심 (264)

연관 파워 동사

피하다, 불타오르다, 감추다, 탐내다, 갈망하다, 손상 입히다, 폄하하다, 함정에 빠뜨리다, 공상에 잠기다, 고소해하다, 난도질하다, 모욕하다, 음흉하게 보다, 꾀어내다, 조롱하다, 집착하다, 갈망하다, 도발하다, 추구하다, 분하게 여기다, 방해하다, 멸시하다, 유혹하다, 중상비방하다, 톡톡 쏘다, 으르렁거리다, 망치다, 전복시키다, 약화시키다, 원하다, 열망하다

Writer's Tip

각각의 장면에서 조명(빛)이 어떤지도 한 번쯤 되돌아보도록 하자. 사방에 충만한 햇살, 이 세상의 모든 것을 잿빛으로 물들이는 먹구름, 저물녘의 황혼이나 밤의 어둠까지도. 빛과 그림자는 등장인물의 기분 변화에 큰 영향을 끼칠 수 있다. 그에 따라 그들의 스트레스가 증폭되거나 목표 지점을 향해 정진하려는 의욕이 더욱 고취되기도 한다.

108 짜증 나다 골치 아프다

ANNOYANCE

약이 오르거나 가벼운 격앙 상태

몸 짓 PHYSICAL SIGNALS

안색이 초췌하다.

과장해서 깊은 한숨을 내쉰다.

가늘게 뜬 눈.

입가에 하얗게 튼 자국.

밑으로 바짝 당긴 턱.

찌푸린 얼굴, 금세라도 뭔가에 독설을 퍼부을 듯한 안색.

험상궂은 표정.

머리를 똑바로 곧추세워 마구 흔든다.

눈을 찡그리고 주위에 싸늘한 시선을 던진다.

위쪽으로 부릅뜬 눈길.

계속 머리를 뒤흔든다.

미소를 억지로 지어 보인다.

관자놀이가 씰룩거린다.

허공에 대고 팔을 허우적거린다.

주먹으로 턱을 괸다.

손으로 머리를 감싸 쥔다.

양팔로 가슴을 감싼다.

간간이 주먹을 꽉 쥔다.
이마를 꾹꾹 누른다.
주먹으로 입을 막는다.
손으로 옷깃을 더듬는다.

말할 때 경련을 일으킨다.
비난하려고 입을 열었다가도 이내 말문을 멈춘다.
어이없을 정도로 답이 빤한 질문을 한다.
날카로운 억양.
단문으로만 일관.
말이 짧아진다.
융통성 없는 태도, 퉁명스런 말투.

한시도 가만히 있지 못하고 발을 굴러대거나 꼼지락거린다.
옷을 거칠게 벗어젖힌다.
커프스 단추를 홱 풀거나 지퍼를 억지로 잡아 올린다.
심호흡하기도 하고 숨을 오래 참기도 한다.
연필심을 일부러 부러뜨리는 등 쓸데없이 완력을 쓴다.
조급한 걸음걸이.

더는 못 참겠다. 지금 당장 그 일을 해치우고 말겠다는 태도.
불평불만.
불편한 심기를 가라앉힐 비난거리를 찾는다.
신상의 변화. 체중이 늘거나 준다.
탁자 모서리를 손가락으로 톡톡 두드린다.
가벼운 빈정거림.
목과 어깨 그리고 팔뚝 등이 잔뜩 굳어 있다.

짜증을 유발할지도 모를 사물이나 사람을 꺼린다.

생체반응 INTERNAL SENSATIONS

두통.
목과 턱의 경직.
체열 발생.
예민해지는 후각.

심리 반응 MENTAL RESPONSES

모든 생각이 다 부질없게 여겨져 스스로 질책.
주의 산만.
벗어날 구실만 찾는다.
비교해봤자 기분만 나빠지는 대상을 자꾸 떠올린다.
여기 말고 다른 곳에 가 있으면 좋겠다는 소망.

이런 상태가 장기간 지속될 때 나타나는 징후

안면 홍조.
사물을 거칠게 다룬다.
다른 사람의 일거리나 직무 등을 침해한다.
이를 간다.
자포자기의 몸짓으로 손을 내젓는다.
허공 위로 날아오르고 싶다는 듯 성큼성큼 내닫는다.
아무런 대답도 하지 않고 침묵을 지킨다.

이런 상태가 억압될 때 나타나는 징후

어떤 모욕이라도 감수하겠다는 듯 고개를 주억거린다.
일부러 바쁘게 지내려고 다른 일거리에도 손을 댄다.

에너지를 충전하겠다는 의도에서 무작정 일에 달려든다.
짜증스런 현재 상태를 견뎌내야만 한다고 스스로 억누른다.
억지스럽게라도 흥밋거리를 꾸며낸다.
자신의 어조와 행동이 엇나가지 않도록 조심한다.
무심한 척하려는 의도에서 엉뚱한 방향에 시선을 고정한다.

다음의 감정 상태로 진전될 수도

욕구불만 (480), 분노 (276)

다음의 감정 상태로 물러날 수도

좌충우돌 (76), 무관심 (228), 수용 (312)

연관 파워 동사

피하다, 방해하다, 발끈하다, 앙다물다, 불평하다, 불편해하다, 불쾌해하다, 숨을 내뱉다, 한시도 가만 못 있다, 허둥지둥하게 하다, 신경을 거스르다, 삐걱거리게 하다, 이를 악물다, 투덜거리다, 훼방 놓다, 짜증나게 하다, 구시렁거리다, 화나게 하다, 성가시게 하다, 곤두서다, 밀어붙이다, 거칠게 말하다, 다다르다, 손을 비비다, 긁어대다, 한숨 쉬다, 조롱하다, 피곤하게 하다, 불안하게 만들다, 동요시키다

Writer's Tip

감정을 효과적으로 전달할 수 있는 안목과 비책이 있다는 생각에 연연하지 말 것. 안목이란 우리가 실제 현실에서 어떤 기미를 예민하게 주목할 때 필요한 첫 번째 조건이긴 하다. 하지만 그것은 묘사 가능성의 제한된 범위를 제시하는 데 그칠 뿐이다. 더 깊이 파고드는 대신 등장인물의 동작, 행위 그리고 대화로 그들의 품행이 어떤지를 보여주는 데 주력하면 된다.

109 창피하다 면목없다

HUMILIATION

자신이 무가치하거나 보잘것없는 존재로 굴러떨어진 느낌

몸 짓 PHYSICAL SIGNALS

머리를 푹 숙인다.

머리카락을 얼굴 위로 쓸어내려 눈을 가린다.

시선을 내리깐다.

붉게 상기된 얼굴.

생기 없고 멍한 눈빛.

아랫입술 또는 턱을 덜덜 떤다.

목구멍이 헐떡거린다.

자기도 모르게 눈물이 흘러내린다.

콧물을 질질 흘린다.

손으로 배를 움켜쥔다.

두 손으로 얼굴을 가린다.

맥을 놓고 양팔을 옆으로 축 늘어뜨린다.

손으로 몸을 가리려 애쓴다.

손으로 팔꿈치를 움켜잡는다.

팔로 자신의 몸을 감싼다.

울먹인다.
말을 더듬거린다.
목놓아 운다.
작은 목소리.

몸이 반으로 굽혀진다.
어깨가 잔뜩 굽는다.
다른 사람으로부터 상체를 비스듬히 돌린다.
자기도 어쩌지 못하는 상태에서 몸이 덜덜 떨린다.
가슴을 웅크린다.
조심스럽게 셔츠의 깃을 접는다.
몸을 자꾸 숨기려 한다.
콧잔등을 찡그리거나 누군가의 손길만 닿아도 움찔거린다.
쭈그려 앉는다.
목을 앞으로 쭉 빼고 다닌다.
무릎을 가슴에 대고 웅크린다.

움직임이 둔하고 서툴다.
무릎이 굳어 있다.
자기 신체 기관 통제력 상실.
식은땀.
벽에 등을 지고 선다.
몸을 숨기고자 구석으로 들어간다.
몸 전체가 눈에 띌 정도로 떨린다.
안짱다리(정강이 부위가 안쪽으로 살짝 굽어 있다).

생체반응 INTERNAL SENSATIONS

다리에 힘이 없다.

심장박동 둔화.

가슴 통증.

침을 급히 삼킨다.

현기증.

늑골이 짓눌리는 듯하다.

몸이 망가진 것만 같은 느낌.

피부 수축(굽실거려야 하는 긴장감 때문).

열꽃이 핀 눈과 뺨.

욕지기.

심리 반응 MENTAL RESPONSES

자기혐오.

파편화된 사고.

벌거벗은 채로 다른 사람 앞에 노출당한 기분.

무슨 수를 써서라도 숨거나 달아나고 싶은 욕구.

지금 겪고 있는 상황을 끝낼 방도를 속으로 절박하게 매달린다.

이런 상태가 장기간 지속될 때 나타나는 징후

바닥을 데굴데굴 구른다.

어떤 것에 맞서려고 하면서도 자꾸만 뒤로 숨는다.

통절한 오열.

수단 방법을 가리지 않고 탈출하고야 말겠다는 각오.

고통받느니 차라리 죽고 싶다.

이런 상태가 억압될 때 나타나는 징후

온몸의 감각이 없어진다.

극단적으로 수동적인 사람이 되어 아무와도 약속을 잡지 않는다.

벌어지고 있는 일들에 관심 차단.

아무 말도 하지 않고 어떤 소리도 내지 않으려 한다.

다른 곳으로 눈길을 돌린다.

다음의 감정 상태로 진전될 수도

우울 증세 (400), 후회 (392), 수치심 (264), 격노 (100), 증오 (492), 불타는 복수심 (260)

다음의 감정 상태로 물러날 수도

우려 (376), 신경과민 (320), 당혹감 (552), 심적 부담 (192)

연관 파워 동사

몸을 숙이다, 움츠리다, 가식적으로 꾸미다, 달아나다, 회피하다, 움찔하다, 숨다, 휘청거리다, 물러나다, 흔들다, 오그라지다, 말을 더듬거리다, 몸을 구부정하게 하다, 실족하다, 더듬더듬 말하다, 넘어지다, 흠칫하다, 시들다

Writer's Tip

독자의 체험이 이입될 여지가 한층 더 풍부해질 수 있도록 어느 한 상황 안에 감정적인 갈등 양상을 덧입힐 것. 첫차를 장만하고 나면 등장인물은 가슴 뿌듯한 흥분에 휩싸일 수 있다. 그러면서 한편으로는 이 차를 유지하는 데 경제적으로 부담이 클까 봐 걱정한다. 이와 같은 내적 갈등을 통해 이 인물은 독자에게 더 입체적으로 다가설 수 있다.

110 체념하다 포기하다 RESIGNATION

어찌할 수 없게 굴복하고 마는 상태

몸 짓 PHYSICAL SIGNALS

낙심한 태도로 한숨을 내쉰다.

멍한 인상.

흐릿한 눈빛.

턱이 덜덜 떨린다.

표정이 잦아든다.

감지 않은 머리.

눈 맞춤 회피.

머리를 가로젓는다.

고개를 뒤로 젖히고 하늘을 올려다본다.

멀거니 허공만 바라본다.

한숨을 길게 내쉰다.

아래턱이 느슨하게 벌어져 있다.

흐느적거리는 손과 팔의 움직임.

손에 얼굴을 파묻는다.

주먹으로 볼을 괸다.

단조로운 목소리.
말수가 극히 적다.
적절한 어휘를 떠올리지 못한다.
말을 더듬거린다.
끙끙 앓는 소리를 내고 대답해야 할 때는 아주 짧게 말한다.

보폭이 좁다.
발을 바닥에 질질 끌며 걷는다.
잠을 엄청나게 오래 잔다.
쪼그려 앉는다.
태아처럼 웅크린 자세로 잔다.
팔꿈치를 무릎에 받치고 상체를 앞으로 기울인다.
괜히 다른 사람의 어깨를 주물러준다.

축 처진 어깨.
굳어 있는 자세.
뭔가에 동의할 때도 고개를 살짝만 끄덕여 보인다.
옷차림에 무신경해진다.
이전에 즐기던 취미나 관심사에 흥미를 보이지 않는다.
몸을 잔뜩 움츠려 작아 보이게 한다.
심드렁한 태도로 다른 사람의 부탁에 응할 때가 많다.
뭔가에 동의할 때도 아무런 감정을 내비치지 않는다.
별로 내키지 않는다는 뜻에서 어깨를 으쓱해 보인다.
자극에 둔감하거나 아예 반응하지 않는다.
마치 골몰하고 있는 것처럼 의도적으로 눈을 감는다.

생체반응 INTERNAL SENSATIONS

몰락하고 있거나 소외되어 있다는 느낌.
공허감, 감각 둔화.
감정 결여.
근육 약화.
감각이 둔화되고 무거워진 느낌.
목구멍 통증(수축 때문에).

심리 반응 MENTAL RESPONSES

억하심정.
어떤 문제에 제대로 초점을 맞추거나 집중하기가 어렵다.
방향성을 잃어버린 기분.
"어떻게 이런 일이 일어날 수 있어?"
"이제 나는 도대체 어떻게 되는 걸까?"
세상에 이런 일은 두 번 다시 없을 거라고 여긴다.
현재나 미래가 다 암울하다는 기분.
자신의 처지는 이제 글러 먹었다는 확신.

이런 상태가 장기간 지속될 때 나타나는 징후

우울증.
내부로 침잠.
다른 사람과의 관계 단절.
회의감이 심해지면서 자신감 저하.
반감.
고분고분하게 변한다.
자기 힘으로 뭘 어떻게 해보겠다는 생각을 버린다.

이런 상태가 억압될 때 나타나는 징후

흐느껴 운다. 질문을 던진다.

논쟁이 벌어져도 무기력하게 물러난다.

어깨를 쫙 펴보지만 실제로 활력이 솟아난 건 아니다.

자기가 화났다는 것을 소심하게 드러낸다.

아무 조건 없이 상대방이 원하는 대로 따르겠다는 것처럼 군다.

소심하게 따져 묻는 시늉만 한다.

다음의 감정 상태로 진전될 수도

슬픔 (316), 실망 (324), 패배감 (520), 자기 연민 (424)

다음의 감정 상태로 물러날 수도

수용 (312)

연관 파워 동사

버리다, 굴복하다, 경계하다, 미루다, 넘겨주다, 풀이 죽다, 떨어지다, 끝나다, 떠나다, 시들다, 박탈당하다, 포기하다, 웅얼거리다, 투덜거리다, 끄덕거리다, 떠나다, 철회하다, 양도하다, 늘어지다, 발을 질질 끌다, 한숨 쉬다, 구부정한 자세를 취하다, 축 처지다, 응시하다, 굴복하다, 투항하다, 쇠약해지다, 속삭이다, 말라 죽다, 양보하다

Writer's Tip

한 장면 안에 너무 많은 감정이 내면적인 독백으로 드러나면 이야기 흐름이 지겨워진다. 등장인물의 상념이 꼭 필요하다면, 그 상념의 내용을 등장인물의 행동과 이어져 있는 사실적인 대화에 담아보자. 그러면 이야기 흐름이 빨라지는 동시에 등장인물의 속마음도 더 선명하게 드러나게 된다.

111 충격받다 깜짝 놀라다

SHOCK

트라우마와 연관 있거나 공포가 느껴질 만한 사건을 겪은 후 그 후유증에서 벗어나지 못하는 상태

몸 짓 PHYSICAL SIGNALS

눈이 크게 뜨이거나 앞으로 튀어나온다.
방금 보이거나 들린 게 무엇인지 헤아려보려는 듯 급히 눈을 깜빡거린다.
입이 떡 벌어진다.
눈썹이 치켜 올라간다.
어디에 눈을 둬야 할지 모름. 불안하게 흔들리는 시선.
돌아서서 얼굴을 가린다.
나쁜 소식에 눈물이 솟구친다.
지금 보이는 것을 믿지 못하겠다는 듯 눈꺼풀을 비빈다.
눈을 질끈 감는다.

손바닥으로 입을 막는다.
주먹으로 입을 누르거나 엄지와 검지 사이로 입술을 쥐어뜯는다.
자기 위로의 몸짓으로 목을 매만지거나 쓰다듬는다.
갈비뼈를 문지르거나 누른다.
손으로 귀를 막는다.
팔짱을 둘러 몸통을 가린다.

말문이 닫힌다.
떨리거나 의심하는 목소리.
상대의 말을 부정하고 싶어서, 혹은 적절히 대응하려는 의도에서 되묻곤 한다.
말을 더듬거림. 정확한 말을 찾아내고자 버둥댄다.
갈라진 목소리로 감정에 휘둘려 마구 주절거린다.
아니라는 말을 반복해서 외친다.

한두 발짝 뒤로 물러난다.
이마를 문지르며 고개를 절레절레 흔든다.
그럴 리 없다는 투로 고개를 내젓는다.
휘청거리며 몸을 제대로 가누지 못한다.
살짝 몸이 흔들린다.

순간적으로 얼어붙는 몸의 움직임.
고개가 급히 뒤로 젖혀진다.
어디 앉거나 몸을 지탱하고자 뭔가에 기대고 싶은 욕구.
호흡이 떨린다.
잔뜩 움츠린 자세.
거리를 두고자 다른 사람에게서 몇 발짝 떨어진다. 정보 처리를 위해 시간을 벌려는 욕구.
자기가 뭘 하고 있었는지 까먹는다.

생체반응 INTERNAL SENSATIONS

갑자기 자기 심장이 팽창하면서 몸이 차거나 무거워진 느낌.
힘이 빠지거나 무감각해지는 근육.
어지러움을 느낀다.

기분이 불쾌해져서 피부에 소름이 돋는다.
가벼운 가슴 통증이나 경직.
속이 더부룩한 느낌.

심리 반응 MENTAL RESPONSES

방금 본 것은 사실이 아니라며 믿기를 거부.
충격을 일으킨 것 이외에 다른 것에 신경 쓸 여력이 없다.
본 것을 다시 떠올려본다(혹은 들린 것을 상상하거나).
시간이 더디게 흐르는 것처럼 느껴진다.
사실이 아니기를 바란다.
차라리 모르는 상태로 돌아갈 수만 있다면 하고 원한다.
발생한 일에 어떤 합당한 이유가 있기를 바란다.

이런 감정이 더 강해지거나 장기간 지속될 경우

폐쇄적이고 정서적 무감각 상태에 빠진다.
상황 기피.
몸을 제대로 가누지 못하고 아무 데나 풀썩 쓰러진다.
거부하며 부인한다.
흐느낀다.
목구멍의 경련 통증을 없애기 위해 침을 급히 삼킨다.
비슷한 체험을 한 사람과 서로 위로를 나누며 가깝게 지낸다.

이런 감정이 억압당할 경우

감정을 통제하기도 전에 눈이 툭 튀어나온다.
억지로나마 풀어주기도 전에 자기도 모르는 사이에 근육이 경직된다.
일어난 일에 무관심해 보이려고 자기 혼자 바쁜 척한다.
자기를 살피는 남의 눈길을 피하고자 급히 빠져나갈 구멍을 찾는다.

가볍게 손이 떨린다.

갑자기 몸가짐이 서투르고 어설퍼진다.

다음의 감정으로 진전될 수도

불신 (284), 혐오증 (544), 분노 (276), 굴욕감 (504), 괴로움 (128)

다음의 감정으로 물러날 수도

후회 (392), 슬픔 (316), 체념 (508)

연관 파워 동사

아프다, 오싹하게 하다, 뒤로 물러나다, 쓰러지다, 위로하다, 불신하다, 몹시 무서워하다, 떨어지다, 움찔하다, 입을 떡 벌리고 바라보다, 움켜잡다, 부여잡다, 몸서리치게 하다, 홱 움직이다, 기울이다, 마비되다, 질문하다, 손을 내밀다, 퇴행하다, 후회하다, 물러나다, 흔들다, 소리치다, 쓰다듬다, 비틀거리다, 말을 더듬거리다, 트라우마를 남기다, 파르르 떨다, 약해지다, 이리저리 빠져나가다

Writer's Tip

이따금 예기치 않게 튀어나오는 감정은 이야기 흐름에서 돌파구 역할을 하기도 한다. 그것은 등장인물의 과거를 드러내거나 현재 사건에 대해 명확한 단서를 제시해주기도 한다. 또 등장인물의 성장과 변화의 계기가 필요할 때도 도움이 된다. 이 기법은 시간을 할애해서 연습할 가치가 있다.

112 투지를 보이다 의지를 보이다 DETERMINATION

목표를 성취하고야 말겠다는 확고하고 단호한 태도

몸 짓 PHYSICAL SIGNALS

미간을 찌푸린다.

탱탱한 근육. 생기 넘치는 눈빛.

각진 턱선. 강렬한 시선 교환.

고개를 퉁명스럽게 끄덕거린다.

턱을 높이 치켜드는 탓에 턱이 목선이 훤히 드러난다.

입술을 꼭 다문다.

콧속 깊이 숨을 들이마셨다가 입으로 내뱉는다.

말할 때 두 손의 끝을 맞대 뾰족탑의 형태를 만든다.

주먹을 꽉 쥔다.

소매를 걷어붙인다.

예리한 손놀림.

어떤 부분을 강조할 때는 손가락 끝으로 그곳을 콕콕 찌른다.

손바닥으로 자신의 뺨을 두드린다.

또박또박한 발음으로 짧고 강렬하게 말한다.
여유롭고 나지막한 목소리.
“그렇습니다.”
“제가 해내겠습니다.”
단정적인 말투.
핵심적인 질문을 던진다.

다른 사람의 개인적인 공간에 막무가내로 찾아간다.
리더의 행동을 그대로 따라 한다.
어깨를 쫙 편다.
널찍하게 양다리를 벌리고 선다.
상체를 뒤로 기울이고 손을 무릎 위에 둔다.
앉을 때는 다리를 꼬지 않고 가지런히 둔다.
가슴을 앞으로 쭉 내민다.
단호한 태도로 악수한다.

발언권을 선점하려는 태도.
자신의 소지품을 가지런히 정돈해둔다.
늘 뭔가 시작해보려는 준비 태세를 갖추고 있다.
준비가 끝나면 결연히 자리를 박차고 일어난다.
다부져 보이는 몸가짐. 동선이 분명하다.
날렵하고 시원한 걸음걸이.
안정감 있고 집중력이 강해 보인다.
무슨 일을 하더라도 능숙한 솜씨를 발휘한다.
평소 신체를 단련해둔다.
정보를 수집하고 열심히 공부한다.
자기 발전에 도움이 될 만한 비판은 쉽게 받아들인다.

생체반응 INTERNAL SENSATIONS

가슴에서 뭔가가 퍼덕거리는 느낌.
심장박동 증가와 체온 상승.
금세라도 팽팽하게 조여질 듯한 근육.

심리 반응 MENTAL RESPONSES

장애물과 마주치더라도 치밀한 전략으로 극복하고자 한다.
무슨 일이든 성공할 수 있다는 자기 확신을 스스로 불어넣는다.
남의 말을 성실히 귀담아들을 줄 안다.
첨예한 목적의식.
방해될 만한 것이나 불편 따위는 가볍게 무시한다.
목표 대상에 모든 초점을 맞춰놓고 열중한다.
자신이 무슨 말을 해야 하고 어떤 일을 처리해야 하는지 늘 검토.
부정적인 생각은 물리친다.

이런 상태가 장기간 지속될 때 나타나는 징후

처리해야 할 일의 방향에 맞춰 모든 일과를 조정한다.
턱선의 근육이 단단히 뭉친다.
두통, 근육통.
고통, 스트레스 또는 그 밖의 외부 요인은 철저히 무시한다.
원하는 결과를 얻어내는 데 필요하다면 무엇이든 헌납하려 한다.

이런 상태가 억압될 때 나타나는 징후

의도적으로 나른한 거동을 취한다.
매사에 무심한 척. 의미 없는 동작 반복.
자신의 살갗에 생긴 각질을 유심히 살핀다.
모발이 갈라지지나 않았는지 수시로 확인한다.

주머니에 손을 찔러 넣고 다닌다.
농담을 주고받거나 가벼운 화제로만 대화하려 든다.
상대방이 답하기 쉽거나 호의적인 질문만 골라서 한다.
자신이 까칠한 사람이 아니라는 것을 보여주려는 웃음 또는 농담.
눈 맞춤 기피.
그만 쉬고 싶다는 듯한 태도로 자주 두 눈을 감는다.

다음의 감정 상태로 진전될 수도

희망에 찬 기대 (580), 자신감 (440), 만족감 (212)

다음의 감정 상태로 물러날 수도

좌절감 (480), 실망감 (324), 불안정 (444), 수용 (312)

연관 파워 동사

고대하다, 투쟁하다, 겨루다, 익숙해지도록 길들이다, 대립하다, 반박하다, 바치다, 방어하다, 결과를 내놓다, 모든 것을 쏟아붓다, 뛰어들다, 싸우다, 집중하다, 굳히다, 굴하지 않고 계속하다, 계획을 세우다, 막다, 우선시하다, 밀어붙이다, 저항하다, 날카롭게 하다, 강화하다, 분투하다, 걸고넘어지다, 겨냥하다, 견뎌내다

Writer's Tip

더 좋은 작품을 쓰려면 촉감의 위력을 절대 과소평가하지 말 것. 하나의 대상물이 피부에 와 닿는 느낌은 범상치 않은 반응(그게 긍정적이든 부정적이든)을 빚어내는 근거로 제시될 수 있다. 또한 독자의 감정적 체험에도 크게 호소할 수 있다.

113 패배하다 좌절하다

DEFEAT

누군가에게 장악되거나 혹은 크게 뒤처졌다는 느낌

몸 짓 PHYSICAL SIGNALS

가슴에 닿도록 푹 수그린 턱.
머리를 흔든다.
눈 맞춤 회피.
손이나 발 쪽으로 자꾸만 시선을 내리깐다.
열꽃이 피어오른 뺨.
텅 빈 눈망울.
부들부들 떨리는 턱.
다른 사람 앞에서 붉게 물든 눈시울을 감추려 든다.

허우적거리는 두 손.
손바닥으로 자신의 뺨을 갈긴다.
양옆으로 팔을 벌린다.
눈가를 비빈다.
두 손을 등 뒤로 감추거나 주머니에 찔러 넣고 있다.
두 손으로 머리를 받쳐 든다.
주먹으로 가슴을 친다.

갈라진 목소리.
깔딱거리는 목젖.
침을 꿀꺽 삼킨다.
침묵 또는 응답하지 않음.
억양 없는 대답.
걸걸해진 목소리.

균형 감각을 잃고 비틀거리며 돌아다닌다.
자주 비틀거리고 무릎이 꺾인다.
뒷걸음쳐 물러난다.
의자에 털썩 주저앉는다.

길고 나지막한 한숨.
잔뜩 굽은 어깨.
의기소침한 몸가짐.
마치 자신을 지켜내고야 말겠다는 듯 양팔로 자기 몸을 감싸 안는다.
흐리멍덩한 몸놀림.
순간의 고통을 모면하기 위해 사태를 얼른 마무리 짓자는 데 합의한다.

생체반응 INTERNAL SENSATIONS

목울대를 쿵쿵 울리는 맥박이 강하게 느껴진다.
흉곽을 때리는 심장박동.
쌕쌕거리는 숨결.
머리통이 팽 돌고 있는 듯한 느낌.
흉부의 통증 또는 마비.
입안에서 신맛이 느껴진다.
에너지 고갈.

눈꺼풀 아래 감춰진 이슬 또는 열기.
목울대 안에 망울져 있는 듯한 덩어리의 불쾌한 감촉.
움직이려 할 때마다 너무 거추장스럽고 무겁게 느껴지는 팔다리.

심리 반응 MENTAL RESPONSES

어디론가 달아나거나 혼자서만 있고 싶다는 욕구.
자괴감.
다른 사람이 자신에 실망하지나 않을까 하는 걱정.
정신적 피로감.
시간이 빨리 흐르기를 바라지만 이 순간에 붙잡혀 있는 기분.

이런 상태가 장기간 지속될 때 나타나는 징후

사시나무 떨듯 전율하는 몸.
자기도 모르게 흘러나오는 눈물.
애원 또는 간청.
극도의 심신 쇠약.
자기혐오.

이런 상태가 억압될 때 나타나는 징후

절레절레 고개를 가로젓는다.
거짓된 축하의 탄성.
다시 한번 맞붙자는 요구.
반복해서 "안 돼!"라고 말한다.
고함, 저주.
다른 사람에게 죄를 뒤집어씌운다.
사기 행각이나 부정 거래 등을 격하게 규탄한다.
뾰족하게 앞으로 내민 턱.

무심한 눈길.
남의 눈에 강해 보이기 위해 화를 자주 낸다.
일자로 굳게 닫혀 있는 입술.

다음의 감정 상태로 진전될 수도

체념 (508), 무력감 (240), 마음이 여려 상처 받기 쉬움 (208), 수치심 (264), 모욕감 (504)

다음의 감정 상태로 물러날 수도

충격 (512), 희망에 찬 기대 (580), 고마움 (132), 안도감 (336)

연관 파워 동사

아프다, 투항하게 하다, 피를 흘리다, 기습 공격을 감행하다, 경계하다, 무너지다, 허물어지다, 쫓아내다, 끌고 가다, 두드리다, 익히다, 몰아내다, …보다 한 수 앞서다, 극복하다, 제압하다, 타도하다, 계속 치다, 차츰 무너뜨리다, 강타하다, 압도하다, 숨통을 조이다, 멍하다, 진압하다, 괴로워하다, 항복하다, 넘어뜨리다, 채찍질하다, 넘겨주다

Writer's Tip

좀 더 정적인 감정 상태를 드러내려 할 때는 대비 효과를 활용하는 게 좋다. 가령, 한 등장인물을 그보다 훨씬 괄괄하고 들쭉날쭉한 다른 인물과 짝패로 배치해두면 둘의 기질적 특성이 대비되면서 감정선과 직결된 신체상의 징후가 더 또렷하게 표출될 수 있다.

114 편집증 피해망상 PARANOIA

과도하거나 비논리적인 의심에 휩싸인 상태, 극도의 불신

몸 짓 PHYSICAL SIGNALS

아래턱을 바짝 당긴다.
눈알을 이리저리 빠르게 굴린다.
충혈된 눈.
거의 깜빡거림이 없는 것처럼 보이는 눈.
안면 경련, 근육이 자꾸 씰룩거린다.

손을 들어 올려 뒤로 젖힌다.
가슴에 대고 양팔을 단단히 엇건다.
손을 자주 씻는다.

숨을 내쉬면서 뭐라고 투덜거리며 혼잣말을 한다.
무의미하거나 비합리적인 논증을 앞세운다.
신빙성 없는 근거를 들먹인다.
자신의 의견과 상반되는 것은 그게 무슨 내용이든 논박하려 든다.

잠들지 못하고 계속 뒤척인다.
조급하고 불규칙한 걸음걸이.
항상 어깨너머나 모서리에 몸을 감추고 넘겨다본다.

쉽게 공격적인 태도를 드러낸다.
금세 방어적인 자세로 돌변한다.
다른 사람이 마련한 음식물이나 음료는 입에도 대지 않는다.
과도할 정도로 신변 안전에 유의한다.
잠금장치에 집착한다.
집 지키는 개를 둔다.
보안 카메라를 설치한다.
입은 옷의 보풀을 참지 못한다.

자주 깜짝깜짝 놀란다.
불면증.
땀을 많이 흘린다.
어느 공간에 들어서기만 하면 일단 비상구부터 확인해둔다.
다른 사람과 점점 더 거리를 두려 한다.
각성 상태를 유지하고자 카페인 음료나 약물에 의존한다.
흐트러진 외모.
계획을 완수하고자 무고한 사람을 음해한다.
비주류의 음모론에 동조하는 성향이 강하다.
과격한 신조나 주의 주장을 옹호한다.
비록 엉터리일지라도 완강하게 자신의 신조를 밀어붙이려 든다.
완벽주의적인 성향이 있다.
충동적인 품행.

생체반응 INTERNAL SENSATIONS

감각을 과장한다.
피로감.
언제든 도망칠 태세를 갖췄다는 듯 늘 긴장해 있는 근육 상태.

접촉이나 소음에 유난히 민감하다.
심장박동이 빠르다.
높은 아드레날린 수치.
매사에 흠칫한다.

심리 반응 MENTAL RESPONSES

어딜 가든 위험의 조짐을 찾아낸다.
섣불리 판단한다.
자신의 중요성을 스스로 과대평가한다.
비합리적이고 비논리적인 결말로 쉽게 비약하기도 한다.
잠을 충분히 자지 않은 탓에 유발된 정신적 피로감.
신뢰의 결여로 다른 사람과 원만히 교제하기가 어렵다.
부정적인 사고 패턴.
누군가가 자기를 미행하거나 감시하고 있다는 느낌에 시달린다.
모든 사람이 자기를 속인다고 확신한다.
신변을 지켜준다는 각종 미신에 집착한다.
저 사람에겐 늘 숨은 속셈이나 동기가 있다고 여김.

이런 상태가 장기간 지속될 때 나타나는 징후

힘 있는 사람과 가까이 지내려 한다.
길고 지속적인 인간관계를 유지하지 못한다.
고립.
가족에게 의지해서 살아간다.
자신은 사회의 규약에 얽매여 살아가지 않아도 된다는 신념.
실제 현실에서 완전히 유리된다.
격노.
환각, 불안, 공격성, 혐오증, 정신 질환의 징후.

환각과 망상.

이런 상태가 억압될 때 나타나는 징후

사회생활 기피.
사회적인 처신에 익숙해지려 시도하지만 늘 눈치를 본다.
모임의 일원처럼 보이고자 아무 일에나 선뜻 동의를 표한다.
얼어붙은 혹은 병적인 미소.
높은 언성 또는 괴이한 웃음.
약물을 복용하거나 치료 요법을 찾아다닌다.

다음의 감정 상태로 진전될 수도

두려움 (148), 강박 (488), 분노 (276), 격노 (100), 증오 (492), 자포자기 (448)

다음의 감정 상태로 물러날 수도

회의 (564), 멸시 (224), 동요 (476), 경계심 (108)

연관 파워 동사

분석하다, 따지고 들다, 세밀히 조사하다, 도전하다, 반박하다, 겨누다, 못 박히다, 움찔하다, 홱 움직이다, 펄쩍 뛰어오르다, 집착하다, 눈여겨보다, 엿보다, 경주하다, 종종걸음치다, 몸서리치다, 툭 부러지다, 전력 질주하다, 시작하다, 씰룩거리다

Writer's Tip

대화 장면에서 중요한 것은 등장인물이 하는 말의 내용이 아니다. 문제는 그것을 어떻게 말하는가이다. 그리고 이따금 말하지 않으려고 애써 입 다물고 있는 것도 중요하다.

115 평안하다 안정을 찾다 PEACEFULNESS

불화나 동요 또는 소란에서 완벽하게 벗어난 차분한 상태

몸 짓 PHYSICAL SIGNALS

미소, 함박웃음.
눈을 감고 머리를 뒤로 젖힌다.
숨을 깊고 만족스럽게 내쉰다.
자연스러운 웃음.
생기 넘치는 눈빛으로 가벼운 시선을 보낸다.
반쯤 감긴 눈, 만족스러움이 어려 있는 눈길.
목을 앞뒤로 돌린다.
눈길이 가는 대로 여기저기 둘러본다.
안도의 한숨.
경직된 곳이 없는 나른한 표정

손가락으로 느슨하게 무릎을 감싸 쥔다.
팔을 친구의 어깨에 기댄다.
머리 뒤로 들어 올린 손가락을 까딱거린다.
엄지손가락과 검지를 동그랗게 붙여 보인다.
크게 기지개를 켠다.

휘파람을 불거나 콧노래를 흥얼거린다.
차근차근한 언변.
낮고 편하게 느껴지는 목소리.
온기 있는 목소리.
다정다감한 어조.

다른 사람에게 묵례를 해 보인다.
고양이처럼 기지개를 켠다.
기꺼이 시간을 늘려 업무를 마무리 지으려 한다.
편안해 보이는 발걸음, 절대 서두르지 않는다.
상체를 뒤로 젖히고 팔을 등받이에 걸친다.

여유로운 자세.
은근히 드러나는 부드러운 자태와 차분한 모습.
문화를 즐긴다(영화, 콘서트, 야유회 등).
햇살을 즐기려고 풀밭 위에 편히 눕는다.
다리를 넓게 벌리고 선다.
열려 있는 몸가짐.
느긋한 몸놀림.
다른 사람의 행복에 큰 관심을 표현한다.
중요한 대화에 참석한다.
솔직하고 투명하다(그 순간에 느낀 대로 함).
느리고 편하게 호흡한다.
사소한 것을 잘 알아보고 즐긴다(장미 향을 맡기 위해 멈춰 선다거나).
부담을 덜어주려는 마음에서 다른 사람을 돕는다.

생체반응 INTERNAL SENSATIONS

나른한 몸가짐.
구름 위에 있는 듯 긴장감과 스트레스가 적다.
안온하고 잔잔한 맥박과 심장박동.

심리 반응 MENTAL RESPONSES

굳이 침묵을 깨서 뭔가 말하지 않아도 편안하다.
전반적으로 세상 돌아가는 모습에 만족한다.
삶에 단단히 접속되어 있다는 느낌.
특별히 뭔가를 더 하고 싶다는 욕망이 없다.
다른 사람의 말에 귀 기울이는 것을 즐긴다.
현재에 충실할 뿐 과거나 미래에 연연해하지 않는다.
분위기를 깨는 화제는 피한다.
매일 반복되는 업무와 일상조차도 기쁘게 받아들인다.
모든 이가 평화롭게 살기를 바란다.
일상적인 현상에서 아름다움을 발견해내고는 감탄한다.

이런 상태가 장기간 지속될 때 나타나는 징후

세상을 개선해야 한다는 필요성을 느끼지 못한다.
긍정적이거나 마음이 맞는 사람하고만 시간을 보내려 한다.
영적이거나 종교적인 철학 분야에 관심을 둔다.
긍정적인 현재 상황에 안주하고 싶다는 욕망.
새로운 신념을 수용하고자 생활 방식을 바꾼다.
대기업의 횡포와 자본주의에 환멸을 느끼기 시작한다.
지금보다 한결 자연 친화적으로 살고 싶다는 욕망.
자신의 몸을 지키고 가꾸는 데 관심이 많아진다.
만족감을 줄 만한 취미 활동에 동참한다.

이런 상태가 억압될 때 나타나는 징후

자신의 차분함이 그저 피로 때문이라고 주장한다.
의도적으로 경직된 자세를 취하려 한다.
지루해서 그만두는 거라고 둘러댄다.
당신도 나와 같은 사고방식의 소유자임을 알아챌 수 있도록 예상 가능한 질문을 한다.

다음의 감정 상태로 진전될 수도

행복 (532), 만족 (212), 유대감 (396)

다음의 감정 상태로 물러날 수도

호기심 (548), 아쉬움 (332)

연관 파워 동사

느긋하게 걷다, 높이 평가하다, 담소 나누다, 토론하다, 감싸주다, 경험하다, 콧노래를 흥얼거리다, 앞으로 기울이다, 오래 시간을 보내다, 어정거리다, 느긋하게 앉아 있다, 거닐다, 편히 머물다, 쉬다, 공유하다, 미소 짓다, 기지개 켜다, 산책하다, 휘파람 불다

Writer's Tip

동사는 신중하게 골라 쓸 필요가 있다. 문장의 의미는 행위를 묘사할 때 사용된 어휘에 의해 이뤄진다. 그때 독자가 접하게 되는 것은 등장인물의 행위를 직접 나타내는 동사의 양태이다. 층계 위로 "터덜터덜 걸어 올라가는" 등장인물의 모습은, 두세 계단씩 "한꺼번에 뛰어 올라가는" 다른 인물의 모습과 분명한 감정 상태의 차이를 드러낸다.

116 행복하다 즐겁다 HAPPINESS

기분이 꽤 좋고 만족스러운 상태

몸 짓 PHYSICAL SIGNALS

달뜬 얼굴.
표정에서 미소가 떠나지 않는다.
두드러지게 붉어진 광대뼈.
만면에 그득한 미소.
생기가 너울거리며 환히 빛나는 눈.

누군가에게 엄지손가락을 추켜세워 보인다.
활기차게 손을 흔든다.
다리나 다른 신체 부위에 대고 가볍게 손가락 장단을 맞춘다.

콧노래 흥얼흥얼, 휘파람, 노래 부르기.
농담을 즐기고 자주 웃음을 터뜨린다.
요란스러운 또는 경쾌한 목소리.
빠른 말씨.
긍정적인 어휘만 골라 쓴다.
수다를 즐기고 낯선 사람에게도 스스럼없이 말을 붙인다.
감각의 즐거움을 표현한다(음악, 음식 등).
말이 많아진다.

다리를 쭉 펴면서 활달하고 열린 자세를 취한다.
유연한 몸놀림.
발걸음이 금세라도 깡충거릴 듯 가볍다.
다른 사람과의 신체 접촉에도 능동적이다.
발끝을 가볍게 까딱거리거나 들썩거린다.
만족스러운 표정으로 고양이처럼 기지개를 켠다.
발끝으로 깡충거린다.
날렵한 움직임.
전혀 머뭇거리지 않는다.

여유로운 모습.
선물을 사거나 그저 선의로 상품권을 준비한다.
앉은 자세가 똑바르고 명석해 보인다.
남에게 칭찬을 자주 한다.
팔을 휘휘 저어가며 걷는다.
고개를 끄덕거리거나 상체를 앞으로 내민다.
다른 사람을 격려하고 도와준다.
대체로 생기가 돌고 활력 넘치는 얼굴.
마치 세상을 다 끌어안을 것처럼 팔을 벌린다.
친절한 마음가짐을 적극 실행에 옮긴다.
공손한 태도.

생체반응 INTERNAL SENSATIONS

가슴 전체로 퍼져나가는 쿵쾅거림.
손이 얼얼하다.
팔다리가 가볍다.

심리 반응 MENTAL RESPONSES

긍정적인 사고.
자신의 즐거움을 퍼뜨려 다른 사람도 기쁘게 하고 싶은 욕망.
사소한 것을 말로 옮겨보려 한다.
꽃향기를 맡고 그 느낌을 표현하고자 한다.
누구라도 도와주고 싶다는 의기 충만.
사는 게 즐겁고 만족스럽다.
밝고 건강한 관점.
사랑하는 이 또는 친구와 함께 있고 싶다는 욕망.
용감무쌍해진 담력.
즐겁게 살 수만 있다면 웬만한 모험은 감당하겠다는 태도.

이런 상태가 장기간 지속될 때 나타나는 징후

기쁨의 눈물.
흥분에 겨워 몸을 부르르 떤다.
다소 과장된 움직임.
매사에 급히 서두른다.
주먹을 위로 높이 들어 올린다.
뛰어다닌다.
다정다감한 태도 과시.
웃어서 생긴 잔주름.
너그러워지고 연민이 강해지면서 다른 사람의 삶을 향상시키고 싶은 욕망.

이런 상태가 억압될 때 나타나는 징후

미소를 억제하기 위해 입술을 꼭 다문다.
조용히 심호흡한다.

가볍게 제자리 뛰기를 한다.
다른 사람과 대면하게 되는 것을 피한다.
나중에 천천히 음미하기 위해 행복한 생각을 떨쳐낸다.
다른 문제에 맹렬히 집중해보려 한다.
앞머리로 희희낙락한 표정을 가리려 한다.
미소를 감추려고 손으로 입을 덮는다.
자기 몸을 꼬집는다.
자기를 즐겁게 하는 대상을 외면하고 다른 것에 몰입.

다음의 감정 상태로 진전될 수도

득의양양(404), 감사(132), 만족감(212)

다음의 감정 상태로 물러날 수도

생기(360), 자존감(472), 즐거움(168)

연관 파워 동사

활력 넘치다, 높이 평가하다, 활짝 웃다, 밝아지다, 쓰다듬다, 힘내다, 손뼉을 치다, 받아들이다, 둘러싸다, 활기가 솟구치다, 표현하다, 확장하다, 채우다, 모으다, 상기되다, 맞아들이다, 도와주다, 주최하다, 포함하다, 펄쩍 뛰어오르다, 웃다, 내뿜다, 기뻐하다, 즐기다, 음미하다, 공유하다, 미소 짓다, 전율하다, 건배하다, 출렁거리다, 환영하다

Writer's Tip

어느 장면의 긴장감을 고조시키기 위해서는 등장인물의 마음을 지배하고 있는 동기가 무엇인지, 그리고 그 동기에는 어떤 감정이 적절한지 곰곰이 따져볼 필요가 있다. 거기에 그 인물이 원치 않는 감정 상태가 야기될 만한 사건 한 가지를 끌어들이는 게 좋다.

117 향수를 느끼다 아련하다 NOSTALGIA

애틋한 마음으로 옛 시절이나 그 상황을 떠올리며 다시 그때로 돌아가고 싶어 함

Note: 향수와 향수병은 종종 같은 것으로 보이기도 하지만, 둘 사이에는 미묘한 차이가 있다. 전자가 그저 애정이 듬뿍 담긴 회상이라고 할 때, 후자는 좀 더 깊은 감정으로 슬픔이나 심지어 비탄에 젖은 기분과도 얽혀 있다. 여러분의 등장인물이 느끼는 감정이 '향수병'일 경우, 해당 항목을 살펴볼 것.

몸 짓 PHYSICAL SIGNALS

초점 잃은 시선. 아스라한 미소.
습관적으로 먼 곳을 멍하게 바라본다.
눈물이 그렁그렁 맺힌 눈가.
고개를 옆으로 기울인다.
예전 일이 떠오르면 눈빛이 밝아진다.
눈을 지그시 감는다.

옛날 사진을 매만진다.
두 손을 가지런히 모아 기도하듯 입술에 댄다.

나지막한 목소리로 말한다. 촉촉하게 젖은 목소리.
가라앉은 웃음소리. 얕은 한숨.
"당신은 그 사람하고 쏙 빼닮았어."
예전의 일을 이야기하고 또 이야기한다.

느릿느릿한 걸음걸이.
기억이 담긴 소지품을 부드럽게 매만진다.
더 또렷하게 옛일을 떠올려보려고 노력한다.
소파에 구부정하게 앉아 옛날 영화를 열심히 본다.
특별한 장소를 찾는다(아이들이 좋아한 운동장, 즐겨 찾던 식당 등).

이완된 자세. 느리고 나른한 몸놀림.
라디오에서 흐르는 옛날 노래 등에 심취한다.
행복한 시절의 기억을 두고두고 간직하려 한다.
당시의 순간을 함께했던 이들과 만나고 싶어 한다.
과거의 순간을 재현해보고자 노력한다.
향기가 나는 촛불을 밝힌다. 옛날 옷을 다시 꺼내 입는다.
과거의 한순간을 함께했던 이들과 만나면 정감이 늘어난다.
옛 시절에 관해 말을 꺼내는 일이 잦다.
그때 그 사람이 가장 좋아하던 후식을 기억해내 조리한다.
소셜 네트워크를 활용해서 옛 친구나 가족을 찾아본다.
지난 시간과 사람의 좋은 것만 떠올린다. 부정적 연관성은 잊는다.
다시 연락하며 지내고자 한다(난데없이 전화를 건다거나 방문 약속을 잡는다거나 등).

생체반응 INTERNAL SENSATIONS

눈시울이 뜨거워진다. 배꼽이 격하게 들썩거린다.
몸 전체가 이완된다. 의식이 둔화한다.
의자에 오래 앉아 있어도 그다지 불편을 느끼지 못한다.
과거 어느 순간에 느낀 것과 같은 신체 지각을 체험한다.
옛 기억에 명치끝이 아려온다.
말초신경이 둔해지는 느낌. 목울대에 두꺼운 이물감.

기억의 무게가 얹힌 듯 호흡이 느려진다.

심리 반응 MENTAL RESPONSES

기억을 떠올리는 동안에는 시간관념이 줄어든다.
과거의 한 시절로 되돌아가고 싶은 욕망.
머릿속으로 지난 순간을 계속 다시 떠올린다.
비록 고통스러웠을지라도 과거의 한순간을 아름답게 미화한다.
나쁜 사건도 좋게 포장하려 든다.
기억이 더욱 생생해지도록 아주 자잘한 세부 사항(친구 재킷의 색상, 종종 저녁을 함께한 절친 아이의 이름 등)을 떠올리고자 애쓴다.

이런 상태가 장기간 지속될 때 나타나는 징후

요즘 세상 돌아가는 방식에 불만이 많다.
현재보다 과거의 감정을 더 많이 표현한다.
과거의 일을 떠올리는 데 대부분 시간을 할애한다.
같은 성향의 사람을 규합하려 한다.
현재 해야 하는 의무나 인간관계를 등한시한다.
다른 추세나 동향에 맞춰 살아가는 적응력 부족.
과거와 다시 대면하는 도전일지라도, 누군가에게 연락하기로 한다(가령, 오래전 관계가 틀어진 친구, 뭔가 문제가 있는 가족 구성원, 그동안 너무 많이 변했을까 봐 두려운 지인 등).

이런 상태가 억압될 때 나타나는 징후

과거를 환기해줄 만한 물건에 집착한다.
코를 훌쩍거리며 운다.
과거 상황이 떠오를 만한 기회를 일부러 외면한다.
모임에 나가지 않는다.

예전에 살던 집 또는 고향을 찾아가는 여행을 거부한다.
과거를 화제 삼는 대화에는 끼지 않는다.
쓸데없는 말로 자신의 향수를 은폐한다.
누군가에 관해 말하고 싶어 하지 않거나 그들의 이름이 나오면 화제를 바꾸려 한다.

다음의 감정 상태로 진전될 수도

열망 (352), 불만 (280), 슬픔 (316), 행복 (532), 다정다감함 (188)

다음의 감정 상태로 물러날 수도

아쉬움 (332), 감사 (132), 만족 (212), 유대감 (396)

연관 파워 동사

부르다, 어루만지다, 기념하다, 부드럽게 안다, 울다, 꽉 움켜잡다, 스쳐 지나가다, 비통해하다, 환하게 웃다, 잡다, 예우하다, 얼싸안다, 농담하다, 키스하다, 웃다, 조정하다, 추모하다, 정독하다, 숙고하다, 골똘히 생각하다, 세세히 들여다보다, 되새기다, 반영하다, 덜어내다, 기억하다, 회상에 젖다, 한 얘기 또 하고 또 하다, 공유하다, 한숨 쉬다, 부드럽게 하다, 쓰다듬다, 말로 드러내다

Writer's Tip

등장인물을 무대로 처음 끌어내서 묘사할 때는, 자잘하게 나눠 개인적인 세부 사항을 표현하는 게 바람직하다. 비록 플롯을 짜거나 인물을 표현하는 데 중심에서 제외될 만큼 자잘한 것이라 해도 묘사 대상에 포함되어 있기만 하다면 그게 무엇이든 독자의 상상력에 침전되기 마련이다.

118 향수병 고향을 그리다 HOMESICK

포근한 귀속감과 안락함을 전해주는 사람이나 장소에서 떨어져 있어야 하는 비탄

몸 짓 PHYSICAL SIGNALS

쉽게 울음을 터뜨린다. 붉고 퉁퉁 부어오른 눈가.

울어서 빨갛게 달아오른 코.

아무런 광채도 없이 흐릿한 눈.

의기소침한 얼굴. 표정이 지워진 얼굴.

뭔가 다른 것을 고심 중인 사람처럼 자기 생각에 골똘한 표정.

가슴뼈에 대고 손바닥을 문지름. 끊임없는 통증을 마사지한다.

양팔로 상체를 감싼다(마음의 안정을 위해 스스로 자기 몸 껴안기).

고향 얘기를 할 때면 흔들리거나 갈라지는 목소리.

그들에게 고향 소식을 들려달라고 졸라댄다.

힘 빠진 거동으로 침울하고 무기력하게 어정거린다.

잠을 많이 잔다.

정처 없는 배회.

의자에 축 늘어진 자세로 앉는다(늘어짐).

소파에 까라져서 방송 시간이 종료될 때까지 TV를 본다.

스트레스 해소를 위해 이것저것(음식, 음주, 운동, 쇼핑, 비디오 게임

등)에 탐닉한다.

내려뜨린 턱. 자신감 넘치고 의기양양하게 머리를 꼿꼿이 세우고 다니지 못한다.
자주 한숨을 쉰다.
자주 몽상에 빠져 있다 화들짝 깨어난다.
추억을 떠올려줄 물건에서 위안을 얻는다(사진, 비디오, 기념품 등).
들어줄 사람이 생기면 옛 추억을 나눈다.
그리운 사람에게 연락한다.
고향에 다녀올 날만 손꼽아 헤아린다.
다른 활동에는 전혀 집중을 못 한다.
지난날과 관련 있는 책과 영화와 음악만 가까이한다.
자신의 새로운 환경을 옛 장소와 견줘 거기에 없는 것을 찾아낸다.
소셜 미디어에서 최근 고향에 다녀온 사람과 친구 맺기를 한 후 고향 소식을 얻어내고자 그들을 스토킹한다.
본인의 성향에 따라 혼자서 많은 시간을 보내기도 하고 다른 사람과 어울려 소일하기도 한다.
절박하게 새 환경에 적응하고자 노력한다(향수병을 떨치기 위해).
뭔가 기별이 있기를 기대하는 마음에서 우편함을 수시로 열어본다든가 끊임없이 휴대폰을 확인한다.

생체반응 INTERNAL SENSATIONS

자꾸 눈물이 고여 매캐해진 눈가. 가슴에는 공허감.
절대 없어지지 않을 듯한 목구멍 안의 굵직한 덩어리.
텅 비어 있거나 가라앉고 있다는 감각.
뭔가가 가슴을 짓누르는 느낌이 강해지면서 호흡곤란.
울렁거리는 위장, 온몸이 욱신욱신 또는 두통.

그리운 고향 소식이 들려오면 가슴 한구석에 예리하고 찌릿한 통증.
전화기의 울림, 소포의 배송을 떠올리면 아드레날린이 치솟는다.

심리 반응 MENTAL RESPONSES

고향에 관한 좋은 일만 떠올리고 나쁜 일은 싹 다 잊는다.
되도록 고향에 대해서는 생각하지 않으려고 한다.
새로운 환경에서 약간이라도 긍정적인 측면을 찾아내려고 노력.
자기가 새로운 주변 환경에 익숙해지는 것을 거기에 흡수되는 거라 여기는 기분을 떨쳐내고자 몸부림친다.
시간이 매우 더디게 흘러가는 것처럼 느낀다.
사랑하는 사람이 지금쯤 뭐하고 있을지 늘 궁금해한다.
고향에서 무슨 일이 일어났는지 누군가의 말이 들려올 때면 갈망과 슬픔을 체험(가족 식사, 생일, 아이를 침대에 재운다는 얘기 등).
고향에서 마음이 '떠난 듯' 보이는 친구나 가족과 마주하면 화가 난다.

이런 상태가 장기간 지속될 때 나타나는 징후

우울증. 과도하게 체중이 불거나 감소.
예전 살았던 방식에 필사적으로 집착. 이러다 보면 앞을 향해 나아가는 게 불가능해진다.
가능한 한 자주 고향에 가려고 대부분의 시간을 여행에 쓴다.
시간이 한참 지나더라도 새로운 환경에 적응하는 게 어려워진다.
정을 붙였다가 또다시 마음에 상처를 입을까 두려워 새로운 상황에서는 누구라도 가깝게 지내기를 꺼린다.

이런 상태가 억압될 때 나타나는 징후

행복한 체한다.
남몰래 알코올에 빠져들거나 과식한다.

일부러 고향을 깎아내리는 말을 한다(실은 사랑하고 그리워하지만).
가까운 사람에게 밝은 어조를 과장해서 말한다.
추억이 서린 물건을 눈에 잘 뜨이는 곳에 두거나 늘 몸에 지니고 다니며 남용하는 낌새 노출.

다음의 감정으로 진전될 수도

향수 (536), 슬픔 (316), 우울 증세 (400), 불안 (288)

다음의 감정으로 물러날 수도

무관심 (228), 체념 (508), 만족감 (212)

연관 파워 동사

아프다, 불평하다, 갈망하다, 열망하다, 비통해하다, 시들해지다, 간절히 원하다, 그리워하다, 맥이 빠져 지내다, 애석해하다, 잠을 너무 많이 자다, 야위어가다, 한숨 내쉬다, 괴로워하다, 오래 살던 곳에서 떠나게 되다, 눈물을 흘리다, 동경하다

Writer's Tip

등장인물의 감정은 현재의 가치관을 통해 가장 효과적으로 나타날 수 있다. 어떤 자세로 무엇을 살펴보고 있으며 어떻게 판단하는가 하는 문제는 그들이 느끼고 있는 것과 한데 묶일 수 있다.

119 혐오하다 역겨워하다

DISGUST

불쾌하고 진저리나게 싫어하는 태도

몸 짓 PHYSICAL SIGNALS

입술을 쫑긋거린다.
입을 벌리고 혀를 앞으로 내민다.
콧등을 찡그린다.
침 삼키기가 어렵다.
목을 굵적거리며 얼굴을 찡그린다.
차갑고 무표정하며 생기 없는 눈빛.
바라보는 것조차 거부한다.
침을 탁 내뱉고는 토한다.
얼굴이 하얗게 질린다.
고통스럽게 일그러진 표정을 내보인다.
헛구역질한다.

손이 건조하게 느껴져 자주 물로 씻는다.
주먹을 입에 가져다 대며 볼을 부풀린다.
앞이마를 문지른다.
입을 가린다.
손으로 눈썹의 양쪽 끝을 잡아당겨 울상을 만든다.
코나 입을 문지른다.

손을 쳐들고 뒤로 물러난다.

누군가에게 들었던 말을 되뇌며 일부러 아무렇지도 않다고 한다.
자리를 피하거나 대답을 얼버무린다.
머리를 갸웃거리며 뭐라고 투덜거린다.
목소리에 증오가 서려 있다.
목구멍에서 가래 끓는 소리가 난다.
불안정한 목소리로 말한다.

몸을 움찔하며 움츠린다.
뒤로 상체를 젖힌다.
발가락을 비비 꼰다.
옷깃을 잡아당겨 코와 입을 막는다.
위장이 있는 신체 부위를 손으로 누른다.
무릎을 쿡쿡 눌러본다.
자세를 움츠러뜨려 두 다리를 가지런히 모은다.

문제의 원인에서 등을 돌린다.
안전거리를 확보하기 위해 멀찍이 떨어진다.
접촉을 피한다.
접촉할 일이 생길 듯한 기미조차 질겁한다.
상대방의 말이나 행동을 멈춰달라고 요청한다.
마치 옷이 불편한 것처럼 자꾸만 어깨를 크게 들썩거린다.
가방이나 핸드백을 방패 삼는다.
문제의 원인에서 멀찍이 떨어져 잔뜩 몸을 웅크린다.
자기가 어디까지 말했는지 자꾸 까먹는다.

생체반응 INTERNAL SENSATIONS

침 삼킬 때 숨이 막히는 듯 불편하다.
입에 침이 매우 잘 고여 자주 뱉어낸다.
입에서 신맛이나 쓴맛이 난다.
욕지기가 올라오거나 속이 메스껍다.
목구멍이 타는 듯하다.
살갗이 조여오는 것 같은 기분.

심리 반응 MENTAL RESPONSES

멀리 달아나고 싶은 충동.
어쩐지 지저분한 느낌.
다른 곳에 가 있고 싶은 소망.
감정을 들쑤시는 세부 내용이 계속 생각난다.
온전히 집중할 수가 없다.
후각과 촉각에 예민해진다.

이런 상태가 장기간 지속될 때 나타나는 징후

개인위생에 집중한다.
평소 샤워를 자주 하고 피부 관리에 신경 쓴다.
개인적인 공간을 관리하고 유지하는 데 지나칠 정도로 집착.
문제의 대상이 가까이 있을 때는 화들짝 놀라는 반응.
말수가 줄어들고 점점 더 매사에 무관심한 사람이 되어간다.
문제의 대상에게서 멀리 달아나고 싶은 욕구가 강렬하다.

이런 상태가 억압될 때 나타나는 징후

안전거리를 확보한 뒤 위태로운 미소를 지어 보인다.
억지로 거리를 좁혀보고자 노력한다.

아무리 힘들어도 계속 눈을 맞추려 한다.
아무것도 문제 될 게 없다는 듯 손을 흔들어 보인다.
겨우겨우 거리를 좁혀보지만 뒷짐을 지고 만다.
멀찍이 떨어져서 한 손만 내민다.
몸놀림이 둔하고 후들후들 떨린다.

다음의 감정 상태로 진전될 수도

경멸 (224), 두려움 (148), 분노 (276), 겁 (116)

다음의 감정 상태로 물러날 수도

충격 (512), 못마땅함 (180), 동요 (476), 경계심 (108)

연관 파워 동사

부글거리다, 얼어붙게 하다, 실신하다, 회피하다, 찌푸리다, 크게 한숨을 내쉬다, 역겹게 하다, 몰아내다, 거절하다, 쫓아버리다, 구역질 나게 하다, 흐려놓다, 흔들다, 오그라지다, 전율하다, 아프게 하다, 내뱉다, 일축하다, 꼴깍거리다

Writer's Tip

당장에라도 도피 반응으로 연결될 듯한 극단적 감정을 다룰 때는 등장인물의 기질에서 어느 쪽 방향이 최상의 선택인지 파악해두는 게 긴요하다. 이후의 모든 동선은 이 선택에 따라 배치되어야 한다.

120 호기심을 가지다 관심을 보이다 CURIOSITY

뭔가를 궁금히 여기거나 적극 알아보려는 태도

몸 짓 PHYSICAL SIGNALS

고개를 양쪽으로 갸웃거린다.

눈썹이 치켜 올라간다.

느긋한 미소를 지어 보인다.

눈썹을 찡그렸다가 풀기를 반복한다.

눈 깜빡거림.

초점이 선명한 눈길.

코를 찡긋한다.

안경을 추켜올린다.

느릿느릿한 고갯짓.

살짝 벌어진 입술.

무의식적인 곁눈질.

팔짱을 낀 자세로 뭔가를 유심히 관찰한다.

주위 사람에게 조용하라는 손짓을 한다.

뭔가를 오래 만져본다.

손가락으로 허공에 뭔가를 적는다.

엄지손가락을 들어 눈대중을 해본다.

궁금증이 배어 있는 듯한 어조 또는 억양.
가설적인 질문을 던진다.
"오, 저것 좀 봐봐" 또는 "정말 재미있지 않니?"처럼 자신의 흥미를 말로 표출한다.
육하원칙에 따라 집요하게 질문을 던진다.
가벼운 이야기에서 논점이 될 만한 질문으로 화제를 옮겨간다.

상체를 앞으로 기울이며 의자를 바짝 당겨 앉는다.
하던 일을 잠시 멈추고 잘되었는지 점검하는 데 열중한다.
주의를 집중하고자 문득 행동을 멈춘다.
밥숟가락을 입에 물고 꼼짝 안 한다.
자료를 찾아보는 일에 열성을 바친다.
까치발로 살금살금 다가가서 바짝 접근한다.
주위를 뱅글뱅글 돈다.

활기찬 몸가짐.
늘 탐색해보거나 염탐하는 태도.
엿듣는 버릇.
밀착하고자 쪼그려 앉거나 무릎을 꿇는 일도 마다치 않는다.
지각된 것을 깊이 파고 들어간다.
새로운 지식을 탐닉한다.
다른 사람의 소매를 잡아끈다.
주변의 관찰에 도움이 될까 싶어 매사에 신중히 움직인다.
늘 뭔가에 관심이 집중되어 있다.
새로운 착상과 속생각을 되뇌면서 혼잣말을 한다.

생체반응 INTERNAL SENSATIONS

올라갔다 갑자기 멈추는 호흡.

심장박동의 증가.

목덜미에 소름이 돋는다.

심리 반응 MENTAL RESPONSES

알고 싶고 직접 만져보고 싶고 이해하고 싶은 욕구.

자기가 방금 무슨 말이나 행동을 하려 했는지 잊어버린다.

새로운 길로 들러 가려는 충동.

걱정거리나 스트레스 또는 할 일 등을 깜빡 잊고 산다.

조사하거나 실험해보고 싶다는 욕구.

감각을 통한 정보량 증가.

이게 어떻게 작동하는지 끊임없이 궁금해하거나 흥미를 보인다.

더 배우거나 성장하려 하지 않고 그저 현재 상태에 안주하는 사람을 못 견딘다.

이런 상태가 장기간 지속될 때 나타나는 징후

정서 불안 또는 근육 경련.

흥미 유발 원인에 과민증을 보인다.

사고 강박.

예리하다 못해 저돌적이기까지 한 질문.

욕구 충족 때까지 살살 돌아다니며 염탐하기를 그치지 않는다.

외곬로 자기만의 지식이나 정보를 추구하며 인간관계를 끊는다.

노력이 수포로 돌아가거나 답을 못 구할 때 욕구불만에 시달린다.

이런 상태가 억압될 때 나타나는 징후

시선을 내리깔고 돌아다닌다.
손을 무릎 사이에 낀다.
눈 맞춤 회피.
자료 검색에 몰두하느라 보낸 시간을 변명으로 무마하려 한다.
모르거나 관심 없는 척한다.
집요한 곁눈질.
관심 있는 눈길을 감추기 위해 앞머리를 기른다.
매사에 심드렁한 척한다.

다음의 감정 상태로 진전될 수도

열성 (356), 경이감 (184), 경외심 (120), 좌충우돌 (76), 위협을 느낌 (96)

다음의 감정 상태로 물러날 수도

실망감 (324), 전의 상실 (176), 무관심 (228)

연관 파워 동사

접근하다, 묻다, 불러일으키다, 살금살금 다가가다, 욕망하다, 점검하다, 탐구하다, 매혹하다, 따르다, 알아보다, 흥미를 보이다, 음모를 꾸미다, 조사하다, 초대하다, 기울이다, 경청하다, 경탄하다, 유심히 보다, 찍다, 촉구하다, 추구하다, 질문하다, 다다르다, 시험하다, 접촉하다, 의아해하다

Writer's Tip

더 좋은 작품을 위한 조언 한마디: 후각은 기억을 촉발하는 법이다. 이와 같은 감각의 성질을 이용해 한 장면 안에 후각과 결부된 한 토막의 이야기를 펼쳐보자. 이런 장면은 독자의 관심을 자극할 뿐 아니라 작중에 그려진 행위 일부를 생생히 전달해준다.

121 혼란스럽다 뒤죽박죽이다 CONFUSION

정신이 혼미하거나 갈피를 잡지 못하는 상태

몸 짓 PHYSICAL SIGNALS

얼굴을 찡그린다.

침을 과할 정도로 많이 삼킨다.

머리를 갸웃거리며 입술을 오므린다.

눈가를 찌푸린다.

머리통이 움찔움찔하며 뒤쪽으로 젖혀진다.

양쪽 눈썹을 크게 씰룩거린다.

멍하고 딴생각에 빠져 있는 눈길.

입술을 깨문다.

빠르게 눈을 껌뻑거린다.

가볍게 머리가 흔들거린다.

공허한 시선, 멍한 표정.

입속에서 혀를 길게 뽑아 한쪽 뺨을 부풀린다.

뺨이나 관자놀이를 긁적거린다.

턱을 문지른다.

목 언저리를 더듬거린다.

손바닥을 펼쳐 보이며 어깨를 으쓱한다.

손으로 머릿결을 자주 쓸어 넘긴다.

자기 귀를 잡아당긴다.
이마나 눈썹을 문지른다.
손으로 입술과 입가, 얼굴을 더듬거린다.
주먹을 입술에 대고 톡톡 두드린다.
손이 건조해져 자주 물로 씻는다.

버벅거림.
"음" 또는 "아" 하며 자주 머뭇거린다.
질문으로 받은 말을 자꾸 되묻는다.
말할 때 목소리가 점점 작아진다.
"그거 정말 확실한 거예요?" 하고 상대방에게 자주 되묻는다.
말을 더듬거리거나 적절한 단어를 찾는 데 어려움을 겪는다.
생각이 조금 더 명확해질까 싶어 말을 바로 하지 않고 빙빙 돌린다.

마치 답을 구하는 것처럼 주위를 두리번거린다.
귀가하기 전에 길거리를 배회한다.
양볼 가득히 숨을 들이마셨다가 크게 내뱉는다.

어떤 일을 마무리하는 게 어렵다.
잔뜩 늘어져 있거나 무력감에 빠진 것처럼 보이는 신체 자세.
생각에 빠져 자주 등을 돌리고 있다.
무슨 말인가 하려고 입을 벌려보지만 결국 아무 말도 하지 못한다.

생체반응 INTERNAL SENSATIONS

체온 상승.
위장 장애.
흉부 압박감.

심리 반응 MENTAL RESPONSES

얼어붙은 사고력.
대답을 유예하기 위해 잠시 휴지기를 가졌으면 하는 희망.
대답을 찾아내고자 다급해진 정신 상태.
사람들 앞에서 벌거벗겨진 기분.

이런 상태가 장기간 지속될 때 나타나는 징후

도피 욕구.
낙오.
끝내지 못했거나 형편없는 업무 성과로 동료의 신뢰 상실.
약속을 깨거나 이행하지 않는다.
생산성 결여.
존재감 상실.
책임감이 강하거나 결단력이 있는 사람으로 신뢰받지 못한다.

이런 상태가 억압될 때 나타나는 징후

건성으로 고개를 끄덕이거나 동의한다.
주의를 집중하고 싶어 하지 않는다.
거짓 확신.
모든 게 제대로 통제되고 있는지 다른 사람에게 수시로 확인.
겉으로만 미소를 지어 보이며 고개를 주억거린다.
등이나 어깨를 토닥거리며 상대방을 안심시킨다.
대화의 화제를 다른 쪽으로 돌린다.
난데없이 활동의 열의를 과시하기도 한다.
엉뚱한 일에 뜬금없는 흥미를 보인다.
시간을 지연시키기 위해 자주 땜질용 객소리를 늘어놓는다.
얼굴이 빨갛게 달아올라 땀을 흘리기 시작한다.

다음의 감정 상태로 진전될 수도

갈팡질팡 (80), 좌절감 (480), 체념 (508), 불안정성 (444)

다음의 감정 상태로 물러날 수도

수용 (312), 호기심 (548), 안도감 (336)

연관 파워 동사

혼란스럽게 만들다, 분석하다, 완전히 당황하게 만들다, 어리둥절하게 하다, 심사숙고하다, 좌절감을 주다, 손을 더듬거리다, 뜨거워지다, 거짓말하다, 헤매다, 잘못된 정보를 주다, 당혹하게 하다, 곰곰이 생각하다, 질문하다, 반복하다, 시동을 꺼뜨리다, 말을 더듬거리다, 생각하다, 이랬다저랬다 하다, 약해지다, 의아해하다, 걱정하다

Writer's Tip

남성과 여성의 감정 표현과 체험은 서로 다르다. 자신과 다른 성별의 등장인물을 다룰 때는 그 인물의 반응과 사고가 적절한지 주위에 약간의 조언을 구하는 게 바람직하다. 그래야 작중에서 표현하려는 느낌이 온전해질 수 있다.

122 확신하다 틀림없다

CERTAINTY

어떤 의구심도 없는 절대적인 믿음의 상태

몸 짓 PHYSICAL SIGNALS

단호하고 굳건한 끄덕거림 또는 빠른 고갯짓.

흔들리지 않는 시선 교환.

사실무근임을 입증해 보이고자 우려나 걱정에 대해 미소로 응대한다.

다른 사람이 의구심을 가질 때 무시하는 투로 손을 내젓는다.

확고한 악수.

아주 확고한 어투로 말한다. "표결은 반드시 이뤄질 것입니다. 그렇지 않으면 여기서 만회할 방법이 없습니다."

호흡할 때조차 차분한 인상을 풍긴다.

주어진 질문에 신속하고 확고하게 응답한다.

자신 있는 긍정적 말투. 모욕적 언행, 속임수 쓸 필요도 느끼지 않는다.

(확신을 전할 필요가 있으면) 말이 많아지거나 강조하는 어투가 된다.

다른 사람이 자기 말에 넘어오지 않으면 힐난조로 대화에서 이탈. "그래, 그럼 행운을 빈다."

확신에 찬 목소리. 에두르지 않고 자기 생각대로 바로 말한다.

대화 도중 자신의 신념을 뒷받침하고자 사실과 과거 경험을 인용한다.

가슴을 앞으로 내민다.
주의를 끌려고 다른 사람과 신체 접촉을 한다(팔을 잡아 끌거나 등).
좋은 자세를 유지한다(떡 벌어진 어깨, 꼿꼿한 상반신 등).
목이 노출될 정도로 고개를 높이 들어 올린다.
먼저 앞장서서 행동하거나 반응한다.
꼼지락거린다든가 얼굴을 쓰다듬는다든가 또는 뭔가를 자꾸 만지작거린다든가 하는 행동 따위는 하지 않는다.
자신에 차서 행동한다(머뭇거리지 않고 곧바로 향하는 걸음걸이 등).
다른 사람에게 바짝 다가서거나 자기 공간을 다른 사람에게 얼마든지 개방할 용의가 있음을 드러낸다.

일고의 망설임도 없이 무엇을 하겠다고 약속하거나 자원한다.
결단력이 있다(결정이 빨라 조언이나 자문을 구할 필요 없음).
넓게 열린 자세.
묵묵히 관조함. 애써 자신을 증명하고자 발버둥 칠 필요 없다.
질문을 자청해서 기꺼이 그 질문에 답하고자 한다.
제안을 내놓기보다 오히려 당당히 의견을 달라고 제안하는 편이다.
자기 입장에 대해 거창한 것을 내거는 경향이 있다. "이건 내가 맞다니까. 내가 맞다는 데 우리 집을 걸게."
기꺼이 접근하거나 동참할 의사가 있다.
우쭐해져서 남을 무시하기 쉽다.
모든 문제에 자신을 답을 가지고 있다는 태도.

생체반응 INTERNAL SENSATIONS

가슴 팽만감.
입술, 목구멍, 그리고 윙윙거리는 소리를 수반한 가슴의 진동(만일 자신의 확신으로 모든 걱정거리에서 자유로울 수 있다면).

심리 반응 MENTAL RESPONSES

같은 확신이나 신념을 공유한 사람에게 유대감을 느낀다.
세부 사항을 모두 알아보지도 않고 거리낌 없이 뛰어든다.
믿음을 보증할 정보만 있다면 나머지는 외면하고 거기에만 집중.
다른 사람이 자기 관점에 동조할 수 있도록 설득하기 위해 (그럴듯한 예시나 정보 인용 등으로) 세뇌 작업에 몰두한다.
마음이 육신을 초극할 수 있다는 사고방식(불굴의 용기와 호연지기).
강한 집중력을 보인다.
자신이 천하무적이라는 듯 아무도 자기를 건드릴 수 없다는 기분.

이런 상태가 장기간 지속될 때 나타나는 징후

자기 확신 증폭.
자신이 영향력을 행사하도록 (그게 중요하다면) 지도자 역할 선택.
만일 동의하지 않는 사람이 있다면 그들이 누구든 설득하고 싶은 욕구(부정적인 의식이 퍼지지 않도록).
본인 주장이나 의견에 반하는 새 정보는 차단한다(사실관계를 외면하고 토론 거부).
앞뒤 생각 없이 위험을 무릅쓴다.
지대한 영향을 줄 계획 수립과 아슬하게 줄타기하는 데 익숙하다.
거듭해서 본인의 신념에 이러쿵저러쿵 딴죽을 걸거나 그것을 뒤흔들고자 하는 이에게 인내심을 보인다.
자기 관점을 고집하다 판이 커지면 옥신각신하게 된다.

이런 상태가 억압될 때 나타나는 징후

다른 사람에게 조언이나 자문을 구한다.
"그 사람이 동의해준 거 좋은 징조 맞지?"처럼 답을 빤히 알고 있으면서도 질문을 한다.

미소 짓다가도 재빨리 감춘다.
시선 교환을 피한다. 눈을 내리깐다.
마음이 아직 정해지지 않았다며 상대방에게 여지를 남겨두는 식으로 약속을 철회한다. "하지만 또 사람 일은 모르는 거잖아?"

다음의 감정으로 진전될 수도

신뢰 (440), 대담무쌍 (196), 강한 자존감 (432), 자부심 (436)

다음의 감정으로 물러날 수도

놀라움 (172), 좌충우돌 (76), 혼란 (552), 정서 불안 (476), 의심 (408), 걱정 (92)

연관 파워 동사

단언하다, 동의하다, 주장하다, 공언하다, 비난하다, 요구하다, 저지르다, 개조하다, 설득하다, 믿다, 동참하다, 맡기다, 표현하다, 고정하다, 예단하다, 내다보다, 주다, 영향을 끼치다, 알다, 이끌다, 과장하다, 동기를 부여하다, 따르다, 계획을 세우다, 설파하다, 예측하다, 선언하다, 밀어붙이다, 안심시키다, 강화하다, 의지하다, 확보하다, 제공하다, 신호를 보내다, 명시하다, 지지하다, 신뢰하다, 말로 나타내다, 자원하다

Writer's Tip

등장인물이 세상을 어떻게 보는가는 언제나 감정을 통해 걸러져야 한다. 그들이 무엇에 관심이 있는지, 욕망, 두려움, 그리고 무엇이 그들의 자아 형성에 강한 영향을 미쳤는지 등은 감정을 통해서 전달될 때 효과가 있다. 그래야 등장인물의 캐릭터가 입체적으로 느껴져 독자의 공감을 이끌어낼 수 있기에.

123 환멸을 느끼다 속절없다 DISILLUSIONMENT

자신의 믿음이 신기루라거나 누군가에 대한 신뢰가 잘못된 것이었음이 밝혀졌을 때 생겨나는 마음의 상처와 실망감

몸 짓 PHYSICAL SIGNALS

얼굴 일부가 이완되면서 눈을 빠르게 깜빡거린다.
마치 갑자기 눈에 띈 뭔가와 눈싸움을 벌이듯 머리를 곧추세우고 빤히 바라본다.
머리가 앞으로 향하면서 두 눈을 크게 뜬다.
파르르 떨리는 입가.
마음의 상처와 분노를 머금은 눈길로 관련 대상을 노려본다.
얼굴에 (충격으로) 홍조가 번지거나 (분노로) 급작스럽게 쇄도하는 작열감.

가슴에 손을 가져다 대더니 셔츠 앞섶을 주먹으로 쥐어뜯는다.
손으로 머리를 감싼다.
가까이 다가오지 못하도록 손으로 밀쳐낸다.
고개를 내저으며 조심스러운 손길로 입술을 잡아당긴다.
손으로 머리카락을 움켜잡으면서 자기감정을 억눌러보고자 애쓴다.

말을 더듬거림. 문장을 갖춰 말해보려 하지만 실패한다.
"이런" 또는 "그럴 리가" 하고 말한다.

입은 벌리고 있지만 아무 말도 못 한다.
예전을 생각하며 이제는 하나 마나 한 말을 들먹인다. "그래도 다시는 그러지 않겠다고 약속했잖소!"
말을 전하는 사람을 의심. "네가 뭔가 잘못 알고 있을 거야. 그 사람은 그런 적이 없어."
충격을 말로 표현한다.

문득 뭔가 깨달았다는 듯 휘청거린다.
양팔로 몸을 두른다(자기 위로).
뒤로 물러나다 자꾸 발을 헛디디게 된다.
죄책감의 기미라도 잡아내고자 몸을 앞으로 기울인다(상대가 자기와 개인적인 친분이 있을 경우).

경직되어 있다 이내 풀죽어 보이는 자세.
가슴이 눈에 띄게 들썩거리면서 호흡이 더욱 가빠지고 깊어진다.
이런 감정을 몰고 온 상대를 이리저리 살피다 눈길을 돌린 후로는 완전히 불신하게 된다.
개인적인 공간으로 물러난다.
자기 믿음의 상징인 토템 따위에 집착(십자가, 받은 선물 등).
위안을 주는 사람도 경계한다.
시선을 위로 향하면서 가쁜 숨을 몰아쉰다.
온몸을 따라 흐르는 전율(눈에 띄게).
우선은 믿음을 유지하고자 상대에게 변명할 기회를 주려 한다. "그 사람이 억지로 시킨 거지, 그렇지?"
환멸을 상기시킬 만한 사람이나 사물이 보이면 몸서리를 친다.
머리를 내저으며 정보 차단을 위해 인간관계 단절.

생체반응 INTERNAL SENSATIONS

몸 전체에 한기를 느낀다.
불안감으로 들썩거리거나 가슴 통증.
위장 경화 현상.
늑골 경직.
심장이 벌렁벌렁.

심리 반응 MENTAL RESPONSES

처음 믿음이 생긴 순간이나 상황을 자꾸 떠올린다.
그때 미처 알아차리지 못한 징후가 있으리라는 데 생각이 미친다.
극단적으로 생각한다. 당연한 것조차 불신하려 들고 또 무작정 이해하려 노력하면서 갈팡질팡.
자기 의심이 정당한지 어떤지 갈피를 못 잡는 동안 속생각은 기억에서 기억으로 꼬리를 물고 이어진다.
그래도 믿어보려 하지만 방향을 잃고 점점 더 혼란스러워지는 기분.

이런 상태가 장기간 지속될 때 나타나는 징후

몸을 가누기 힘들어서 뭔가에 기대거나 앉아야 한다.
비아냥거리면서 말로 상처 주려는 욕구.
상대를 힘들게 할 만한 비밀 누설.
욕하고 가운데 손가락질하는 등 공격적으로 행동. 분노를 배설하려는 그 밖의 몸짓.
폭력적으로 다른 사람을 몰아세운다(누군가에게 덤벼든다거나 다른 사람에게 상처를 주려든다거나 등).
대처 능력 상실에 따라 도피(회피 반응).
사람, 조직 또는 본인이 예전에 충실했던 사고방식을 혐오한다.

이런 상태가 억압될 때 나타나는 징후

부인(머리를 흔든다든가 변명거리를 내놓는다든가 따져 묻는다든가 등).
자기를 속인 사람에게 극단적인 분노 폭발.
당신이 틀리고 내가 맞는 이유를 조목조목 설명.
화를 주체하지 못해 어쩔 바 모름. 남의 말에 귀를 닫는다.

다음의 감정으로 진전될 수도

분노 (276), 억하심정 (344), 굴욕감 (504), 혐오감 (544), 배신감 (256)

다음의 감정으로 물러날 수도

회의 (564), 실망감 (324), 무관심 (308), 무력감 (236), 쑥스러움 (192),
부끄러움 (264)

연관 파워 동사

버리다, 아프다, 비난하다, 깨다, 멍들다, 혼란스럽다, 내상 입다, 맹렬히 비난하다, 괴롭히다, 내팽개치다, 저버리다, 모욕하다, 상처 주다, 해치다, 모욕하다, 마비시키다, 질문하다, 그만두다, 겁주다, 단념하다, 충격받다, 소리치다, 내뱉다, 망연자실하다, 좌절시키다, 전율하다, 상처 입다

Writer's Tip

등장인물의 감정이 고조되거나 긴장감 넘치는 국면을 묘사할 때는 분명하고 확실하게 보여줘야 한다. 그래야 독자는 앞으로 무슨 일이 벌어질지 호기심과 기대감을 보이며 글의 전개를 따라가게 된다.

124 회의적이다 의심을 품다

SKEPTICISM

미심쩍다거나 믿을 수 없다는 기분

몸 짓 PHYSICAL SIGNALS

얼굴

생각에 잠겨 입술을 오므린다.
입술을 꾹 다문다.
눈썹을 추켜세운다.
고개를 가로젓는다.
히죽히죽 웃거나 눈을 동그랗게 뜬다.
거들먹거리는 미소.
얼굴이 굳어 있다.
눈을 가늘게 뜬다.
입술을 잘근잘근 씹는다.
입술을 핥는다.
턱을 앞으로 내민다.
콧방귀를 뀐다.

손짓

강하게 손사래를 치며 상대방의 생각을 일축한다.
손가락으로 뭔가를 톡톡 건드린다.
손가락으로 탁자 모서리를 톡톡 두드린다.
악취가 난다는 듯 코를 감싸 쥔다.

목청을 가다듬는다.

말로 정중하게 반대를 표한다.

다른 사람을 험담하고, 그들의 생각을 가차 없이 깎아내린다.

"음" 또는 "에에" 하며 말을 질질 끈다.

"정말 확실한 거야?"

"만약 그랬으면 어땠을까?"

"난 그렇게 생각 안 해."

"그런 방법으로 어떻게 해보겠다는 건 말도 안 돼."

고개를 뒤로 젖히고 잠시 쉰다.

상대방과 눈을 마주치지 못하고 목덜미만 문지른다.

일부러 몸을 떨며 전율하는 척한다.

깊게 한숨을 쉰다.

어깨를 으쓱해 보인다.

고개는 끄덕이지만 완전히 동조하진 않는다는 표정.

주장이 뒷받침될 만한 확실한 증거를 요구한다.

도출 가능한 결론에 귀 기울인다.

안절부절못하고 여유가 없다.

조급하거나 걷는다.

자꾸 시계를 본다.

몸가짐이 딱딱하다.

뭔가를 겨냥하고 있는 공격성 발언.

성공하지 못한 과거의 부정적 사례를 지금 상황에 견준다.

다른 사람과 떨어져서 다닌다.

생체반응 INTERNAL SENSATIONS

흉부 압박감.

심장박동과 맥박이 증가한다.

근육긴장.

아드레날린 폭발로 생각을 집어치우고 행동에 뛰어든다.

심리 반응 MENTAL RESPONSES

부정적인 사고.

매사에 반신반의.

상대방의 약점을 물고 늘어지려 한다.

발언자의 정신 상태나 입장을 고치고 싶어 한다.

자기 주위에 동조자가 많아졌으면 좋겠다고 생각한다.

이런 상태가 장기간 지속될 때 나타나는 징후

분노, 좌절감.

자기방어적인 태도가 점점 더 두드러지게 드러난다.

발언자의 의견에서 미심쩍은 구석이 없는지 검토해본다.

생겨날 법한 논쟁거리에 미리 대비하려 한다.

다른 사람은 결코 진실을 알 수 없을 거라는 불신.

자신의 사고방식에 맞춰 다른 사람의 생각을 적극 바꾸려든다.

늘 누군가와 언쟁을 일삼는 사람으로 변해간다.

이런 상태가 억압될 때 나타나는 징후

담담한 표정을 유지하고자 애쓴다.

발을 이리저리 달싹거린다.

즉각적인 도움을 약속할 수 없다는 것을 사과한다.

손을 앞으로 모으고 가만히 앉아 상대방의 말에 관심 있는 척한다.

"아주 흥미로운 발상이야."

"바로 그게 이 지점에서 한 번쯤 짚어봐야 할 문제야."

속생각을 구체적으로 밝히지 않고 얼버무린다.

해결책으로 시험해본 후 결정하는 방식을 택하자고 제의한다.

숙고해볼 수 있도록 좀 더 시간을 달라고 요구한다.

조금 더 생각해보거나 검토해보자고 제의한다.

다음의 감정 상태로 진전될 수도

혐의 (412), 체념 (508), 두려움 (148), 경멸 (224), 편집증 (524)

다음의 감정 상태로 물러날 수도

우유부단 (244), 당혹감 (552)

연관 파워 동사

따져 묻다, 공격하다, 도전하다, 부인하다, 불신하다, 틀렸음을 입증하다, 언쟁하다, 믿지 못하다, 의심하다, 반박하다, 질문하다, 논박하다, 히죽히죽 웃다, 비웃다, 코웃음 치다, 수상쩍어 하다, 몸싸움을 벌이다

Writer's Tip

여러분의 주인공을 편히 지내도록 내버려두지 말 것. 그들에게 온갖 시련이 닥치도록 처리할 것. 그리하여 그들이 압도되도록 할 것. 그들이 시련을 극복하고 성공한다는 게 외관상 거의 불가능해 보이도록 할 것. 독자는 주인공이 온갖 역경에 시달리는 이야기에서 강한 인상을 받는 법이다.

125 회한에 빠지다 자책하다

REMORSE

잘못된 행동을 후회하고 괴로워하는 상태, 안타까워하는 심경

몸 짓 PHYSICAL SIGNALS

촉촉이 젖은 눈가.

턱이 흔들린다.

시선을 바닥으로 내리깐다.

핼쑥하거나 건강해 보이지 않는 안색.

푹 파인 볼.

숨기거나 억누를 수 없는 눈물이 솟구친다.

초점 없는 동공.

손으로 입을 덮는다.

손에 얼굴을 파묻는다.

무릎에 두 손을 가지런히 놓아둔다.

양옆으로 축 늘어져 있는 팔.

진심 어린 사죄.

대화를 시도한다.

더는 참지 못하겠다는 듯 울음을 터뜨린다.

피해자와 마주 앉아 대화 나누는 동안 정중히 높임말을 사용한다.

있는 그대로 진실을 털어놓는다.

대답할 때는 주저 않고 말한다.
용서해달라고 애원한다.
어깨를 들썩이며 흐느껴 운다.
울먹거리며 애원하는 어조.
갈라진 목소리.
무슨 일이 일어나든 자기가 책임지겠다고 언약한다.
질문을 받으면 차분히 응답한다.

고개를 숙이지만 눈은 올려다본다.
몸이 흔들거린다.
침묵.
피해자 모임 같은 데 동참한다.
깡통 따위를 갑자기 걷어찬다.

예전에 일어난 일을 자꾸 돌아본다.
배상 또는 보상을 제의한다.
잔뜩 움츠러든 어깨.
공격을 받으면 전혀 자신을 변호하거나 방어하려 들지 않는다.
심하게 위축된 듯한 자세.
손을 내밀다가도 그럴 자격도 없다는 듯 거둬들인다.
어떤 형벌이나 죗값이라도 달게 받겠다는 각오를 보인다.
한곳에 차분히 머물러 있는 손과 다리.
순종적인 태도.
벌어진 일에 어떻게 대응하면 좋을지 다른 사람에게 조언을 구한다.

생체반응 INTERNAL SENSATIONS

위장이 거북하다.

콧물을 질질 흘린다.

욕지기.

수면 부족으로 눈꺼풀이 무겁고 메말라 있다.

목구멍 안에 뭔가 응어리져 있는 게 느껴진다.

심리 반응 MENTAL RESPONSES

우유부단한 처신을 스스로 질책한다.

결과를 직접 확인하고 싶어 한다.

보상해줄 방법을 찾는 데 집착한다.

피해자 모임과 그들이 목표하는 바를 공감한다.

그 상황에서 자신이 맡은 역할을 정직하게 자인한다.

잘못을 인정하고 나서는 한결 후련해한다.

이런 상태가 장기간 지속될 때 나타나는 징후

체중 감소.

두통.

심장에 이상이 온다.

자괴감에 빠져 자기 파괴적인 성향을 나타낸다.

필사적으로 공정한 사태 파악이나 상황 해결에 매달린다.

지금까지와는 삶이 아주 달라진다.

구호 활동에 나선다.

종교에 귀의한다.

이런 상태가 억압될 때 나타나는 징후

자신과 마찬가지로 사태에 책임이 있는 동료와 만남을 꺼린다.
거짓 느낌을 말한다.
피해자에게도 부분적인 책임이 있다는 말로 대응하려 든다.
거짓으로 핑계를 대고 각종 사회 활동에서 빠진다.
이사한다.

다음의 감정 상태로 진전될 수도

수치심 (264), 후회 (392), 자포자기 (448), 결기 (516), 참담 (216),
자존감 상실 (328)

다음의 감정 상태로 물러날 수도

죄책감 (484), 불안 (444)

연관 파워 동사

사과하다, 간청하다, 주장하다, 웅크리다, 민망해하다, 비탄에 젖다, 굽실거리다, 애원하다, 시들해지다, 헝클어뜨리다, 성가시게 하다, 애원하다, 추구하다, 오그라지다, 흐느껴 울다, 투항하다, 말로 나타내다, 소망하다

Writer's Tip

묘사가 가장 명확해지는 것은 작가가 한 장면 안에 벌어진 사건 상황을 사실적으로 배열해서 드러내고자 애쓸 때이다. 어떤 행동(자극)을 먼저 보여주고 나서 이어 그에 관한 반응(응답)을 나타내도록 할 것. 그러면 독자는 어떻게 해서 A가 B를 일으키게 되는지 명확히 이해하게 된다.

126 흔들린다 불안하다

AGITATION

어떤 이유로 마음이 편치 않은 상태를 묘사할 때

몸 짓 PHYSICAL SIGNALS

붉어진다. 붉으락푸르락. 누르락붉으락.

뺨, 턱, 이마에 흐르는 식은땀.

목덜미를 자주 문지른다.

시선이 분주하다.

눈 맞춤을 피한다.

사람이 보고 있지 않을 때는 눈을 이리저리 굴린다.

손놀림이 분주하다.

지갑, 휴대폰 따위를 잃어버린 듯이 자꾸 뒤진다.

손에 땀이 찬다.

자신의 손가락을 반복해서 구부렸다 폈다 한다.

손으로 부채질하거나 어수선한 움직임을 보인다.

목젖을 씰룩거린다.

단어를 잊어버리거나 중언부언한다.

할 일을 부정한다.

질문과 대답을 찾는 데 시간이 오래 걸린다.

자꾸만 목청을 가다듬는다.

"음" "아" 따위의 소리를 자주 내며 말을 더듬는다.
목울대에서 이상한 소리를 낸다.
입술을 파르르 떤다.
떨리는 목소리로 말하거나 거친 말투로 얘기한다.

평정심을 잃는다.
물건을 다룰 때 조심성이 떨어진다.
탁자 모서리, 문지방, 의자 등에 자주 부딪친다.
돌발적인 움직임.
물건을 가만히 두지 않는다.
넘어지거나 미끄러진다.
개인적인 공간에 집착한다.
사람을 피한다.
서성거린다.
자기도 모르게 움찔한다.
걸음걸이가 자꾸 꼬인다.
앉아 있거나 서 있을 때 발을 제자리에 두지 못하고 계속 움직인다.

옷매무시를 바로잡고자 허둥댄다.
단추가 풀려 있다.
넥타이나 스카프를 거칠게 다룬다.
손으로 머리채를 잡아당긴다.

생체반응 INTERNAL SENSATIONS

입안에 과도하게 고이는 침.
과열된 느낌.
목덜미가 뻣뻣해진다.

변덕이 심해진다.
호흡이 짧고 가파르다.
식은땀을 흘린다.
살갗이 따끔거리는 것 같다.
아랫배가 싸해지는 느낌.

심리 반응 MENTAL RESPONSES

생각이 멈춘 듯하고 좌절감이 엄습한다.
이미 저지른 실수를 자꾸만 되새긴다.
거짓말로 실수를 은폐하거나 변명하려는 경향을 보인다.
심한 자책으로 모든 잘못을 무마하고자 한다.
불안의 원인을 찾아내고자 몸부림친다.
평정심을 되찾고자 스스로 마음을 다잡으려 시도한다.

이런 상태가 장기간 지속될 때 나타나는 징후

도망간다.
탈출을 시도한다.
타인에게 공격적인 태도를 보인다.
지나친 자기방어 본능을 발동한다.
방어적인 어조를 취한다.
나중은 생각지 않는다(가령, 뭔가를 미친 듯이 찾으면서 서류와 파일을 마구 내팽개친다).
지속적인 심적 동요로 인해 극단으로 치닫는다.

이런 상태가 억압될 때 나타나는 징후

고민의 대상을 바꿔버린다.
계속 변명을 늘어놓는다.

분위기를 가볍게 하려고 쓸데없는 농담을 한다.
감정의 유발 요인과 마주하는 것을 피하고자 일부러 바쁘게 산다.
애써 다른 대상에 관심을 두고 쓸데없이 집중한다.
관련 화제가 나오거나 사람이 나타나면 최소한도로만 반응한다.

다음의 감정 상태로 진전될 수도

갈팡질팡 (80), 좌절감 (480), 불안 (288), 분노 (276)

다음의 감정 상태로 물러날 수도

경탄 (468), 자기방어 (252), 체념 (508). 후회 (392), 동요 (476)

연관 파워 동사

짜증 나게 하다, 질책하다, 방해하다, 발끈하다, 애태우다, 쑤셔 넣다, 악담을 퍼붓다, 불안하게 하다, 약화시키다, 당황시키다, 곪아 터지다, 상기되다, 팔딱거리다, 좌절하다, 씩씩대다, 신경을 건드리다, 자극하다, 짜증 나게 하다, 옴짝달싹 못 하게 하다, 쏘아붙이다, 공격하다, 마음을 괴롭히다, 겁먹게 하다, 귀찮게 하다, 흐트러뜨리다, 흔들리다, 마음 졸이다, 톡톡 두드리다, 고개를 발딱 쳐들다, 씰룩거리다, 성가시게 하다, 움찔하고 놀라다

Writer's Tip

재깍거리는 시계의 초침 소리는 여느 장면에서나 감정을 고조시킬 수 있다. 등장인물이 업무를 성공적으로 마무리 짓거나 다른 이에게 자신의 쓸모를 확인시키고자 조바심칠 때는 조바심 때문에 치명적인 실수가 생겨나기 마련이다. 그러면 복합적인 감정을 전달할 수 있는 여지가 한층 풍요로워진다.

127 홍분하다 신이 나다

EXCITEMENT

활력이 넘치거나 뭔가에 자극받고 고무된 상태

몸 짓 PHYSICAL SIGNALS

얼굴

함박웃음.
생기 넘치고 환히 빛나는 눈빛.
혈색 좋은 안색.
콧구멍이 넓어진다.

손짓

팔을 마구 흔드는 등 전반적으로 동작이 크다.
누군가에게 전화를 걸거나 문자메시지를 보낸다.
주먹을 쥐고 발을 끄덕인다.
가슴을 주먹으로 움켜잡으며 몸을 잔뜩 움츠렸다 이내 풀어준다.

목소리

괴성을 지르거나 폭소를 터뜨린다.
농담을 즐긴다.
왁자지껄한 목소리.
노래를 부르거나 콧노래를 흥얼거리고 구호를 외치기도 한다.
주저하지 않고 느끼거나 생각한 것을 말로 쏟아낸다.
타인과 머리를 맞대고 빠른 어투로 수다스럽게 말한다.
목 쉰 웃음소리.
깔깔거린다.

"뭐든 말해봐!"
"나한테 보여봐!"
"한번 해보자!"

이 발 저 발로 깡충거린다.
다른 사람 앞으로 가슴을 내민다.
기절한 척한다.
누군가를 높이 들어 올리거나 헹가래 친다.
쉬지 않고 몸을 움직인다.
고개를 주억거리거나 리듬에 맞춰 까딱거린다.
몸을 흔들거나 다급하게 이리저리 돌아다닌다.
사람과 어깨를 부딪치며 다닌다.
바닥에 대고 발바닥 장단을 맞춘다.

경기나 행사를 마치고 한데 어울려 폭음.
모임에서 큰 소리로 떠들어댄다.
스스로 자신의 신명을 더욱 북돋는다.
잔뜩 들떠서 미성숙하게 군다.
재미있다는 기분에만 도취해 바보 같은 짓도 서슴지 않는다.
주위를 계속 돌아다닌다.
한 군데 잠자코 머물러 있질 못한다.
호기롭고 왕성한 추진력.
누군가의 품에 안기려 달려든다.
발돋움하거나 그런 자세로 깡충거린다.
확연히 남과 구별되는 걸음걸이.
날렵하고 기운 넘치는 활보.
자신감 넘치는 표정으로 다른 사람과 거침없이 눈 맞춤을 한다.

친구나 연인에게 살가운 태도를 보인다.
남을 웃기려고 자신의 몸을 꽉 움켜잡는다.

생체반응 INTERNAL SENSATIONS

가슴이 후련하다.
빠른 맥박.
바짝 마른 입.
감각 고조.
호흡곤란.
아드레날린 폭주.
자신의 내면이 진동하고 있는 듯한 기분.

심리 반응 MENTAL RESPONSES

다른 사람과 동지애로 뭉친다.
앞으로 무슨 일이 벌어지게 될지 흥미진진하게 상상해본다.
다른 사람과 어울려 에너지를 증폭시키고자 한다.
조바심.
자신의 활력을 더욱 북돋아주는 발상과 제안에 기분이 더욱 좋아짐.

이런 상태가 장기간 지속될 때 나타나는 징후

뛰어오르고 환성을 내질러야 직성이 풀릴 듯한 기분.
다른 사람과 이 느낌을 공유하고 싶다는 욕구가 강렬해진다.
얼굴에서 광채가 난다.
심장박동이 폭증한다.
땀이 많이 난다.
환성을 질러대느라 목이 쉰다.
자기 억제력 상실.

이런 상태가 억압될 때 나타나는 징후

주의 깊게 자신의 행동을 통제하려 한다.
미소를 짓다가도 어금니를 깨문다.
웃음 또는 신명의 표현을 자제하려 한다.
옷 입을 때도 조심스럽게 입고 나갈 옷을 고른다.
내면에서 반짝이는 눈빛.
말하기보다 듣고 끄덕여준다.

다음의 감정 상태로 진전될 수도

경이감 (184), 행복감 (532), 득의양양 (404)

다음의 감정 상태로 물러날 수도

만족감 (212), 실망 (324)

연관 파워 동사

들썩거리다, 거품이 일다, 형성하다, 활기가 넘치다, 두드리다, 채우다, 상기되다, 움켜잡다, 빙빙 돌다, 심해지다, 까불거리다, 펄쩍 뛰어오르다, 웃다, 뛰어넘다, 올라가다, 쿵쾅거리다, 솟구치다, 더 활발해지다, 떨리다, 경주하다, 꽥액 소리를 지르다, 휘젓다, 억누르다, 밀려들다, 부풀어 오르다, 소름 돋다, 파르르 떨리다, 진동하다, 빙그르르 돌리다, '우와' 하고 소리 지르다, 함성을 내지르다

Writer's Tip

등장인물의 감정을 표현해야 하는 대목에서 글이 막힌다면, 머릿속으로 그 장면에 가능한 강렬한 이미지 하나를 그려보기 바란다. 일단 장면이 제 나름대로 펼쳐지도록 놔둬 보자. 그러고는 그 장면에서 등장인물이 어떻게 움직이고 행동하는지 유심히 살펴보자.

128 희망을 품다 낙관하다 HOPEFULNESS

앞으로 일이 다 잘될 것이라는 기대를 품은 상태, 한없이 낙관적인 상태

몸 짓 PHYSICAL SIGNALS

호흡을 억제한다.
눈썹을 치켜뜨면서 의문에 가득 찬 시선을 던진다.
밝게 빛나는 얼굴.
부드럽게 입술을 잘근거린다.
심호흡.
강렬한 눈 맞춤.
환한 미소.
침을 빨리 삼킨다.
조급하게 고개를 주억거린다.
초조감으로 입술이 바짝 마른다.
시선이 희망의 상징물에 꽂혀 있다.

깍지 낀 손으로 턱을 바친다(기도하는 자세).
손으로 입을 가리며 반짝거리는 눈을 크게 뜬다.
손발을 꼼지락거린다.
일종의 감탄사처럼 손뼉을 자주 친다.

숨을 내쉬면서 "제발 좀"이라고 웅얼거리기를 반복한다.
찬반양론에서 '반'을 빼고 '찬'에 해당하는 말만 한다.
왁자지껄 수다스럽다.
성공할 기회가 생기면 확실히 붙잡으라고 충고한다.
목소리의 톤이 높아진다.

상체를 바싹 당겨 앉는다.
가슴 또는 배꼽을 움켜쥔다.
허리가 꼿꼿해진다.
꽤 고급스러워 보이는 의복을 매만진다.
상대방이 말하는 대로 고개를 끄덕거린다.
이리저리 분주하게 왔다 갔다 한다.
숨을 크게 내쉬며 하늘을 올려다본다.
평소보다 발걸음이 빨라진다.

경직된 자세, 준비가 끝났다는 기색.
기대하는 바를 곧장 입 밖에 내지 않고 기다린다.
언젠가 자신의 진가가 빛날 날이 있을 거라며 확언한다.
모임을 조직해 자신의 희망을 실현할 능력을 과시하려 한다.
자신의 목표와 결부된 사람이나 일거리 등에 주의를 집중한다.
여유가 없다.

생체반응 INTERNAL SENSATIONS

배꼽이 떨린다.
변덕스러운 느낌.
팔다리가 후들거린다.
몸 전체로 번져가는 전율.

짐을 내려놓은 듯 홀가분해지는 느낌.
순간, 숨결이 가슴에 얹히는 것 같다.
들이마시는 공기가 신선해진 느낌.
없던 기력이 다시 생기는 느낌.

심리 반응 MENTAL RESPONSES

모든 게 다 제대로 돌아갈 거라는 믿음을 다진다.
자신의 주변 환경을 강하게 의식한다.
긍정적인 사고방식.
평정심.
자신의 능력을 더욱 끌어 올리고자 노력한다(공부나 업무 등).
부정적인 말에는 귀 기울이려 하지 않는다.
가능한 여러 상황에 대비하고자 한다.

이런 상태가 장기간 지속될 때 나타나는 징후

눈을 감고 기도하는 자세로 두 손을 모은다.
숨을 헐떡거린다.
동요.
눈물.
떨리는 목소리.
훌쩍거린다.

이런 상태가 억압될 때 나타나는 징후

억지로라도 침착성을 유지하고자 두 손을 맞잡는다.
기대가 고조되는 것을 애써 억누른다.
장애물이나 경쟁 관계를 떠올린다.
일부러 얼굴에서 이런저런 표정을 지운다.

시선을 아래로 향하거나 먼 데를 본다.

다음의 감정 상태로 진전될 수도

열의 (356), 흥분 (576), 우유부단 (244), 실망 (324)

다음의 감정 상태로 물러날 수도

무력감 (240), 의기소침 (176), 의심 (408), 고대 (164)

연관 파워 동사

고대하다, 열망하다, 기다리다, 횡설수설하다, 활짝 웃다, 간청하다, 형성하다, 수다 떨다, 힘내다, 욕망하다, 꿈꾸다, 지껄이다, 맹세하다, 떨리다, 내뿜다, 미소 짓다, 광채 나다, 분투하다, 파르르 떨다

Writer's Tip

등장인물이 최악과 차악 가운데서 하나를 고를 수밖에 없는 상황에 맞닥뜨리도록 해보자. 독자는 그와 비슷한 딜레마에 처했던 자기의 과거 상황을 떠올려보며 등장인물과 교감하게 될 것이다.

129 희열을 느끼다 도취되다 EUPHORIA

강렬한 기쁨, 행복감, 그리고 즐거움 등을 뛰어넘은 상태

몸 짓 PHYSICAL SIGNALS

얼굴

억제되지 않는 미소나 웃음.
머리를 뒤로 젖히고 눈을 감는다.
경탄에 빠져 입을 벌린다.
최대한 크게 뜬 눈.
헉하고 숨을 몰아쉰다.
행복에 겨워하는 눈물과 웃음.
얼굴과 목이 붉게 물든다.
머리 한쪽을 움켜잡고 뒤로 젖힌다.

손짓

팔을 머리 위로 들어 올려 '승리의 브이 자'를 그려 보인다.
주먹을 들어 올려 허공에 내두른다.
눈에 들어올 정도로 소름이 돋음.
팔을 쓸어내리면서 기쁨에 몸서리친다.
지금 이 느낌을 붙잡아두려는 듯 양팔로 몸을 감싸고 쿡쿡 누른다.
손바닥을 위로 향하게 하여 양팔을 벌린다.

목소리

살짝 말문이 막히거나 반대로 엄청난 장광설을 늘어놓는다.
너무 빨리 말을 쏟아내다 보니 발음이 뭉개진다.

목소리가 변한다(어조가 높아진다거나 말할 때마다 가쁜 숨이 뒤섞인다거나 등).

앞으로 쭉 펴고 내민 가슴.
반복해서 손을 가슴에 대고 가볍게 누른다.
무릎을 꿇고 머리를 뒤로 젖힌다.
모든 것을 빨아들일 듯 주변으로 돌아다닌다.
몸을 쭉 폄. 예를 들면, 잔디밭에 누워 팔다리를 넓게 펼친다.

몸에서 일체의 긴장감이 빠져나간다.
숨을 깊이 들이마시고는 한순간 참았다 내뱉음.
한결 사람이 정다워진다(자주 끌어안는다거나 접촉을 한다거나 등).
자축의 몸짓(깃발을 휘날린다거나 다른 사람에게 달려가서 얼싸안는다거나 열렬한 환성을 내지른다거나 등).
한순간 호흡이 멈춘다.
스트레스에서 한순간 해방(몸이 이완됨).
감각 가능한 주변 사물과의 상호작용이 늘어난다(특히 접촉을 통하여).

생체반응 INTERNAL SENSATIONS

무중력 상태.
온몸을 데우고 있는 온기.
기분 좋은 소름이 머리나 가슴에서 시작해 온몸으로 번져간다.
위장이 출렁거린다.
질주하는 심장.
가슴 팽만감.
어지럼증.
구름 사이로 비친 햇살이나 햇살이 내리쬐는 지점이 시야에 들어온다.

심리 반응 MENTAL RESPONSES

모든 염려와 걱정거리가 마음에서 가신다.
속으로 많은 것을 구상하며 백일몽에 빠져든다.
지각에 탄력이 붙는다(색채, 냄새, 질감 등이 더욱 강렬히 느껴짐).
'어디 다른 데로 옮겨진 느낌' 또는 '존재 상태가 고양된 체험'.
고통이나 불쾌감 중단.
강력해져서 뭐든 할 수 있다는 기분(천하무적이 된 듯).
평정심과 유대감의 렌즈를 통해 세계를 바라본다.

이런 상태가 장기간 지속될 때 나타나는 징후

창조력이 높아지면서 문득 그것을 표현해보고 싶은 욕구(글쓰기, 그림 그리기 등을 통해).
자신만만하고 힘이 넘친다는 느낌으로 인해 모험에 나선다.
활력이 넘치고 마음 든든하다는 느낌.
환각.
기분 좋은 아찔함 체험.
자신의 삶에서 모든 것은 조화롭게 정돈되어 있으며 다른 사람이 본인을 소중히 여길 거라고 믿는다.
다른 사람과 체험을 공유하면서 더욱 깊어져 가는 유대감을 느낀다.
공감, 동정, 그리고 이타심이 더욱 늘어난다.
모든 사물과 상황에서 저마다의 아름다움을 찾아내고자 더 많은 시간을 들이려 할 공산이 커진다.

이런 상태가 억압될 때 나타나는 징후

살짝 주춤하거나 움찔한다.
신경 곤두선 심호흡.
자신이 무엇을 하고 있었거나 말해왔는지 방향성 상실.

환한 미소를 감추고자 돌아선다.
미소를 살금살금 거둬들인다.
대화의 방향성 상실.
변명거리를 찾는다. "미안. 잠깐 어지럼증이 났어. 그런데 네가 방금 한 말이 뭐였지?"

다음의 감정으로 진전될 수도

경외심 (120)

다음의 감정으로 물러날 수도

의기양양 (404), 만족감 (212), 유대감 (396), 감동 (84)

연관 파워 동사

누리다/쪼이다, 휩싸다, …의 마음을 사로잡다, 기어오르다, 위로하다, 눈부시게 하다, 부유하다, 기운을 북돋아주다, 매혹하다, 그득 채우다, 떠돌다, 쇄도하다, 불어넣다, 숨을 들이마시다, 도취시키다, 도약하다, 완전 넋을 빼놓다, 넘쳐나다, 최고조에 달하다, 내뿜다, 황홀해하다, 수확하다, 스미다, 공유하다, 빛나다, 흠뻑 적시다, 솟구치다, 휩쓸고 가다, 전율하다, 눈물을 흘리다, 맞아들이다

Writer's Tip

등장인물이 자기 느낌을 독백으로 들려줄 필요가 있을 때, 여러분은 무엇에 신경을 쓰는가? 이때는 독백을 구성하는 구어의 수준, 즉 말씨가 중요하다. 등장인물의 목소리는? 나이는? 세계관은? 교육 수준은? 그리고 성격은? 이 모든 것이 조화롭지 않으면, 우리는 생뚱맞은 인물의 독백을 듣게 될 것이다.

130 히스테리 발작하다

HYSTERIA

극단적인 대응과 자제력 상실을 불러오는 감정 과잉

Note: 이번 항목에서는 심리적 장애와 관련 있는 히스테리라기보다 감정상의 문제를 다루고자 한다.

몸 짓 PHYSICAL SIGNALS

스스로 어쩌지 못하고 흐느낀다.
갑자기 화가 나서 코를 벌름거린다.
맨살에 식은땀이 흥건하다.
눈이 크게 벌어지면서 흰자를 드러낸다.
모든 자극을 차단하기 위해 눈과 귀를 막는다.
격렬하게 머리를 절레절레 내젓는다.
빨갛게 달아오르는 피부.

주먹을 꽉 쥔다.
머리를 쥐어뜯는다.

고함을 지르거나 욕설.
같은 말을 수없이 반복해서 웅얼거리거나 내지른다. "그건 사실이 아니야." "말도 안 돼." "그가 맞단 말이야." 등.
쉰 목소리로 고함을 지른다.

과호흡 증후군에 시달리며 말을 조리 있게 하지 못한다.

발을 쿵쿵 구름.
바닥에 쓰러진다.
자기 몸을 (소파, 침대, 바닥 등에) 던진다.
마치 스스로 보호하겠다는 듯 잔뜩 움츠린 자세.
안절부절못한다.
자칫하면 몸을 다칠 수도 있을 만큼 심하게 몸부림을 쳐댄다.
주먹으로 자기 넓적다리를 두드린다.
태아가 자궁에 있는 자세로 몸을 웅크린다.
자기 무릎을 감싸 안고 앞뒤로 몸을 흔든다.

거친 숨결.
얼굴이나 목덜미에 혈관이 툭 불거져 나와 있다.
갑자기 지인과 연락을 뚝 끊고 잠적하거나 그러다 갑자기 나타난다.
사람들에게 매달리거나 집착한다.
혼절한다.
나쁜 소식의 전달자를 공격한다(그 소식이 히스테리를 유발할 경우).
나쁜 소식에 그럴 리 없다는 식으로 반응한다.

생체반응 INTERNAL SENSATIONS

심장박동과 맥박 상승.
활력을 잃어가는 근육.
반점이 나타남.
자기에게 산소 공급이 충분치 않아 호흡곤란에 시달리는 것처럼 느낀다.
지각의 범위가 좁아진다(시야의 폭이 줄어든다거나 청각 손상이 있다거나 등).

짓눌리고 있다는 느낌. 신체적인 압박감을 느낀다.

심리 반응 MENTAL RESPONSES

사리 분별을 못한다.

남이 생각하는 바를 전혀 이해하지 못한다(언행에 대한 자제력 상실).

자기 주변에서 무슨 일이 벌어지고 있는지 알아차리지 못한다(다른 사람이 자기 이름을 불러도 듣지 못한다거나 팔을 만져도 아랑곳하지 않는다거나 등).

통제력 상실을 인식하고 있긴 하지만 그것을 어떻게 해야 수습할 수 있는지 모른다.

하나의 생각에서 다른 생각으로 즉각적인 비약이 심하다.

자기의 몸과 정신이 분리되어 있다고 느끼며 외부의 관점에서 자신을 바라본다.

이런 상태가 장기간 지속될 때 나타나는 징후

신체적 쇠약 증세를 초래할 수도 있을 탈진.

정신적 이상 징후 체험.

자기 목소리를 잃어버린다.

아주 오랜 시간 동안 잠을 잔다.

근육통.

남에게 신체적으로 제지당할 때 생긴 타박상과 온몸의 통증.

충혈된 눈.

심장 발작으로 괴로움을 겪는다.

이런 상태가 억압될 때 나타나는 징후

속성상 히스테리는 제어될 수 없다. 그러므로 억압당할 수도 없다.

다음의 감정으로 진전될 수도

격노 (100), 부인 (272), 압도당함 (340)

다음의 감정으로 물러날 수도

불안 (288), 두려움 (148), 슬픔 (316), 동요 (572), 심란함 (476), 혼란 (552)

연관 파워 동사

비난하다, 두드리다, 멍들다, 할퀴다, 매달리다, 움켜잡다, 무너지다, 신경쇠약을 앓다, 쓰러지다, 내려앉다, 실신하다, 마구 흔들다, 움찔하다, 숨이 턱 막히다, 몸과 마음이 허물어지다, 붙잡다, 꽉 쥐다, 옹송그리다, 홱 움직이다, 졸도하다, 미치다, 돌진하다, 축 늘어지다, 비명 지르다, 소리치다, 악다구니를 내지르다, 흐느껴 울다, 내뱉다, 깜짝 놀라게 하다, 몸부림치다, 울부짖다, 소리 지르다

Writer's Tip

감정이 고조된 상태의 등장인물에게는 일반적이지 않은 지각이 생겨난다. 청각, 후각, 미각이 평소와 같지 않으며, 다른 사람과도 큰 차이를 보이게 마련이다. 이를 활용해 묘사한다면 인물과 얽힌 사건의 진행이나 인물의 캐릭터 설정에 큰 도움이 된다.

추천 도서

어떻게 해야 등장인물의 감정을 제대로 표현할 수 있을지 조금 더 공부하고자 한다면, 아래의 책을 읽어볼 것.

《The Definitive Book of Body Language》는 여러분이 다른 사람의 개인적인 행동 양식을 읽어내면서 상대와의 의사소통을 풍요롭게 하는 데 도움을 줄 것이다. 그뿐 아니라 독자에게 신체 언어와 태도 그리고 감정 등을 효과적으로 그려 보이고자 하는 작가에게도 긴요한 정보를 줄 수 있는 책이다(앨런과 바바라 피즈).

《Character, Emotion & Viewpoint》는 여러분의 작품을 읽은 이(도서 중개업자, 편집자, 일반 독자 등)의 마음에 오랫동안 새겨질 만한 등장인물과 이야기를 창조해내려면 어떤 창작 기법이 필요할지를 일깨워줄 책이다(낸시 크레스).

《Creating Character Edition》은 여러분이 신선하고 창의적인 이미지와 언어, 그리고 이야기에 느낌을 불어넣을 만한 몸짓 등을 찾아내는 데 도움을 줄 것이다(앤 후드).

《Telling Lies: Clues to Deceit in the Marketplace, Politics, and Marrage》는 한 사람의 신체 언어와 음성, 그리고 표정 등에서 새어나온 거짓말이 어떻게 요긴한 정보로 쓰일 수 있는지를 다루고 있다. 솔직하지 않은 등장인물을 그려야 할 때 참고하면 좋을 책이다(폴 에크먼).

색 인

인간의 130가지 감정 표현법

인 쇄 | 2019년 11월 25일 초판 1쇄
발 행 | 2019년 12월 02일 초판 1쇄

저 자 | 안젤라 애커만, 베카 푸글리시
역 자 | 서준환

발행인 | 채희만
출판기획 | 안성일
영 업 | 한석범
관 리 | 이승희
편 집 | 최은지, 한혜인
발행처 | INFINITYBOOKS

주 소 | 경기도 고양시 일산동구 하늘마을로 158 대방트리플라온 C동 209호
대표전화 | 02-302-8441 팩스 | 02-6085-0777
Homepage | www.infinitybooks.co.kr
E-mai | helloworld@infinitybooks.co.kr

ISBN | 979-11-85578-49-1
등록번호 | 제25100-2013-152호
가 격 | 20,000원

* 이 도서의 국립중앙도서관 출판예정도서목록(CIP)은 서지정보유통지원시스템 홈페이지(http://seoji.nl.go.kr)와 국가자료종합목록 구축시스템(http://kolis-net.nl.go.kr)에서 이용하실 수 있습니다(CIP제어번호: CIP2019047905)